Nach seinem ersten aufsehenerregenden Mordfall hat sich Josefa Horseman wieder gut eingelebt in seiner alten Heimat Fidschi. Einzig die Fernbeziehung zu Melissa stellt sich als komplizierter heraus als gedacht. Gut, dass sie nun endlich aus den USA zu Besuch kommt. Der Mord an einem jungen Mann im Hinterland der Fidschi-Insel Viti Levu kommt Joe da gerade gar nicht gelegen. Zu allem Überfluss ist die Dorfgemeinschaft von Tanoa wenig kooperativ und der Mörder gefährlicher, als Joe und sein Team vermutet hätten.

B. M. Allsopp, die australische Schriftstellerin, verbrachte fast eine Dekade ihres Lebens auf Papua-Neuguinea, davon vier Jahre in Fidschi, und lebt mittlerweile mit ihrer Familie in Sydney. *Tropische Vergeltung* ist nach *Tropische Gefahr* (2021) der zweite Band ihrer Fidschi-Inseln-Krimis.

Marie Rahn studierte Literaturübersetzen in Düsseldorf und übersetzt seit über fünfundzwanzig Jahren aus dem Englischen, Französischen und Italienischen, unter anderem Werke von Lee Child, Kristin Hannah, Sylvia Day und Aldo Busi.

B. M. ALLSOPP

Tropische Vergeltung

EIN FIDSCHI-INSELN-KRIMI

Aus dem Englischen von
Marie Rahn

ATLANTIK

Die englische Originalausgabe erschien 2018 unter dem Titel
Death by Tradition im Verlag Coconut Press, Australien.

Atlantik ist ein Imprint des Hoffmann und Campe Verlags, Hamburg.

1. Auflage 2022

www.hoffmann-und-campe.de
Umschlaggestaltung: Lisa Busch © Hoffmann und Campe
Umschlagabbildung: John Holmes / Alamy Stock Foto;
czekma13 / iStock; Getty Images: Mint Images;
Bhavna Sharma / EyeEm
Satz: Pinkuin Satz und Datentechnik, Berlin
Gesetzt aus der Adobe Garamond Pro
Druck und Bindung: GGP Media GmbH, Pößneck
Printed in Germany
ISBN 978-3-455-01407-5

HOFFMANN
UND CAMPE

Ein Unternehmen der
GANSKE VERLAGSGRUPPE

Für alle Einwohner der Fidschi-Inseln

KARTE DER FIDSCHI-INSELN

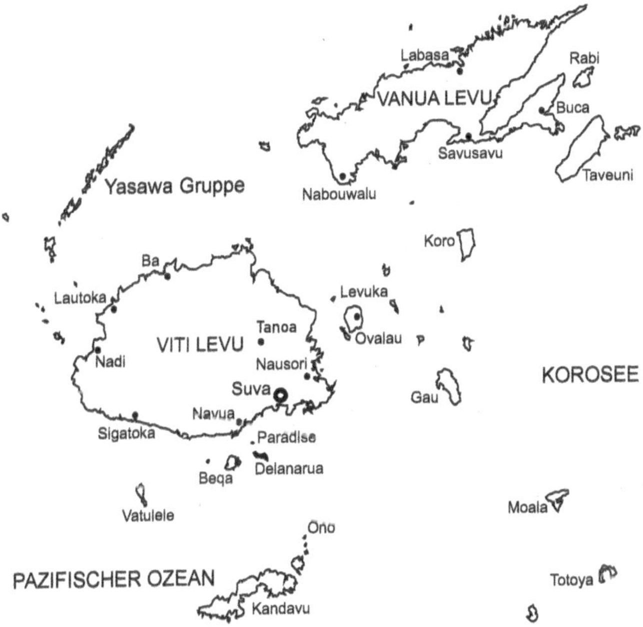

Anmerkung der Autorin:

Das Dorf Tanoa ist frei erfunden, ebenso die Inseln Paradise und Delanarua. Alles andere auf dieser Karte existiert, aber fast dreihundert ausnehmend schöne kleine Inseln fehlen.

PROLOG

SAMSTAG

Viliame nutzte sein Handy als Taschenlampe, um den Weg vor sich zu beleuchten. Zwar gab es in Tanoa keinen Empfang, aber so lange der Akku reichte, hatte er zumindest Licht. Kelera hatte den Gewürzgarten über den oberen Pfad verlassen und sollte mittlerweile zu Hause sein. In der kühler werdenden Nachtluft spürte er immer noch ihre heiße Umarmung. Es rührte ihn, dass sie ihm zuliebe ihre Eltern belog. Sie verdiente etwas Besseres als ihn: jemanden, der sie liebte. Aber wenigstens vor dem Dorfklatsch wollte er sie bewahren. Also hatte er eine Weile gewartet, bis er den Weg einschlug, der zuerst am Muskatnusswäldchen vorbei- und dann zum Dorf hinabführte. Von Suva aus musste er eine ziemliche Fahrt auf sich nehmen, wenn er samstags nach Tanoa kam: erst zwei Stunden mit dem Bus und dann mit irgendeinem Lieferwagen vom Markt aus weiter – wenn er Glück hatte. Wenn nicht, musste er zwei weitere Stunden bergauf in die Siedlung hoch über der Flussbiegung wandern. Sonntags ging es nach dem Mittagessen dann wieder zurück nach Suva. Dennoch blieb ihm genug Zeit, um Einfluss zu gewinnen. Selbst einige der älteren Dorfbewohner nahmen langsam Notiz von ihm und fragten ihn sogar nach seiner Meinung; natürlich nicht zu Dorfangelegenheiten, aber zu Dingen, die jenseits der Ortsgrenzen lagen. Zwar hegten sie Argwohn und Zweifel gegenüber der modernen Welt, waren jedoch gleichzeitig davon fasziniert. Sie waren zäh und abgehärtet, doch immer mehr würden wenigstens ein Minimum an

Komfort und Annehmlichkeiten begrüßen. Und Elektrizität stand dabei ganz oben auf der Liste.

Er betrat das Brachland, das dicht mit Lantana und Ackerwinden bewachsen war. Als er die Blätter streifte, stieg ihm ein durchdringender Geruch in die Nase. Wieso rupften die Bauern dieses Unkraut nicht sofort samt Wurzel aus, sobald es sich zeigte, anstatt hilflos mit den Schultern zu zucken, wenn es alles zuwucherte? Aber das war nur eines der vielen Dinge, die ihn an der lethargischen Mentalität der Inselbewohner so frustrierten.

Als der Pfad breiter wurde, hörte er links von sich etwas rascheln. Er leuchtete mit der schwächer werdenden Lampe in die Richtung, sah aber nichts. Wahrscheinlich war es ein Mungo, der im Schutz des Dickichts in seinen Bau zurückhuschte. Also, *das* war mal ein Wesen mit Energie und Zielstrebigkeit! Würden die Dorfbewohner sich davon eine Scheibe abschneiden, sähe ihr Leben ganz anders aus.

Neben ihm knackte ein trockener Zweig. Er drehte sich um, und das schwache Licht des Handys fiel auf ein bekanntes Gesicht. »Was …«

Da krachte schon die Waffe gegen Viliames Kopf, und sein Körper sackte durch das Gestrüpp auf den Boden.

SONNTAG

1

Detective Inspector Josefa Horseman beobachtete mit wachsender Sorge das Spiel. Das erste Match der Suva Shiners lief nicht, wie es sollte. Es war Pech, dass sie als Erstes gegen die Marist Brothers High School antreten mussten, eine der stärksten Rugbymannschaften im ganzen Schulbezirk. Keiner der Shiners hatte es auf die Highshool geschafft; die meisten von ihnen schlugen sich mit dem durchs Leben, was sie als Schuhputzer auf den Straßen von Suva verdienten. Disziplin hatten sie nicht gelernt, daher hatten sie dem Angriff der Marists wenig entgegenzusetzen. Und das war nur der psychologische Aspekt.

Ein weiterer war ihr körperlicher Zustand: Die meisten von ihnen waren so unterernährt, dass ihre abrupt wachsenden Teenagerknochen sich unter ihrer Haut abzeichneten. Neben Horseman stand Dr. Pillai, der ihn während der letzten vier Monate tatkräftig beim Training unterstützt hatte, und blickte ihn jetzt mit zusammengezogenen Augenbrauen besorgt an.

»Wegen Mosese hatte ich wirklich Bedenken, Joe. Sieh ihn doch nur an!« Er zeigte auf einen schlaksigen Jungen, der sich keuchend auf seine Knie stützte.

Horseman warf einen Blick auf seine Uhr. »Noch vier Minuten bis zur Halbzeitpause. Schafft er das, oder willst du ihn auswechseln?«

Als Mosese bemerkte, dass über ihn geredet wurde, richtete er sich auf und zeigte ihnen seine gereckten Daumen.

»Meine Güte, dieser Junge würde die vier Minuten schon mit reiner Willenskraft überstehen«, antwortete Dr. Pillai. »Sieh mal, die Stürmer bilden tatsächlich so was wie eine Linie. Mosese!«, brüllte er, »in eine Reihe!«

Es war wie ein Wunder: Vor Horsemans Augen wurde das oft geübte Manöver vollzogen. Der dürre Tevita stürzte sich auf den stämmigeren Gegenspieler, der daraufhin das Gleichgewicht verlor. Im Fallen rutschte ihm der Ball aus den Händen, Pita schnappte sich ihn, raste übers Feld und gab ihn an Simeone weiter, als ein Marist ihn stellte. Die Stürmer blieben auf einer Höhe mit Simeone, der den Ball an Livai weitergab, unmittelbar bevor sich zwei Marists auf ihn warfen. Livai ließ ihn fast fallen, schaffte es aber irgendwie, ihn festzuhalten, und rannte wie der Wind los. Plötzlich hatte der Mannschaftsclown alle Marists hinter sich, doch kurz vor der Linie blieb er abrupt stehen und legte den Ball ganz sanft auf das gegnerische Malfeld. Triumphierend jubelten die Shiners auf, wurden an Lautstärke aber noch von Horseman und Dr. Pillai übertroffen. Auch wenn die Marists schon drei Versuche und drei Goals geschafft hatten, war dies der erste Versuch der Shiners. Der allererste! Der Schiedsrichter pfiff ab. Konnte Paula, der beste Kicker der Shiners, die Chance auf zwei weitere Punkte verwandeln? Ja, der Ball segelte durch die Pfosten. Der noch lautere Jubel wurde vom Abpfiff zur Halbzeitpause übertönt.

Dr. Pillai rannte zum Sammelplatz der Mannschaft hinter der Seitenlinie. Die Jungen begrüßten ihn brüllend, die Reservespieler verteilten Wasserflaschen und Bananen.

Begeistert humpelte Horseman Dr. Pillai nach. Vier Monate zuvor war sein Knie bei einer Ermittlung in Mitleidenschaft gezogen worden. Dabei hatte es sich gerade erst langsam von einer Operation erholt, die nach einer Verletzung, die sich Horseman als Nationalspieler für Fidschi Rugby zugezogen hatte, nötig war. Jedoch musste er mittlerweile weder an Krücken noch am Stock gehen. Schon bald würde er wieder für die Polizei antreten, vielleicht sogar in der Nationalmannschaft. Allerdings wusste er, dass die meisten daran zweifelten und glaubten, er wäre für immer aus dem Spiel.

Während der Pause erläuterte Horseman die Taktik für die zweite Hälfte des Matchs. Dann pfiff der Schiedsrichter, warf den Ball ein, und das Spiel ging weiter. Da vibrierte Horsemans Handy in seiner Tasche. Verdammt, er hatte vergessen, es abzustellen! Eine Unterbrechung kam jetzt gar nicht infrage! Es war Sonntag, er hatte dienstfrei, und es war das erste Match der Shiners. Andererseits war es vielleicht seine Mutter oder eine seiner Schwestern. Besser, er sah doch mal nach.

Horseman bereute seine Entscheidung, kaum dass er Detective Superintendent Navalas Namen auf dem Display erkannte.

»*Bula*, hallo, Sir.«

»*Bula*, Joe. Ich fürchte, ich habe schlechte Neuigkeiten. In den Bergen, genauer gesagt im Dorf Tanoa, gab es einen Mord. Ein junger Mann wurde vor dem morgendlichen Gottesdienst tot in der Kirche aufgefunden. Viliame Bovoro. Erschlagen. Laut Dr. Tavua in Nausori ist die Sache ganz klar ein Mord. Sie leiten die Untersuchung.«

»Ich, Sir? Aber Tanoa gehört doch zum Distrikt Korovou.«

»Eigentlich ja, Joe. Aber der dortige Inspector ist im Urlaub, und ansonsten gibt es nur noch einen Sergeant. Sie haben einfach nicht das nötige Personal. Außerdem wohnt Viliame, das Opfer, eigentlich in Suva. Er war übers Wochenende in sein Heimatdorf zurückgekehrt. Sie glauben vielleicht, auch wir hätten Personalmangel, aber wir sind der bestausgestattete Distrikt in Fidschi. Also sollten wir großzügig sein und unsere Hilfe anbieten.«

»*Io*, Sir, verstehe.«

»Begeben Sie sich so schnell wie möglich aufs Revier. Heute ist es schon zu spät, um noch ein Team hoch ins Dorf zu schicken. Leider. Aber Viliames Leiche ist auf dem Weg nach Suva. Schreckliche Angelegenheit. Seine Familie … furchtbar.«

»*Io*, Sir. Eine Schande, dass man ihn nicht dort lassen konnte.«

»Diese Entscheidung hat Dr. Tavua getroffen. Er hatte wohl seine Gründe. Aber wir bekommen Fotos vom Tatort.«

»Ist gut. Ich kann in einer Dreiviertelstunde da sein. Reicht das?«

»Sicher, so lange brauche ich auch.«

»Sir, haben Sie sich schon überlegt, wer alles zum Team gehören soll? Ich frage mich, ob Detective Sergeant Singh wohl zur Verfügung steht.«

»Daran hatte ich auch schon gedacht, Joe. Ich sehe mal, was sich machen lässt.«

Danach verdrängte Horseman das Telefongespräch und richtete seine Aufmerksamkeit auf die zweite Spielhälfte. Die Shiners zeigten mehr Mut, erzielten ein Penalty Goal und zehn Minuten später noch einen *try*, einen Versuch. Danach dominierten die Marists das Spiel, weil sie fitter, größer und erfahrener waren. In den letzten fünf Minuten gaben die Shiners wirklich noch mal alles, konnten die Marists aber nicht davon abhalten, immer mehr Punkte einzuheimsen. Horseman bekam einen Kloß im Hals, als er sah, dass diese Straßenkinder wirklich an ihre Grenzen gingen. Er warf einen Blick auf seine Uhr. Auf gar keinen Fall konnte er gehen, ohne mit den Jungen geredet zu haben, auch wenn er dadurch zu spät zur Einsatzbesprechung mit dem Superintendent kam.

Schließlich drängten sich die jungen Spieler erschöpft, doch mit erwartungsvoller Miene um ihn. »Shiners, ich bin unheimlich stolz auf euch. Dies war euer erstes richtiges Spiel, und euch sind zwei Versuche gegen die Marists geglückt, gegen die stärkste Mannschaft eurer Altersklasse!«

»Aber wir haben verloren, Joe«, erwiderte Tevita düster. »Gegen die Marists hatten wir keine Chance.« Die anderen stimmten murmelnd zu.

»Tevita, wir haben die zwei Versuche, auf denen wir aufbauen können. Seht euch doch den Trainer der Marists an: Er staucht die Mannschaft zusammen!«

Tevita stand auf, um einen Blick auf die im Halbkreis aufgestellten Jungen zu werfen, und grinste, weil sie die Köpfe hängen ließen, während ihr Trainer lautstark herumwetterte.

»Er dachte, ihr würdet nicht einen einzigen Punkt schaffen«, erklärte Horseman lächelnd. »Freut euch, Jungs, ihr habt euch gut geschlagen. Feiern wir die ersten Goals und Versuche der Shiners. Ein dreifaches Hurra auf euch, ihr habt es verdient. Hipp, hipp …«

Ihr erster Jubel war gedämpft, der zweite schon überzeugender, und beim dritten vergaßen die Jungen ihre Enttäuschung und brüllten begeistert los.

»Shiners, als Trainer hat man das besondere Vergnügen, den Man of the Match zu bestimmen«, fuhr Horseman fort, »Heute ist es Livai, der beide Versuche erzielt hat, die allerersten für die Shiners. Livai, zur Anerkennung möchte ich dir die Hand schütteln.«

Livai trat vor, verbeugte sich und ergriff Horsemans Hand. »Ein dreifaches Hurra auf unseren Trainer, Shiners!«, rief er. Darauf ertönte ohrenbetäubender Jubel, der erst verstummte, als der Geruch von Grillwürstchen in ihre Nasen stieg.

»Dr. Pillai hat heute was Besonderes zum Essen vorgesehen, Shiners. Haut rein!«, verkündete Horseman. Als die Jungen wieder vor Begeisterung johlten, hob Dr. Pillai grinsend die Hände.

Es gab ein regelrechtes Wettrennen zu dem neben der Tribüne aufgestellten Grill, an dem Detective Constable Tanielo Musudroka Würstchen wendete, während zwei andere Freiwillige von der Polizei geschnittenes Brot, Tomatensauce und Milch auf einen Tapeziertisch stellten.

Zwar musste Horseman längst weg, doch wollte er vorher noch einem weiteren Unterstützer danken. Als Sunny Khan, der Eigentümer von Khan's All Sports Emporium, sich der Gruppe näherte, klatschte Horseman in die Hände, um die allgemeine Aufmerksamkeit auf sich zu lenken. »Shiners, wie gefallen euch die neuen Trikots, die wir unserem Sponsor Mr Khan verdanken?« Die Mannschaft trug hellbraune Trikots mit schwarzen Kragen und Bündchen, die auf der linken Seite einen Schuh als Logo zeigten und den Namen des Sportgeschäfts in strahlend weißen Lettern quer über der Brust.

»*Vinaka vakalevu*, vielen Dank, Mr Khan. Mit Ihren prächtigen Trikots sind die Jungs heute eine Mannschaft geworden. In diesen Trikots haben die Shiners den Marists Brothers heute Nachmittag zwölf Punkte abgenommen.«

Er unterbrach den erneut aufbrandenden Jubel, damit Sunny Khan etwas sagen konnte.

»Jungs! Als euer Trainer mich ansprach, ob ich nicht euer Sponsor sein wollte, hatte ich zuerst Zweifel. Aber Josefa Horseman, Fidschis größtem Rugbystar, kann man kaum was abschlagen, oder? Ich jedenfalls konnte es nicht. Ihr habt einen guten Start hingelegt, Jungs. Ich freue mich schon zu sehen, wie ihr im Laufe der Saison immer weiter nach oben klettert. Ihr habt den besten Trainer und die besten Trikots, also kann doch nichts schiefgehen, oder?«

Mit neuer Energie hüpften die Jungen brüllend und klatschend herum und feierten sich selbst. Nur Tevita wirkte verhalten, und Horseman wusste auch, warum. Sunny hatte ihnen keine Rugbyschuhe gestellt, was Tevitas größter Wunsch gewesen wäre. Aber Schuhe waren natürlich teuer. Wieso sollte Sunny eine so große Summe spendieren? Schließlich brachten ihm die Shiners nichts ein. Die Trikots waren nur ein Gefallen für Horseman gewesen. Also spielten die Jungen barfuß, genau wie die Marists und die meisten anderen Juniormannschaften. Daran war nichts auszusetzen. Aber eines Tages würde Horseman ihnen richtige Rugbyschuhe beschaffen.

Jetzt musste er aber wirklich gehen. »Jungs, meine Arbeit ruft. Wir sehen uns am Dienstag um vier Uhr. Seid ausnahmsweise pünktlich!«

Als Horseman unter allgemeinem Applaus aufbrach, gelang es ihm fast, nicht mehr zu humpeln.

2

»*Bula*, hallo, Joe, herein mit Ihnen! Wie haben sich Ihre Schlawiner denn heute geschlagen?«, fragte Superintendent Navala.

Also wusste der Super, warum er so spät kam. »Tut mir leid, Sir. Ich konnte die Shiners bei ihrem ersten Spiel doch nicht im Stich lassen. Das hätten sie als Fahnenflucht betrachtet.«

»Schon gut, Joe. Wir alle hier bewundern, was Sie mit diesen Straßenkindern anstellen. Wir sind nur nicht alle so von der Heilkraft des Rugby überzeugt wie Sie.« Der Super verzog ironisch einen Mundwinkel, was seine Version eines Lächelns darstellte. »Wenigstens wissen wir damit, dass alle aus der Mannschaft für heute Nachmittag ein Alibi haben. Nur falls es kleinere Diebstähle gegeben haben sollte.«

Horseman lachte leise. »Das ist wahr, Sir. Den Rest des Tages werden sie wohl auch nichts mehr anstellen, weil sie erledigt sind. Völlig am Ende. Zwei Versuche, zwei Erhöhungen und ein Penalty Goal gegen die Marists. Bei ihrem ersten Spiel! Wer hätte das noch vor einem Monat gedacht?«

»Sie, Joe. Das haben Sie gut gemacht – genau wie Musudroka und die anderen Freiwilligen von unserer Truppe. Ich hoffe nur, die kleinen Schlawiner sind dankbar und leeren Ihnen nicht die Taschen.«

Horseman gluckste noch mal, dem Super zuliebe. »Also, was haben wir? Mord in einem der Bergdörfer? Wie ungewöhnlich!«

»Allerdings, Joe, *höchst* ungewöhnlich, wenn Sie das Wortspiel erlauben.« Horseman grinste. Er erlaubte sich selbst gern Wortspiele, wenn sich die Gelegenheit bot.

»*Io*, Tanoa liegt ganz am Ende einer Straße oder sogar noch weiter. Jedenfalls können nur Wagen mit Allradantrieb dorthin, und selbst die nur bis zum Fluss. Ich war zwar noch nie dort, habe aber gehört, dass es eins der altmodischen Dörfer ist, wo man sich vor den schlimmen Gefahren der modernen Zeit abschirmt. Wie unter einer Glasglocke. Vermutlich ist es in vielen isolierten Dörfern so. Konflikte sind da vorprogrammiert. Aber Mord? Ihre Aufgabe ist es, die Frage nach dem Wer und Warum zu lösen. Das Wie ist diesmal offensichtlicher.«

»Ist doch auch schon was. Lassen Sie hören, Sir.«

»Glücklicherweise wohnt im Dorf ein Polizist im Ruhestand, ein ehemaliger Constable. Der Ermordete wurde in der Kirche vom Pastor entdeckt, der heute Morgen kurz vor neun alles für die Sonntagsschule vorbereiten wollte. Tomasi, unser Polizist, befahl dem Pfarrer, den Tatort zu bewachen, holte einen Fotoapparat, machte Aufnahmen und brachte jemanden dazu, zur nächsten Polizeiwache nach Kumi zu fahren. Die Wache von Kumi schickte sofort ihre beiden Constables, und aus Korovou kam Dr. Tavua, der auch den Tod feststellte. Seiner Ansicht nach wird der Pathologe bestätigen, dass der Mann durch einen Schlag mit dem berühmt-berüchtigten stumpfen Gegenstand umgebracht wurde. In der Kirche!«

»War schon jemand von der Spurensicherung da?«

Der Super schüttelte den Kopf. »Das ging heute nicht, aber morgen früh schicke ich direkt ein paar Spurensicherer ins Dorf. Bis dahin bewachen abwechselnd Tomasi und jemand von der Polizei in Kumi die Leiche.«

»Tomasi? Das ist vielleicht nicht so günstig, Sir. Meinen Sie nicht auch, dass der Mörder aus dem Dorf kommen muss?«

»Nicht so schnell, Joe. Zugegeben, ideal ist es nicht. Aber man kann ja kaum erwarten, dass der eine Polizist die ganze Nacht wach bleibt. Verstärkung war einfach nicht zu kriegen.«

»*Io*, verstehe. Wen haben Sie sich denn für mein Team vorgestellt?«

»Nehmen Sie Musudroka mit. Er scheint doch eine ganz gute Wahl zu sein, nicht wahr?«

Horseman erinnerte sich, dass er anfangs Probleme damit gehabt hatte, als ihm im Januar der unerfahrene Tanielo Musudroka vom CID zugeteilt worden war. Doch als er Bedenken anmeldete, hatte der scharfsinnige Superintendent sofort gemerkt, dass dies ein Zeichen seiner eigenen Unsicherheit war. Peinlich. Wie sich herausgestellt hatte, war Musudroka begierig zu lernen und würde sich mit der Zeit schon machen.

»*Io*, Sir. Gut, dass Tanielo dabei ist. Aber Befragungen kann er nicht allein durchführen. Können Sie sonst noch jemanden erübrigen?«

Wieder verzog der Super ironisch den Mund. »Wie Sie wissen, ist Sergeant Singh noch auf Urlaub in ihrem Heimatort. Aber sie wollte am Mittwoch wieder hier sein, also habe ich ihr eine Nachricht geschickt und gefragt, ob sie nicht ein, zwei Tage früher zurückkommen könnte. Ich warte noch auf ihre Antwort. Sie ist im Westen zwar auch irgendwo im Hinterland, aber viel leichter erreichbar als Tanoa. Ein Officer von der nächstgelegenen Wache hat die Nachricht schon zur Farm ihrer Eltern gebracht.«

Horsemans Laune stieg. »Ich glaube, Susie wird nichts gegen eine frühere Rückkehr zur Arbeit haben, Sir.«

»*Dina*, Joe, stimmt. Bei dem Doppelmord waren Sie beide ein gutes Team.«

Horseman nickte. »Könnte vielleicht auch Kelepi Taleca mit von der Partie sein?«

»Wie Sie wissen, wurde Taleca vor kurzem zum Sergeant befördert und ist jetzt zur Fortbildung, wo er sich gut schlägt. In diesem Stadium der Ermittlung brauchen Sie eigentlich keine zwei Sergeants, Joe. Schauen wir erst mal, wie es läuft. Ich habe ein Fahrzeug für halb sieben geordert. Fahren Sie auf dem Weg an der Wache von Nausori vorbei, holen Sie so viele Informationen wie möglich ein, und dann geht's weiter zum Dorf.«

»*Vinaka*, Sir, das wird mal ein Tapetenwechsel für mich. Ich freue mich darauf. Jetzt setze ich mich an den Computer und mache mich an die Hintergrundarbeit.«

Wieder zog der Super einen Mundwinkel hoch. »Bevor Sie gehen, wollte ich noch sagen, dass ich Ihr Urlaubsgesuch ab nächsten Freitag nicht vergessen habe. Ihr Besuch aus den USA kommt doch, oder?«

»*Io*, Sir«, erwiderte er hilflos. Melissa würde mitten in eine Morduntersuchung platzen.

»Dann beten wir nur, dass alles schnell über die Bühne geht. Ich versuche Ihr Team noch zu vergrößern. Dennoch muss ich Ihnen sagen, dass bei Kapitalverbrechen wie diesem hier für alle Ermittlungsbeamten Urlaubssperre herrscht.«

»*Io*, Sir.« Na, wenn das mal kein Ansporn war!

* * *

Wie sollte das funktionieren? Schon seit er vor über vier Monaten Portland verlassen hatte, versuchte er Melissa nach Fidschi zu locken. Und jetzt würde sie in fünf Tagen hier sein! Er hatte gehofft, ihr Besuch würde zu etwas führen – vielleicht sogar zu einer Entscheidung für eine gemeinsame Zukunft. Aber jetzt?

Der Mörder hatte ihm einen Strich durch die Rechnung gemacht und seine Hoffnungen vereitelt. Es war höchst unwahrscheinlich, dass sie den Fall bis Freitag geknackt hätten. Doch ganz unmöglich war es nicht: Daran würde er sich klammern und darauf hinarbeiten.

Allerdings musste er vernünftig sein. Vielleicht war es doch besser, Melissas Reise zu verschieben, bis der Fall gelöst war. Andererseits war sein Job unvorhersehbar. Beim nächsten Mal konnte genau dasselbe passieren. Er musste es noch mal mit ihr besprechen, und zwar sofort. Sonntag sechs Uhr in Fidschi war Samstag elf Uhr nachts in Portland. Er simste ihr nur zwei Wörter: Neuigkeiten. Skype? Dann fuhr er seinen Laptop hoch, loggte sich bei Skype ein und wartete. Nach wenigen Minuten gab sein Computer ein Signal, und da war sie: lächelnd, mit einem Handtuch um den Hals, die kurzen Haare nass.

»Ciao, Joe, ich kann dich noch nicht sehen. Ah, da bist du ja. Wie du siehst, war ich gerade unter der Dusche. Ich könnte ein bisschen Fidschi-Sonne gebrauchen. Was hast du denn für Neuigkeiten, Schatz?« Sie trocknete sich die Haare ab und legte das Handtuch beiseite.

»Heute gab es einen Mord in den Bergen, ein paar Stunden von Suva entfernt. Ich leite die Untersuchung und muss morgen ganz früh los. Momentan gibt es noch keinen Hinweis auf den Mörder. Das könnte unsere Pläne für deinen Besuch gefährden. Ist sogar ziemlich wahrscheinlich.«

Melissas glückliches Lächeln verblasste. »Ja, klar, das verstehe ich. Und was heißt das?«

»Ich möchte unbedingt, dass du am Freitag kommst, Süße. Aber du solltest dich darauf gefasst machen, dass ich rund um die Uhr an dem Fall arbeiten muss, wenn wir den Mörder bis dahin nicht geschnappt haben. Dann wird mein Urlaub gestrichen.«

Sie sah ihn mit ihren blauen Augen forschend an. »Findest du, ich sollte meinen Besuch verschieben? Im Krankenhaus dürfte das kein Problem sein. Ich hab ein flexibles Flugticket, also kann ich kostenlos umbuchen.«

Beim Anblick der Sommersprossen auf ihrer Nase und ihren Wangen überkam ihn der Drang, sie zu küssen. Er seufzte. »Ich weiß nicht. Das Problem ist, dass man in meinem Job nichts sicher vorhersagen kann. Wenn du deinen Besuch verschiebst, könnte beim nächsten Mal genau dasselbe passieren.«

»Oh nein, dann klappt es ja nie! Weißt du was? Hoffen wir einfach auf das Beste und warten noch mit der Entscheidung. Wer weiß, möglicherweise fährst du morgen früh in die Berge und kommst abends mit dem Täter in Handschellen zurück!« Sie lächelte.

Positives Denken konnte nie schaden. »Gut, reden wir Montagabend noch mal, wenn ich nach Suva zurückkomme – das ist bei dir Sonntagnacht. Oder ist das zu spät für dich, Engel, es könnte sogar nach Mitternacht werden?«

»Nein, ruf an, sobald du kannst. Ich bleibe auf. Kann sowieso nicht schlafen.«

»Okay, so machen wir's. Hast du was für morgen geplant?«

»Essen mit der Familie und vielleicht danach einen Spaziergang mit Dad. Er ist in der letzten Zeit so träge geworden, da will ich ihn mal ein bisschen auf Trab bringen.«

»Gut. Grüße deine Familie von mir. Und treib deinen Vater nicht zu sehr an.«

»Viel Glück bei deinem Fall – und löse ihn ganz schnell, Schatz!«

»Ich geb mein Bestes, das kannst du mir glauben. Aber wir schaffen das schon mit deinem Besuch, Melissa, komme, was da wolle. Bis morgen.«

»Ist gut, Schatz. Ich kann es kaum erwarten. Träum süß!«

Als sie sich ausloggte, sah er noch, wie ihr Lächeln einer besorgten Miene wich.

MONTAG

3

Die Straße im Hinterland von Nausori führte am breiten Fluss Rewa und einem bunten Flickenteppich aus Obstplantagen und traditionell mit Knollenfrüchten bepflanzten Äckern vorbei. Aber um den Bedürfnissen einer wachsenden Anzahl von Touristen entgegenzukommen, pflanzten findige Bauern auch bislang unbekannte Gemüsesorten an: Blattsalat, Pak Choi, Paprika, Tomaten in allen Größen und Formen und vieles mehr.

»Was für ein schönes Bild, finden Sie nicht?«, fragte Detective Constable Tanielo Musudroka, der vom Beifahrersitz des Land Cruisers das fruchtbare Farmland betrachtete.

»Allerdings«, bestätigte Horseman. »Sind Sie das erste Mal hier?«

»Ja, in die Gegend musste ich noch nie. Aber ich habe davon gehört. Die Bauern aus meinem Heimatort bei Ba schwärmen immer davon, wie gut der Boden ist und wie leicht es die Bauern hier haben.«

»Trotzdem steckt hinter diesem schönen Bild viel harte Arbeit. Apropos Bilder: Was meinen Sie zu den Fotos vom Opfer?«

»Die finde ich ziemlich merkwürdig, Sir.« Musudroka zog die A4-Ausdrucke aus dem Umschlag auf seinem Schoß und warf einen Blick darauf. »Er liegt mit ausgestreckten Armen auf dem Boden, sein Kopf ist zum Kreuz im Altarraum gerichtet. Sieht irgendwie aus wie bei einer Kreuzigung.«

Er sichtete die Fotos. »Auf diesem hier kann ich mit Blut verkrustete Haare sehen, also hatte er wahrscheinlich eine Kopfverletzung, aber am restlichen Körper sind keine Wunden oder Blutergüsse zu sehen. Die Matte, auf der er liegt, ist ganz gerade und sauber, so als hätte es keinen Kampf gegeben.«

»*Io*, er muss überrascht worden sein, und der erste Schlag hat ihn direkt ausgeknockt oder gar getötet. Dr. Tavua hat gesagt, es hätte kaum Blut gegeben, also scheint er woanders getötet und danach in die Kirche geschafft und dort so hingelegt worden zu sein. Es könnte wirklich eine Position sein, die auf eine Kreuzigung oder Unterwerfung hindeutet.«

Musudroka schwieg eine Weile. »Und was sagt uns das, Sir?«

»Gute Frage, Tani. Zum Beispiel, dass der Mörder seine Tat nicht verbergen, sondern sie öffentlich präsentieren, gleichzeitig aber seine Identität geheim halten wollte. Er ist arrogant, befindet sich wahrscheinlich unter den Dorfbewohnern und gibt sich wie sie geschockt und traurig, während er seine Anonymität genießt. Außerdem will er eine Botschaft vermitteln. Wenn der Tote wie bei einer Kreuzigung arrangiert wurde, ist er wohl wirklich als Opfergabe gedacht, aber für was?«

»Und wenn es um Unterwerfung geht?«, fragte Musudroka.

»Das könnte bedeuten, der Mörder wollte das Opfer zu etwas zwingen. Vielleicht betrachtete er ihn als Sünder, der zu Gott zurückgeführt werden musste. Aber welche Sünde soll Viliame begangen haben?«

»Und wer glaubt, er könne wie Gott richten und strafen?«

»Ausgezeichnete Frage, Tani. Sie werden noch ein richtiger Detective! Beachten Sie, dass die, die sich als Richter, als Geschworene und vor allem als Vollstrecker aufführen, nur selten Respekt vor der Polizei haben. Wenn wir jetzt das Dorf aufsuchen, werden wir wahrscheinlich auf Widerstand stoßen, den isolierter lebende Menschen oft gegenüber ungebetenen Behördenvertretern leisten. Sollte der Mörder noch dort sein, wird er nicht nur versuchen, uns auszutricksen, sondern sich vielleicht auch damit amüsieren, die Gemeinde gegen uns aufzustacheln.«

Musudroka wirkte alarmiert. »Leute, die nicht wollen, dass

man sich in ihre Angelegenheiten mischt, bin ich ja gewohnt, aber …«

»Aber dieser Fall ist anders, Tanielo. Ein Mörder, der einiges auf sich nimmt, um sein Werk in der Öffentlichkeit zu präsentieren, und dann auch noch in der Kirche, ist ganz anders als einer, der die Leiche seines Opfers versteckt. Dieser hier zielt darauf ab, die Polizei zu diskreditieren und als möglichst dumm oder korrupt darzustellen. Daher müssen wir besonders vorsichtig sein, uns strikt an die Vorgaben halten und mit jedem so respektvoll wie möglich sprechen.«

»Natürlich, Sir. Das versteht sich von selbst«, erwiderte Musudroka leicht gekränkt.

Horseman bog auf eine Schotterstraße ab, die sich die Hügel hinaufwand. Die kommerziellen Anbauflächen wichen kleinen Feldern, die von Dorfbewohnern zur Selbstversorgung bewirtschaftet wurden. Hier und dort sah man auch struppige Weiden, auf denen braune Kühe grasten, die dabei ständig den Schwanz hin und her schwangen, um Insekten abzuwehren.

Die letzte Abbiegung war nicht zu verfehlen. Der steile Weg hatte tiefe Spurrillen, wo der Schotter weggespült worden war. Jetzt waren sie in den Bergen. Die Dörfer und Anbauflächen waren noch kleiner und lagen weiter auseinander, und die Waldstücke dazwischen wurden immer größer und dichter. Horseman fuhr langsamer, als sich zwei Reiter näherten, die noch zwei Packpferde mit dicken Säcken, Netzen voller Wurzelgemüse und mit Bananenbüscheln bei sich führten. Als sie ihnen winkten und *Bula, Bula* riefen, erwiderten die Officers ihren Gruß.

Horseman fragte sich überflüssigerweise, ob die Pferde wohl Nachkommen jener Tiere waren, die mit seinen eigenen Vorfahren Anfang des achtzehnten Jahrhunderts bei einem Schiffbruch auf die Inseln gekommen waren. Das erste Pferd auf Fidschi hatte seinem eigenen Urahn das Leben gerettet, weil ein Häuptling sein Herz an das wunderschöne Tier verloren hatte. Da dieser bislang keine größeren Tiere als Schweine gesehen hatte, wusste er nicht, wie er damit umgehen sollte, und so fiel Horsemans Vorfahre nicht dem Kannibalismus zum Opfer, sondern endete als Stallmeister des Häuptlings und gründete eine Familie. Er wurde bei den Fidschianern als *Pferdemann* bekannt, als *horse-man*, und dieser Name blieb seinen Nachkommen erhalten.

»Was sind denn die dunkelgrünen Büsche da?«, fragte Musudroka unvermittelt und riss Horseman damit aus seinen Gedanken. Er zeigte auf eine kleine Plantage, die sich über eine Anhöhe erstreckte.

»Kaffee. Arabicasträucher, die nur in dieser Höhe und noch höher gut gedeihen. Der beste Kaffee der Welt. Oder vielleicht der zweitbeste, nach kolumbianischem. Durch seine abgelegene Lage wird Fidschi von den Kaffeekrankheiten verschont, die größere Plantagen oft ereilen und die Preise in die Höhe jagen. Wir haben noch nicht die Kapazitäten, um große Händler zu versorgen, aber Single-Source-Lieferanten wollen unseren Kaffee und zahlen dafür Bestpreise.«

»Woher wissen Sie das, Sir? Sie sind ja ein wandelndes Lexikon.«

Horseman gluckste. »Nein, Tani, nur ein patriotischer Kaffeejunkie.«

»Ich mag keinen Kaffee. Dafür könnte ich ständig süßen Tee trinken.«

»Ach, das liegt nur daran, dass Sie noch nie wirklich guten Kaffee gerochen und geschmeckt haben. Ich werde Sie mal im *Arabica* in Suva in die Materie einführen.«

Horseman musste jetzt noch langsamer fahren, da der Schotter mittlerweile roter Erde gewichen war und der Weg noch tiefere Spurrillen hatte. Die stellten selbst für den Land Cruiser eine echte Herausforderung dar. Die beiden Insassen wurden gründlich durchgerüttelt. Die Bäume um sie herum wuchsen dicht und hoch: mit Aufsitzpflanzen bewachsene Mahagonibäume und Ingwergewächse, die sich unter der Last ihrer schweren roten oder cremeweißen Blüten beugten. Der Weg schlängelte sich stetig durch den Nebelwald bergauf. Horseman schaltete die Scheinwerfer ein. Sie hörten den wild rauschenden Fluss, und nach der nächsten Biegung fiel das Licht der Scheinwerfer auf eine Barriere aus Holzstämmen. Ein mit Hand beschriebenes Schild erklärte auf Fidschi und Englisch allen Besuchern: Ab hier keine Fahrzeuge, nur noch Fußgänger. Hinter der Barriere sah man eine Brücke aus Holz. Links davon standen auf einer schlammigen Lichtung ein verbeulter, roter Truck, zwei alte Fahrräder und ein noch recht neu wirkendes helles Nutzfahrzeug. An der Einfahrt des Behelfsparkplatzes lagen ein paar umgedrehte Schubkarren.

»Das ist der Parkplatz, den der Super erwähnt hat. Am Ende der Straße, mitten im Nirgendwo.«

»Tanoa ist ein komischer Name für ein Dorf, oder? Kava-Schale?«

Horseman zuckte die Achseln. »Keine Ahnung, woher der Name stammt. Vielleicht hat er was mit der Landschaft zu tun. Wir sind von Bergen umgeben, also könnte der Ort eine Talsohle widerspiegeln, wie der Boden einer Kava-Schale eben.«

Nebel stieg über dem Fluss auf und lichtete sich mit zunehmender Höhe. Das diesige Ufer auf der anderen Seite bog sich der Holzbrücke entgegen.

Rechts von ihnen sah man Häuser und eine Kirche. Auf einer Anhöhe bot eine Terrasse Platz für eine Schule und ein mit Gras bewachsenes Rechteck, das an beiden Enden von Bambuspfosten begrenzt wurde. Das war wohl die *Rara*, das Festgelände, das in kleinen Dörfern auch als Rugbyfeld diente und in beiden Funktionen gleich wichtig war. Hier und dort sah man Wäscheleinen und kleine Schuppen. Am Ufer unter der Brücke wuschen Frauen Wäsche und schlugen die Kleider und Tücher rhythmisch auf die glatten Steine. Andere kümmerten sich unter den wachsamen Blicken von zwei mageren Hunden um Reusen für Fische. Es war ein typisches Dorf im Hinterland: pittoresk, friedlich und langweilig. Aber in diesem gab es einen außergewöhnlichen, gefährlichen Mörder.

Links von der Brücke ragte der Berg fast senkrecht wie eine Klippe empor. Es sah aus, als wären an der Spitze etliche Felsbrocken aufgetürmt worden, um sie noch zu erhöhen. Horseman erinnerte das an die Ruinen einer Bergfestung aus der vorkolonialen Zeit. Ihm sträubten sich die Nackenhaare, als er durch den Nebel der Zeiten blutige Schlachten vor sich sah. Die Einwohner von Tanoa würden die Eindringlinge von dort aus mit Speeren, Pfeilen und anderen Geschossen verteidigt haben, die sie mit tödlicher Genauigkeit abgefeuert hatten. Es gab keine bessere Stelle, um die Angreifer vom Fluss zu entdecken und sie abzuwehren.

* * *

Als sie die Brücke überquerten, kam ihnen mit großen Schritten ein Mann mittleren Alters entgegen. Er trug ein kurzärmliges blaues Hemd und einen *Pocketsulu*, die förmlichere Version des traditionellen Wickelrocks, der in Dörfern von Männern und Frauen gleichermaßen getragen wurde. Horseman zeigte seine Polizeimarke und stellte sich und Musudroka vor.

»*Bula vinaka*, Officers. Herzlich willkommen. Ich freue mich natürlich sehr, unsere Rugbylegende persönlich kennenzulernen. Ich bin Joni Tora, der Pastor der hiesigen Methodistenkirche. Und ich war es, der gestern Morgen unseren Bruder Viliame in der Kirche entdeckt hat. Es ist mir immer noch unbegreiflich, wie das passieren konnte. So etwas Böses in unserem friedlichen Dorf!«

»*Vinaka vakalevu*, Pastor Joni. Unser größtes Mitgefühl darüber, dass Sie einen Ihrer wertvollen jungen Männer verloren haben. Wir müssen uns entschuldigen, dass wir Sie in Ihrer Trauer stören. Da Viliame eindeutig umgebracht wurde, ist es nur gut, dass wir nach seinem Mörder suchen. Ich fürchte jedoch, Sie werden so lange mit einem ganzen Polizeiteam zurechtkommen müssen.«

»Das verstehe ich, und Viliames Familie wird das auch verstehen.

Sie verrichten hier Gottes Werk. Heute ist unser Häuptling nicht vor Ort, aber sein Stellvertreter Ilai ist hier. Begleiten Sie mich in mein Haus, dort warten Erfrischungen auf Sie. Sie sind nach der langen Fahrt doch sicher müde. Sind Sie wirklich heute aus Suva gekommen? Da müssen Sie sehr früh aufgebrochen sein.«

Die meisten Behausungen waren traditionell aus Schilf gebaut und mit Reet gedeckt, doch gab es auch bunt gestrichene Holzhäuser mit Wellblechdächern. Auf dem Weg zum Haus des Pastors durchbrach die Sonne die tief hängende Wolkendecke und erhellte die Szenerie. Kurz darauf trugen Frauen aufgerollte Pandanusmatten aus dem Haus und breiteten sie auf nahe stehenden Hibiskusbüschen aus.

»Ah, das Mattenlüften – so ein schöner Anblick«, bemerkte Horseman.

»Und eine nie endende Aufgabe«, erwiderte der Pastor. »Hier in den Bergen ist es so oft bedeckt, dass die Frauen sofort zur Tat schreiten, sobald sich die Sonne zeigt.«

Pastor Joni führte sie an der Kirche vorbei zu einem Haus, das größer war, höher lag und einen frischeren Anstrich hatte als die anderen: leuchtend grün, die Tür und die Fensterrahmen rot. »Willkommen in meinem bescheidenen Heim, Officers. Bitte nehmen Sie an unserem Tisch Platz. Dies ist meine Frau, Mere.«

Horseman und Musudroka gaben Mere die Hand. Sie war eine kleine, rundgesichtige Frau mit einem strahlenden Lächeln. »Mere ist ein großer Rugbyfan«, fügte Pastor Joni hinzu.

Sie ließen sich an dem Tisch mit einer gelben Tischdecke nieder, auf dem bereits Wassergläser, Teetassen und Milch und Zucker standen. Mere brachte eine große Aluminiumkanne und schenkte Tee aus, dann holte sie Sandwiches und ein Körbchen mit Scones, das in ein kariertes Küchentuch gewickelt war.

»Sie wissen wirklich genau, was wir brauchen, Mrs Tora. Nach diesem wunderbaren Morgentee werden wir in Topform sein.« Pflichtschuldig aß Horseman ein paar Sandwiches mit Dosenfleisch und Dosenfisch und trank eine Tasse Tee, während er immer wieder die Scones beäugte. Als Mere das Küchentuch entfernte, breitete sich ein tröstliches Aroma in der Luft aus.

»Bedienen Sie sich, Inspector Horseman. Wir haben auch Butter.« Sie holte eine Dose aus einem Vorratsregal und reichte sie ihrem Mann, der sie mit einem Messer aus seiner *Sulu*-Tasche öffnete. Eigentlich war es Horseman gar nicht recht, die Lebensmittel seiner Gastgeber aufzuessen, aber jetzt war die Konserve schon geöffnet, und natürlich schmeckten Scones mit Butter auch viel besser. Also teilte er ein Scone in zwei Hälften und bestrich ihn sparsam mit dem Fett, während Mere ihm noch mal Tee nachschenkte. Musudroka folgte seinem Beispiel.

Plötzlich sprang Mere auf. »Ach, ich hab die Marmelade vergessen! Wie dumm von mir! Banane und Passionsfrucht, ich habe sie erst letzten Monat gemacht.« Sie stieg auf einen Hocker, nahm ein Glas vom oberen Regalbord und stellte es mit großer Geste auf den Tisch. »Ich finde immer, durch die Passionsfrucht kriegt sie einen ganz besonderen Geschmack.«

»Mere macht ausgezeichnete Marmeladen, Officers. Und diese hier ist etwas ganz Besonderes«, erklärte der Pastor. Also aßen beide Polizisten noch ein Scone, diesmal mit Meres Marmelade.

Horseman widerstrebte es immer, Dorfbewohner zur Eile zu drängen, da sie alle Hast als sehr unhöflich betrachteten. Dennoch wurde es Zeit, dass sie sich ihren Pflichten widmeten. »Pastor Joni, könnten Sie mir erzählen, wie Sie Viliame gestern in der Kirche entdeckten?«

Der Pastor trank erst mal einen Schluck Tee, bevor er antwortete: »*Io*, ich ging weit vor neun Uhr hinüber – dann fängt die Sonntagsschule an –, um alles vorzubereiten. Ich schätze, es war so gegen halb neun. Zuerst kümmerte ich mich um die Fenster und öffnete ein paar Blendläden, um Licht hereinzulassen. Als ich mich umschaute, sah ich sofort den armen Vili, der mit ausgestreckten Armen und dem Gesicht nach unten auf der Matte lag. Ganz kurz dachte ich, er würde beten, obwohl es bei uns nicht üblich ist, sich in der Kirche auf den Boden zu legen, aber … Jedenfalls fiel mir dann seine Reglosigkeit auf und das Blut in seinen Haaren.«

»Haben Sie ihn berührt, Pastor?«, fragte Horseman.

»*Io*, ich ging in die Knie und fühlte an seinem Hals nach dem Puls. Außerdem hob ich seine linke Schulter an und prüfte, ob sein Herz schlug. Seine Haut war etwas kühl. Zwar bin ich kein Fachmann, aber ich dachte sofort, er sei tot und zwar durch fremde Hand.«

»Was haben Sie dann gemacht?«

»Ich ging zu seinem Haus, erzählte es seinen Eltern und brachte sie hierher. Danach läutete ich draußen die Glocke, um das Dorf zusammenzurufen und es ihm mitzuteilen. Glücklicherweise ist einer der Sonntagsschullehrer ein Polizist im Ruhestand. Ich übergab alles an Tomasi, und er leistete großartige Arbeit beim Sichern der Kirche. Er machte sogar Fotos. Danach bat er Naca, mit seinem Truck zur nächsten Polizeiwache zu fahren und den Constable zu holen.«

»Wie geht es Vilis Eltern jetzt?«

»Sie trauern natürlich und sind geschockt. In der Kirche waren entweder Tomasi oder ich immer bei ihnen. Die Sonntagsschule habe ich abgesagt. Der Gottesdienst um halb elf fand zwar statt, wurde aber in der Schule abgehalten. Vilis Eltern waren auch dabei. Danach haben sie und ihre jüngeren Kinder bei uns zu Mittag gegessen, und dann gingen sie nach Hause, um sich auszuruhen.«

»*Vinaka*, Pastor Joni. Sie und Tomasi waren sehr umsichtig und haben alles getan, was Sie konnten. Was haben Sie mir zu Vili zu erzählen?«

»Ach, Vili, der war etwas ganz Besonderes. Ein aufgeweckter Junge mit großem Potenzial. Und jetzt ist er bei Gott.« Der Pastor senkte den Kopf, dann trank er langsam seinen Tee aus. Musudroka nahm sich noch ein Scone. Horseman runzelte die Stirn und starrte ihn an.

Dann fuhr Pastor Joni fort: »Sie sehen ja, wie es hier ist: Wir befinden uns mitten im Nirgendwo, weit weg vom geschäftigen Treiben an der Küste und im Haupttal. Für unsere Kinder ist es zu isoliert. Sie sind nicht besonders gut in der Schule, und nur wenige schaffen es auf die Highschool. Selbst die, die schlau genug wären, sind zu schüchtern und haben ein bisschen Angst vor dem Internat. Sie bleiben lieber hier und werden Bauer oder machen ihren Führerschein und fahren Bus oder Lieferwagen. Manche besorgen sich auch einen Job in einem Resort, sowohl Jungen als auch Mädchen. Aber da sie ungelernt sind, verdienen sie nicht viel, sodass nur wenig Geld ins Dorf zurückfließt. Das stört zwar niemanden hier, doch das Dorf ist arm, obwohl hier alle hart arbeiten.

Vili war ganz anders. Er ging mit Freuden auf die Highschool und machte sich gut. Da er sich für Landwirtschaft interessierte, startete er hier ein Projekt, das mit Gewürzanbau zu tun hat. Vanille und Muskatnuss. Er hatte große Pläne – meinte, wir bräuchten hier in unserem abgeschiedenen Dorf etwas, was wenig Aufwand erfordere, aber hohe Preise erziele, und Gewürze seien da genau das Richtige. Ach, er war ja so enthusiastisch.« Seine Augen füllten sich mit Tränen, aber er wischte sie energisch weg.

»Hat er das Gewürzprojekt denn in die Tat umgesetzt?«, hakte Horseman nach.

»Ja, das hat er, obwohl er seinen Plan, Landwirtschaft zu studieren, aufgeben musste. Seine Eltern haben nicht viel Geld, und da sie noch drei jüngere Kinder versorgen müssen, waren sie der Meinung, Vili sollte sich eine Arbeit suchen. Er hatte Glück, eine Ausbildung zum Buchhalter beim Native Land Trust Board zu bekommen. Wenigstens meinen alle, er habe Glück gehabt, weil das eine so ehrwürdige Institution ist. Aber ich finde, der NLTB hatte Glück, denn Vili zeigte ein Engagement, das jeden Arbeitgeber beeindrucken würde, und seine Noten an der Highschool waren wirklich sehr gut. Nach fünf Jahren ist er immer noch beim NLTB, mittlerweile als leitender Buchhalter. Aber was sage ich da – er ist ja tot. Nur, wer hätte Vili töten wollen? Es ist einfach unbegreiflich!« Der Pastor zog ein Taschentuch hervor und wischte sich die Tränen ab.

»Wie konnte er denn das Gewürzprojekt fortführen, Sir?«, fragte Musudroka.

Der Pastor lächelte. »Oh, vor harter Arbeit scheute Vili nicht zurück, Constable, und er war der geborene Anführer. An den meisten Wochenenden und während seines gesamten Urlaubs war er immer hier. Er brachte andere dazu, in ihrer Freizeit ein paar Stunden am Projekt zu arbeiten, so wurde alles Notwendige getan. Obwohl es nur ein kleines Projekt ist, bringt es doch Geld ein. Vili hielt genau fest, wer wie viel arbeitete, und teilte den Gewinn gerecht unter den Mitarbeitern auf. Auch sich selbst bezahlte er nur den Arbeitslohn. Seine Aufzeichnungen konnten von jedermann eingesehen werden, und natürlich behielten die Mitarbeiter einander im Auge.«

Horseman lächelte. »Das kann ich mir vorstellen. Er muss sehr beliebt gewesen sein.«

»Ja, das war er wirklich. Er wollte den Gewürzgarten vergrößern und hat von den Älteren schon zweimal die Erlaubnis dazu erhalten. Aber bei seinem letzten Antrag gab es ein paar Schwierigkeiten.«

»Schwierigkeiten?«, hakte Horseman nach.

Schweigen breitete sich zwischen ihnen aus, während Mere ihnen eine dritte Tasse Tee einschenkte. Der Pastor starrte nachdenklich in seine Tasse. Als er schließlich aufschaute, sagte er: »Es hatte was mit der Landvergabe hier zu tun. Mehr kann ich nicht sagen. Ich stamme nicht von hier, wissen Sie, obwohl ich schon seit zwanzig Jahren in Tanua wohne und arbeite. Ursprünglich komme ich von Vanua Levu. Daher werde ich in die Überlegungen des Häuptlings und der Älteren nicht eingeweiht.«

Horseman sah Musudroka an und schüttelte kaum merklich den Kopf – nur für den Fall, dass der unerfahrene Polizist noch weiter nachfragen wollte. Dann trank er seinen Tee aus.

»*Vinaka vakalevu*, Herr Pastor und Mrs Tora. Sie waren ausgesprochen großzügig und haben uns für den Rest des Tages gestärkt. Aber jetzt sollten wir uns die Kirche ansehen.«

»*Io*, sehr gerne, Inspector, bitte lassen Sie sich von uns nicht aufhalten.« Der Pastor führte sie noch die Treppe hinunter, dann blieb er dort und sah ihnen nach, während sie zur Kirche nebenan gingen.

4

An der ochsenblutroten Tür der Kirche warteten zwei Männer. Der kleinere, kräftige trat einen Schritt vor und nahm Haltung an. Er trug den *Sulu* unterhalb des Bauchs, sodass die breite Lücke zwischen dem *Sulu* und seinem blauen Poloshirt aussah wie ein haariger brauner Gürtel.

Nachdem die Polizisten ihre Marke gezeigt hatten, schüttelte er ihnen die Hand. »Tomasi Kana, Constable im Ruhestand, Sir«, erklärte er in formellem Fidschi. »Ich freue mich, Sie kennenzulernen und Ihnen zu Diensten zu sein, Inspector Horseman. Darf ich Ihnen Mr Ilai Takilai vorstellen, unseren Dorfvorsteher und Stellvertreter des Häuptlings?« Von der Nase des Dorfvorstehers bis zu seinem zusammengepressten Mund zogen sich tiefe Falten. Sein Handschlag war fest.

»Ich heiße Sie im Namen von Ratu Osea Matanitu, dem Häuptling von Tanoa und der damit verbundenen Dörfer willkommen. Heute ist Ratu Osea in Suva, erteilt Ihnen aber die Erlaubnis, hier ungehindert Ihre Ermittlungen durchzuführen. Sobald er wieder vor Ort ist, wird er Sie mit Freuden ganz offiziell mit einer *sevusevu*-Zeremonie willkommen heißen.«

Horseman klatschte einmal in die Hände: Die traditionelle Geste, um Dank auszudrücken. Musudroka folgte seinem Beispiel.

»*Vinaka vakalevu*, Sir«, erwiderte Horseman. »Ich danke Ihnen für Ihre Kooperation und freue mich darauf, schon bald mit Ihnen zu sprechen.«

»Natürlich stehe ich Ihnen zur Verfügung, fürchte aber, Ihnen nicht viel helfen zu können. Diese Tragödie hat mich zutiefst erschüttert. Aber ich habe nichts zur Aufklärung beizutragen. Einstweilen will ich mich verabschieden.« Der große, magere Dorfvorsteher nickte förmlich und ging.

Im Gegensatz zu ihm war Tomasi Kana entgegenkommend, fast schon schmeichlerisch. »Wissen Sie, Sir, auch ich habe vor vielen Jahren im Rugbyteam der Polizei gespielt.«

»Schön, Mr Kana. Die Polizei war schon immer spitze, nicht wahr?«

»Bitte nennen Sie mich doch Tomasi, Sir. Ich war allerdings nie so erfolgreich wie Sie, spielte nur in der zweiten Liga. Aber ich war stolz darauf.«

»Es gibt doch nichts Besseres, als mit ein paar Kollegen von der Polizei Rugby zu spielen, oder? *Vinaka* für Ihre Hilfe und die Informationen, die Sie uns schon haben zukommen lassen, Tomasi. Ohne Ihre Kenntnisse und Führungsqualitäten wären hier alle Beweise zerstört oder entfernt worden. Ich bin Ihnen sehr dankbar.« Horseman klatschte erneut einmal in die Hände.

Tomasi lächelte vor Vergnügen. »Ich freue mich, helfen zu können. Dies ist ein schändliches Verbrechen. Ich habe hier inoffiziell Wache gehalten, um Neugierige fernzuhalten. Vor einer knappen Stunde sind dann ein weiterer Constable und ein Beamter von der Spurensicherung eingetroffen.«

»Gut gemacht, Tomasi. Wir sehen uns sicher später.«

Musudroka stieß die schwere Tür auf. Da sich das Holz von der Feuchtigkeit ausgedehnt hatte, schabte sie über den Boden. Also hob er sie am Griff leicht an. »Die sollte mal ausgehängt und wieder ordentlich eingesetzt werden. Vielleicht würde es auch helfen, die Scharniere etwas fester anzuschrauben.«

Horseman war überrascht. »Sind Sie auf einmal unter die Handwerker gegangen, Tani? Ich bin beeindruckt!«

Musudroka wurde rot. »Mein Vater ist Zimmermann, Sir. Er schimpft dauernd über Leute, die sich nicht anständig um ihre Häuser und Möbel kümmern.«

»Das werde ich im Hinterkopf behalten. Aber jetzt schauen wir mal, was wir drinnen vorfinden.«

Die weiß gekälkte Kirche war schlicht, hatte aber schöne Proportionen und strahlte etwas Erhabenes aus. Das spitze Wellblechdach war wie die Balken hellblau gestrichen und vermittelte den Eindruck, man hätte den Himmel hereingelassen. Die Blendläden auf beiden Seiten wurden von Bambusstöcken offen gehalten, sodass viel Licht einströmen konnte. An den Wänden stapelten sich aufgerollte Matten, aber ein paar lagen auch in der Mitte des Betonbodens. Über dem Altar hing ein Kreuz, und die Kanzel war mit einem Tuch geschmückt, das mit Spitze gesäumt und mit *Gott ist die Liebe* auf Fidschi bestickt war.

Zwei Constables mit weißen Papieroveralls, Hauben und Überschuhen krochen auf dem Boden und fegten den Staub systematisch mit Handfegern auf Kehrbleche. Der Boden war mit Klebestreifen in Quadrate eingeteilt und jeder Abschnitt mit einem Etikett versehen. Einer der Männer blickte grinsend zu ihnen, als er das Kehrblech in einen Plastikbeutel kippte, ihn versiegelte und beschriftete. Er rief etwas zu einem dritten Beamten, der sich umdrehte und zu Horseman und Musudroka kam. »*Bula, Bula*, Detectives, sehr erfreut, Sie zu sehen.« Er zog einen Handschuh aus und bot ihnen die Hand. »Ashwin Jayaraman von der Spurensicherung. Aber nennen Sie mich bitte Ash.« Sie gaben sich alle die Hand.

»Inspector, Sie können es bestimmt schon nicht mehr hören, dass man Sie in der Kindheit als Held verehrt hat, aber bei mir ist es wirklich wahr!«

Ash wirkte noch jung, aber es brachte Horseman immer aus der Fassung, wenn Erwachsene ihm erzählten, er wäre ihr Kindheitsheld gewesen. Lieber ignorierte er die Tatsache, dass auch er nicht jünger wurde. Außerdem hoffte er jetzt, er würde nicht aufgefordert, sich selbst auf den Boden zu knien.

»*Vinaka*, Ash. Was haben wir?«

»Es ist schwierig, Boss. Ich bin knapp eine Stunde vor Ihnen hier gelandet und musste erst mal die Constables einweisen. Wir haben die Hälfte des Bodens untersucht. Aber da es keinen Strom gibt, können wir nicht mit dem Staubsauger arbeiten. Ich nehme gerade Proben von den Matten, auf denen die Leiche lag. Es gibt Blut, ein paar Haare, aber sonst kaum etwas. Samstagnachmittag wurde die Kirche gründlich geputzt, da sollte man doch meinen, man fände deutliche Spuren vom Opfer und dem Mörder – oder den Mördern. Aber nichts weist darauf hin, dass die Leiche hierhergeschleppt wurde, weder von der Tür bis zu der Stelle, wo er positioniert wurde, noch auf den Matten. Ich schätze, das Opfer war bereits tot und in Stoff oder Plastik eingewickelt, während es zur Fundstelle geschleift oder getragen wurde.«

Horseman blickte sich um und nickte.

»Ziehen Sie sich einen Anzug an und kommen Sie zum Fundort.«

Die beiden Detectives gehorchten sofort. Musudroka wirkte stolz, weil er zum ersten Mal einen solchen Anzug anziehen durfte. Die Matten wirkten verblüffenderweise fast unberührt.

»Die ganze Matte, auf der der Leichnam lag, kommt ins Labor. Aber ich möchte Sie bitten, daran zu riechen, bevor ich sie eintüte. Sie riecht seltsam, irgendwie vertraut, aber ich kann es einfach nicht einordnen.«

Genau das, was Horseman befürchtet hatte. Musudroka war schon auf den Knien und schnüffelte herum wie ein Hund. Mit äußerster Vorsicht senkte sich Horseman auf die Knie und belastete dabei vor allem sein linkes Bein, dann folgte er Musudrokas Beispiel. Doch sofort lächelte er und mühte sich wieder auf. »Vanille.«

»*Io*, natürlich!« Ash kniete sich erneut hin, schnüffelte und sprang wieder auf. »Aber wieso?«

»Vili hat hier ein Gewürzprojekt geleitet. Der Pastor erzählte, hier würde Vanille angebaut. Vielleicht wurde Viliame auch dort umgebracht«, antwortete Horseman. Irrationale Hoffnung stieg in ihm auf. Vielleicht konnte er den Fall doch bis Freitag abschließen!

* * *

Tomasi war nur allzu bereit, den Detectives alles über das Gewürzprojekt des Dorfs zu erzählen – genauer gesagt Viliames Gewürzprojekt. Er zeigte ihnen sofort den Weg dorthin, der seinen Anfang am Ostende des Orts nahm. Ash überließ es den beiden Constables, den Rest des Kirchenbodens abzusuchen, und schloss sich ihnen an. Die vier Männer stellten sich mit je einem Meter Abstand in eine Reihe, schritten von der Kirche aus langsam ostwärts und suchten den Boden nach irgendetwas Ungewöhnlichem ab.

Tomasi zeigte auf das letzte Haus im Ort, das doppelt so groß war wie die anderen.

»Das hier gehört Ratu Osea. Er hat es gebaut, als er seinen Abschied von der Armee nahm. Heutzutage verbringt er viel Zeit in Tanoa.« Das Haus stand etwas abseits auf soliden Pfosten, war mit Holz verkleidet und hatte ein Wellblechdach, das mit Reet bedeckt war.

Die Officers kamen zu einem Gelände mit ein paar Schuppen und Wäscheleinen. Dort pickten Hühner in der Erde, und außer Reichweite der Wäscheleinen rupften an dicken Pflöcken angebundene Ziegen Kräuter, Gras und winzige, chancenlose Sträucher.

»Die finden mehr als wir!«, rief Musudroka.

»Die sind auch näher am Boden«, gab Ash zurück. »Aber ich möchte Ihnen nicht zumuten, schon jetzt auf die Knie zu gehen. Konzentrieren Sie sich nur auf Ihren Abschnitt und achten Sie auf Dinge, die auf den ersten Blick nicht hierhergehören.«

Wo die Ziegen nicht hinkamen, wuchs die Vegetation schlagartig höher: ein dichtes Gestrüpp aus allgegenwärtigem Hibiskus, Ingwer, wilder Passionsfrucht und Kikuyugras. Dazwischen wucherten Lantana und Ackerwinden, die opportunistischen Diebe von Licht und Platz. Es war ein ungenutzter, brachliegender Garten. Hier und dort sah man kleine Maniokpflanzen, die aus den Knollen sprossen, welche bei der Ernte vergessen worden waren.

Der Pfad zum Gewürzgarten war gerade breit genug für eine beladene Schubkarre. Ash bat sie, zu zweit nebeneinander zu gehen und fünf Meter Abstand zum anderen Paar zu lassen. Tomasi schnitt ihnen mit der Machete ein paar Stöcke zurecht, mit denen sie das Dickicht teilen und den Boden darunter sichten konnten. Sie entdeckten verrottende Pappstücke und Papierschnitzel, Verpackungen und Flaschen aus Plastik und Fischkonserven, die in unterschiedlichem Maße Rost angesetzt hatten.

»Höchste Zeit, hier mal den Müll aufzusammeln«, bemerkte Tomasi. »Ich wusste nicht, dass es so schlimm ist.« Er klang verlegen.

»Von weiter oben sieht man es nicht«, beruhigte Horseman ihn. »Wir sehen den ganzen Abfall nur, weil wir das Gestrüpp richtig durchstöbern. Ehrlich, ich bin beeindruckt. Tanoa ist ein sauberes und ordentliches Dorf.«

»*Vinaka*, Sir. Sie wissen ja, wie es ist. Unser Häuptling will, dass hier Ordnung herrscht.«

Nach zehn Minuten, als sie einen steilen Hügel erklommen, wurde der Pfad noch schmaler. Am Gipfel blieb Horseman stehen und überblickte die Landschaft. Hier wuchsen die Bäume höher und waren auch nicht von Ackerwinden umrankt. Dafür aber waren die kurzen geraden Stämme von amerikanischen Mahagonibäumen, die sich zwischen die dicht gedrängten einheimischen Arten mischten, mit zartem Blätterwerk bedeckt. Es sah aus, als wären alte römische Säulen von Schlingpflanzen bewachsen. Leuchtend grüne rechteckige Abschnitte unterbrachen den natürlichen Dschungel. Horseman suchte nach einer Erklärung für diese geometrischen Stellen, fand aber keine.

Tomasi zeigte mit dem Finger darauf. »Sehen Sie die Vanille? Das leuchtende Grün?«

»*Io*, aber was genau ist das?«

»Vanille ist eine Orchideenart, rankt sich aber an Bäumen in die Höhe. Vili hat Stützbäume gepflanzt, die nicht groß werden, sodass man die Vanilleschoten problemlos erreichen kann. Die Arbeiter beschneiden die Bäume und verbinden die Äste verschiedener Bäume so, dass sich Spaliere bilden«, erklärte Tomasi stolz.

»Das hört sich nach viel Arbeit an.«

»*Io*, leicht ist es nicht. Vili hat sich über Vanille kundig gemacht und die Arbeiter gut eingewiesen.«

Horseman holte sein Fernglas aus dem Rucksack. »Ja, jetzt erkenne ich es. Sehr schön!«

Er richtete das Fernglas auf hellgrüne Zackenmuster, die sich als Bananenpflanzen erwiesen, zwischen denen ein paar Büsche standen. Horseman zeigte darauf und fragte Tomasi: »Und das da?«

»Muskatnuss: Die jungen Pflanzen brauchen nur in den ersten Jahren Schatten. Vili beschloss, ihn mit Bananenstauden zu spenden und die Früchte zu verkaufen, bis die Muskatnusspflanzen so weit wären. Schlau, nicht wahr?«

»Sehr. Ich sehe, dass Viliame ein großer Verlust für das Dorf sein wird.« Diese Erläuterungen waren faszinierend, aber nun mussten sie unbedingt die Vanilleplantage durchforsten.

»Tanielo, Sie helfen Ash, sich die Abschnitte mit der Vanille anzusehen. Er wird Ihnen genau sagen, was zu tun ist und wie man dabei vorgehen muss. Aufmerksam zuhören und lernen, junger Mann!« Musudroka grinste, nahm Haltung an und salutierte Ash. Horseman sah den beiden jungen Männern kurz nach, als sie zum nächsten Vanillespalier gingen.

»Ihr junger DC spielt gern den Clown, wie?«, bemerkte Tomasi in neutralem Tonfall. »Zu meiner Zeit wäre er diszipliniert worden, wenn er aus dem Salut einen Witz gemacht hätte.«

»Musudroka ist noch jung und immer für ein bisschen Spaß zu haben. Aber er arbeitet hart und ist begierig, etwas zu lernen. Wenn er dabeibleibt, wird schon was aus ihm werden.«

»Oh, meiner Meinung nach wird er dabeibleiben, solange Sie zu ihm stehen. Sie sind ein Held für ihn.«

Horseman zuckte die Achseln. Vielleicht war der ältere Mann klüger als er. Vielleicht sollte er strenger mit Musudroka sein, ihn förmlicher behandeln. Aber er wollte seinen jugendlichen Eifer nicht im Keim ersticken.

»Sie sind uns eine enorme Hilfe, Tomasi. Ohne Ihre professionelle Erfahrung hätte die Untersuchung nicht so gut begonnen. Haben Sie Viliame schon sein ganzes Leben gekannt? Erzählen Sie mir noch etwas mehr von ihm.«

»*Io*, ich kannte ihn von klein auf, aber nicht so gut wie die anderen. Bis zu meinem Ruhestand habe ich in verschiedenen Distrikten gearbeitet, von Vanuabalavu im Osten über Nadi im Westen und bis nach Kadavu im Süden. Aber jedes Jahr bin ich im Urlaub mit meiner Familie hierher zurückgekehrt. Es war mir wichtig, dennoch weiter Anteil am Dorfleben zu nehmen. Als ich in Rente ging, war er schon auf dem Internat, aber in den Ferien kam er nach Hause. Dann erhielt er seine Stelle beim NLTB in Suva, verbrachte aber seine Wochenenden und seinen Urlaub hier.«

»Wie war Viliame denn so?«, fragte Horseman.

Traurig schüttelte Tomasi den Kopf. »Am besten könnte man es wohl so ausdrücken: Er war Individualist, kein Mitläufer.«

»Mochten Sie ihn?«

»Ja, sehr. Er war energiegeladen und tüchtig. Immer optimistisch. Statt das Weltgeschehen passiv an sich vorüberziehen zu lassen, packte er die Dinge an. Solche Eigenschaften bewundere ich. Ich wünschte, ich wäre auch so.«

»War er beliebt?«

»Ja, das war er, vor allem bei den jungen Leuten. Aber er war auch der Typ Junge, für den Mütter eine Schwäche haben – sie freuten sich geradezu aufs Wochenende, weil Vili samstags nach Hause kam. Komisch, oder?«

»Und die Väter im Dorf?«

»Das weiß ich nicht, aber möglicherweise war er einigen von ihnen auf die Füße getreten.«

»Inwiefern?«

»Auch das weiß ich nicht. Allgemein fand man, dass er ein Gewinn für unser Dorf war. Doch Sie wissen ja, wie es ist, der eine oder andere könnte auch neidisch gewesen sein, weil Vili so viel bewirkte und so beliebt war. Manche könnten Groll gegen ihn gehegt haben, weil sie sich bloßgestellt fühlten.«

»Weise Worte, Tomasi. Die menschliche Natur ändert sich doch nie, oder? Wer könnte denn neidisch gewesen sein oder Vili den Erfolg missgönnt haben?«

Langsam schüttelte der Ältere den Kopf. »Das weiß ich nicht, Sir.«

* * *

Horseman spürte, das Tomasi ihm einstweilen nicht mehr sagen wollte, doch hatte er ihm ziemlich deutlich zu verstehen gegeben, dass zumindest ein paar Ältere etwas gegen Vili gehabt hatten. Aber hätte das ausgereicht, um ihm neues Land für das Gewürzprojekt zu verweigern? Horseman betrachtete das bewaldete Tal vor ihm, den nächsten Hügel. Es schien keine konkurrierenden Projekte in der Nähe zu geben.

Rufe von unten beendeten sein Gespräch mit Tomasi. Ash und Musudroka winkten ihnen heftig. »Wenn Sie nichts dagegen haben, sollten Sie hier oben warten, Tomasi. Je weniger Menschen hier herumtrampeln, desto besser.«

Der Pfad war nicht steil, und er gelangte ohne peinliches Stolpern zu seinen lächelnden Kollegen hinunter. Er fühlte sich, als wäre er unter Wasser: in einem in grünes Licht getauchten See aus Algen. Es war eine saftig grüne, stille Welt mit dicken Ranken voller langer leuchtender Schoten, die einen erdigen, fruchtbaren Geruch verströmten. Aber es roch definitiv nicht nach Vanille, nicht wie die Matten in der Kirche.

Ash sagte: »Hier, Sir, zwischen diesen beiden Bäumen. Keine Anzeichen von Gewalt, aber eine Mulde in der Erde.«

Das Gras zwischen zwei Vanillespalieren war platt gedrückt. Die weiche Erde hatte einen Abdruck von der Größe eines menschlichen Körpers.

»Ja, hier könnte ein Körper gelegen haben, tot oder lebendig. Oder auch zwei.« Seine Kollegen zogen die Augenbrauen hoch und nickten.

»Daran hatte ich noch gar nicht gedacht«, sagte Musudroka.

»Aber ich rieche keine Vanille.« Vorsichtig kniete Horseman sich hin und roch am platt gedrückten Gras. »Auf dem Boden auch nicht. Ich frage mal Tomasi danach. Sie machen hier unten weiter und untersuchen dann die anderen Reihen.«

»Ich schieß Fotos, und Sie messen die Mulde aus, Tani«, erklärte Ash. »Länge, Breite, Tiefe.« Er holte ein Metermaß aus seinem Rucksack und gab es Musudroka. »Danach nehmen wir Proben vom Boden, den Pflanzen und möglichen Rückständen in der Mulde. Die kommen mit ins Labor. Und noch bevor Sie sich's versehen, sind Sie ein echter Spurensicherer!«

***

Tomasi hatte sich oben nicht von der Stelle gerührt. Horseman sagte: »Ich frage mich, wieso es bei den Pflanzen nicht nach Vanille riecht.«

»Der Geruch entsteht erst, nachdem die Schoten behandelt wurden.«

»Wirklich? Wie das?«

»Oh, das ist kompliziert, genau wie der Anbau. Dazu sind viele Arbeitsschritte nötig, die mindestens hundert Tage in Anspruch nehmen, bei feuchtem Wetter sogar noch mehr. Da drüben gibt es einen Schuppen für die ganze Prozedur.« Er zeigte in die entgegengesetzte Richtung von der Stelle, an der Ash und Musudroka arbeiteten.

Durch sein Fernglas konnte Horseman ein Reetdach erkennen. »Ich wäre Ihnen dankbar, wenn Sie mich dorthin führen würden, Tomasi. Ich möchte eine so wertvolle Ernte nicht gefährden.«

Tomasi strahlte. »Hier entlang, Sir.«

Horseman wies Ash über Funk an, sich mit ihm am Schuppen zu treffen und einen seiner Constables mitzubringen. Der Pfad führte von einem Vanillehain zum nächsten durch den Wald. Horseman stocherte zu beiden Seiten des Pfads im Unterholz, entdeckte aber nichts, das er näher untersuchen wollte. Dann drang ihm der Geruch in die Nase, den er erwartet hatte: verführerisch, süß und schwer. Hinter den Spalieren war auf einer Lichtung ein Holzschuppen zu sehen. Als sie sich der breiten Veranda näherten, wurde der Geruch intensiver. Himmlisch!

»Die Veranda ist nicht überdacht, damit die Schoten jeden Tag Kontakt mit der Sonne haben. Nachts und bevor es regnet, kommen sie in den Schuppen. Denn wenn sie nass werden, verlieren sie ihr Aroma. Ein Problem ist, dass es hier oft ohne Vorwarnung regnet. Also wird gerade ein neuer Schuppen im Dorf gebaut.«

Flache Holzkästen mit jeweils einer Lage ordentlich aufgereihter Schoten bedeckten die sonnige Veranda. Tomasi forderte Horseman auf, in den Schuppen zu gehen. Dort standen unzählige Regale, in die die flachen Kästen mit den bearbeiteten Schoten geschoben wurden. Kein Wunder, dass Vanille so teuer war: Der Anbau und die Verarbeitung waren ausgesprochen arbeitsintensiv. Horseman spürte, wie seine Bewunderung für den jungen Mann wuchs, der für all das verantwortlich gewesen war.

Auf einer Arbeitsbank aus Holz standen eine Sturmlampe, Petroleum, zwei Kessel und diverse Gerätschaften. In einer Ecke lehnte weiteres langstieliges Werkzeug. Unter einer Bank stapelten sich graue, ordentlich gefaltete Decken. Horseman nahm sich eine und hielt sie sich an die Nase. Eine alte Decke, die nach Vanille duftete!

»Die Schoten müssen ganz am Anfang der Verarbeitung in Decken gewickelt werden«, erklärte Tomasi.

Aber es sah aus, als wäre hier alles in Ordnung, als hätte sich niemand unerlaubt zu schaffen gemacht. Falls Viliame hier am Samstag gearbeitet hatte, hatten seine Kleider vermutlich den Vanillegeruch angenommen. Eine ganz einfache Erklärung.

Als Ash mit einem der Constables auftauchte, überließ Horseman ihnen die Durchsuchung. Schließlich waren sie die Experten.

5

Um drei Uhr kehrten die drei Polizisten in Begleitung von Tomasi ins Dorf zurück. An der Kirche sahen sie, dass der wachhabende Constable gerade ein deftiges Mittagessen zu sich nahm, das ein Dorfbewohner gespendet hatte. Trotz des üppigen Morgentees im Haus des Pastors hatte Horseman schon wieder Hunger und wusste, den anderen würde es ebenso gehen. Auf dem Weg hierher hatte er in Nausori Roti und Obst gekauft; damit würden sie sich begnügen müssen.

»Wir machen jetzt Pause und kommen nach dem Essen ins Dorf zurück. Ich danke Ihnen für Ihre Hilfe, sowohl gestern als auch heute Morgen. Hoffentlich können wir heute Nachmittag noch mal miteinander sprechen.«

Tomasi wirkte enttäuscht, dass er entlassen wurde, widersprach aber nicht. »Ich tue alles, was ich kann, um Ihnen zu helfen, Inspector. Meine Frau würde Ihnen auch gerne etwas zum Mittagessen anbieten …«

»*Vinaka*, aber wir haben etwas zu essen mitgebracht, das wollen wir nicht verschwenden«, erwiderte Horseman lächelnd.

Auf dem Parkplatz erwies sich die Baumstammbarriere als idealer Picknickplatz. Nach zwei Fladenbroten mit Kürbis und Erbsen fühlte Horseman sich schon viel besser. Auch Ash und Musudroka wirkten zufrieden. Horseman teilte ein großes Bananenbüschel zwischen ihnen auf. »Sie können die jetzt essen oder für später aufbewahren, wie Sie mögen. Die Bewohner hier sind zwar gastfreundlich, aber auch arm, also wollen wir doch nicht ihre Vorräte plündern.«

Alle griffen sofort zu den Bananen. Nachdem Horseman eine gegessen hatte, sagte er: »Der Vanillegeruch von den Matten in der Kirche muss von Vilis Kleidern stammen. Überprüfen wir mal, ob er am Samstagnachmittag im Schuppen gearbeitet hat. Ash, Ihre oberste Priorität sollte es heute Nachmittag sein, die Mordwaffe zu finden.«

»Ja, Sir. Ich hatte gehofft, wir würden schon irgendwas auf dem Weg zur Gewürzplantage entdecken. Aber das war leider reines Wunschdenken.«

»Vielleicht gibt es noch einen zweiten Weg dorthin. Fragen wir mal nach. Allerdings möchte ich mich nicht zu sehr auf Tomasi verlassen, auch wenn er uns keinen Anlass zum Misstrauen gegeben hat. Wahrscheinlich vermisst er seine Arbeit als Cop und hängt sich deshalb so an uns. Doch bloß weil er Polizist war, ist das noch kein Grund, ihm automatisch zu vertrauen.«

Musudroka nickte. »Ich finde ihn sympathisch, Sir.«

»Ich auch«, bestätigte Horseman. »Unser Leben wäre viel einfacher, wenn alle Kriminellen grob, unkooperativ und feindselig wären. Aber so ist es eben nicht. Manche sind auch charmant, höflich und freundlich. Das sind die, die testen wollen, ob wir's draufhaben.«

Die beiden anderen lachten. Dann sagte Ash: »Ich höre ein Fahrzeug, Sie auch? Einen Diesel.« Auch Horseman konnte es jetzt hören. Sie aßen ihre Bananen auf, während das Tuckern des Dieselmotors immer lauter wurde. Dann kam ein Polizeiwagen um die Kurve. Darin saßen zwei Personen. Der Beifahrer stieg lächelnd aus und winkte. Horseman und Musudroka sprangen auf und eilten mit ausgestreckten Armen zum Wagen, um Detective Sergeant Singh, die ihre schwarzen Haare zu einem Pferdeschwanz zusammengebunden hatte, mit Handschlag zu begrüßen.

»Bula, Bula«, sagte sie und bot auch Ash die Hand. »Ich bin DS Singh und habe Constable Dau zur Unterstützung mitgebracht.«

Ash stellte sich vor, worauf alle sich noch einmal die Hand gaben. »Haben Sie schon zu Mittag gegessen?«, erkundigte sich Musudroka. »Leider habe ich gerade die letzte Banane aufgegessen.«

»Ja, wir hatten den ausgezeichneten Lunch von Constable Daus Frau«, erwiderte Singh.

Horseman hatte die Kollegin seit einem Monat nicht mehr gesehen und auch nicht wirklich vermisst. Daher überraschte es ihn, wie sehr er sich nun freute, ihr lächelndes Gesicht zu sehen. Nicht nur, weil sie so tüchtig war und ihm die Arbeit wesentlich erleichterte. Nein, er war froh, *sie* zu sehen.

»Also gut. Als Erstes sollten wir versuchen, heute Nachmittag den Tatort und die Mordwaffe zu finden. Ash, wann sind Sie in der Kirche fertig?«, fragte Horseman.

»In einer halben Stunde, höchstens. Dann kann ich nach anderen Wegen zum Gewürzgarten suchen.«

»Wie viele Helfer brauchen Sie dabei?«

»Zwei werden reichen. Einer konzentriert sich auf den Weg selbst und jeweils einer auf die rechte und die linke Wegseite.«

»Gut. Nehmen Sie dafür Musudroka und einen der hiesigen Constables. Der vierte soll die Kirche bewachen, auch wenn sie nach Ihrer Arbeit wieder für alle geöffnet wird. Ich möchte wissen, wer kommt und geht.«

»Na klar, Sir.« Ash und Musudroka wirkten wie zwei eifrige Jagdhunde, die mit wild wedelndem Schwanz starten wollten.

»Als Nächstes möchte ich überprüfen, ob in der Mulde im Vanillegarten nicht nur ein Körper gelegen hat, sondern zwei. Mit anderen Worten, ob es ein Liebesnest ist. Wir fangen bei den Mitarbeitern an. Ich vermute, das ist eine ziemlich eingeschworene Gemeinschaft, die sowohl mit der geschäftlichen als auch mit der landwirtschaftlichen Seite des Unternehmens zu tun hat. Ich weiß noch nicht, wie viele es sind, aber Sergeant Singh und ich werden versuchen, heute Nachmittag mit so vielen wie möglich zu reden. Sergeant, können Sie alle Frauen dieser Gruppe befragen? Sie werden ganz sicher mehr aus ihnen herauskriegen als ich.«

Sie überquerten die Brücke und näherten sich der Kirche. Am Ufer waren jetzt nur noch Schweine und Hühner zu sehen. Ein brauner, verkrüppelter Hund, dem die Nase und ein Teil seines Unterkiefers fehlten, humpelte an der Stelle herum, wo die Fische gesäubert wurden, und fraß ein paar der Abfälle. Horseman zog sich schmerzhaft der Magen zusammen. Er vermutete, der Hund war mit einer Machete verstümmelt worden, weil er unerlaubt seine Nase irgendwo reingesteckt hatte. Als Kind hatte er so etwas mal miterlebt und nichts dagegen tun können. Damals hatte nicht nur der hungrige Hund eine grausame Lektion gelernt, sondern auch alle, die es mitangesehen hatten.

Sie schritten durch die stillen Häuser zur Kirche. Mittagsruhe lag über dem ganzen Dorf.

»Wie war Ihr Urlaub?«, fragte er Singh.

»Ganz gut. Es war schön, mal wieder bei meinen Eltern zu sein. Ich hab versucht Mum zu helfen und ihr ein paar Arbeiten abzunehmen. Außerdem wollte ich kochen lernen. Aber Dad hat jeden Abend gefragt, wer gekocht hat, und weil er nur lächelte und glücklich wirkte, wenn es Mum war, frage ich mich schon, wieso ich mir überhaupt die Mühe gemacht habe. Ich habe mich ausgeruht und bin manchmal mit dem Bus nach Nadi gefahren, um ein bisschen zu shoppen. Aber nach zwei Wochen wollte ich unbedingt wieder zurück. Die Arbeit hat mir gefehlt. Daher war ich sehr froh, als Superintendent Navala mir die Nachricht geschickt hat, dass es einen neuen Fall gebe. Heute Morgen habe ich den ersten Bus nach Suva genommen. Aber es ist ein schreckliches Verbrechen.« Singh schüttelte den Kopf. »Und wie geht es Ihnen, Sir?«

»Großartig. Die Junior Shiners haben gestern ihr erstes Spiel gehabt, was mich sehr stolz gemacht hat. Sie haben den Marists zwei Versuche abgetrotzt! Einfach super!«

»Wow! Haben sie auch gewonnen?«

»Nein, aber ich dachte, sie würden vielleicht gar keine Punkte kriegen. Als ihnen klar wurde, dass sie den Marists Punkte abgejagt hatten, waren sie völlig aus dem Häuschen. Der Coach der Marists hat seine Spieler zusammengestaucht, und zwar so heftig, dass sie vor lauter Scham die Köpfe hängen ließen.«

»Und die Verlierer waren in Hochstimmung. Komisch.«

»Das ist alles eine Frage der Erwartungen, Susie. Beim nächsten Spiel werden die Shiners schon mit ein paar Punkten rechnen und noch besser spielen.«

»Und das haben sie Ihnen zu verdanken, Sir.«

»Nein, nein, nein. Ich weiß zwar, was dazu nötig ist, aber nur die Jungs können es tun. Tanielo und die anderen Freiwilligen haben uns sehr geholfen und lernen ebenfalls, wie man eine Mannschaft trainiert. Es hat ja keinen Sinn, wenn die Shiners ohne mich nicht weitermachen können. Man braucht ein großes und gutes Team im Hintergrund, selbst für eine Juniorschulmannschaft.«

Als sie die Kirche erreichten, fragte Ash: »Möchten Sie den Fundort sehen, bevor wir alles zusammenpacken, Sergeant Singh?«

»Sehr gerne, danke.« Sie blickte Horseman fragend an.

»Na klar, dann rede ich erst noch mal mit dem Pastor, und danach treffen wir uns hier.«

6

Horseman blieb vor dem Haus des Pastors stehen, um sich zunächst höflich anzukündigen, stieg dann die Stufen zur Tür hinauf und klopfte.

»Inspector Horseman hier!«, rief er noch einmal, worauf eine junge Frau mit trauriger Miene öffnete. Sie sah Mere Tora sehr ähnlich.

»*Bula*, Miss. Sie müssen die Tochter von Pastor Joni und Mere sein.«

Sie lächelte nicht, sondern hatte rote, geschwollene Augen und wirkte müde. »*Bula vinaka*, Inspector Horseman. Ich bin Kelera. Meine Eltern haben mir schon gesagt, dass Sie hier sind. Momentan sind sie bei Vilis Familie, um sie nach Kräften zu unterstützen.« Tränen rannen ihr aus den Augen, und sie zog ein Taschentuch aus ihrem Ärmel, um sie abzutupfen.

»Das mit Viliame tut mir wirklich sehr leid, Kelera. Nach allem, was ich gehört habe, ist sein Tod ein schrecklicher Verlust für das Dorf. Ich wollte Ihre Eltern fragen, wer im Gewürzgarten mit ihm zusammengearbeitet hat. Wenn Sie mir das sagen können, brauche ich Ihre Eltern nicht mehr zu belästigen.«

»Ich fürchte, ich muss zur Schule. Ich bin die Lehrerin. Da es jede Minute zum Nachmittagsunterricht läuten wird, sollte ich mich sputen, so gerne ich Ihnen auch helfen würde.«

»Darf ich Sie begleiten? Ich werde Sie auch nicht aufhalten.«

Kelera wirkte unschlüssig, schien aber ihre Fassung zurückzugewinnen. Sie ging ins Haus, kehrte mit einem Korb mit Schulbüchern zurück und zog die Tür hinter sich zu. Als sie den Hang hinter der Kirche hinuntereilte, hatte Horseman Mühe, mit ihr Schritt zu halten.

»Jemand hat Viliame vorsätzlich umgebracht. Es ist meine Aufgabe herauszufinden, wer ihn getötet hat und aus welchem Grund. Es wäre nützlich, mit seinen Freunden vom Projekt zu reden. Ich habe gehört, die Mitarbeiter wurden je nach Einsatz im Gewürzgarten bezahlt. Stimmt das?«

»*Io*, Inspector, so war das System. Momentan gab es noch nicht allzu viel Geld, da die Pflanzen noch nicht ihre vollen Erträge bringen. Dazu ist noch zu früh. Aber Vili war großartig, er hatte eine Vision von der Zukunft und wusste, wie die realisiert werden kann.« Sie zog die Nase hoch. »Ich habe mit ihm gearbeitet, zusammen mit Vilis jüngerem Bruder Sevu, mit seiner Schwester Elisa und zwei anderen Freunden, die mit Vili zur Highschool gegangen sind. Es gab auch welche, die mithalfen, wenn viel Arbeit war, aber die waren nicht ständig dabei.«

»Sehr lobenswert von Ihnen, Kelera. Als Lehrerin haben Sie bestimmt nicht viel Freizeit.«

»Doch, es reicht schon. Ich habe mich nur nicht an eine andere Schule versetzen lassen, weil ich Vili helfen wollte.« Wieder zog sie die Nase hoch.

Mittlerweile waren sie nur noch fünfzig Meter von der Schule entfernt, die aus zwei einander gegenüberliegenden Gebäuden mit je zwei Klassenräumen und einem dritten kleineren Gebäude bestand. An einem der Klassenraumgebäude sah man einen Schuppen mit offener Vorderseite. Über die ganze *Rara* rannten Kinder.

»Wann ist die Schule aus?«, fragte Horseman.

»Um halb vier.«

»Dann würde Detective Susila Singh noch mal gerne mit Ihnen sprechen. Wäre die Schule ein geeigneter Ort dafür? Wenn Sie einverstanden sind, könnte sie um halb vier hier sein.«

»*Io*, ist gut. Es geht ja nicht anders, nicht wahr? Ich werde also in meinem Klassenraum sein – da drüben, am hinteren Ende.« Sie wies mit dem Kinn zu dem Raum, der der *Rara* am nächsten war. In dem Moment lief ein Junge zur Glocke und läutete sie. »Ich muss jetzt los, Inspector.«

»*Vinaka vakalevu*, Kelera.« Während lärmende Kinder in blauweißen Uniformen zu ihren Klassenräumen rannten, um sich ordentlich davor aufzustellen, schritt Horseman die gesamte Länge der Terrasse ab und schaute zu den Häusern, die sich darunter aneinanderreihten.

Er sah die beiden Constables von der Spurensicherung, die mit der Ausrüstung und ihrer Ausbeute die Brücke zum Parkplatz überquerten. Also kehrte er zur Kirche zurück, die Ash bereits wieder für die Öffentlichkeit freigegeben hatte. Singh und Musudroka traten ihm aus dem schattigen Inneren lächelnd entgegen.

Musudroka sagte: »Sir, es gibt noch einen zweiten Weg zur Gewürzplantage, und zwar weiter oben, von einer Stelle zwischen Schule und *Rara* aus. Der ist zwar länger als der erste, aber besser, wenn der untere zu schlammig ist.«

»Sehr gut, wer hat Ihnen das erzählt?«

»Der Erste, den wir trafen: Waisele trat direkt vor uns aus seinem Haus. War wohl Bestimmung, was? Er prüft gerade noch ein paar Fischreusen, dann kommt er zurück, um uns den Weg zu zeigen.«

»Wo ist Ash? Ist er zum Parkplatz gegangen?«

Er hatte die Frage kaum gestellt, da kam Ash ihnen auch schon entgegen und zog die Kirchentür hinter sich zu. »Vom Fundort haben wir alles, was wir brauchen, Inspector. Die Constables sind auch jede Minute wieder da. Kann Tani mitkommen, um den zweiten Weg abzusuchen?«

»Sicher, aber sorgen Sie dafür, dass er nicht aus der Reihe tanzt, ja? *Vinaka*, Ash, und viel Glück.« Wieder sah Musudroka aus wie ein eifriger, ungeduldiger Jagdhund.

Horseman wandte sich zu Singh. »Wir müssen Viliames Eltern nun einen Besuch abstatten, was sicher schwierig wird. Aber aufschieben können wir es nicht. Der Pastor ist gerade bei ihnen, trotzdem ist der Zeitpunkt so gut oder schlecht wie jeder andere.«

* * *

Wie es dem Brauch beim Tod eines Familienmitglieds entsprach, war der gesamte Boden von Vilis Elternhaus mit Palmmatten für die Kondolenzbesucher bedeckt. Deren angenehmer natürlicher Geruch erfüllte das Haus. Dünne, bunt bedruckte Kissen erlaubten den Gästen, sich mit dem Rücken an die Wand zu lehnen.

Pastor Joni stellte die Ermittler erst Paula und Eci vor, Viliames Eltern, und dann ihren Kindern Sevu und Elisa. Die drei Detectives sprachen ihr Beileid aus, was die trauernde Familie höflich zur Kenntnis nahm.

Wie alle anderen setzte sich Horseman im Schneidersitz auf eine Matte. Auch Mere und Vilis Mutter, beide in langen Röcken, hatten die Beine gekreuzt, während Sergeant Singh und Elisa, die Hosen trugen, die Beine angewinkelt auf eine Seite gelegt hatten, wie es die Sitte gebot. Mere sprang überraschend gelenkig auf, brachte ein Tablett mit Plastikbechern herbei und servierte allen Orangensaft.

Pastor Joni sagte: »Schließen Sie sich uns im Gebet für Vilis Familie an, Officers.« Das war keine Bitte, daher senkten alle den Kopf, während der Pastor dafür betete, dass Gott der Familie Trost und Frieden schenke.

Kurz darauf meldete sich Horseman zu Wort: »Mr und Mrs Bovoro, ich muss mich für mein Eindringen entschuldigen, aber es ist unsere Pflicht, den Mörder Ihres Sohnes zu finden. Mord ist ein schreckliches Verbrechen, das in Fidschi selten und in so kleinen Dörfern wie Ihrem so gut wie nie vorkommt. Ich muss Sie fragen, ob Vili hier im Dorf Feinde hatte.«

Die Eltern schüttelten verständnislos den Kopf. Dann sagte Paula Bovoro, der Vater: »Niemand aus dem Dorf hätte Vili umgebracht.«

Pastor Joni nickte zustimmend. »Es muss jemand von außerhalb gewesen sein. Ganz eindeutig.«

Vilis Mutter trocknete sich mit einem Taschentuch die Tränen. »Vili war beliebt, er hatte für die jungen Leute eine Vorbildfunktion. Alle im Dorf haben ihn gemocht.«

Vilis Schwester warf ihrer Mutter einen Blick von der Seite zu und senkte danach wieder den Kopf.

»Und außerhalb des Dorfs? Hat Vili ihnen zum Beispiel erzählt, dass er in Suva Ärger oder Streit hatte?«

»Nein, es ging ihm dort gut. Erst vor kurzem wurde er wieder befördert. Beim NLTB hielt man große Stücke auf ihn«, erklärte Vilis Vater.

»Hat er Ihnen von seiner Arbeit dort erzählt?«

Wieder schüttelten Vilis Eltern den Kopf. »Keine Einzelheiten«, sagte Vilis Vater. »Aber es gefiel ihm dort. Manchmal sagte er, es wäre sehr befriedigend für ihn, alle Unstimmigkeiten bei den Bilanzen auszuräumen. Er hat sich sogar mal als eine Art Detektiv bezeichnet.« Bei der Erinnerung sah er Horseman wehmütig an.

Vilis Mutter fragte: »Wieso wurde mein Sohn nach Suva gebracht?«

Das war eine heikle Frage. »Das ist Vorschrift, wenn ein Mensch gewaltsam zu Tode kommt, Ma'am. So leid es mir tut, aber Vili verdient es, vom besten Gerichtsmediziner untersucht zu werden, damit wir die Tat besser rekonstruieren und den Mörder schneller finden können. Wir wissen bereits, dass Vili eine Kopfverletzung hat, aber daran ist er vielleicht nicht gestorben. Dr. Matthew Young vom Krankenhaus in Suva wird ihn sehr genau untersuchen, damit wir sagen können, woran er gestorben ist. Wenn Dr. Young mit seiner Arbeit fertig ist, bekommen Sie die Leiche Ihres Sohnes zurück.«

»Das macht ihn auch nicht wieder lebendig«, bemerkte Vilis Schwester unvermittelt. Ihre Mutter blickte sie vorwurfsvoll an, legte ihr aber einen Arm um die Schultern.

»Das stimmt«, erwiderte Horseman. »Aber es wird uns helfen herauszufinden, wer Ihren Bruder getötet hat, das kann ich Ihnen versichern. Doch jetzt möchten wir Sie nicht länger stören, Mr und Mrs Bovoro. Stattdessen wollen wir mit Vilis Mitarbeitern beim Gewürzprojekt sprechen, zu denen auch sein Bruder und seine Schwester gehören. Pastor Joni, könnten Sie uns vielleicht einen Ort nennen, wo wir ungestört mit ihnen reden können?«

Der Pastor nickte sofort. »Im Büro der Kirche, da wäre es wohl am besten. Sie können es nutzen, wann immer es nötig ist, Inspector.«

»*Vinaka vakalevu*, Pastor.«

»Aber brauchen Sie nicht zwei Räume, weil Sie zu zweit sind?«

»Nicht unbedingt, *vinaka.* Dürften wir vielleicht den hinteren Teil der Kirche nutzen, wenn wir gleichzeitig Befragungen durchführen?«

»Natürlich, Inspector«, nickte Pastor Joni.

»Sevu und Elisa, könnten Sie uns vielleicht begleiten? Mr und Mrs Bovoro, ich möchte mich noch mal dafür entschuldigen, Sie belästigt zu haben. *Vinaka* für das höchst willkommene Getränk.«

7

Es war ein furchtbares Verbrechen, und Singh hatte tiefstes Mitgefühl für Viliames Familie. Und doch war sie entzückt, wieder arbeiten zu dürfen. Horseman hatte ihr freundlicherweise das kleine Kirchenbüro überlassen. Pastor Jonis Schreibtisch war leer bis auf eine große Bibel und zwei Aktenkörbe aus angerostetem Draht, in denen sich verschiedene Unterlagen stapelten. Dazu gab es ein großes, mit Büchern und Ordnern vollgestopftes Regal und einen Aktenschrank, dessen Schubladen verschlossen waren. Der Schlüssel steckte jedoch. Singh war nur froh, dass alles sauber und ordentlich war. Sie setzte sich nicht an den Schreibtisch, sondern stellte zwei Plastikstühle so an eine Ecke des Tischs, dass Elisa und sie einander gegenübersaßen.

»Haben Sie eine Ahnung, wer Ihren Bruder ermordet haben könnte, Elisa?«, kam sie direkt zur Sache.

Das junge Mädchen richtete sich auf und blickte Singh in die Augen. Sie wirkte schockiert. »Nein, wie denn?«

»Mir ist aufgefallen, wie Sie Ihre Mutter angeschaut haben, als sie sagte, Viliame wäre im ganzen Dorf beliebt gewesen. Ich glaube, Sie wissen mehr als Ihre Mutter. Habe ich recht?«

Elisa senkte den Blick auf den Schreibtisch. Dann nickte sie. »Mein Bruder war in allem immer der Beste. Er war vernünftig und ehrgeizig, aber nur für unsere Gemeinde, nicht für sich selbst. Er war auch freundlich und lustig. Gütig.«

Singh lächelte. »Kann man wirklich so perfekt sein?«

»Für mich war er es.« Ihr brach die Stimme.

»Aber nicht für alle?«, hakte Singh nach.

»Manche waren neidisch auf ihn. So was passiert dann eben. Doch sie würden ihn niemals umbringen!«

»Tja, aber irgendjemand hat es getan. Und weil das Dorf so entlegen liegt, mitten im Nirgendwo, wäre es viel einfacher für einen der Anwohner gewesen, ihn zu töten, als für einen von außerhalb.«

»Nein, ich kann einfach nicht glauben, dass es einer von uns war«, wehrte Elisa empört ab.

»Wann haben Sie Vili das letzte Mal gesehen?«

»Samstagabend in unserem Haus. Meine Eltern, Vili, Sevu und ich haben zusammen zu Abend gegessen. Danach ging er aus, während Mum und ich abräumten. Er kam nie zurück.« Ihre Unterlippe zitterte, dann fing sie an zu weinen.

Singh wartete, bis Elisa ihre Fassung wiedergewonnen hatte. »Was haben Sie nach dem Aufräumen gemacht?«

»Wir vier haben zusammen Tee getrunken und gebetet, dann bin ich ins Bett gegangen.«

»Sind Sie in der Nacht aufgewacht?«

»Nein, ich habe tief und fest geschlafen, Ma'am.«

»Arbeiten Sie Vollzeit im Gewürzprojekt?«

Elisa lächelte verhalten. »Nein, aber es gibt dort immer was zu tun. Vor allem, wenn die Vanille blüht, müssen wir jeden Morgen schon früh raus und arbeiten von Sonnenaufgang bis elf Uhr nachts. Unser Ziel ist es, jeden Tag neunhundert Blüten per Hand zu bestäuben.«

»Du meine Güte, ich hatte ja keine Ahnung! Das ist ein ziemlich hoher Anspruch!«

Jetzt wurde Elisa lebhafter. »Man hat nur die eine Chance. Wenn man eine Blüte übersieht, ist es am nächsten Tag schon zu spät.«

»Ist denn jetzt Saison, Elisa?«

»Aber nein. Wir haben bereits die Schoten geerntet und behandeln sie gerade. Aber auch dafür muss man jeden Tag arbeiten, wenn auch nur ein, zwei Stunden.«

»Sie klingen wie eine richtige Expertin, Elisa. Und was machen Sie sonst noch?«

»Also, wir müssen Unkraut jäten, Gras mähen, die Ranken kürzen und die Stützpflanzen beschneiden, aber das mache ich nicht oft. Vili meint, die ganze Arbeit würde sich lohnen, weil der Preis für Vanille sehr, sehr hoch ist.« Wieder strömten ihr Tränen über die Wangen. Sie wischte sie mit einem Taschentuch weg.

»Gab es denn jemanden, der gegen das Projekt war, Elisa?«

»Nein, erst im letzten Jahr, als Vili die Ältesten um mehr Land bat. Vili hat einen richtigen Antrag geschrieben, ihn sogar abgetippt, dafür musste er nach Suva. Er stellte ihn dem Ältestenrat vor und beantwortete alle Fragen. Dann wartete er monatelang. Schließlich fragte er Ilai Takilai, den Dorfvorsteher, ob es ein Problem gebe. Ilai empfahl ihm, geduldig zu sein. Vor ein paar Monaten dann teilte er Vili mit, der Antrag sei abgelehnt worden.«

»Nannte er Gründe dafür?«

»Nein, aber junge Menschen dürfen die Entscheidung der Älteren nicht infrage stellen. Also musste Vili den Entschluss akzeptieren.«

»Ihr Bruder war tatkräftig und schlau, Elisa. Hatte er sonst noch Pläne für das Dorf?«

Jetzt wurde das Mädchen richtig munter. »Ja, er war immer voller Ideen! Aber der Gewürzgarten ist bislang das einzige Projekt, das Geld einbringt.«

»Erzählen Sie mir von seinen anderen Ideen.«

»Er wollte einen Hühnerstall bauen – Sie wissen schon: Henny Penny, das australische Unternehmen, hilft Dörfern, große Hühnerställe wie in Australien anzulegen. Sie stellen die Küken und das Futter und nehmen dann die Hühner, wenn sie die richtige Größe haben. Dafür zahlen sie gutes Geld. Henny Penny fand, dass unser Dorf zu abgelegen sei, aber das Hauptproblem bestand darin, dass es hier keinen Strom gibt. Also machte sich Vili darüber kundig und redete mit Fiji Electricity in Suva. Er meinte, mit dem Strom könnte man nicht nur den Hühnerstall mit Licht versorgen, sondern auch unsere Häuser, die Kirche und die Schule. Wir könnten Radios haben, ohne teure Batterien kaufen zu müssen. Wir könnten alle möglichen Maschinen nutzen, sogar Computer.«

»Und was ist daraus geworden?«

»Ich weiß nicht genau. Vili wollte nicht darüber reden. Auch über diesen Plan haben die Älteren lange beraten und ihm dann mitgeteilt, dass sie dagegen waren.«

»Da muss er sehr enttäuscht gewesen sein.«

»Ja, das war er. Trotzdem war er immer optimistisch und sorgte für gute Laune.«

»Wie sehen denn Ihre eigenen Pläne aus, Elisa? Was möchten Sie tun?«

»Ich weiß noch nicht. Ich war glücklich damit, Mum und Vili zu helfen.« Ihre Stimme zitterte. Als sie Singh erneut ansah, rollten ihr wieder Tränen über die Wangen.

Singh wartete eine Weile. Sie konnte jetzt noch nicht lockerlassen.

»Hat Vili je von seinem Leben in Suva erzählt, Elisa? Zum Beispiel von Problemen bei der Arbeit?«

Traurig schüttelte das Mädchen den Kopf. »Nein. Er meinte, er würde sich an Suva gewöhnen, aber es sei teuer. Er bemühte sich, so viel Geld wie möglich für das Projekt zu sparen und dafür, dass mein Bruder und ich zur Schule gehen können. Er hätte gern mehr zur Seite gelegt, aber bei den Preisen in Suva sei das unmöglich, sagte er.«

»Haben Sie ihn mal dort besucht?«

»Ja, zweimal. Da konnte ich bei Verwandten übernachten. Meine Kusine und ihre Familie waren nett zu mir. Ich bin mit Vili am Sonntagnachmittag mit dem Bus nach Suva gefahren und am nächsten Samstagvormittag wieder mit ihm zurück. Es war sehr aufregend. In Suva ist es so voll und laut. Und es stinkt! Wegen der Abgase von den vielen Taxis und Bussen. Jeden Tag nach der

Arbeit habe ich mich mit Vili getroffen, und dann sind wir durch die Einkaufsstraßen gebummelt. Er hat mir Pizza und ein Curry spendiert. Einmal ist er mit mir sogar zum Chinesen gegangen. Das war alles sehr aufregend. Trotzdem war ich froh, wieder hierher zurückzukommen.«

Vielleicht hatte Vili versucht, seiner Schwester die Augen für eine andere Welt zu öffnen, aber sie war mit dem einfacheren, wenn auch beschwerlicheren Leben in Tanoa glücklicher.

»Hatte Vili eine Freundin?«

Jetzt lächelte Elisa. »Es gab viele Mädchen, die Vili gernhatten. Eigentlich alle. Er versuchte zwar, alle gleich zu behandeln, aber ich wusste, dass er nur Kelera mochte, die Tochter des Pastors. Aber außer mir wusste niemand davon.«

»Hat Vili Ihnen von Kelera erzählt?«

»Nein, über so etwas hätte er niemals gesprochen. Er wollte keine Gerüchte, obwohl ich es nie weitererzählt hätte«, sagte Elisa mit solchem Nachdruck, dass Singh ihr sofort glaubte.

»Und Kelera? Was hat sie für Vili empfunden?«

»Ich glaube, sie hat ihn wirklich gemocht, obwohl sie sich mir nie anvertraut hat. Ich vermute, sie hat deshalb so viel Zeit in die Projekte gesteckt. Wenn Vili am Wochenende hier war, haben sie oft zusammen gearbeitet. Sie haben auch alles gemeinsam besprochen. Kelera führt Buch über die Projekte. Als Lehrerin ist sie sehr gut organisiert.«

»Würden Sie sagen, dass sie eine feste Beziehung hatten?«

»Das weiß ich nicht. Wenn ja, haben sie sie geheim gehalten.«

»Wir sind jetzt fertig, Elisa, aber sollten Sie sich noch an irgendwelche Auseinandersetzungen oder auch nur Meinungsverschiedenheiten erinnern, von denen Vili Ihnen erzählt hat, müssen wir das unbedingt wissen. Selbst wenn Sie glauben, es wäre nur etwas Banales gewesen, bitte sagen Sie uns Bescheid. Sie verschwenden damit nicht unsere Zeit. Hier ist meine Karte. Ein Constable wird in den nächsten Tagen vor Ort sein, also können Sie mir durch ihn eine Nachricht schicken. Geben Sie ihm einfach diese Karte, ja?« Singh schrieb Elisas Namen auf die Rückseite ihrer Karte und reichte sie ihr.

Elisa nickte nur, nahm Singhs Karte, murmelte »*Vinaka*« und verließ das Büro.

Singh rechnete eigentlich nicht damit, dass Elisa noch weitere Informationen für sie hätte. Das Mädchen hatte seinen charismatischen Bruder angebetet und war glücklich gewesen, ihm in allem zu folgen.

In einer halben Stunde würde für heute die Schule enden. Genug Zeit also, noch schnell ihre Notizen in ihr offizielles Protokollbuch zu übertragen. Wenn die Glocke läutete, würde sie vor Keleras Klassenraum stehen.

8

Horseman stellte zwei Plastikstühle auf die schattige Veranda der Kirche. »Setz dich, setz dich, Sevu«, sagte Horseman. »Ich will nur mit dir reden, um mehr über deinen Bruder zu erfahren.«

Der Junge zögerte und ließ sich dann auf den Stuhl sinken.

»Wie alt bist du, Sevu?«

»Sechzehn, Sir.«

»Gehst du noch zur Schule?«

Sevu schüttelte den Kopf. »Da hat's mir nicht so gefallen. Vili meinte, ich müsse auf die Highschool, er würde die Gebühren bezahlen. Aber letztes Jahr, als ich fünfzehn wurde, bin ich abgegangen. Ich wollte sein Geld nicht verschwenden.«

»Wieso hast du geglaubt, du würdest sein Geld verschwenden?«

»Keine Ahnung. Ich bin nicht so schlau wie er. Er will, dass alle sind wie er. Dabei ist er doch derjenige, der anders ist. Die Prüfungen hab ich nicht besonders gut hingekriegt. Es gefällt mir viel besser, im Gewürzprojekt und mit Dad auf unseren Plantagen zu arbeiten. Und irgendwas zu bauen. Ich wollte wieder nach Hause.«

»Sevu, was du in den drei Jahren auf der Highschool gelernt hast, ist keine Verschwendung, glaub mir das. Also spiel das nicht herunter. Deine Bildung wird dir dabei helfen, hier oder woanders besser zu arbeiten. Aber du brauchst ja keine Lektion von mir. Hast du auch letzten Samstag mit Vili im Gewürzgarten gearbeitet?«

»Nur ein bisschen. Morgens haben Dad und ich Unkraut in den Maniok- und Taroanpflanzungen gejätet und genug Bananen und Papaya für Mum geerntet, dass es bis heute reicht. Nach dem Mittagessen habe ich auf Vili gewartet, dann sind wir zu den Vanillespalieren und zum Schuppen, wo wir die Schoten gewendet und weggeräumt haben. Vili war seit zwei Wochen nicht mehr im Dorf gewesen.«

»Worüber hat er geredet, als er nach Hause kam?«

Sevu wirkte verwirrt. »Nur darüber, dass wir gute Arbeit geleistet hätten. Dass wir das Unkraut unter Kontrolle behalten müssten und die Vanilleschoten nicht nass werden dürften. Ach, er war auch froh, von Suva wegzukommen.«

»Hat er gesagt, warum?«

»Nein, nur dass er Probleme bei der Arbeit hat.«

»Irgendwelche Einzelheiten?«

Sevu runzelte die Stirn und blickte in die Ferne. »Nein, ich kann mich kaum noch erinnern. Eigentlich hat er eher mit sich selbst geredet. So was wie: eins und eins zusammenzählen und das Ergebnis nicht mögen …«

»Hm. Seid ihr zusammen wieder nach Hause gegangen?«

»Ja, ich hab ihm den neuen Schweinestall gezeigt, den ich gerade baue. Außerdem arbeite ich an einem neuen Schuppen für die Vanilleschoten. Der ist größer und besser als der auf der Plantage. Wir nutzen ihn schon, obwohl ich die Gestelle noch nicht fertig habe. Wir haben einen Plan auf dem Boden gezeichnet, und er hat mir gezeigt, worauf es ankommt. Dann sind wir zum Abendessen nach Hause gegangen. Später ist er noch mal raus.«

»Weißt du, wohin?«

Sevu schüttelte den Kopf. »Nein. Wir dachten, er würde Freunde besuchen. Bis ich ins Bett ging, war er nicht zurück. Er ist gar nicht mehr zurückgekommen, nicht wahr?«

»Nein, ist er nicht. Und wir müssen herausfinden, wieso nicht. Hat dich in der Nacht irgendein Geräusch geweckt?«

»Nur einmal. Ich wachte auf, dann hörte ich etwas knallen, wie eine Tür oder eine Fensterlade. Ich dachte, es sei der Wind.«

»Ist auch gut möglich. Ich werde jedenfalls nachprüfen, ob noch jemand einen Knall gehört hat. Wir finden heraus, was mit Vili passiert ist, versprochen.«

Horseman hoffte nur, dies wäre nicht noch ein gut gemeintes Versprechen, das er nicht halten konnte.

9

Etwa zwanzig Kinder in weißen Hemden und königsblauen Röcken oder Shorts gingen geordnet durch den Klassenraum Richtung Tür. Draußen jedoch stoben sie sofort befreit und aufgeregt plappernd und lachend auseinander. Singh klopfte. Eine Frau in einem wadenlangen Blümchenkleid räumte das Klassenzimmer auf.

»Miss Tora? Ich bin Detective Sergeant Susila Singh. Passt es Ihnen jetzt, mit mir zu reden?«

Die Frau kam zu ihr und gab ihr die Hand. Sie war jung, mittelgroß und sehr hübsch. »Bitte nennen Sie mich doch Kelera. Danke, dass Sie hergekommen sind. In der Schule kann ich frei sprechen.« Sie warf einen Blick über Singhs Schulter und rief: »*Moce mada*, Sasa.«

Als Singh sich umdrehte, sah sie einen jungen Mann in *pocketsulu* und gestreiftem Hemd, der an der Tür vorbeiging und winkte. »*Moce mada*, Kelera.« Dann eilte er den Hang hinunter.

»Kommen Sie bitte herein«, sagte Kelera. Sie rückte einen Stuhl vor den Schreibtisch und nahm dahinter Platz.

Im Raum war es so dämmrig, dass Singhs Augen sich nach dem gleißenden Licht draußen kaum anpassen konnten. »Dürfte ich einen Fensterladen öffnen? Ich habe Schwierigkeiten, etwas zu sehen.«

»Natürlich, verzeihen Sie.« Kelera öffnete den Laden gegenüber der Tür, sicherte ihn und kehrte zum Schreibtisch zurück.

»Ich wollte mit Ihnen reden, weil Sie recht stark in Viliames Projekt eingebunden sind. Wir wollen Vilis Mörder unbedingt so schnell wie möglich finden, zum Wohle aller. Alles, was Sie uns über Vili sagen können, könnte hilfreich sein.«

Kelera nickte traurig. »Ich weiß nicht, wer ihn umgebracht hat, ich kann mir so etwas Böses nicht mal vorstellen. Aber dieses Dorf ist schon etwas ganz Besonderes, Sergeant Singh. Menschen, die in den Bergen wohnen, isoliert von der Welt, denken einfach anders. Es sind größtenteils brave Leute, die sich damit begnügen, nach der Tradition und der Bibel zu leben. Sie sehen keinen Nutzen in Veränderung, auch wenn es eindeutig Veränderungen zum Besseren sind, wie zum Beispiel die Versorgung mit Strom. Die Schule akzeptieren sie nur, weil sie selbst zur Schule gegangen sind. Ihre Kinder sollen das Alphabet lernen, damit sie die Bibel und das Gesangbuch lesen können, aber das war's auch schon. Vili war einer der ganz wenigen hier, die über eine bessere Zukunft nachdachten, und der Einzige, der mit einem Projekt darauf hinarbeitete, obwohl die Ältesten nicht daran interessiert waren.«

»Er hat alle inspiriert, die an dem Gewürzprojekt arbeiteten – das habe ich schon bemerkt. Er muss ein ganz besonderer junger Mann gewesen sein.«

»Ja, das war er.« Kelera zog eine Schublade auf, nahm ein weißes Taschentuch heraus und drückte es sich vors Gesicht. »Verzeihung.«

»Aber nicht doch. Hatte Vili hier eine Freundin?«

»Ja, mich. Ich liebe ihn so sehr. Ich hätte alles für ihn getan.« Wieder füllten sich ihre Augen mit Tränen.

Ihre Offenheit brachte Singh kurz aus der Fassung. »Wussten die anderen von Ihrer Beziehung?«

»Keine Ahnung. Wie behielten sie für uns. Niemand fragte mich danach oder machte Andeutungen, aber das heißt nicht, dass es niemand wusste. Es ist hier sehr schwierig, etwas geheim zu halten.«

»Das kann ich mir vorstellen. Wieso durfte es denn nicht bekannt werden?«

»Vili hatte mich nicht um meine Hand gebeten. Ich hoffte, er würde das eines Tages tun. Aber wenn wir im Dorf offen gezeigt hätten, dass wir zusammen sind, hätte es irgendwann Ärger gegeben, wenn er mich nicht geheiratet hätte. Ich glaube, er wollte nicht heiraten. Jedenfalls jetzt noch nicht.«

»Wann haben Sie Vili das letzte Mal gesehen, Kelera?«

»Samstagnacht.« Sie zögerte. »Wir haben mit unseren Familien zu Abend gegessen und sind dann, als es dunkel war, auf getrennten Wegen zur Gewürzplantage gegangen.«

»Wohin genau?«

»Zu einer der Vanillepflanzungen.« Sie lächelte. »Es ist so schön dort, wie eine eigene, geschützte Welt. Wir waren da nur eine Stunde, vielleicht auch kürzer. Ich ging als Erste und nahm den oberen Weg. Vili sagte, er würde noch ein bisschen warten und dann über den unteren Weg zurückkehren. Das war das letzte Mal, das ich ihn gesehen habe.«

»Haben Sie auf Ihrem Rückweg irgendwas bemerkt – entweder auf dem Weg oder im Dorf?«

»Nein, und ich habe gut aufgepasst, weil ich nicht entdeckt werden wollte. Deshalb habe ich auch den oberen Weg gewählt: Er endet direkt da vorne.« Kelera zeigte aus dem offenen Fenster. »Da kann ich im Dunkeln warten, bis keiner mehr da ist, und in die Schule gehen. Ich lasse eine Lampe in der Klasse brennen, da glauben die Leute, ich würde noch arbeiten.«

»Kelera, Sie haben gesagt, Vili wäre anders gewesen als die anderen Dorfbewohner. So was sorgt in kleinen Gemeinden normalerweise für Probleme. Wer könnte etwas gegen ihn gehabt haben?«

»Das weiß ich nicht. Die Ältesten haben im letzten Jahr seinen Antrag auf neues Land abgewiesen, aber heißt das, sie hatten was gegen ihn? Sie brauchten immer ziemlich lange, um über seine Pläne zu beraten, auch bei denen, die letzten Endes angenommen wurden. Ich dachte, sie hätten einfach nicht mehr so viel Energie und wollten nichts Neues hier – und nicht, dass sie ihn bekämpfen oder gar hassen würden. Ihre Autorität ist unangefochten, also stellte er doch keine Bedrohung für sie dar, oder?«

Singh fielen mehrere Fälle ein, bei denen konservative ältere Fidschianer schon auf geringere oder faktisch nicht vorhandene Bedrohungen gewalttätig reagiert hatten. Ihre eigenen Verwandten waren auf ihrer bescheidenen Zuckerrohrplantage von aufgebrachten Landbesitzern bedroht worden, kurz bevor ihr Pachtvertrag erneuert werden sollte. Die Besitzer waren von traditionalistischen Agitatoren aufgewiegelt worden und gaben ihnen nur zwei Tage, um zu packen und zu verschwinden, weil sie ihnen vorwarfen, sie wollten sie ausbeuten, das ganze Land übernehmen und dergleichen Absurditäten mehr.

»Das ist nur eine Frage der Wahrnehmung, Kelera. Es muss nicht mal eine reale Bedrohung gewesen sein. Was sind denn die Sorgen und Anliegen des Ältestenrats?«

»Fairerweise muss ich zugeben, dass sie den niedrigen Bildungsstand und das geringe Einkommen der Anwohner zu bedauern scheinen. Sie sagen, es würden viel zu wenige mit einer festen Arbeitsstelle in der Stadt leben und Geld zurück ins Dorf schicken. Vermutlich bin ich nur zynisch, aber ich unterstelle ihnen, dass sie sich hauptsächlich Sorgen machten, es würde zu wenig Geld für sie selbst ins Dorf kommen.«

»Haben sie denn eigene Pläne für das Dorf?«

»Tja, kann sein. Die Mahagonibäume sind nach vierzig, fünfzig Jahren reif zum Fällen. Darauf setzen die Ältesten große Hoffnungen, aber von aktuellen Plänen weiß ich nichts.«

»Und sonst noch was?«, fragte Singh.

»Es ist etwas ziemlich Großes geplant, das aber seine Wurzeln in der Vergangenheit hat. Der Häuptling hat sich in den Kopf gesetzt, dass Gott den Einwohnern von Tanoa den Mord am Missionar Charles Weston, der 1875 hier begangen wurde, nicht vergeben hat. Er glaubt, die Last dieser Sünde liege noch auf den Nachkommen der Mörder und verhindere den wachsenden Wohlstand des Dorfes. Also hat er wiederum die Nachfahren des ermordeten Reverend hierher zu einer großen Versöhnungszeremonie eingeladen.«

Singh war verblüfft über einen derartigen Versuch, die Entwicklung des Dorfs voranzutreiben. Wäre es nicht viel besser, das Dorf mit Strom zu versorgen, eine Schulbücherei einzurichten und Stipendien zu vergeben? Andererseits war sie nicht religiös und hatte oft Schwierigkeiten, den Glauben anderer nachzuvollziehen, selbst bei ihren eigenen Verwandten, die Sikhs waren.

»Steht der Plan schon fest?«

»Oh ja, schon seit zwei Jahren. Es hat eine Weile gedauert, Mr Westons Nachkommen ausfindig zu machen. Mein Vater konnte dabei helfen, dennoch war es ziemlich zeitraubend. Insgesamt hat es ein Jahr gedauert. Danach folgten unzählige Briefwechsel, Verhandlungen und so weiter. Aber am Ende ist alles organisiert worden. Fünf Nachkommen haben sich bereit erklärt, der Einladung zu folgen und die Gastfreundschaft und die Entschuldigung des Dorfes anzunehmen. Das Ganze findet am nächsten Sonntag statt. Vilis Tod hat das nur in den Hintergrund gedrängt.«

»Verständlich. Sie sind die Erste, die davon spricht. Ich frage mich, ob wegen Vilis Tod alles verschoben wird.«

»Dazu ist es, glaube ich, zu spät, auch wenn der Häuptling das wollte. Die Nachfahren des Missionars reisen aus Kanada, Australien und Neuseeland an. Das Dorf kommt für ihre Flüge, für die besten Hotels in Suva und alle Unkosten auf. Das sind Tausende von Dollar.« Sie schüttelte den Kopf. »Ich weiß nicht, wie das gelöst werden soll. Wahrscheinlich wird Ratu Osea das mit meinem Vater besprechen.«

»Wie ist denn die allgemeine Meinung im Dorf zu dieser Versöhnung?«

Kelera zuckte die Achseln. Da nicht mehr von Vilis Tod die Rede war, wirkte sie wesentlich gefestigter und entschiedener.

»Ich weiß nicht, ob es eine allgemeine Meinung dazu gibt. Die Dorfbewohner haben Geld gesammelt und für das Festmahl zusätzlich Obst und Gemüse angebaut und Ferkel und Kälber großgezogen. Diese Menschen können großartig Festivitäten organisieren. Aber eine eigene Meinung bilden? Schließlich entscheiden der Häuptling und die Ältesten, was getan wird, und wenn man ihre Entscheidungen hinterfragen würde, wäre das, als würde man ihre Autorität anzweifeln – praktisch eine Sünde. Die Dorfbewohner denken nur darüber nach, wie man die Entscheidungen ausführt.«

Singh verstand genau, was Kelera da beschrieb.

»Sie sind mir eine große Hilfe, Kelera. Ich melde mich bald wieder bei Ihnen. Bitte denken Sie noch mal genau darüber nach, ob Sie irgendwas gesehen oder gehört haben, als Sie Samstagnacht ins Dorf zurückkehrten.«

Kelera nickte nur abwesend und starrte dann aus dem Fenster, während Singh das Klassenzimmer verließ, um Horseman zu suchen. Falls er noch nicht von dem großen Ereignis erfahren hatte, das schon in wenigen Tagen stattfinden sollte, musste sie ihm sofort davon erzählen.

10

»Mir scheint, das Dorf ist in zwei Lager geteilt, Pastor Joni«, sagte Horseman. »Der Häuptling und die Älteren wollen das Unrecht der Vergangenheit mit Hilfe der Tradition wiedergutmachen, während Viliame und seine Freunde Projekte starten wollen, die Geld bringen. Sie konzentrieren sich auf die Zukunft.«

Pastor Joni saß hinter seinem Schreibtisch im Kirchenbüro. Horseman und Singh hatten davor Platz genommen. Der Pastor neigte sich leicht vor und faltete die Hände auf dem Tisch.

»*Io*, aber alle wollen dasselbe, nämlich ein blühendes Dorf. Sie haben nur unterschiedliche Ideen, wie das erreicht werden könnte. Es gibt doch keinen Grund, wieso man nicht beide Strategien nebeneinander anwenden könnte. Ich jedenfalls finde sie nicht unvereinbar.«

Singh erwiderte: »Stimmt, sie müssen nicht unvereinbar sein. Aber wenn die Mittel begrenzt sind – was hier alle behaupten –, dann kämpfen die Vertreter der Versöhnungszeremonie und die der Marktfruchtprojekte um dieselben Gelder. Das stimmt doch, oder?«

Pastor Joni nickte langsam. »*Io*, so gesehen stimmt das. Es könnte schwierig werden, beide Ideen gleichzeitig umzusetzen.«

»Bei Fällen von Gewalt, insbesondere von Mord, suchen wir immer nach Konflikten, Pastor. Dies scheint mir ein ernster Konflikt zu sein, der schon eine Zeit lang schwelt, finden Sie nicht auch?«, fragte Horseman.

»Nein, als ernsten Konflikt würde ich das nicht bezeichnen, Inspector. Junge Menschen sind immer ungeduldig und wollen alles sofort. Viliame hatte Fähigkeiten, Führungsqualitäten und Energie. Die Gewürzgärten sind ein großartiges Projekt, das die jungen Leute erfolgreich umgesetzt haben. Das finden alle.« Horseman warf Singh einen Blick zu.

Sie lächelte ermutigend. »Und doch höre ich, dass die Älteren davon ausgehen, mit dem Verkauf von Mahagoni Geld zu verdienen.«

»Ach, ich bin zwar nicht eingeweiht worden, aber ich weiß, dass hier große Hoffnungen in das Fällen dieser Bäume gesetzt werden.«

»Wissen Sie, warum der Ältestenrat kein zusätzliches Land für das Gewürzprojekt genehmigt hat? Es würde die Gemeinde doch nichts kosten, ungenutzte Flächen zu vergeben, oder?«, fragte Singh.

»Ich könnte mir vorstellen, dass sie weniger auf schnellen Gewinn und mehr auf nachhaltigen Erfolg abzielen. Aber das weiß ich nicht. Sie sind konservativ, wissen Sie? Ich glaube nicht, dass negative Absichten gegenüber den jungen Leuten im Spiel waren.«

Glaubte der Pastor wirklich immer an das Beste im Menschen? Seine Haltung war so christlich, wie man erwarten durfte, aber konnte er wirklich ignorieren, dass alles in eine andere Richtung wies? Vielleicht hatte er das Gefühl, es wäre seine Pflicht, den Häuptling zu verteidigen.

»Kelera hat mir erzählt, Sie seien eine große Hilfe gewesen, als es um das Aufspüren von Nachkommen des ermordeten Missionars ging«, bemerkte Singh.

»Reverend Weston, *io*. Es war mir eine Ehre. Die Verwaltung der Methodistenkirche in Suva unterstützte mich dabei. Es gibt dort Computer, verstehen Sie? Also bin ich ein paarmal nach Suva gefahren und hab mir angesehen, was man damit machen kann. Faszinierend! Ich konnte von dort in Kontakt mit den internationalen Archiven der Kirche treten, und die Mitarbeiter waren sehr hilfreich und erledigten für uns die Ahnenforschung. Sie spürten ein paar Nachfahren auf, denen ich dann auf Bitte des Häuptlings schrieb. Zu seiner Freude waren fünf von ihnen bereit, den ganzen

Weg von Kanada, Neuseeland und auch Australien auf sich zu nehmen, damit unser Häuptling um Vergebung für die Sünden seiner Vorfahren bitten kann.«

»Wie ich höre, werden alle Unkosten übernommen«, bemerkte Singh.

»*Dina*, Sergeant. Die Dorfbewohner sind die Büßer, die von den Nachkommen von Reverend Weston Vergebung erhalten möchten. Also ist es unsere Pflicht, sich gut um unsere Gäste zu kümmern. Aus weltlicher Sicht haben der Häuptling und der Ältestenrat ja die Zeremonie zum Wohl des Dorfs ins Leben gerufen. Sie hoffen, Gott schaut gnädiger auf dieses Dorf, wenn diese Bürde der Schuld von uns genommen wurde.«

»Welche Auswirkungen hat denn Viliames Tod auf die Pläne für dieses Wochenende?«, wollte Horseman wissen. »Wird die Zeremonie trotzdem stattfinden?«

Pastor Joni schüttelte den Kopf. »Das weiß ich nicht. Der Mord an sich ist schon furchtbar, eine Tragödie. Aber der Zeitpunkt könnte nicht schlimmer sein. Zu nah an der Zeremonie, um sie noch zu verschieben, aber auch zu nahe, als dass wir uns von dem Schock erholen und unsere Gäste aus ganzem Herzen willkommen heißen könnten.« Seufzend blickte er auf. »Ich kann nur um Gottes Führung bitten, falls der Häuptling sich deshalb mit mir beraten will.«

»Wann könnte das sein?«, fragte Singh.

»Ich bin mir nicht sicher«, antwortete Pastor Joni, »vielleicht morgen Nachmittag, wenn er nach Tanoa zurückkehrt.«

»Wie Sie sagten, wird er ein paar schwierige Entscheidungen treffen müssen. Haben Sie eine Telefonnummer, unter der man ihn in Suva erreichen kann?«

»*Io*, ich habe hier seine Karte.« Pastor Joni gab Horseman eine geschäftliche Visitenkarte.

* * *

Ash und sein Team warteten im Schatten. »Haben Sie Glück gehabt?«, fragte Horseman.

Musudroka platzte fast vor Aufregung, überließ die Antwort aber Ash: »Wir haben den Tatort gefunden! Also, ziemlich sicher. Etwa auf halber Strecke zum Gewürzgarten gibt es eine Stelle, die platt gedrückt ist. Nicht groß, daher schließe ich, es war nur ein Angreifer. Es sieht aus, als wäre das Opfer einfach auf dem Weg zur Seite gekippt. Blutspuren haben wir auch gefunden. Wir haben die ganze Umgebung weiträumig abgesucht, die Mordwaffe aber nicht gefunden. Der Mörder muss sie mitgenommen oder weggeschmissen oder irgendwo in unmittelbarer Nähe versteckt haben.« Er zuckte die Achseln.

»Dann zeigen Sie mal die Fotos«, bat Horseman. Ash verband seine Kamera mit einem Tablet und reichte es Horseman, der sich neben Singh setzte, damit sie beide gemeinsam die Fotos betrachten konnten. Es waren scharfe Weitwinkel- und Nahaufnahmen.

Musudroka erklärte: »Wir haben ein paar Äste abgerissen und damit die Umgebung abgesperrt, Sir. Außerdem haben wir jede Menge Proben fürs Labor gesammelt. Es ist alles eingetütet und beschriftet.« Er sah ihn hoffnungsvoll an.

»Sehr gute Arbeit, Kollege.«

»Ich fahr dann los, Sir, falls sonst nichts mehr ist. Wenn Sie wollen, kann ich die Constables mitnehmen«, sagte Ash.

Horseman gab ihm die Hand. »Ich bitte darum, Ash. Sie haben alle sehr gründlich gearbeitet. Aber lassen Sie mir meinen DC hier.«

Ash grinste. »Tani können Sie haben! Ich melde mich so bald wie möglich, Sir.«

Auf dem Haus des Pastors tauchte Mere mit einem Tablett voller dampfender Becher auf. »*Bula*, Officers. Möchten Sie sich vielleicht an der Bank neben dem Haus waschen? Dort gibt es Seife und Waschschüsseln, ein Handtuch und Wasser. Das wird Sie abkühlen. Danach können Sie auf der Veranda einen Tee trinken.« Sie stellte das Tablett auf dem Betonboden der Veranda ab. Das Team der Spurensicherung trottete gehorsam los, um sich zu waschen, während Horseman und Singh sich Becher mit Tee vom Tablett nahmen.

»*Vinaka vakalevu*, Mere. Vielen Dank, Tee ist genau das, was wir jetzt brauchen.«

Als Mere in der Kirche verschwand, tauchte Pastor Joni mit zwei Plastikstühlen aus dem Büro auf. »Verzeihung, Inspector, wir haben hier nicht viele Möbel.«

»Aber nicht doch, Pastor. Sie verwöhnen uns ja«, erwiderte Horseman. Aber er ließ sich doch auf dem Stuhl nieder und streckte dankbar sein rechtes Bein aus.

»Und was kommt als Nächstes, Sir?«, fragte Singh.

»Wir müssen den Tatort untersuchen, obwohl Ashs Fotos wirklich ausgezeichnet sind.«

Da näherte sich Kelera. »Sir, ich habe zwei Mitarbeiter vom Gewürzprojekt für Sie aufgetrieben. Epi und Waisele. Soll ich sie rüberrufen?«

»*Vinaka*, Kelera, ja bitte! Wir reden mit ihnen, sobald sie hier sind.«

»Soll jeder von uns einen befragen?«, erkundigte sich Singh.

»Natürlich. Und danach gehen wir zum Tatort, sofern er es denn wirklich war.«

Für die jungen Männer Epi und Wais war Viliame ein Held gewesen, und sie bestätigten alles, was Pastor Joni und die anderen über ihn gesagt hatten. Sie hatten am Samstag gearbeitet, die Vegetation rund um die Muskatnusspflanzen gekürzt und die Vanilleschoten versorgt. Nachmittags hatten sie am Schuppen mit Viliame gesprochen, ihn aber danach nicht mehr gesehen.

Stolz führte sie Musudroka zum vermuteten Tatort, doch dort entdeckte man nichts, was nicht auf Ashs Fotos schon zu sehen gewesen war. Horseman stimmte zu, dass dies wahrscheinlich die Stelle war, wo Vili getötet wurde. Er verließ sich nie gern auf Fotos, wenn man sich den Schauplatz auch persönlich anschauen konnte. Die Umgebung war wichtig, wenn man den Tathergang verstehen wollte, aber dieser Tatort bot keinerlei neue Einsichten. Weder er noch Singh entdeckten etwas, was die Spurensuche übersehen hatte.

»Dann fahren wir los. Es ist schon frustrierend, dass man hier von allem isoliert ist. Nicht mal das Autoradio funktioniert. Ich werde Ratu Osea von der Polizeiwache unten in Kumi anrufen. Mit etwas Glück kann ich noch heute Abend mit ihm reden.« Als er Singhs enttäuschte Miene sah, fügte er hinzu: »Sie dürfen gerne mitkommen. Das versteht sich von selbst. Aber brauchen Sie nicht ein bisschen Zeit, um sich nach Ihrem Urlaub wieder einzufinden?«

»Nein, ist schon gut, Sir. Ich würde lieber den Häuptling treffen.« Ihre Augen, die an das Meer bei Sonnenschein erinnerten, leuchteten vor Freude.

Aber Horseman bekam keine Reaktion auf seinen Anruf von der Polizeiwache. Er konnte den Chief weder über Festnetz noch über sein Handy erreichen. Auf beiden Geräten hinterließ er ihm Nachrichten. Er wollte unbedingt noch am selben Abend mit Ratu Osea sprechen, wenigstens über Telefon. Er würde es später noch mal in Nausori versuchen.

Auf der Rückfahrt döste Musudroka auf dem Rücksitz, auch Singh neben ihm schien nicht zum Reden aufgelegt zu sein. Doch als ihr Kopf plötzlich nach vorn sackte, merkte er, dass auch sie eingenickt war. Das war ihm nur recht: Er musste über den Fall nachdenken, bis er die Ergebnisse der Obduktion bekäme. Ein junger Mann war Samstagnacht durch einen oder mehrere Schläge auf den Kopf getötet worden, während er auf einem Bergpfad zurück ins Dorf ging. Er war der Anführer einer Gruppe junger, modernisierungsfreudiger Menschen, gegen die die konservativen Dorfältesten ankämpften, indem sie ihre Pläne blockierten.

Ein solches Szenario war in Fidschi nichts Ungewöhnliches. Aber bestand die Möglichkeit, dass dieser passive Widerstand zu

Gewalt und Mord geführt hatte? Dafür musste es noch einen weiteren Auslöser gegeben haben. Konnte die bizarre Zeremonie, die am nächsten Wochenende geplant war, damit zu tun haben? Und wenn ja: wie? Er schüttelte den Kopf, als er an all die Arbeit und die Mittel dachte, die in den letzten zwei Jahren in ein so aufwendiges und einzigartiges Ereignis investiert worden waren, von dem man sich so viel versprach. Auch er war Christ, das war für einen Fidschianer selbstverständlich, aber eine solche Auffassung seines Glaubens kam ihm irgendwie verdreht vor. Wie sollte die nicht existente Bürde einer wie auch immer gearteten Schuld nur durch die Vergebung der Nachkommen von Reverend Charles Weston verschwinden? Die Überzeugung, danach wären Erfolg und Wohlstand in Tanoa gesichert, kam ihm vor wie Aberglaube, wie magisches Denken, und hatte nichts mit seiner Vorstellung des christlichen Glaubens zu tun.

Sie näherten sich Nausori. Er fuhr auf den Parkplatz neben der Brücke, wo noch ein paar Lokale geöffnet waren. Als der Wagen hielt, rührten sich seine Mitfahrer.

»*Oilei*, ist ja schon dunkel«, sagte Musudroka und gähnte herzhaft.

»Bin ich eingeschlafen?«, fragte Singh und bewegte den Kopf nach rechts und links, um die Nackenmuskeln zu entspannen.

»Ja, sind Sie. Ich muss jetzt etwas essen und trinken, sonst schlafe ich auch noch ein.« Das sagte er nur, damit sie kein schlechtes Gewissen hatten; eigentlich hatten seine Gedanken ihn wach gehalten. »Indisch oder chinesisch? Oder vielleicht einen Hamburger?«

»Diesen Inder würde ich nicht empfehlen, Sir. Ich glaube, mit einem Hamburger sind wir auf der sicheren Seite«, bemerkte Singh.

»Großartig«, nickte Musudroka. »Genau danach ist mir jetzt.«

Horseman selbst hätte lieber ein paar Roti gegessen, gab aber nach. Also gingen sie zum Burgerimbiss. Die nach Salz und Fett riechende Luft weckte ihren Appetit. Sie bestellten alle je einen

Hamburger und dazu eine Familienportion Fritten, die sie sich teilen wollten. Singh setzte sich an den hintersten Resopaltisch, der auch schon bessere Tage gesehen hatte.

Schweigend verschlangen sie ihre mittelmäßigen Hamburger. Singh knabberte abwesend an einer riesigen Fritte. »Tanielo, wissen Sie etwas über diese Art Versöhnungszeremonie, wie sie im Dorf stattfinden soll?«

»Ich kenne so was, allerdings lässt sich nichts davon mit der in Tanoa vergleichen. Es gibt Versöhnungszeremonien, wenn ein Streit beendet wurde. Ein Häuptling kann auch eine anordnen, wenn er meint, jemand hätte etwas falsch gemacht oder jemanden beleidigt oder wenn junge Leute sich wiederholt schlecht benehmen. Dann muss der Missetäter dem Häuptling ein *sevusevu* überreichen – ihm Kava schenken –, sich lange Tiraden anhören und sich untertänig entschuldigen. Danach ist alles vergeben. Sollte es zumindest.«

Verwirrt runzelte Singh die Stirn, während sie kaute.

»Ratu Osea klammert sich an eine komische Idee«, überlegte Horseman laut. »Er ist besessen von einem alten Verbrechen, das für ihn die Gegenwart bestimmt. Dabei gibt es doch schon genug aktuelle Verbrechen, als dass man sich über etwas, was vor hundert Jahren passiert ist, Gedanken machen müsste – ganz gleich, wie furchtbar es war. Ich muss den Häuptling unbedingt sprechen. Was mich daran erinnert, dass ich ihn noch mal anrufen sollte.«

Er ging ins Freie, weil er hoffte, dort besseren Empfang zu haben. Aber das Handy des Häuptlings war wie schon in Kumi ausgeschaltet. Als er zurückkehrte, lächelte er über den Anblick von Singh und Musudroka, die sich einvernehmlich vom Teller mit den Fritten bedienten. Nichts gab ihm in seinem Job mehr Befriedigung – abgesehen von der Lösung eines Falls –, als zu sehen, dass sein Team gut miteinander auskam. Dieser Fall hier versprach schwierig zu werden. Aber Singh und Musudroka schienen Vertrauen in sich selbst und die anderen zu haben. Singhs Autorität gegenüber dem Frischling vom CID war sowohl natürlich als auch respektvoll. Musudroka schaute zu ihr auf, weil sie ranghöher war und er von ihr lernen konnte.

Er beobachtete, wie die Fritten rasch weniger wurden, und wusste, wenn er noch welche abbekommen wollte, sollte er schnell zum Tisch zurückkehren. Andererseits hatte er es noch nicht über Festnetz versucht, also gab er halbherzig die Nummer ein, weil er überzeugt war, es würde sich ohnehin niemand melden. Er wandte sich zu der Tür des fettverseuchten Imbisses, bereit, den Anruf zu beenden, falls nur endlos das Rufzeichen ertönte. Gerade wollte er schon Richtung Pommes zurückstreben, da ließ ihn eine tiefe Stimme zusammenzucken.

»*Bula vinaka*, hier spricht Osea Matanitu.«

Horseman hielt inne und ging wieder ins Freie. »*Bula vinaka*, Ratu. Detective Inspector Horseman hier. Sie haben sicher schon mit meinem Anruf gerechnet. Es geht um den Mord vom letzten Samstag in Tanoa.«

»*Io*, Detective Inspector. Was kann ich für Sie tun?« Die Stimme war volltönend, ruhig und distanziert. Horseman spürte, dass er mit einem Telefongespräch nicht weiterkommen würde.

»Ratu, ich müsste darüber so schnell wie möglich mit Ihnen sprechen. Wann wäre der früheste Termin, den Sie mir anbieten könnten?«

Gewichtiges Schweigen. Dann ein Seufzer oder vielleicht auch nur ein schweres Ausatmen – in einen einzigen Atemzug musste man nicht zu viel hineindeuten. »Morgentee im Regiment Club. Morgen um halb elf. Am besten nur wir beide. Würde Ihnen das passen, Detective Inspector?«

»*Io*, Ratu. Dann freue ich mich auf unser Treffen. *Ni sa moce*, einen schönen Abend noch.«

Horseman hatte das nicht nur aus Höflichkeit gesagt: Er freute sich wirklich auf das Treffen. Zwar wusste er, dass die Häuptlinge entlegener Dörfer oft konservativ waren, doch einer, der Wohlstand für seine Untertanen durch die Vergebung einer längst verjährten Sünde anstrebte, faszinierte Horseman. Worauf er sich weniger freute, war die Aussicht, Singh zu sagen, dass sie nicht mitkommen durfte. Allerdings konnte sie dann ins Leichenschauhaus fahren. Sie begegnete den Toten mit mehr Gelassenheit als Horseman.

Als er zum Tisch zurückkehrte, bemerkte er betrübt das arg dezimierte Häufchen Fritten. »Wir haben Ihnen welche aufgehoben, Sir«, verkündete Musudroka fröhlich. »Die sind alle für Sie.«

11

Am Nachmittag wehte ein frostiger Wind durch Portland, der davon zeugte, dass es auch im Mai noch auf dem Mount Hood schneite. Melissa hatte nicht weiter gedrängt, als ihr Vater den von ihr vorgeschlagenen Spaziergang ablehnte; ehrlich gesagt war ihr auch nicht danach. Es war wirklich kalt und trüb, und der Sommer schien noch in weiter Ferne zu liegen. Wieder zu Hause, musste sie bis ein Uhr nachts warten, erst dann würde Joe von der Arbeit kommen. Die neueste Ausgabe einer Fachzeitschrift für Physiotherapeuten konnte sie nicht fesseln, obwohl es darin einen Artikel über häufig vorkommende Verletzungen bei Fußballern nach einer Knierekonstruktion gab. Er war wichtig für ihre Arbeit und wichtig für Joe, und doch erfasste sie im Grunde nicht, was sie da las. Schließlich legte sie die Zeitschrift weg und bemühte sich nicht mehr, ihre Sorgen über die geplante Reise auf die Fidschi-Inseln zu verdrängen.

Joe war der erste Fidschianer, dem sie je begegnet war. Als sie den Neuzugang im Oregon Rehabilitation Institute zum ersten Mal traf, gefielen ihr auf Anhieb seine charmante, etwas förmliche Höflichkeit und sein attraktives, offenes Gesicht. Je besser sie ihn kennenlernte, desto mehr mochte sie seine innere Stärke, seine Einsatzbereitschaft und das freudige Lächeln, das seine Augen leuchten ließ, wann immer er sie sah. Im Laufe mehrerer Monate wurde aus ihrer gegenseitigen Anziehung Liebe. Dennoch war ihnen beiden bewusst, dass ihre Beziehung wahrscheinlich nicht halten würde, obwohl keiner es thematisierte. Melissa hoffte, sie würden es trotz der Entfernung von sechstausend Meilen und neunzehn Flugstunden schaffen. Ihre erste Reise nach Fidschi würde nicht nur ein Urlaub bei ihrem Freund sein, sondern auch ein wichtiger Test, der vermutlich über ihre weitere Zukunft entscheiden würde. Sie vermutete, Joe sah das ähnlich.

Sie konnte einfach nicht mehr bis ein Uhr warten. Es war bereits Mitternacht, also würde sie sofort anrufen. In Suva wäre es jetzt Montagabend sieben Uhr; also konnte er schon zu Hause sein. Sie schickte ihm versuchshalber eine SMS.

Eine halbe Stunde später hatte sie immer noch keine Antwort. Sie loggte sich auf Skype ein und rief ihn an. Oh nein, die Verbindung schien zusammenzubrechen! Beim dritten Versuch kam sie nach Fidschi durch. Sie trommelte mit den Fingern auf ihren Schreibtisch, bis das Rufzeichen verstummte. Also ging sie in die Küche, um sich erst mal einen entkoffeinierten Kaffee zu kochen, bevor sie es erneut versuchte. Gerade als sich der Wasserkessel abschaltete, klingelte ihr Telefon. Sie schnappte es sich. Joe! Hurra!

»Tut mir leid, Liebes, ich bin spät nach Hause gekommen. Und dann war ich erst duschen, um nachzudenken.«

»Nein, mir tut es leid, Schatz, ich war einfach zu ungeduldig. Sollen wir skypen?«

»Ich spreche übers Handy, aber wieso nicht?« Er tippte auf den Button. »Da bist du ja. Ein schöner Anblick für meine wunden Augen.«

»Gleichfalls. Wie ist es heute gelaufen?«

»Es war eindeutig Mord. Ein junger Mann. Wo er gefunden wurde, ist er nicht umgebracht worden. Wir haben einen möglichen Tatort, aber keine Tatwaffe. Kein Geständnis. Also fürchte ich, es sieht nicht gut aus für einen schnellen Abschluss des Falls.« Seine Stimme war gepresst, sein Gesicht müde.

»Joe, ich hab auch nachgedacht. Vielleicht hast du Angst, ich könnte gekränkt sein, wenn du mich bittest, meine Reise zu verschieben. Aber das wäre ich nicht, ganz ehrlich. Überhaupt nicht.

Ich verstehe das. Es wäre bestimmt besser, das Ganze um einen Monat zu verschieben. Ich kann doch auch im Juni kommen.«

»Ach, Melissa, du bist großartig. Aber ich möchte nicht, dass du die Reise verschiebst.« Er klang enttäuscht. »Ich hatte noch nie einen so guten Anreiz, jeden Stein umzudrehen und schnelle Erfolge zu erzielen«, sagte er scherzhaft, aber sie merkte, dass es gekünstelt klang.

»Joe, du musst dich ungestört um deinen Fall kümmern können, ohne von mir abgelenkt zu werden.«

»Du lenkst mich immer ab, Melissa.« Er sah sie flirtend an, doch sie wollte sich nicht von ihrem Entschluss abbringen lassen.

»Du hast mir selbst erzählt, wie selten Mord bei euch vorkommt, Joe. Wenn du diesen einen Mordfall gelöst hast, wie hoch ist die Wahrscheinlichkeit, dass noch einer innerhalb eines Monats passiert? In eurem Distrikt?«

»Nicht hoch, aber …«

»Um die Routinefälle sollen sich dann andere kümmern. Und du kannst im Juni Urlaub nehmen und dich entspannen.«

»Ganz ehrlich, Melissa, meine größte Angst ist, dass du, wenn du jetzt die Reise verschiebst, gar nicht mehr kommst. Irgendein Notfall kann doch immer dazwischenkommen.« Seine Verzweiflung schockierte sie. Da ihr nichts darauf einfiel, schwiegen sie beide eine Weile.

Schließlich spürte sie, wie sie weich wurde, und sagte: »Ich will es dir doch nur leichter machen, Schatz.«

»Das weiß ich, aber das tust du nicht. Hör mal, heute war doch erst der erste Tag. Wer weiß, was wir morgen herausfinden. Gut möglich, dass du erst deinen Flug stornierst und wir direkt danach den Fall lösen. Und dann ist der Flug ausgebucht, und du kannst nicht mehr kommen. Das wäre doch blöd, oder?«

»Verrückt«, stimmte sie zu. »Ich hab zwar irgendwie das Gefühl, manipuliert zu werden, aber … Na gut, warten wir erst mal ab, was sich morgen ergibt.«

Sie war sich nicht sicher, ob der Anruf so gelaufen war, wie sie geplant hatte. Ein ganz klein bisschen grollte sie ihm, dass er nicht ausführlich mit ihr über dieses Problem reden wollte. So etwas hatte sie schon bei früheren Freunden erlebt, aber sie hatte gedacht, Joe sei da anders. Nur hatte er jetzt so bedrückt geklungen, geradezu ängstlich, dass sie am Ende nachgegeben hatte. Sie fand aber nicht, dass das ein gutes Muster war, auf dem man eine langjährige Beziehung aufbauen konnte.

Wie ihre Mutter oft sagte, konnte man nicht kontrollieren, was geschah, man konnte sich aber entscheiden, das Beste daraus zu machen. Oder das Schlechteste. Da sie wusste, dass sie einer Zukunft mit Joe eine Chance geben wollte, entschied sie, am Donnerstag auf die Fidschi-Inseln zu fliegen und das Beste aus dem zu machen, was sie dort vorfand.

DIENSTAG

12

Der Fiji Regiment Club befand sich auf der Anhöhe hinter dem Albert Park und den Regierungs- und Gerichtsgebäuden. Manche hatten das Gefühl, der Regiment Club überragte diese Bauten sowohl faktisch als auch metaphorisch, da das Militär in den Jahrzehnten seit Fidschis Unabhängigkeit von den Briten mehr als einmal die Regierung gestürzt hatte. Horseman war schon mal im Club gewesen, und zwar als Gast des Präsidenten der Fiji Rugby Union. Als er die lange, gewundene Auffahrt vom Tor hinauffuhr, kamen ihm die Feigenbäume noch größer und ihre Blätter noch dichter vor als in seiner Erinnerung. Das wohlproportionierte Gebäude aus der Kolonialzeit mit breiten, von ausladenden Dachvorsprüngen überschatteten Veranden wirkte keineswegs militärisch, sondern beschwor eher das Bild einer elitären Architektur herauf, die von den Kräften der Natur überwältigt wurde und ihnen immer mehr weichen musste.

Da Horsemans rechtes Bein keine Mucken machte, musste er zu seiner Erleichterung nicht die Stufen hinaufhinken. Der Portier erkannte ihn.

»*Ni sa bula*, Josefa Horseman. Willkommen im Regiment Club.« Er ergriff den polierten Messingknauf und öffnete ihm mit großer Geste die Tür. »Ratu Osea ist bereits eingetroffen und erwartet Sie auf der hinteren Veranda.«

Ein älterer Bediensteter mit schlohweißem Schopf begleitete Horseman durch die holzvertäfelten Räumlichkeiten zur rückwärtigen Veranda. Auf dieser Seite ragte das Gebäude über den Hang, sodass die umgebenden Bäume nicht so riesig wirkten. Eine kühle

Brise erfrischte die drückend heiße Luft. Das filigrane Blattwerk der Bäume filterte das Licht, dämpfte aber nicht das Glitzern der Suva Bay, die an diesem sonnigen Morgen dunkelblau war. Von diesem Aussichtspunkt aus wirkte Suva wie der Inbegriff einer idyllischen Hafenstadt im südlichen Pazifik. Horseman freute sich, dass die Stadt trotz ihrer vielen Makel so schön aussehen konnte.

»Und hier ist Ratu Osea«, verkündete der Bedienstete. Von einem Bambustisch erhob sich ein älterer Mann und streckte die Hand aus. Wie Horseman war er für einen Fidschianer mittelgroß und kräftig gebaut. Sein zerfurchtes Gesicht wirkte ernst, und als er Horseman begrüßte, sah er ihn durchdringend an. Seine Hand war groß, schmal und trocken, sein Händedruck fest und verbindlich.

»*Vinaka vakalevu*, Ratu Osea, dass Sie sich Zeit für mich nehmen.«

Der Häuptling lächelte leicht. »Aber nicht doch, ich freue mich, Sie kennenzulernen, Josefa Horseman, wie jeder aus Fidschi sich freuen würde. Wir wünschen uns doch alle, wir könnten Rugby spielen wie Sie. Außerdem ist es meine Bürgerpflicht, der Polizei zu helfen, vor allem bei einem Verbrechen, das in Tanoa noch nie vorgekommen ist. Aber setzen wir uns doch.«

»*Vinaka*, Ratu. Welch eine herrliche Aussicht.«

»*Io*, hier sieht man Suva von seiner besten Seite.« Der Chief schien keinerlei Eile zu haben. Horseman würde ihn das Tempo vorgeben lassen.

Er hatte seine Hausaufgaben gemacht. Ratu Osea Matanitu war in das Infanterieregiment von Fidschi eingetreten, nachdem er die elitäre Queen Victoria School an der Ostküste von Viti Levu besucht hatte. Er hatte der UNO bei Friedensmissionen vom Sinai bis zum Kosovo gedient, war bis in den Rang eines Majors aufgestiegen und schließlich zum Militärattaché der Botschaft Fidschis in Washington, D.C., bestimmt worden. Eine erstaunlich kosmopolitische Laufbahn für einen Mann, der sich nach seiner

Pensionierung in ein abgeschiedenes Dorf in den Bergen zurückzog.

Der Bedienstete riss den Häuptling aus seinen Gedanken – wenn er denn welchen nachgehangen hatte –, als er mit dem Morgentee kam. Der Tisch wurde mit viktorianisch wirkendem, auf Hochglanz poliertem Silber gedeckt: Teekanne, Zuckerdose, ein Kännchen mit heißem Wasser und eins mit Milch. Während der Kellner ihnen Tee einschenkte, deckte ein Jüngling weißes Porzellangeschirr auf, das das Regimentswappen in verblasstem Gold trug. Danach kam er mit einem Tablett wieder, auf dem sich die üblichen heißen Snacks befanden. Horseman freute sich, dass es nichts anderes war als das Übliche; als er nickte, tat ihnen der Jüngling Currypasteten und Würstchen im Schlafrock auf. Horseman wartete, dass der Häuptling anfing. Aber zuerst sah es so aus, als wollte er gar nichts essen. Da Horseman selbst vom aromatischen Geruch der Speisen das Wasser im Mund zusammenlief, hielt er dem Häuptling schweigend das Milchkännchen hin.

»*Vinaka*, aber ich nehme keine Milch. Doch bitte, greifen Sie zu.« Der Chief nippte an seinem Tee und stellte die Tasse behutsam auf die Untertasse zurück. Dann nahm er zu Horsemans Erleichterung ein Würstchen im Schlafrock und biss herzhaft hinein. »Bei diesen traditionell britischen Sachen hier ist der Club ziemlich gut. Ich hoffe, da stimmen Sie mir zu, Inspector.«

Hastig verschlang Horseman eine Currypastete: Sie war leicht, weich und würzig. »*Io*, es schmeckt ausgezeichnet, Ratu Osea. Danke, dass Sie mich hierher eingeladen haben.«

Der Chief wehrte ab. Vielleicht war jetzt der richtige Zeitpunkt, zur Sache zu kommen.

»Wie ich gehört habe, waren Sie nicht im Dorf, als Viliame getötet wurde?«

Der Häuptling zog zustimmend die Augenbrauen in die Höhe. »*Io*, ich bin am Freitag mit meinem Stellvertreter Ilai nach Suva gefahren. Vielleicht haben Sie schon von der Zeremonie gehört, die wir am nächsten Wochenende für unsere Ehrengäste aus dem Ausland geplant haben. Es sind die Nachkommen von Mr Weston, den mein Volk vor über hundert Jahren ermordet hat. Er befand sich auf einer Friedensmission, wissen Sie? Mein Volk war in eine Dauerfehde gegen ein paar Dörfer im Westen verstrickt, wo Mr Weston das Wort Gottes predigte. Von beiden Seiten wurden Gefangene genommen, die dem Kannibalismus zum Opfer fielen oder versklavt wurden; es wurde geraubt, gemordet und gebrandschatzt. Offenbar hatte unsere Seite damit angefangen, aber wer kann das heute noch mit Gewissheit sagen?

Nach ein paar Jahren gewann Mr Weston an Einfluss, und einige um ihn herum haben sich zum Christentum bekannt. Seine Anhänger baten ihn, unser Dorf aufzusuchen und Frieden mit uns zu schließen, weil sie glaubten, ein Missionar würde nicht angegriffen werden. Er kam in unser Dorf, der Häuptling empfing ihn mit allen Ehren, hörte seine Botschaft an und redete ein paar Stunden mit ihm, bevor er ihn zum Bleiben und einem Festessen mit seiner Familie einlud. Mr Weston nahm die Einladung an, achtete aber darauf, kein Fleisch zu essen, weil er befürchtete, es könnte Menschenfleisch sein.«

»Da Sie so detailreich erzählen, nehme ich an, es gibt eine schriftliche Aufzeichnung darüber?«

»*Io*, Inspector. Mr Weston schrieb das in sein Tagebuch, bevor er am folgenden Tag wieder aufbrach. Außerdem gibt es einen Bericht der damaligen Polizei. Mr Weston hegte die vorsichtige Hoffnung, dass seine Botschaft gut aufgenommen worden war. Aber als er sich auf den Rückweg zu dem mit uns verfeindeten Dorf machte, wurde er angegriffen und auf Befehl meiner Vorfahren von Kriegern erschlagen. Danach wurde er, wie es üblich war, gebraten und gegessen, aber ich glaube, sein Fleisch wurde den Anführern vorbehalten, die dem Aberglauben anhingen, mit dem Fleisch eines Menschen würden auch seine Macht und seine Tugenden einverleibt.«

Der Bedienstete stellte nun Scones, Sahne und Marmelade auf den Tisch und schenkte ihnen Tee nach. Dann folgten noch Früchtekuchen und Orangen- und Ananasstückchen. Horseman war froh, als der Chief sich ein Scone nahm, und folgte rasch seinem Beispiel.

»Interessant, Ratu. Welche Tugenden hätten Fidschianer aus dem neunzehnten Jahrhundert wohl in Mr Weston gesehen? Schließlich konnten sie ihn ja ziemlich leicht überwältigen, oder nicht?«

Der Häuptling schaute Horseman durchdringend an, während er sein Scone aß, als überlegte er, ob sein Gegenüber überhaupt einer Erklärung würdig war. »In jener Zeit hatten viele Clans bereits die Lehren des Missionars übernommen. Nur noch die Gemeinden im tiefsten Hinterland auf den größten Inseln hatten ihnen widerstanden. Durch die Verbindungen zwischen den einzelnen Dörfern war meinem Volk das bekannt. So hartnäckig sie auch an ihrem Aberglauben und ihren – ja – teuflischen Praktiken festhielten, wussten sie doch, dass die Lehren des Missionars andere Fidschianer überzeugt hatten, nicht mehr zu kämpfen, den Kannibalismus aufzugeben und stattdessen lesen und schreiben zu lernen. Und diese anderen Fidschianer waren wesentlich wohlhabender als sie selbst, genau wie jetzt. All das hatten die Missionare ohne Macht und Gewalt erreicht, nur durch Gebete, die Bibel und Gottes Hilfe. Meinen Sie nicht, meine Vorfahren hätten diesen Gott, in der Verkörperung von Mr Weston, als stark und geschickt angesehen – und somit einverleibungswert?«

Leicht fassungslos fragte Horseman: »Meinen Sie, der Mord war nicht der letzte Versuch, die eigene Religion zu retten, sondern eine Abkürzung, um Christ zu werden?«

»Das können wir heute nicht mehr mit Sicherheit sagen, oder? Aber diese Erklärung kommt mir so abwegig nicht vor. Dennoch war es in jedem Fall ein schreckliches Vergehen gegen Gott. Seit meiner Pensionierung habe ich viel darüber nachgedacht und bin der Auffassung, unsere Kollektivschuld hat uns seit dieser Zeit in unserer Entwicklung behindert.«

»Was denken Sie denn über Viliames Vorschläge, zu mehr Wohlstand zu kommen?«

Jetzt lächelte der Häuptling verhalten. »Ach, dieser junge Mann war ein bisschen überheblich, wissen Sie, dachte, er wüsste alles besser. Aber er wird ein großer Verlust für Tanoa sein. Er hatte eindeutig etwas erreicht und konnte die anderen jungen Leute mitreißen. Wie er das Gewürzprojekt ins Leben gerufen und verwaltet hat, war bewundernswert, und es bringt auch Profit.«

»Und der Antrag auf eine Hühnerzucht?«

»Nun, da dachte ich, wir sollten vorsichtig sein, bevor wir mit einem ausländischen Unternehmen wie Henny Penny Verträge abschließen. Ich weiß, andere Clans haben das schon gemacht, aber die Bewohner meines Dorfs sind doch lieber unabhängig. So sehen das jedenfalls die Ältesten: erst mal abwarten und schauen, wie es bei anderen funktioniert.«

»Ratu, hatte Viliame Feinde? Gab es jemanden, der gekränkt oder wütend war?«

Der Chief schüttelte den Kopf. »Nicht dass ich wüsste, nein. Einige von uns fanden seine Pläne zu ambitioniert und zu überstürzt. Sie waren der Meinung, er sollte sich mehr in Geduld üben. Aber er war überall gern gesehen. Ich glaube, Sie hätten ihn auch gemocht, Inspector.«

Insgeheim glaubte Horseman das auch. »Werden Sie die Versöhnungszeremonie wie geplant am nächsten Sonntag abhalten?«

Traurig schüttelte der Häuptling den Kopf. »Ich wüsste nicht, wie man das alles noch verschieben könnte. Und jetzt ist es wichtiger denn je. Denn ohne Viliame wird es für unsere Jugend noch schwieriger werden, ein Ziel zu verfolgen, verstehen Sie? Vili hat sie inspiriert und angeführt. Nun ist es für uns alle wichtiger denn je zu wissen, dass Gott uns unsere furchtbare Sünde in der Vergangenheit vergeben hat, und zwar dadurch, dass uns Mr Westons Nachkommen öffentlich verzeihen.«

»Verstehe.« Obwohl sich dies nicht mit der Lehre der Methodisten deckte, wie Horseman sie kannte, sah er doch eine gewisse Logik darin. Wenn alles gutgemacht war, konnte die Gemeinde psychologischen Nutzen daraus ziehen. Und doch stimmte hier irgendwas nicht.

»Wird es irgendwelche Konflikte zwischen Ihren Plänen und Viliames Beerdigung geben?«

»Ach, dazu wollte ich Sie noch etwas fragen, Inspector. Vili ist ja momentan im Leichenschauhaus, nicht wahr? Wissen Sie, wann er zur Beerdigung freigegeben wird?«

»Noch nicht, Ratu Osea. Aber ich rede heute noch mit dem Gerichtsmediziner und melde mich, sobald ich etwas dazu erfahren habe. Ziehen Sie es in Betracht, Viliame zu beerdigen, bevor Ihre Gäste am Wochenende eintreffen?«

»Es ist ein trauriges Zusammentreffen der Ereignisse, aber Vilis Eltern wäre das wohl lieber. Ich werde heute Nachmittag nach Tanoa fahren und die Sache dort mit Vilis Familie und Pastor Joni bereden, bevor ich eine endgültige Entscheidung über die Versöhnungszeremonie treffe.«

»Wie kann ich Sie im Dorf erreichen, Sir?«

»Dazu müssten Sie mir über die Polizeiwache in Kumi eine Nachricht zukommen lassen. Dort ist man sehr hilfsbereit und würde uns einen Constable mit der Nachricht hockschicken.«

Horseman dachte, dass solche Dienste eigentlich nicht zum Aufgabenbereich der Polizisten in Kumi gehörten. Doch fiel ihm keine Alternative ein, bis die Telecom eine Leitung zum Dorf legen würde. Er hielt dem Chief den Teller mit Früchtekuchen hin. Der sah mit den Rosinen, Sultaninen und Mandeln sehr saftig und gehaltvoll aus. Der Häuptling nahm zwei kleine Stücke, und wie zuvor folgte Horseman seinem Beispiel.

»Ich lade auch Sie ein und jeden von Ihren Officers, der mag,

Sonntag der Versöhnungszeremonie beizuwohnen. Der Gottesdienst am Morgen und das anschließende *Lovo*-Festmahl sind wesentliche Bestandteile der Zeremonie.«

»*Vinaka vakalevu*, Ratu Osea. Ich würde die Einladung gerne annehmen. Allerdings erwarte ich am Freitag selbst einen Gast aus Übersee und werde ihn nicht allein lassen können.«

Jetzt lächelte der Chief. »Dann bringen Sie Ihren Gast mit, er wird höchst willkommen sein, Inspector.«

»*Vinaka*, ich werde es versuchen.«

Die nächsten fünf Minuten sprachen die beiden Männer noch einmal dem Morgentee zu, bevor sie auseinandergingen. Als der Chief sich mit Handschlag von Horseman verabschiedete, sah er ihn wie bei der Begrüßung durchdringend an.

13

»Tag, Joe, komm rein. Was hat dich aufgehalten, mein Freund?« So begrüßte Dr. Matthew Young Horseman, als er die Gerichtsmedizin im hinteren Teil des Krankenhauses aufsuchte. Singh war ebenfalls da und hockte, genauso fröhlich wie der Pathologe, auf einem Hocker vor dem Seziertisch.

»Currypastete und Scones mit Erdbeermarmelade. Ich hatte einen ausgedehnten Morgentee mit Ratu Osea Matanitu im Regiment Club. Irgendwas an dem Mann ist komisch. Ich kann's nicht genau sagen, aber es hat was mit seinen Ansichten zu tun, vor allem, was diese Versöhnungssache betrifft. Er weiß alles über diesen Mord in der Vergangenheit, er hat Recherchen angestellt und sogar Mr Westons Tagebuch aufgetrieben.«

»Klingt auf jeden Fall merkwürdig«, bemerkte Dr. Young.

Horseman nickte. »Aber wieso wirkt ihr beide so munter? Was hast du herausgefunden, Matt?«

»Die Todesursache ist diesmal ganz einfach, mein Freund, genau wie Dr. Tavua gesagt hat: zwei Schläge mit einem stumpfen Gegenstand auf den Kopf. Der Mörder wollte wirklich ganz sichergehen, dass er nicht wieder aufsteht. Dabei hat der erste Hieb ihn schon getötet, und das innerhalb von Sekunden. Es war ein gut gezielter Schlag, mit viel Kraft, und das Opfer wurde überrascht. Es gibt keinerlei Hinweise auf einen Kampf oder auch nur Abwehr vonseiten des Opfers. Wahrscheinlich hat sich der Angreifer neben dem Weg versteckt und einfach gewartet.«

Horseman blieb misstrauisch. Derart eindeutige Ergebnisse erklärten nicht, dass sein Freund, der australische Chefpathologe, so zufrieden mit sich selbst war. »Aber da kommt doch noch was, Matt. Spuck's aus!«

»Ach, du kennst mich einfach zu gut, Joe. Das Interessante an der Sache hier ist die Mordwaffe. Sie muss sehr schwer gewesen sein, aber das ist noch nicht alles. Komm, sieh es dir selbst mal an.« Horseman wappnete sich schon innerlich gegen den Anblick von Viliames Leiche, aber Dr. Young ignorierte den von einem grünen Laken bedeckten Körper und drehte einen riesigen Computermonitor in Horsemans Richtung. Dort war das Bild der Kopfwunde in gestochen scharfer Vergrößerung zu sehen.

»Mann, ist das das neue Spielzeug, von dem du mir erzählt hast?«

Liebevoll tätschelte Dr. Young den Monitor. »Allerdings, genau, was der Doktor angeordnet hat.«

»So was könnte das Polizeilabor auch gebrauchen«, bemerkte Singh.

»Absolut«, erwiderte Horseman, »aber was sollen wir tun? Ich fürchte, das liegt nicht in der Macht eines bescheidenen Polizeiinspektors.«

»Lenk jetzt nicht ab, sondern guck dir das mal an, mein Freund.«

Gehorsam folgte Horseman dem roten Pfeil, mit dem der Pathologe auf dem Monitor die Kopfwunde nachzog, von der die Haare des Toten entfernt worden waren.

»Was siehst du da?«, fragte Dr. Young. »Du brauchst gar nicht Susie anzugucken, ich hab ihr gesagt, dass sie nichts verraten darf.«

Also betrachtete Horseman die schreckliche Kopfwunde genauer. Dann sah er über die Verfärbung, die tödliche Fraktur des Schädels und die Knochensplitter in der Haut und im Gehirn hinweg und erkannte in der breiigen Masse, wo der Herd der Wunde war, ein Muster. Zuerst Zickzacklinien, dann ein paar Muscheln mit Wellen und darüber eine Reihe kleiner Kreise. Der Abdruck hatte Lücken, doch war er eindeutig in die Haut und das Fleisch eingeprägt, nein, gestanzt.

»Sieht aus wie ein traditionelles Muster aus Fidschi, das man auf

Geschirr oder Stoff oder Rindenmatten finden könnte ... oder als Schnitzerei.«

»Gar nicht so schlecht, Joe.«

»Jetzt habe ich es! Die Waffe muss irgendwas traditionell Fidschianisches sein. Nicht unbedingt eine Waffe, nur etwas, was so schwer war, dass es als Waffe benutzt werden konnte. Vielleicht aus Holz oder Stein. Es muss doch Spuren davon gegeben haben, Matt. Wenn du welche gefunden hast, sagst du es besser.«

»Na gut, du bist schon ziemlich nah rangekommen, Kumpel. Ich geb dir heute Abend ein Bier aus.«

Singh lachte. »Jetzt erlösen Sie ihn doch von seinem Elend, Doktor.«

»Es ist Holz, hartes, festes Holz. Ich würde auf *dakua* oder *vesi* tippen. Es ist kaum gesplittert, wir haben nur wenige winzige Fragmente gefunden, die wir bestimmen lassen werden.«

»Du kennst dich mit Holzsorten in Fidschi aus, Matt? Ich bin beeindruckt«, sagte Horseman.

»Google, Kumpel. Wird Zeit, dass du in diesem Jahrhundert ankommst.« Dr. Young zwinkerte Singh zu. »Aber jetzt sieh dir das mal an.«

Er drückte eine Taste, worauf der Monitor ein Bild von verschiedenen Waffen zeigte. Horseman erkannte, dass es fidschianische Kriegskeulen aus dem neunzehnten Jahrhundert waren. Er hatte sie im Völkerkundemuseum in einer Vitrine gesehen.

»Susi und ich meinen, so was wie die obere ganz links könnte es gewesen sein. Findest du nicht auch?«

Horsemans Interesse verwandelte sich in Aufregung. »Ja, wirklich. Man sieht alle drei Muster und zwar in derselben Anordnung. Die anderen sind viel schlichter. Jetzt erinnere ich mich wieder: Die einfachen sind tödliche Kriegswaffen, aber die raffiniertere ist die Keule eines Häuptlings für Zeremonien, oder?«

»Ganz genau. Aber bevor du zu sehr ins Schwärmen gerätst, lass uns ins Fidschi-Museum gehen und mit einem Fachmann reden.«

Horseman grinste. »Ich hatte heute Morgen Glück und konnte einen Polizeiwagen ergattern, Freunde. Damit fahren wir.«

* * *

Genau wie der Regiment Club sah das Fidschi-Museum aus, als müsste es sich vor der vordrängenden Vegetation in Acht nehmen. Das Gelände des Botanischen Gartens war nur halbherzig gepflegt, und auf den Kieswegen wucherte Gras. Die Veranda des Museums war doppelt so breit wie die des Regiment Club. Lächelnd erinnerte sich Horseman daran, wie viele Rugbypartys hier stattgefunden hatten: Spendenevents, Bälle und Bankette im Licht von Kerzen und Lampions. Es war ein ganz besonderer Ort. Heutzutage jedoch bevorzugte der Vorstand die klimatisierte Neutralität von hoteleigenen Konferenzräumen.

Dr. Sailasi Erasito erwartete sie in dem luftigen Saal, in dem fidschianische Artefakte aus vorkolonialer Zeit ausgestellt wurden. Horsemans Lieblingsausstellungsstücke waren Nachbauten der Kriegskanus und Segelboote, die den Raum dominierten. Originale gab es nicht mehr; diese wunderbaren Boote waren aus Fidschis Gewässern verschwunden und überlebten nur noch als Emblem der fidschianischen Polizeimarke.

Sie gingen zu der Vitrine mit den Waffen, die bei den ausländischen Besuchern mit am beliebtesten war. Horseman konnte einfach nicht begreifen, welche Faszination diese grauenvollen Zeugnisse des Kannibalismus auf Fremde ausübten. Er fand sie nur schrecklich, weil sie ihm lebhaft vor Augen führten, mit welch gefühlloser Brutalität Männer und auch Frauen gegen ihre Mitmenschen vorgegangen waren – ohne den leisesten Anflug von Schuldgefühlen. Empfand Vilis Mörder genauso, oder hatte er die Waffe gewählt, weil er wusste, dass sie tödlich war?

»Hier ist das Bild von unserer Webseite«, bemerkte Dr. Sailasi und trat einen Schritt zurück, während die anderen sich vor die Vitrine drängten. Dort lagen Keulen in verschiedenen Größen und

Formen, die meisten schlicht, doch ein paar auch mit geschnitzten Verzierungen wie die, die sie sowohl an Viliames Kopf als auch an der Waffe auf dem Bild gesehen hatten. Sie waren ähnlich, aber nicht genau gleich.

»Der Knüppel, den wir sehen wollten, ist nicht hier«, sagte Horseman. »Haben Sie ihn ausgetauscht?«

»Ja, aber das Bild auf der Webseite nicht. Bitte begleiten Sie mich in mein Büro, da können wir uns ungestört unterhalten.«

Die Ermittler sahen einander an.

* * *

Nur ein taktvoller Mensch hätte Dr. Sailasis Büro als unordentlich bezeichnet. Selbst »chaotisch« wäre noch eine Untertreibung gewesen. Auf jeder ehemals freien Fläche stapelten sich Bücher, Zeitschriften und mit Gummiband oder Heftklammern zusammengehaltene oder auch lose Papiere. Manche Stapel sahen aus, als könnten sie jeden Moment zu Boden krachen. Faszinierende Steine auf manchen Unterlagen verhinderten, dass sie vom Luftstrom des Ventilators weggeweht wurden. An den Wänden und in Bastkörben sah man eine wild zusammengewürfelte Sammlung aus Speeren, Pfeilen und Gegenständen aus Holz und Bambus, deren Funktion auf den ersten Blick nicht zu erkennen war. Dr. Sailasi räumte Papiere von zwei Stühlen und legte sie auf den Boden.

»Sie werden es nicht glauben, aber ich weiß genau, was hier wo ist«, bemerkte er. »Bitte setzen Sie sich. Dr. Young, Sie können meinen Stuhl nehmen.« Sie alle nahmen Platz, während der Kurator sich auf einen niedrigen Aktenschrank hockte.

»Wie Sie sehen können, empfange ich hier nicht oft Besuch. Aber diese Angelegenheit ist vertraulich. Sagen Sie mir bitte, wieso Sie an dieser speziellen Keule interessiert sind?«

Horseman schaute die anderen an. Jemandem außerhalb seines Teams durfte auf keinen Fall das Detail des Musters an Viliames Kopf verraten werden. Er dachte rasch nach. »Tut mir leid, aber ich darf nichts über die aktuellen Ermittlungen erzählen. Gleichwohl geht es dabei unter anderem um das Fragment eines Stücks Holz mit einem geschnitzten Muster, das sehr an das auf der Keule erinnert. Dr. Young hat ein Bild davon auf Ihrer Webseite entdeckt. Zum Vergleich würden wir gerne die richtige Keule sehen.«

Dr. Sailasi runzelte die Stirn. »Nun, das Muster ist typisch. Die Keule, die wir ausgestellt haben, ist nicht einzigartig.«

»Trotzdem wäre es gut, wenn wir sie sehen könnten.«

»Tja, das bringt mich in eine schwierige Lage, Officers. Was ich Ihnen jetzt sage, muss vertraulich bleiben. Ich fürchte, unser bestes Ausstellungsstück unter den Kriegskeulen ist nicht mehr da.«

»Nicht mehr da? Was soll das heißen?«, fragte Horseman.

»Vor etwa drei Wochen brachte mir früh am Morgen eine Reinigungskraft einen Schlüssel, der in der Waffenvitrine gesteckt hatte, und teilte mir mit, dass die Zeremonienkeule des Häuptlings fehlte. Ich sah nach und stellte fest, dass er recht hatte.«

»Haben Sie das der Polizei gemeldet, Dr. Sailasi?«, erkundigte sich Singh.

»Ja, das habe ich. Doch davor sagte ich es dem Direktor, der es geheim halten wollte. Also haben mit seinem Einverständnis ein paar Kollegen und ich die Ausstellungsräume, die Werkstatt, die Büros und das Grundstück abgesucht. Wir prüften unsere Aufzeichnungen darüber, wer wann welchen Schlüssel hatte, und befragten alle, die Zugang dazu hatten. Ich zum Beispiel dachte, die Keule würde im Konservatlabor auftauchen. Aber wir fanden keine Spur davon. Also rief der Direktor die Polizei an, die alles gründlich durchsuchte, jeden der Mitarbeiter befragte und Fingerabdrücke nahm – es war eine umfassende Untersuchung.«

Singh runzelte die Stirn. »Wirklich? Davon habe ich gar nichts mitgekriegt. Aber ich war auch bis gestern in Urlaub.«

Horseman schüttelte den Kopf. »Ich war im Dienst und hab trotzdem nichts davon gehört«, sagte er verärgert.

»Inspector Chatterjee und sein Team haben uns gebeten, niemandem davon zu erzählen. Er meinte, die Situation hier sei schwierig, und wenn es erst einmal bekannt würde, könne das noch mehr Diebe anlocken. Wir können zwar nicht verhindern, dass die Mitarbeiter ihren Familien und Freunden davon erzählen, aber Inspector Chatterjee hat sich extra die Zeit genommen, ausführlich mit dem Personal zu reden. Bislang ist noch nichts davon in der Presse gelandet, und dafür sind wir dankbar.«

»Gibt es denn Neuigkeiten von der Polizei, seit die Keule verschwunden ist?«, fragte Singh.

»Nein, das nicht. Leider müssen wir uns wohl mit dem Gedanken anfreunden, dass wir dieses Artefakt nie wieder zu Gesicht bekommen werden. Inspector Chatterjee und Mitarbeiter aus seinem Team sind häufiger hier gewesen, um uns immer wieder Fragen zu stellen. Natürlich greifen an dieser Stelle die Gesetze zu unseren Kulturschätzen. Weder das Museum noch sonst jemand darf diese Keule ins Ausland verkaufen. Sie ist ein geschütztes Artefakt und muss in Fidschi bleiben. Mir ist mittlerweile klar, dass wir sie niemals öffentlich hätten ausstellen dürfen.«

Horseman konnte dem nicht folgen. »Ich verstehe das nicht. Sie haben doch gesagt, sie wäre nicht einzigartig?«

»Die Art der Dekoration ist typisch für Häuptlingskeulen, obwohl es keine zwei Exemplare gibt, die identische Muster aufweisen. Aber hier geht es weder um das Muster noch um die Art der Schnitzerei. Diese Keule ist wegen ihrer Herkunft und ihrer Geschichte einzigartig. Privatsammler würden dafür einen hohen Preis zahlen.«

»Ach ja? Und warum?«

»Auf dem Schild in der Vitrine haben wir die Herkunft nicht angegeben, weil das die Sensationsgier geweckt hätte, was wir nicht wollten. Aber der Dieb muss von der Geschichte gewusst haben.«

»Was denn gewusst, Dr. Sailasi?«, fragte Singh geduldig.

»Die gestohlene Keule stammt aus Tanoa, einem Dorf in den Bergen im Osten von Viti Levu. Es ist die Waffe, mit der 1875 Reverend Charles Weston getötet wurde.«

14

Horseman und Singh suchten sich einen Tisch im Republic of Cappuccino und bestellten Eiskaffee und ein Panino mit Gemüse, das sie sich teilen wollten.

Horseman brannte darauf, Ideen mit seiner Kollegin auszutauschen. »Das kann doch kein Zufall sein, oder? Die Keule wurde vor drei Wochen gestohlen, um Viliame damit umzubringen. Oder sehen Sie das anders?«

Singh kaute nachdenklich. »Ich glaube auch nicht, dass das ein Zufall ist. Aber vielleicht gab es andere Gründe, die Keule zu stehlen.« Sie saugte an ihrem Strohhalm und schloss kurz die Augen. »Mmhm, das tut so gut. Also, man hätte sie auch stehlen können, um sie illegal zu verkaufen und außer Landes zu schaffen, wie Dr. Sailasi angedeutet hat. Möglicherweise hat der Mörder davon erfahren, den Dieb beraubt und die Keule nach Tanoa gebracht. Damals hat er vielleicht noch nicht geplant, Viliame umzubringen, doch als es so weit war, hatte er eine tödliche Waffe zur Hand.«

Das hielt Horseman für möglich. »Na gut, wieso hat der Mörder die Keule dann nach Tanoa gebracht?«

Singh biss erneut vom Panino ab. Horseman lächelte, weil er ihre Verzögerungstaktik erkannte. »Weil es sein Dorf ist und er glaubt, dort würde sie nicht entdeckt. Er hat sie irgendwo versteckt.«

»Wieso hat er sie dann ursprünglich vom Museumsdieb gestohlen?«

»Weil er vielleicht von der Herkunft wusste und die Keule für Fidschi retten wollte.«

»Und wieso hat er sie nicht dem Museum zurückgegeben?«, wandte Horseman ein.

»Es hatte sich doch gezeigt, dass sie im Museum nicht sicher war. Also sollte sie nach Tanoa zurück, wo sie ja überhaupt erst herkam.« Singh wirkte sehr zufrieden mit sich.

Aber Horseman gab seine erste Theorie noch nicht auf. »Schön, klingt plausibel. Trotzdem halte ich es für wahrscheinlicher, dass der Mörder und der Dieb ein und derselbe sind. Aber es könnte tatsächlich fraglich sein, ob er die Keule gestohlen hat, um Viliame umzubringen.«

Er schob den Teller mit dem in kleine Dreiecke geschnittenen Panino zu ihr. »Bitte, essen Sie das ganz auf, Susie. Ich brauche jetzt einen richtigen Kaffee. Mein Bauch ist noch voll vom Morgentee.« Er winkte einen Kellner heran und bestellte einen Espresso.

»Heute Morgen habe ich mich ausführlich mit Ratu Osea unterhalten. Er hat mir genau erzählt, wie Reverend Weston 1875 ermordet wurde. In dieser Hinsicht ist er ziemlich engagiert, fast schon ein bisschen fanatisch, was seine geplante Versöhnungszeremonie betrifft. Eigentlich wäre er ein Verdächtiger. Aber welcher Häuptling schleicht sich schon nachts ins Völkerkundemuseum und stiehlt ein Ausstellungsstück? Ich könnte mir höchstens vorstellen, dass er den Diebstahl – und vielleicht auch den Mord – in Auftrag gegeben hat. Er würde glauben, dass er Gottes Willen ausführt.«

»Eine kühne These, Sir. Er behauptet, er wäre letzten Samstag in Suva gewesen.«

»Wenn er den Mord angeordnet hat, muss er ja auch nicht in Tanoa gewesen sein. Als Erstes überprüfen wir mal sein Alibi.«

Singh balancierte ihr Notebook auf den Knien. »Und dann?«

»Dann reden wir mit Chatterjee und besorgen, wenn möglich, seine Akte von dem Fall. Den Diebstahl im Museum müssen wir ja nicht noch mal von vorne aufrollen. Als Drittes sammeln wir so viele Informationen über die Ältesten in Tanoa wie möglich – denn die scheinen sich Vili doch wohl entgegengestellt haben.«

Singh nickte und machte sich ordentliche Notizen. »Da wir jetzt wissen, wonach wir suchen, sollten wir nach Tanoa zurückfahren, weitere Befragungen durchführen und die Suche ausweiten.«

»Gut. Aber ich schätze, der Mörder würde die Keule niemals irgendwo in den Busch schmeißen. Dazu ist sie in jeder Hinsicht zu wertvoll. Und wir können schwerlich alle Häuser durchsuchen.«

»Das stimmt. Aber wenn wir dort die ganze Zeit jemanden vom CID ließen, könnte der Beobachtungen anstellen und die Leute besser kennenlernen«, schlug sie vor.

»Okay, ich frage den Super. Es müsste dann wohl Tanielo sein. Hoffentlich kann der den Mund halten.«

Horseman wartete, bis Singh das Panino aufgegessen hatte. »Haben Sie heute Morgen irgendwas in Vilis Sachen gefunden?«, erkundigte er sich.

»Kann ich noch nicht sagen. Wir haben sein Zimmer in dem Wohnbereich versiegelt, das der NLTB für alleinstehende Angestellte hat. Tanielo und ich haben uns zwar kurz umgesehen, aber uns ist nichts ins Auge gesprungen. Heute Nachmittag will Tani noch mal allein mit der Spurensicherung hin, weil ich um drei Uhr einen Termin mit Vilis Vorgesetztem vom NLTB habe.«

»Gut. Gehen wir zurück zum Revier. Am besten bringe ich den Super direkt auf den neuesten Stand.«

***

Detective Superintendent Navala sagte eine ganze Weile erst einmal nichts. Er lehnte sich auf seinem Stuhl zurück und blickte Horseman an. Es sah aus, als wüsste der sonst so unerschütterliche Chef nicht, was er tun sollte. Als er sich mit den Händen übers Gesicht fuhr, bemerkte Horseman, dass sie leicht zitterten.

»*Oilei*, Joe! Das ändert alles. Sie und Singh haben das sicher schon besprochen. Was schlagen Sie vor?«

»Für den Anfang drei Dinge, Sir. Erstens müssen wir uns mit Chatterjee in Verbindung setzen, um Zugang zu seinen Akten zu bekommen. Da können Sie wohl mehr bewirken als wir. Zweitens brauchen wir jemandem vom CID, der rund um die Uhr im Dorf bleibt. Jetzt, da wir wissen, wonach wir suchen, müssen wir die Suche ausweiten und uns einen Eindruck von den politischen Unterströmungen verschaffen. Ich schlage dafür DC Musudroka vor, weil er jung ist und von hier stammt. Da werden ihm die jungen Leute vertrauen. Drittens müssen wir Nachforschungen über den Ältestenrat anstellen.«

»Ja, das erscheint mir sinnvoll. Aber Sie haben etwas ausgelassen. Wir müssen beten, dass wir Beweise finden. Wegen Chatterjees Fall wende ich mich mal an den Deputy Commissioner. Aber von den Ermittlungen habe ich bislang nichts gehört. Wie konnten die das so unter Verschluss halten?«

Es beunruhigte Horseman, seinen Boss derart außer Fassung zu sehen. Zum ersten Mal erkannte er, dass er sich immer auf die unerschütterliche Ruhe dieses großen Mannes verlassen hatte. Der Super rieb sich noch mal mit den Händen übers Gesicht, dann stand er auf. »Und wieso wollte man das überhaupt – unter Verschluss halten, meine ich? Und wer steckt dahinter?«, sagte er, mehr zu sich selbst. Darauf antwortete Horseman nur: »Viel Glück, Sir.«

15

Der Direktor des Native Land Trust Board, Ratu Sirilo Qerewaqa, saß an einem imposanten Mahagonischreibtisch, der im rechten Winkel zu den großen Fenstern stand, die einen Blick auf die Victoria Parade boten. Singh hoffte nur, sie hatte sich ihre Überraschung wegen seines Rollstuhls nicht anmerken lassen. Der erklärte auch den Aufzug: den ersten, den sie je in einem dreistöckigen Gebäude gesehen hatte. Wahrscheinlich erklärte er auch Ratu Sirilos ungesunde Fettleibigkeit.

»Verzeihen Sie, dass ich nicht aufstehe, Detective Sergeant Singh, aber Sie sehen ja …« Er bot ihr über den Schreibtisch hinweg seine Hand.

»Guten Tag, Ratu Sirilo. Und mein Beileid zum Verlust Ihres Angestellten, Viliame Bovoro.«

Traurig senkte Ratu Sirilo den Kopf. »*Vinaka vakalevu.* Die Nachricht war für uns alle hier ein großer Schock. Sein Tod ist ein unermesslicher Verlust für uns. Aber bitte nehmen Sie doch drüben am Tisch Platz.«

Ratu Sirilo griff sich eine offiziell aussehende Akte und rollte zu einem Konferenztisch mit Glasplatte. Singh setzte sich und stellte ihr Notebook ab. Eine winzige indische Assistentin brachte ein Tablett mit Tee und Wasser herein. Nach Tee war Singh nun gar nicht, dennoch nahm sie lächelnd eine Tasse entgegen und schenkte sich Wasser ein.

»Sir, von Viliames Arbeit hier am NLTB weiß ich gar nichts. Was können Sie mir darüber erzählen?«

Der Direktor schlug die Akte auf. »Wie Ihnen sicher bekannt

ist, besteht eine unserer Aufgaben darin, zentral die Vergabe von Land zu verwalten, das den eingeborenen Fidschianern gehört, die durch die Stämme und Clans vertreten werden. Wenn ein Farmer, ein Geschäftsmann oder Bauunternehmer Interesse an einem Stück Land hat, setzen wir einen Vertrag nach den Bedingungen auf, die beide Parteien gestellt haben. Dieser Vertrag wird dann beglaubigt und von uns verwaltet. Die Pacht wird an das Board gezahlt und nach Abzug etwaiger Unkosten an die Landeigentümer weitergegeben. Daher besteht die Hauptarbeit des Boards darin, die Vorgänge zu überwachen und Buch darüber zu führen. Als Viliame nach der Highschool zu uns kam, war er ein vielversprechender junger Mann, der eigentlich hätte studieren sollen, aber zu unserer Freude entschied er sich für den NLTB, nachdem er die Prüfungen für den öffentlichen Dienst mit Bestnoten bestanden hatte. Wir haben ihn hier als Buchhalter ausgebildet. Er lernte schnell und erwarb zügig das FIT-Zertifikat, um dann das Diplom in Buchhaltung und Rechnungsprüfung anzustreben. Am Ende dieses Semesters sollte er es bekommen. Seine Arbeit war immer erstklassig.«

»War er bei seinen Kollegen beliebt, Ratu?«

»Ich könnte nichts anderes sagen, aber dazu befragen Sie wohl besser jemand anderen, Detective Sergeant.«

»Hat er an irgendwelchen strittigen Projekten gearbeitet?«

Ratu Sirilo lächelte. »Zwar gibt es hier so gut wie nie etwas Strittiges, aber ganz selten kommt es eben doch vor, normalerweise, wenn wir in einen Gerichtsprozess verwickelt werden. Allerdings hatte Viliame mit nichts dergleichen zu tun. Er war ein tüchtiger Mitarbeiter in der Finanzabteilung, der schon bald ein diplomierter Buchhalter und Rechnungsprüfer werden sollte. Sein Job war sehr fachspezifisch. Aber Sie können sich gerne mit Vilis direktem Vorgesetzten und seinen Kollegen unterhalten, wenn Ihnen das hilfreich erscheint.«

»Vielen Dank, Sir. Das würde ich gerne.«

»Dann bringt Sie Rajeshree in Viliames Abteilung. Sollte ich Ihnen noch helfen können, melden Sie sich bitte.«

»Das werde ich, noch mal vielen Dank, Ratu Sirilo.«

Wie auf ein geheimes Zeichen hin erschien Rajeshree auch schon und führte Singh zum Treppenhaus. Offenbar war der Aufzug für Ratu Sirilo reserviert – verständlicherweise.

»Kannten Sie Viliame, Rajeshree?«, fragte Singh.

»Ja, aber nicht besonders gut. Eigentlich nur vom Sehen und Grüßen. Vor ein paar Jahren hatte ich mal auf einer Betriebsfeier zum Lichterfest, dem Divali, mit ihm zu tun. In indischen Kleidern sah er einfach großartig aus! Seitdem haben wir immer kurz geplaudert, wenn wir uns zufällig trafen. Ich kann einfach nicht glauben, dass ihn jemand ermordet hat.« Rajeshree zog die Nase hoch und rieb sich die Augen. Dabei verschmierte sie die Schminke, die ihre Akne verbergen sollte.

Singh fragte sich, ob sie ihn besser gekannt hatte, als sie zugab – oder ob sie sich das zumindest gewünscht hatte. »Hat er überhaupt von seiner Arbeit erzählt?«

»Eigentlich nicht. Höchstens, dass viel zu tun war oder Prüfungen für das FIT-Zertifikat bevorstanden.«

»Haben Sie ihn je außerhalb des Büros gesehen?«

»Meinen Sie, ob wir uns verabredet haben? Nein. Hin und wieder bin ich ihm auf der Straße oder in einem Laden begegnet. Wie das eben zufällig so passiert«, fügte sie hinzu.

Die Buchhaltung befand sich in einem Großraumbüro links vom Treppenhaus. Rajeshree führte Singh durch einen breiten Gang zwischen den einzelnen Schreibtischen zu einem Einzelbüro, das mit etwa zwei Meter hohen, durchsichtigen Kunststoffwänden vom Rest des Raums abgetrennt war.

Als sie vor der Tür stehen blieben, blickte sie ein Mann mittleren Alters über seine Brille hinweg an. »Mr Ghosh, dies ist Detective Sergeant Singh, dürften wir Sie kurz stören?«

»Du meine Güte, es geht wohl um den armen Vili, nicht wahr?

Wir können alle nicht fassen, was passiert ist. Kommen Sie, Ma'am, kommen Sie herein.«

Rajeshree ging, und Singh setzte sich auf den leeren Stuhl gegenüber von Mr Ghosh, dessen angespannte, wachsame Miene vom Ausdruck seiner warmen, braunen Augen abgemildert wurde. »Waren Sie Viliames Vorgesetzter, Mr Ghosh?«, setzte Singh an.

»Das war ich. Ich kann mit Fug und Recht behaupten, dass ich ihm hier alles beigebracht habe. Seit er vor fünf Jahren eingestellt wurde, sind wir beide befördert worden, doch ich bin immer noch sein direkter Vorgesetzter, und er ist – er war – der klügste Auszubildende, den ich je hatte und wahrscheinlich je haben werde.« Bekümmert verzog er das Gesicht.

»Können Sie mir mehr über ihn und seine Aufgaben erzählen?«

»Du meine Güte, Vili war wirklich etwas ganz Besonderes. Normalerweise sind unsere Auszubildenden nicht sonderlich am NLTB und unseren Aufgaben interessiert und reißen nur ihre Stunden ab. Sie wollen eigentlich nur Routinearbeit, die sie ohne lange nachzufragen erledigen können. Es interessiert sie nur, mit so wenig Aufwand wie möglich ihr Geld zu verdienen. So kann man ein bisschen was über Buchhaltung lernen und auch unter Aufsicht ganz anständige Arbeit leisten, aber ein eigenständiger Buchhalter oder gar ein Rechnungsprüfer wird man so nie. Denn wissen Sie, Miss Singh, ein Buchhalter ist wie ein Detektiv: Er achtet auf alles Ungewöhnliche und hinterfragt jede Zahl, die ihm unterkommt. Das werden Sie als Ermittlungsbeamtin sicher gut verstehen.«

Singh nickte. »Und Vili?«, fragte sie.

»Vili war der geborene Rechnungsprüfer, ein wahrer Detektiv. Zwar musste er noch seine Abschlussprüfungen bestehen, aber eigentlich war er bereits ein äußerst fähiger Buchhalter. Er hatte das große Ganze im Blick, gab sich nie mit einer Aufgabe zufrieden, bis er verstand, wozu sie diente. Das war seine Stärke.«

»Kam es deswegen zu Groll oder Neid bei seinen Kollegen?«

Mr Ghosh schüttelte den Kopf. »Das weiß ich nicht. Es könnte möglich sein. Aber mitbekommen habe ich davon nichts. Vili war sehr umgänglich und ziemlich beliebt, glaube ich. Ein paar der Jüngeren zogen ihn auf, weil er immer Überstunden machte oder ständig seine Nase in Bücher steckte, aber das tat er lachend ab. Ich glaube, diese Kollegen hielten ihn für dumm, weil er mehr arbeitete als nötig. Solche Menschen begreifen einfach nicht, dass man eine Leidenschaft für seine Arbeit entwickeln kann.«

Da Singh dieselben Erfahrungen gemacht hatte, konnte sie das gut nachvollziehen. Ihre Freunde und ihre Familie staunten noch immer, dass sie unbedingt Detective hatte werden wollen, wo es doch viel einfachere Jobs gab.

»Wurde er mal bei einer Beförderung einem älteren Kollegen vorgezogen?«

»Ja, das kam vor, aber deswegen hätte man ihn doch nicht umbringen wollen! Nur weil man übergangen wurde?« Jetzt klang Mr Ghosh empört.

»Nein, ein normaler Mensch würde so was sicherlich nicht tun«, nickte Singh. »Aber Mörder sind keine normalen Menschen.«

Verständnislos schüttelte Mr Ghosh den Kopf.

»War er für bestimmte Projekte oder bestimmte Distrikte zuständig?«, erkundigte sich Singh.

»Beides, von Zeit zu Zeit. Alle Berufsanfänger hier müssen rotieren, damit sie möglichst breit Erfahrungen sammeln können. Das gehört zu ihrer Ausbildung.«

»Woran hat er in letzter Zeit gearbeitet?«

»Er war für die Auszahlungen an die Landbesitzer in der Central Division zuständig.«

Singh war sich ziemlich sicher, dass auch Tanoa in der Central Division lag. Sie machte sich eine Notiz, dass sie das nachprüfen musste. »Mit wem hat sich Vili hier auf der Arbeit besonders gut verstanden, Mr Ghosh?«

»Ach, eigentlich hatte er gar nicht die Zeit, sich mit jemandem besonders anzufreunden. Am Wochenende ist er meist in sein Heimatdorf zurückgefahren, und abends besuchte er Fortbildungskurse und musste lernen. Aber Sie könnten sich mal mit Samuela unterhalten, sie waren beide im selben Kurs und wohnten im Personaltrakt.«

»Vielen Dank. Ist Samuela momentan hier?«

»Er müsste in seinem Zimmer sein. Er hat heute früher Feierabend gemacht, um seinen Kurs zu besuchen.«

»Dann gehe ich jetzt. Wenn Sie mir noch kurz aufschreiben könnten, wie ich ihn am besten erreiche, Mr Gosh ... Vielen Dank für Ihre Hilfe. Und noch mal mein Beileid. Vili muss ein ganz besonderer Mensch gewesen sein.«

»Das war er, Sergeant Singh, das war er. Du meine Güte, jemanden wie ihn wird es wohl kein zweites Mal geben.«

* * *

Singh ging die Treppe hinauf in den Wohnbereich des NLTB-Personals und duckte sich unter das blau-weiße Flatterband hinweg, das die Veranda vor Viliames Zimmer absperrte. Ash untersuchte gerade Viliames Schreibtisch, während ein anderer Spurensicherer auf der Suche nach Fingerabdrücken alles mit Rußpulver einstäubte.

»Hi, Ash«, grüßte sie.

Erschrocken fuhr der Spurensicherer herum. »Hi, Sergeant«, erwiderte er grinsend. »Tut mir leid, ich hab Sie nicht gehört. Sie haben mir einen Riesenschreck eingejagt. Was kann ich für Sie tun?«

»Ich wollte mir nur kurz Vilis Zimmer ansehen, da ich schon mal hier bin. Außerdem müsste ich noch einen seiner Kollegen treffen, mit dem er mehr zu tun hatte. Haben Sie schon etwas Interessantes gefunden?«

»Nein, es ist alles so, wie man es bei einem jungen Mann erwarten könnte, der eine Ausbildung als Buchhalter macht und sich für Landwirtschaft interessiert. Glücklicherweise war er ziemlich ordentlich. Es gibt einen Ordner mit Briefen und Notizen aus seiner gesamten Zeit hier in Suva. Den wollen Sie bestimmt mitnehmen.«

»Ja, bitte. Ich möchte mich noch kurz umsehen. Mein Treffen mit Vilis Freund ist erst um fünf.«

Sie schaute sich das große Bücherregal neben dem Tisch an. Wie Ash gesagt hatte, passten die meisten Bücher zu Vilis Interessen. Es gab aber auch ein paar Thriller im Taschenbuchformat und zwei anthropologische Klassiker über Fidschi aus dem neunzehnten Jahrhundert: *Fiji and the Fijians* von Thomas Williams und *Life in Feejee: Five Years Among the Cannibals* von Mary Wallis. Singh hatte von ihnen gehört, sie aber nicht gelesen. Doch das würde sie jetzt tun, vielleicht konnte sie dann Dörfer wie Tanoa besser verstehen.

Vilis Kleider waren ordentlich in einer alten Kommode untergebracht. Auf dem Möbelstück standen ein gerahmtes Familienfoto und ein Kulturbeutel mit Reißverschluss. Kein Spiegel. An einer Kleiderstange an der Wand hingen ein paar Jacken und langärmlige Hemden. Ein schmales Metallbett stand unter einem mit einer Jalousie abgedunkelten Fenster. Es war ein schlichtes Zimmer für einen Angestellten, der kaum ein Wochenende hier verbrachte.

»Okay, Ash, sagen Sie Bescheid, wenn Sie was finden.«

»Na klar. Fahren Sie morgen nach Tanoa?«

»Das weiß ich noch nicht. Kann sein.«

»Wir wollen dort nach der Keule suchen, aber große Hoffnungen habe ich nicht. Der Mörder wird sie uns nicht auf dem Präsentierteller servieren.«

»Ja, stimmt wohl. Vielleicht sehen wir uns dort.«

Als Nächstes ging Singh runter ins Erdgeschoss, wo Samuela sein Zimmer hatte. Als sie klopfte, öffnete ihr ein müde wirkender Fidschianer Mitte zwanzig. Er war wesentlich größer als sie und zeigte mit seinem Übergewicht schon die Anzeichen einer überwiegend sitzenden Tätigkeit. Sein Zimmer sah genauso aus wie Vilis, nur hatte er kein Bücherregal. Die Wände waren tapeziert mit Postern von verschiedenen Rugbymannschaften aus Fidschi und der ganzen Welt: All Blacks, England, Wales und Frankreich. Eines zeigte auch Horseman, allerdings ein paar Jahre jünger.

Da Singh sich an den Schreibtisch setzte, blieb für Samuela nur die Bettkante. »Sie sind bestimmt traurig, Samuela. Wie ich höre, war Viliame ein Freund von Ihnen.«

Er nickte. »Sie können Samu zu mir sagen – das machen alle. Ja, wir verstehen uns ziemlich gut. Obwohl Viliame viel für sich bleibt, weil er ständig lernt und am Wochenende in den Bergen ist.« Samu schüttelte den Kopf. »Das ist so eine lange Fahrt, dass er kaum Freizeit hat. Aber wir sehen uns öfter, weil wir denselben Abendkurs besuchen.«

Singh bekam einen Kloß im Hals, als sie hörte, dass Samu in der Gegenwartsform von ihm sprach. Sie schluckte. »Was haben Sie zusammen gemacht?«

»Manchmal gehen wir zum Rugby oder ins Kino, vor allem in Actionfilme. Er ist wirklich cool.« Tränen stiegen ihm in die Augen. Er wandte den Kopf ab.

»Haben Sie hier am NLTB oft zusammengearbeitet?«

»Die letzten beiden Jahre waren wir in derselben Abteilung. Aber er ist ein viel besserer Buchhalter als ich. Echt schlau. Hat Adleraugen, wissen Sie? Mittlerweile ist er Assistent in der Finanzabteilung und beaufsichtigt vier Auszubildende.«

»Sie auch?«

»Nein, ich bin schon zertifizierter Buchhalter, aber Mr Ghosh meint wohl, für die Supervision der Azubis bin ich noch nicht reif.« Lächelnd sah er sie an. »Und ich stimme ihm zu.«

Singh fragte sich, ob es ihm nur an Selbstvertrauen mangelte. »Haben Sie sich darüber ausgetauscht, woran Sie gerade arbeiten?«

»Nein. Grundsätzlich wussten wir ja beide, was wir machten, und fanden das wohl nicht notwendig.« Er sah sie an, als hoffte er, ihr damit helfen zu können.

»Worüber haben Sie sich dann unterhalten, Samu?«

Er zuckte die Achseln. »Manchmal über unsere Kurse und Hausaufgaben. Manchmal über seine Dorfprojekte. Er könnte ein erfolgreicher Geschäftsmann werden. Aber er will auch den Leuten in seinem Dorf helfen.«

»Hat er jemals jemand Besonderen erwähnt?«

Samu runzelte die Stirn und dachte nach. »Eigentlich nicht, nur den Pastor, den Chief, seine Eltern und die Freunde, mit denen er im Gewürzgarten arbeitete.«

»Was hat er über sie erzählt?«

»Einmal erwähnte er, dass die Tochter des Pastors auf ihn steht. Und er wollte, dass sein kleiner Bruder studiert, aber der Junge war nicht besonders interessiert.«

»Hat er mal etwas fallen lassen, dass seine Pläne für das Dorf auf Widerstand gestoßen sind?«

»Wo Sie es erwähnen, fällt mir was ein. Ja, einmal kam er montags mit schlechter Laune zur Arbeit zurück, was bei ihm ziemlich ungewöhnlich war. An diesem Tag hat er mich sogar ein paarmal angeschnauzt, obwohl er sonst immer höflich war. Abends im Kurs kam er dann zu mir und entschuldigte sich. Und da erklärte er, er wäre nur sauer, weil der Ältestenrat im Dorf seinen Antrag auf mehr Land abgelehnt hätte.«

»Hat er Namen genannt?«

Samu kniff kurz die Augen zusammen, um sich besser erinnern zu können. »Vielleicht. Kann sein, aber ich weiß es nicht mehr. Tut mir leid.«

»Egal. Wenn man jemanden nicht persönlich getroffen hat, ist es schwer, sich an Namen zu erinnern. Wissen Sie, ich wette, wenn er wirklich welche genannt hat, werden sie Ihnen schon einfallen. Konzentrieren Sie sich einfach auf die Begegnungen mit Vili. Stellen Sie sich vor, wie er ausgesehen hat, als er im Kurs auf Sie zukam, und was er gesagt hat. Dann taucht die Erinnerung schon wieder auf. Sobald das geschieht, rufen Sie mich bitte an. Hier ist meine Karte. Alles, was Ihnen einfällt, könnte uns helfen.«

»Ehrlich? Dann mach ich das mal. Zumindest versuch ich's.«

»Ihnen fällt bestimmt noch was ein, Samu.« Als sie sich verabschiedeten, wirkte der junge Mann hoffnungsvoll, ja, sogar zuversichtlich.

16

»Möchten Sie mit mir zur Wache zurückfahren?«, fragte Horseman die Freiwilligen von der Polizei, die sich nach dem Training der Shiners noch unterhielten. Der Mannschaftsgeist war wirklich gewachsen, nachdem sie den Marists die Punkte abgetrotzt hatten.

Nur Musudroka nahm sein Angebot an; die anderen hatten dienstfrei. Als sie mit dem Wagen durch den stockenden Verkehr krochen, fragte Horseman: »Und, Tani, was haben Sie heute aus Ihrer Arbeit mitgenommen?«

»DS Taleca hat mir einiges am Computer gezeigt, Sir. Ich bin schockiert, dass Google nicht alles findet, was wir wissen müssen, dabei habe ich alle möglichen Suchbegriffe zum Chief und dem Ältestenrat von Tanoa eingegeben. Danach sind wir zur Bibliothek der Uni rausgefahren. Wow, diese Massen an Büchern! Dort haben wir ein paar Verweise auf die Namen auf unserer Liste gefunden. Dann hat eine Bibliothekarin für uns den Mord an Weston nachgeschlagen: Darüber gibt es haufenweise Berichte. Wir haben ein paar Bücher ausgeliehen, und den Rest, den man nicht ausleihen kann, will die Bibliothekarin für uns kopieren. Das nenne ich mal Service! Sie wirkte richtig froh, uns helfen zu können.«

»Schön, dass Sie was dazulernen, Tani. Was haben Sie rausgefunden?«

»Wir stellen noch alles zusammen, Sir. Bislang war noch nicht genug Zeit zum Lesen.« Musudroka klang gekränkt.

»Tja, wenn DS Taleca Sie für vertrauenswürdig genug hält, können Sie ja ein paar Bücher mit nach Hause nehmen und heute Abend direkt mit dem Lesen anfangen.«

»*Io*, Sir«, erwiderte Musudroka grinsend; ihm gefiel es, von Horseman aufgezogen zu werden. Wie die meisten Fidschianer war er in seiner Kindheit und Jugend ständig von der Familie geneckt worden, für ihn war das ein Zeichen von Zugehörigkeit.

Es war halb sieben und schon fast dunkel, als Horseman und Musudroka das Polizeirevier erreichten. Dort holten die anderen unter Singhs Aufsicht gerade den Papierkram nach. Der Super hatte Horsemans Team gebeten, noch zu bleiben, damit er ihnen einen kurzen Überblick über den Fall geben konnte, den sie mittlerweile als »Fleischfresserfall« oder »Triple F« bezeichneten. Es war schon nach sieben, als der Super mit düsterer Miene eintraf. Zwar wirkte er immer ernst und reserviert, aber so finster hatte Horseman ihn noch nie gesehen.

»Setzen Sie sich doch, Sir, bitte.« Horseman sprang auf und bot seinem Vorgesetzten seinen Platz hinter dem Schreibtisch an. »Die anderen kommen bitte her. Tani, bitte holen Sie doch Superintendent Navala eine Tasse Tee.«

»*Vinaka*, dazu sage ich jetzt nicht nein«, bemerkte der Super.

Die anderen warteten schweigend, bis Musudroka einen großen weißen Becher Tee vor Navala abgestellt hatte. »*Vinaka*«, sagte der. »Sie werden bemerkt haben, dass ich keinen Karton mit Akten mitgebracht habe. Nicht mal einen einzigen Ordner. Denn Chatterjees Super gibt sie uns nicht. Noch nicht. Aber ich werde nicht kapitulieren. Dieses Kompetenzgerangel und, ich sag's nur ungern, dieser Neid und Argwohn hat bei der Polizei von Fidschi, der ich seit fünfunddreißig Jahren diene, einfach keinen Platz.« Verärgert und besorgt schüttelte er den Kopf.

»Es gibt eine eindeutige Verbindung zwischen dem Diebstahl der Keule und der Benutzung als Tatwaffe. Der Dieb des Artefakts und der Mörder des jungen Mannes sind entweder identisch oder haben etwas miteinander zu tun. Trotzdem will der Vorgesetzte von Inspector Chatterjee uns keinen Einblick in die Akte gewähren.«

»Hat er Ihnen einen Grund dafür genannt?«, erkundigte sich Horseman.

»Einen? Gleich mehrere! Lassen Sie mich nachdenken … Erstens: Der Fall befindet sich gerade in einem kritischen Stadium, sodass der Kreis der Mitwisser nicht erweitert werden darf. Zweitens: Der Fall ist politisch heikel, was allerdings meinen Ehrgeiz zu wissen, was dahintersteckt, nur noch mehr anstachelt. Drittens: Es könnte internationale Verwicklungen geben, die ebenfalls heikel sein könnten. Viertens, und das wurde mir nicht gesagt, das denke ich mir nur: Chatterjee hat entdeckt, dass die ganze Sache vermutlich etwas heiß ist, und betrachtet sie jetzt als sein persönliches Terrain, das er schützen muss. Ganz ehrlich, das widert mich an!«

Wieder staunte Horseman, dass sein sonst so abgeklärter Chef derart starke Gefühle – oder überhaupt Gefühle – zeigte. »Sollen wir noch mal das Personal im Museum fragen und versuchen, den Dieb selbst zu finden?«

Der Super seufzte. »Nein, mir wurde untersagt, eine Paralleluntersuchung durchzuführen. Außerdem möchte ich nicht, dass Sie durch so was abgelenkt werden. Natürlich können Sie jeden befragen, den Sie in diesem Mordfall als wichtig erachten. Schließlich überlappen sich die beiden Fälle, da das gestohlene Artefakt unsere Mordwaffe ist. Das lässt sich nicht ändern.«

»Wenn wir es also für möglich hielten, dass die Angestellten des Museums uns bei der Entdeckung von Viliames Mörder behilflich sein könnten, dürfen wir sie auch befragen?«, vergewisserte sich Singh.

»Selbstverständlich, und dazu brauchen Sie nicht meine ausdrückliche Genehmigung. Aber ich gebe mich noch nicht geschlagen, was Chatterjees Akten betrifft. Hier stehen wichtige Prinzipien der Zusammenarbeit für das öffentliche Wohl auf dem Spiel. Sollten Sie mich brauchen, dann bin ich in meinem Büro und schreibe einen Brief an den Deputy Commissioner. Ich werde alles versuchen, um uns Zugang zu den Akten zu verschaffen.«

Damit ergriff der Super seinen Becher und verließ den Raum. Horseman folgte ihm. »Kann ich Ihnen irgendwie helfen, Sir?«

»*Vinaka*, Joe, aber diesmal muss ich wohl für meine Sünden büßen.«

»Sir, ich weiß, das ist jetzt nicht Ihre oberste Priorität, aber hatten Sie vielleicht Zeit, zusätzliche Beamte anzufordern ...«

»Ach, das hatte ich vergessen, Ihnen zu sagen. Tut mir leid. Ich konnte zwei weitere Constables für diesen Fall bekommen. Aber wenn ich jetzt so darüber nachdenke, kann ich nicht zulassen, dass Tanielo rund um die Uhr in Tanoa bleibt. Er braucht noch viel Hilfe. Und dieses elende Dorf ist zu isoliert und nicht mal über Funk erreichbar. Vergessen wir nicht, dort treibt sich vermutlich ein Mörder herum.«

»*Io*, Sir. Sie haben recht, das habe ich nicht genügend durchdacht. Aber ich wollte Tani nie einem Risiko aussetzen.«

»Wir können mit dem, was wir haben, nur unser Bestes versuchen, Joe. Es wird immer Bergdörfer mitten im Nirgendwo geben.«

* * *

Um zwei Uhr nachts wachte Melissa auf und konnte nicht mehr einschlafen. Sie machte sich einen Kamillentee und trank ihn im Bett, während sie sich noch mal ihre Fachzeitschrift vornahm, aber sie wurde einfach nicht müde. Wenn sie nur gewusst hätte, wie Joes Fall heute gelaufen war! Dienstag drei Uhr morgens in Oregon hieß Dienstagabend zehn Uhr in Fidschi. Wahrscheinlich war er noch wach. Sie kapitulierte und rief ihn an. Er meldete sich sofort.

»Joe, Schatz, tut mir leid, wenn ich störe. Ich muss unbedingt wissen, wie dein Tag heute war. Sonst kann ich nicht schlafen.«

»Nein, ich freu mich, dass du anrufst, Liebes. Ich wollte dich nur nicht wecken, bei dir muss es doch – warte – drei Uhr morgens sein, oder?«

»Genau. Also, wie war es heute?«

»Wir haben Fortschritte gemacht, Melissa. Wir haben die Mordwaffe identifiziert. Und mit etwas Glück könnten wir den Fall bis Freitag abschließen.«

»Wow, sehr gut, Joe! Also habt ihr schon die DNA davon nehmen können und so weiter?«

»Noch nicht, weil wir die Waffe noch nicht gefunden haben. Ich meinte nur, dass wir jetzt wissen, was es war, und das ist ziemlich speziell.«

»Ach ja? Los, sag schon.«

»Ein historisches Artefakt, das aus dem Fidschi-Museum hier in Suva gestohlen wurde. Ich will nicht ins Detail gehen, aber wir sind uns ganz sicher.«

Sie war ein bisschen verletzt, dass Joe sie nicht zum Kreis seiner Vertrauten zählte. Andererseits wusste sie, dass ihr Gefühl unberechtigt war, schließlich hielt er sich nur an seine Richtlinien. Sie musste aufpassen, keinen Groll gegen ihn zu entwickeln. »Dann hoffe ich, dass ihr sie schnellstens findet.«

»Ich auch. Morgen fahren wir ins Dorf, um ein paar Spuren zu verfolgen und die Waffe zu suchen. Und was ist mit dir? Hast du schon gepackt?«

»Zumindest angefangen. Mein letzter Arbeitstag startet in fünf Stunden. Also …« Sie unterdrückte ein Gähnen. Vielleicht zeigte der Kamillentee jetzt doch Wirkung.

»Du musst schlafen. Träum süß, Melissa. Ich wünschte, ich wäre bei dir.«

»Ich auch. Du musst wahrscheinlich auch früh raus, oder?«

»Bei Tagesanbruch. Gute Nacht, Süße.«

Melissa hoffte nur, dass es nicht so aussah, als würde sie sich zu viele Sorgen machen. Das würde Joe langfristig nicht gefallen. Langfristig! Sie ertappte sich in letzter Zeit ziemlich häufig bei solchen Wunschvorstellungen. Entspann dich, befahl sie sich. Genieße die Ferien mit Joe, ohne ständig an eine wie auch immer geartete Zukunft zu denken!

MITTWOCH

17

Der Subaru der Spurensicherung stand schon auf dem Parkplatz von Tanoa, als Horseman, Singh und Musudroka zusammen mit einem Constable eintrafen, der ihnen bei der Suche helfen sollte. Fast gleichzeitig sprangen sie alle aus dem Wagen. »Noch einen Kaffee, bevor Sie gehen?«, fragte Horseman Musudroka.

»*Vinaka*, Sir, aber wir wollen direkt los. Das Team wartet schon auf uns.« Der zusätzliche Constable wirkte enttäuscht, sagte aber nichts.

»Großartig, dann bis später.«

Ash hatte Musudroka eindeutig für die Spurensicherung begeistert, was nur gut sein konnte. Horseman holte eine Thermoskanne mit Kaffee und zwei Emaillebecher heraus. Er trank seinen Kaffee am liebsten schwarz, hatte aber auch Milchpulver für Singh dabei.

»Wie nett, danke«, nickte sie. »Gibt's Zucker?«

Auch dafür hatte er ständig ein ehemaliges Erdnussbutterglas dabei. In dem sammelte er Zuckertütchen, die er in Cafés nicht benutzte. Diese Sparsamkeit war ein Überbleibsel aus seiner Kindheit, wo »Nichts verschwenden!« das elfte Gebot gewesen war. Er gab das Glas Singh, die zwei Tütchen herausnahm, den Deckel zuschraubte und es ihm wieder zurückreichte. Aus ihrem eigenen Rucksack holte sie ein Päckchen Kokoskekse und bot es Horseman an. Der nahm sich drei und legte die Packung zwischen ihre Sitze.

Während Singh mit dem Ende ihres Kugelschreibers in ihrem behelfsmäßigen Caffè Latte herumrührte, sagte Horseman: »Ich weiß nicht genau, wie wir die Sache heute angehen sollen. Es gibt gute Gründe, die Information mit der Kriegskeule vom Weston-

Mord geheim zu halten, nicht zuletzt den, dass der Diebstahl Verschlusssache ist. Doch dann können wir heute nur darauf hoffen, mit weiteren Dorfbewohnern zu sprechen, um mehr über Vili und seine Aktivitäten herauszufinden. Bislang erzählen uns nämlich alle nur dasselbe.«

»Wir könnten Widersprüche entdecken«, bemerkte Singh.

»Das stimmt. Wenn wir die Dorfbewohner direkt auf den Besitz von alten Kriegswaffen ansprechen, wird man sofort die naheliegenden Schlüsse ziehen. Aber wenn wir dem Chief und dem Pastor von dem Diebstahl im Museum erzählen, könnte ihre Reaktion sehr interessant sein. Ich fühle mich Chatterjee gegenüber nicht verpflichtet, wo er uns doch von seinem Fall ausschließt. Wir könnten sogar alle zusammenrufen und eine öffentliche Erklärung abgeben. Aber vielleicht geht das auch zu weit. Was meinen Sie, Susie?«

Singh nippte zurückhaltend an ihrem Kaffee. »Das ist eine Möglichkeit, Sir. Aber ich weiß nicht … Ich glaube, ich würde mich für Ersteres entscheiden: nach alten Kriegswaffen fragen und sehen, wohin uns das führt.«

»Na gut, dann machen wir das so. Wahrscheinlich ist es besser, kein Wort über Triple F zu verlieren.«

Als sie die Brücke überquerten, lichtete sich der Nebel. Ein *bilibili*, ein Bambusfloß, legte schwer beladen mit Bündeln aus Palmwedeln am Ufer unter ihnen an. Männer und Frauen eilten herbei, um beim Abladen zu helfen. Die beiden Ermittler blieben stehen und schauten dem Treiben zu. Die Helfer schnitten die Schnüre durch, mit der die Fracht auf dem Floß festgebunden war, schleppten die Palmbündel das Ufer hinauf und legten sie dort ab. Unter den Palmwedeln befanden sich Bambusstöcke, die die Arbeiter losbanden und wegtrugen. Da kam ein zweites *bilibili* um eine Kurve stromaufwärts, und alle versammelten sich wieder am Ufer.

»Diese Szene hätte man wohl auch schon vor hundert Jahren beobachten können«, bemerkte Singh.

»Wahrscheinlich, nur wäre die Kleidung anders gewesen. Ja, das war definitiv ein Blick in die Vergangenheit«, nickte Horseman. »Ratu Osea hat offensichtlich beschlossen, die große Zeremonie durchzuziehen. Hier geht es ja zu wie in einem Bienenstock. Sehen Sie, dort hinten? Die Männer stellen Festzelte auf der *Rara* auf. Dafür sind die vielen Palmwedel und Bambusstöcke.«

»Die Bewohner wirken auch fröhlicher«, sagte Singh.

»Vielleicht hebt die Notwendigkeit, ein schönes Fest zu auszurichten, die allgemeine Stimmung. Aber für uns ist es auch Zeit, mit der Arbeit zu beginnen. Der Nebel hat sich gelichtet. Falls der Chief da ist, erweisen wir ihm besser unseren Respekt«, erwiderte Horseman.

»Ich wette, der ziemlich neue Land Rover am Parkplatz gehört ihm«, bemerkte Singh.

Sie waren noch nicht weit ins Dorf gekommen, da tauchte Tomasi aus einem Haus vor ihnen auf und wartete, bis sie ihn erreicht hatten.

»*Yadra*, guten Morgen, Officers. Ich habe gesehen, wie Sie über die Brücke gekommen sind.«

»*Yadra*, Tomasi. Wir haben den *bilibilis* zugeschaut, die am Ufer gelandet sind. Beeindruckend. Hier sind alle so fleißig. Also nehme ich an, die Zeremonie wird am Sonntag stattfinden?«

»*Io*, Ratu Osea hält das für unabdingbar. Wir dürfen die Pläne unserer Gäste nicht durchkreuzen und müssen ihre Erwartungen erfüllen. Schließlich steht unser Ruf auf dem Spiel: Wenn wir die Zeremonie verschieben, würden sie denken, wir wären nicht vertrauenswürdig. Vielleicht kämen sie dann nicht mehr, wenn wir ein neues Datum festlegen würden. Das jedenfalls hat Ratu Osea gesagt.«

»Klingt nachvollziehbar. Das war bestimmt eine schwere Entscheidung für ihn.«

»*Io*, Inspector.«

»Ist er denn jetzt im Dorf, Tomasi? Sergeant Singh und ich würden ihm gern unseren Respekt zollen, bevor wir uns wieder an unsere Arbeit machen.«

»Ah, schön, dass Sie die Traditionen achten, Sir. Der Ratu ist hier, aber womöglich in einer Konferenz. Gehen wir mal zu seinem Haus und erkundigen uns. Wie Sie wissen, steht es am Ostende des Dorfs.«

Auf dem Weg dorthin unterhielt sich Singh mit Tomasi. Horseman war erleichtert, dass Tomasi ganz unbefangen mit ihr umging: Bei Menschen aus dem tiefsten Hinterland wäre es nicht ungewöhnlich gewesen, wenn sie gegenüber einer indischen Ermittlerin sehr zugeknöpft gewesen wären.

Das große Haus des Chiefs sah aus, als wäre es frisch gestrichen: Es hatte eine cremefarbene Holzfassade und rote Türen und Fensterrahmen. Die Fenster waren nicht mit Holzblendläden versehen, sondern verglast. Dennoch wirkte das Haus nicht protzig, obwohl der Chief im Laufe seiner Karriere als Offizier und Diplomat zu beträchtlichem Wohlstand gekommen sein musste. War er im Herzen ein einfacher Soldat mit schlichtem Geschmack geblieben? Bis zum Ende des Tages würde Kelepi Taleca mehr über Ratu Oseas Vermögen herausbekommen haben.

Sie warteten an der Eingangstreppe, während Tomasi laut ihre Ankunft verkündete. Kurz darauf tauchte der Dorfvorsteher Ilai Takilai auf und drückte behutsam die Haustür hinter sich zu. Er kam die Treppe herunter und sagte leise etwas zu Tomasi. Dann wandte er sich mit ausgestreckter Hand zu Horseman. »Seien Sie willkommen, Josefa Horseman. Und Ihr Sergeant auch: willkommen, Miss Singh. Ratu Osea lässt sich entschuldigen, er muss sich heute Morgen um dringende Angelegenheiten kümmern. Aber es wäre ihm eine Ehre, Sie beide um ein Uhr zu einem schlichten Mittagessen einzuladen.«

Überrascht warf Horseman einen kurzen Blick zu Singh. Dann neigte der Ermittler den Kopf und klatschte einmal in die Hände. Singh folgte seinem Beispiel. »*Vinaka vakalevu*, Sir, es wäre uns ebenfalls eine Ehre«, antwortete Horseman.

Der Dorfvorsteher nickte und klatschte seinerseits in die Hände.

»Gut. Das wird den Ratu sehr freuen.« Mit diesen Worten kehrte er ins Haus zurück.

»Tomasi, könnten wir Sie vertraulich sprechen?«, fragte Horseman. Tomasi zog zustimmend die Augenbrauen in die Höhe.

»Wo wäre es am günstigsten?«, erkundigte sich Horseman.

»Sehr gerne in meinem Haus. Dazu müssen wir nur den Weg zurück, wie Sie gesehen haben.«

Für ein vertrauliches Gespräch hielt Horseman das nicht für so geeignet. »Aber wir wollen Ihre Familie nicht stören. Vielleicht schaue ich mal bei Pastor Joni vorbei und frage, ob sein Büro frei ist. Er hat es uns angeboten.«

»Ich bin allein im Haus. Mein jüngster Sohn begleitet die Spurensicherung, solange er nicht weggeschickt wird. Er ist das einzige Kind, das noch bei uns wohnt. Meine Frau ist in der Schule, um Kostüme für die *meke*-Tänze am Sonntag zu nähen. Also sind wir in meinem Haus ganz ungestört.«

»*Vinaka*, Tomasi. Dann nehmen wir Ihr Angebot gerne an«, sagte Singh lächelnd.

Tomasis Haus war viel bescheidener als das des Häuptlings. Das Dach war aus Reet, die Wände aus weiß getünchtem Lehm. Innen war der Boden mit Reet und Palmmatten bedeckt. Ein blau karierter Baumwollvorhang trennte den Schlafbereich vom Wohnraum. Einbauschränke und offene Regale bedeckten eine Wand des Wohnbereichs. Ansonsten gab es keine Möbel. Ein Wellblechdach schützte die offene Küche am hinteren Ende des Hauses.

Das Haus war ziemlich luftig. Die Blendläden an allen Fenstern standen offen und sorgten für Durchzug. Dennoch roch es feucht und erdig, was darauf hinwies, dass der Boden unter den weichen Reetmatten aus Lehm bestand. Horseman fand diesen Geruch immer deprimierend, weil er ihn an Verfall erinnerte. Er war auf der Insel Ovalau aufgewachsen, am Meer, wo alle Häuser, die nicht auf Pfählen standen, direkt auf Sand gebaut waren. Sie rochen trocken und salzig, was ihm gesünder erschien. Er wusste, dass sein Empfinden nur damit zu tun hatte, wie er groß geworden war. Aber dieser erdige Geruch verstärkte das bedrückende Gefühl, das ihn in diesem pittoresken Dorf befiel.

Er ließ sich auf dem Boden nieder und streckte sein rechtes Bein vor sich aus: Ein Schneidersitz wäre für sein Knie zu riskant gewesen. Tomasi lehnte sich mit seinem Rücken an einen Stützbalken. Singh war die Einzige, die ganz frei, mit seitlich angezogenen Beinen, auf dem Boden sitzen konnte.

Nach einem fragenden Blick zu Horseman begann sie: »Constable Tomasi, ich weiß, seit wir uns am Montag das letzte Mal gesprochen haben, werden Sie sorgfältig über Vilis Tod nachgedacht haben. Können Sie uns noch etwas dazu sagen?«

»Ich begreife es immer noch nicht, Sergeant. Je länger ich darüber nachdenke, desto mehr komme ich zu der Überzeugung, dass es jemand aus unserem Dorf gewesen sein muss, der Vili getötet hat. Zwar besteht die entfernte Möglichkeit, dass jemand von außerhalb sich hierhergeschlichen hat, um den Mord zu begehen, aber dann hätte er zu Fuß kommen und wieder im Dunkeln verschwinden müssen – es sei denn, er hätte sich bis zum nächsten Morgen irgendwo im Wald versteckt. Das wäre möglich, aber gefährlich für jeden, der die Gegend nicht so gut kennt wie ein Einheimischer. Daher meine ich, dass es nur einer von uns gewesen sein kann. Doch es ist mir ein Rätsel, wer aus unserem Dorf diesen Jungen töten konnte.«

»Wir sind zu demselben Schluss gekommen«, sagte Singh. »Sie kennen doch alle Bewohner. Jemand muss Vili gehasst oder Angst vor ihm gehabt haben.«

Tomasi schüttelte den Kopf. »Ich hab Ihnen ja schon erzählt, dass der Ältestenrat die Anträge ablehnte, an denen er so hart gearbeitet hatte. Wahrscheinlich hielten sie ihn für anmaßend, aber sie hatten bestimmt keine Angst vor ihm. Sie tolerierten ihn. Sie hätten ihn doch niemals umgebracht!«

»Aber jemand hat es getan«, wandte Horseman ein. »Es könnte

doch auch so gewesen sein, dass jemand unbedingt etwas haben wollte, was sich in Viliames Besitz befand. Dann tötete er ihn, um es zu kriegen. Oder zurückzuholen, wenn er glaubte, Vili hätte es von ihm gestohlen. Klingelt da irgendwas bei Ihnen?«

Tomasi wirkte verwirrt. »Ich verstehe, was Sie meinen. Doch was könnte das sein? Was könnte Vili haben? Er hatte zwar einen guten Job, aber er war noch jung und konnte noch nicht viel gespart haben. Außerdem wette ich, dass er sein Geld auf der Bank hatte.«

»Sie würden staunen, für wie wenig manche Menschen morden«, bemerkte Singh.

»Die müssen dann verrückt sein!«

»Wahrscheinlich ist Vilis Mörder in gewisser Hinsicht auch verrückt. Aber vielleicht ging es ihm gar nicht um Geld, sondern um etwas, was nur für den Mörder wertvoll war«, erwiderte Singh.

»Vielleicht einen Menschen, eine Frau etwa. Hatte Vili eine feste Freundin?«, fragte Horseman.

»Das weiß ich nicht. Vielleicht in Suva«, antwortete Tomasi.

»Wir wissen, dass Traditionen – Zeremonien und Bräuche – in diesem Dorf sehr hochgehalten werden«, sagte Singh. »Als wir eben ankamen, fiel uns auf, dass Sie sich die überlieferten handwerklichen Fähigkeiten bewahrt haben, zum Beispiel den Bau von *bilibilis* für Transporte auf dem Fluss. Sind noch weitere Fertigkeiten erhalten geblieben, zum Beispiel traditionelles Holzschnitzen?«

»Ein paar der Frauen töpfern. Hier gibt's guten Lehm dafür. Früher haben wir Geschirr an die Küste verkauft – es wurde mit *bilibilis* den Fluss hinuntergebracht. Heutzutage stellen die Frauen kleinere Töpferwaren für die Läden in Touristenresorts, in Suva oder sogar Nadi her.«

»Interessant«, sagte Singh. »Wenn ich darf, würde ich mir das gerne mal anschauen.«

Tomasi lächelte. »Die Töpferinnen waren sehr fleißig, weil sie am Sonntag den Nachkommen von Reverend Weston Geschenke überreichen wollen. In der Schule wird es auch eine Ausstellung geben.«

»Wunderbar. Darauf freue ich mich schon«, erwiderte Singh.

»Und was ist mit Holzschnitzerei?«, hakte Horseman nach. »Zum Beispiel nach Mustern auf altem Messgeschirr oder Waffen oder so.«

»Nein, in den letzten Jahren nicht.«

»Aber es muss doch noch Zeugnisse von Holzschnitzereien geben, die aufbewahrt und von Generation zu Generation weitergegeben werden.«

»Kann sein, aber davon weiß ich nichts. Sollten die Leute wirklich so was haben, reden sie nicht darüber.« Tomasi wirkte ein bisschen, als wäre er auf der Hut.

»Wieso sollten sie das denn geheim halten?«

»Ach, zur Geheimhaltung besteht gar kein Grund. Nicht der geringste. Ich meinte nur, dass ich noch nie jemanden von irgendwelchen alten Schnitzereien habe reden hören. Mehr nicht.«

»Wer könnte denn so etwas besitzen?«, hakte Singh nach.

»Ich weiß nicht. Vermutlich die Häuptlingsfamilien. Die Clanältesten.«

Horseman warf Singh einen Blick zu. »*Vinaka vakalevu*, Tomasi. Wir lassen Sie jetzt in Ruhe.«

»Oh, Ruhe werde ich heute nicht mehr haben, Sir! Bis zum großen Tag am Sonntag haben wir alle noch sehr viel zu tun.« Er sprang auf. »Bevor Sie gehen, gebe ich Ihnen noch etwas zu trinken. Ich habe meine Gastgeberpflichten vernachlässigt.« Er nahm zwei Becher von einem Regal und füllte sie mit Wasser aus einem Kessel.

»*Vinaka*«, sagten beide Ermittler und tranken dankbar ihre Becher aus.

»Wenn wir jetzt gehen, kommen wir gerade rechtzeitig zum Lunch«, bemerkte Horseman. Er hoffte, sie würden nicht nur etwas zu essen bekommen, sondern auch neue Informationen.

***

Als Horseman und Singh das Haus des Häuptlings erreichten, trat Ilai Takilai auf die Veranda. Wie üblich war seine Miene ernst. Er begrüßte sie auf Fidschianisch. »Willkommen, Detective Inspector Horseman«, sagte er, nickte Singh zu und trat einen Schritt beiseite. »Bitte kommen Sie doch herein.«

Sie streiften ihre Schuhe ab und stellten sie nebeneinander zu ein paar anderen an der Tür.

»*Vinaka vakalevu*, wir fühlen uns geehrt«, erwiderte Horseman. Die Tür war so niedrig, dass beide Männer den Kopf einziehen mussten. Singh neigte ihn nur aus Respekt. Ein halbwüchsiger Junge bot ihnen an, ihre Taschen zu nehmen. Horseman holte erst eine Tüte mit gemahlenen *Yaqona*-Wurzeln aus seinem Rucksack, bevor er ihn dem Jungen überließ.

Ilai führte sie zu einem großen Raum, der die ganze Breite des Hauses einnahm. Eine riesige, rechteckige *Masi*-Matte hing an der rückwärtigen Wand. Den Boden bedeckten schöne Pandanusmatten. In der Mitte des Raums stand eine *Tanoa* aus dunkelbraunem Holz. Ilai forderte sie auf, Platz zu nehmen. Horseman zwang sich in einen Schneidersitz und hoffte, die *sevusevu*-Zeremonie würde nicht zu lange dauern.

Durch eine Tür in der gegenüberliegenden Wand trat Ratu Osea ein, lächelte, nahm auf der anderen Seite der *Tanoa* Platz und klatschte einmal in die Hände.

»Geehrte Gäste, willkommen in unserem bescheidenen Dorf ...« Ein paar Minuten fuhr er mit seiner traditionellen Willkommensrede fort, bei der die Armut und Bedeutungslosigkeit des Dorfs und seiner Bewohner und die Erhabenheit und Großzügigkeit der Polizisten betont wurden.

Dann stellte Horseman die Einkilotüte *Yaqona* vor die Schale aus Holz und bedankte sich leise für die Einladung.

»Bitte nehmen Sie unser bescheidenes Geschenk an, das unsere Dankbarkeit für Ihre Einladung ausdrücken soll. Es tut uns wirklich leid, dass wir uns Ihnen in Zeiten der Trauer aufdrängen.«

Ilai, der sich auf den Boden gehockt hatte, nahm die Tüte *Yaqona* und stellte sie neben den Häuptling. »Ratu Osea nimmt Ihr großzügiges Geschenk mit bescheidenem Dank an und gewährt Ihnen und Ihren Mitarbeitern während der Dauer Ihrer Arbeit hier den Status von Einheimischen.«

Erneut erging sich Horseman in Entschuldigungen und Dankesbezeugungen.

Danach klatschte Ratu Osea dreimal in die Hände. Der Junge erschien, schüttete *Yaqona*-Pulver und Wasser in die *tanoa* und rührte das Ganze eine Weile um. Dann servierte er dem Chief auf Knien *Yaqona* in einer Kokosnussschale. Der Häuptling leerte sie, worauf die anderen dreimal in die Hände klatschten. »*Maca*, leer«, sagten sie. Daraufhin bediente der Junge Ilai und die Gäste, die zum Dank noch einmal in die Hände klatschten. Nach zwei weiteren Runden signalisierte der Chief dem Jungen, dass er fertig war, worauf der sich auf Knien entfernte.

Der Häuptling stand auf. »Unsere Mittel sind äußerst begrenzt, aber schauen wir mal, was wir Ihnen zum Mittagessen anbieten können.« Ilai öffnete die hintere Tür, und sie gingen in einen weiteren großen Raum, in dem rechts ein Esstisch mit Stühlen und links eine bequeme Sitzgruppe standen. Der Esstisch war mit einer blauen Decke und einer Terrakottaschale mit Wachsblumen geschmückt. Gedeckt war für vier Personen.

Eine Frau trug lächelnd zwei große Platten herein und stellte sie auf den Tisch. Sie hatte das gleiche eckige Gesicht und die gleiche markante Nase wie der Chief.

»Meine Tochter Ana«, sagte der Häuptling mit einem Anflug von Stolz.

»Bitte setzen Sie sich, und langen Sie zu«, forderte Adi Ana sie auf. »Diesmal ohne große Zeremonien, Officers!« Vernahm Horseman hier leise Ironie?

Als alle Platz genommen hatten, sprach der Chief ein kurzes Gebet und reichte dann die Platten mit Hühnchen, Taro und Salat herum. Nachdem sie ein paar Minuten mit großem Appetit gegessen hatten, sagte Ratu Osea: »Ich nehme an, Sie haben die Vorbereitungen auf unsere Zeremonie am nächsten Sonntag bemerkt, Officers.«

»*Io*, Ratu«, nickte Horseman. »Ich kann Ihre Entscheidung nachvollziehen. Dürfte ich fragen, wann Viliames Beerdigung nun stattfinden soll?«

»Am Freitag. Superintendent Navala hat mir zugesichert, dass wir Vili morgen nach Hause zurückbringen können.«

Horseman verneigte sich leicht. »Der Mord an ihm hat bedauerlicherweise große Auswirkungen, Ratu.«

»*Io*, er dämpft auch die Aufregung, die hier normalerweise vor großen Festen herrscht. Aber alle erholen sich langsam von ihrem Schock, und unter Ilais geschickter Führung können wir uns auf sie verlassen.«

Ilai nickte gewichtig. »Es ist alles unter Kontrolle, Ratu.«

Der Chief fuhr fort: »In Krisenzeiten sind Routineaufgaben immer sehr hilfreich. Ich glaube, diese Zeremonie wird unseren Kummer lindern und nicht vergrößern.« Er blickte zu Horseman. »Darf ich fragen, was Sie jetzt vorhaben, Inspector?«

»Meine Ermittler suchen nach der Mordwaffe. Sergeant Singh und ich befragen weitere Personen, die Vili nahestanden.«

»Nach was für einer Mordwaffe suchen Sie denn?«, erkundigte sich der Häuptling.

Als Horseman so direkt gefragt wurde, riet ihm sein Instinkt, eher ausweichend zu antworten, und er entschied sich, diesem Instinkt zu folgen.

»Wir wissen nur, dass Vili durch einen Schlag mit einem schweren Gegenstand aus Holz getötet wurde. Aber ich fürchte, die Fragen nach dem Wer und dem Warum liegen noch ziemlich im Dunkeln.«

Der Häuptling und der Dorfvorsteher sahen ihn ernst an. Ihre Mienen verrieten nicht das Geringste.

»Ich würde gerne erfahren, was Sie dazu denken«, sagte Horseman und blickte sie abwechselnd an.

»Wir haben uns schon den Kopf zerbrochen, Inspector«, antwortete der Häuptling ruhig. »Ich persönlich kann mir nur vorstellen, dass er Streit hatte, wahrscheinlich mit einem anderen jungen Mann, ein Streit, der in der Hitze des Gefechts eskalierte und in Gewalt mündete. Wahrscheinlich war Vilis Tod gar nicht beabsichtigt und deshalb auch kein Mord.« Er blickte zu Ilai.

Ilai zog zustimmend die Augenbrauen in die Höhe. »Beten wir, dass es so war.«

Adi Ana trat ein, räumte den Tisch ab und kehrte rasch mit einem Teetablett zurück. Sie deckte die Tassen, Untertassen und Teller auf, goss Tee ein, stellte eine Platte mit angeschnittenem Kuchen vor ihren Vater und verschwand mit einem fröhlichen: »Bedienen Sie sich!«

Ratu Osea lächelte nachsichtig. »*Io*, bitte nehmen Sie von Mere Toras Bananenkuchen. Anas Benehmen ist ziemlich zwanglos, aber der Kuchen ist ausgezeichnet.«

Das stimmte. Singh übernahm es, Milch und Zucker herumzureichen. Die angespannte Atmosphäre lockerte sich ein wenig.

Nach nur einem Stück Kuchen warf Horseman einen Blick zu Singh, die demonstrativ auf ihre Uhr schaute und sich vom Tisch erhob. »Wenn Sie mich entschuldigen wollen, meine Herren, ich muss los: Ich habe einen Termin. Vielen Dank für das wundervolle Essen.«

Auch Horseman stand auf. »*Vinaka* für Ihre Gastfreundschaft, Ratu Osea. Jetzt fühle ich mich in Ihrem Dorf nicht mehr wie ein Eindringling.«

Der Chief nickte wohlwollend. »Für die Dauer Ihres Aufenthalts betrachten wir Sie als Einwohner von Tanoa, Inspector. Es ist uns eine Ehre, der Polizei zu helfen. Das versteht sich von selbst. Möge Gott Ihre Ermittlungen segnen.«

18

Als sie den Hauptweg durchs Dorf gingen, drang rhythmisches Trommeln von der *Rara* zu ihnen.

Horseman lächelte. »Hört sich an, als würden die *meke*-Tänze geprobt. Vilis Bruder wird wahrscheinlich dort sein, also gehe ich mal hin.«

»Ich kann nicht zugucken, sonst komme ich zu spät zu meinem Zweiuhrtermin mit Mere Tora. Vergleichen wir später unsere Notizen«, erwiderte Singh.

»Alles klar, Susie. Obwohl ich noch keine Notizen habe«, sagte Horseman lächelnd.

Als er sich der *Rara* näherte, ertönte zu den Trommeln wilder Männergesang. Durch eine Lücke zwischen den Häusern konnte Horseman sehen, was oben auf der Terrasse vor sich ging. Der Anblick erfreute ihn, obwohl er ihm nicht im Mindesten bei der Ermittlung half. Er eilte den Hügel hinauf.

Schuljungen in Uniform, ältere Jungen und junge Männer hatten in vier Reihen Aufstellung genommen und sangen tanzend eine lebhafte *meke*-Begrüßung. Tomasi gab mit seiner Trillerpfeife den Takt an, und der Lehrer Sasa machte die Bewegungen vor. Horseman sah von der Seite aus zu. Die Anforderungen der *meke*-Zeremonie würden die Verwirrung und Trauer der Jungen sicher mildern.

Während die erste Reihe sich nach vorn bewegte, stürzten fünf junge Männer vor und drohten Tomasi mit Stöcken. Sevu war einer von ihnen. Aber nein: Es waren keine Stöcke, sondern Keulen, die eine ähnliche Form hatten wie die Mordwaffe. Das war doch mal was, dachte er aufgeregt und wusste, dass er sich dennoch gedulden musste.

Als die Probe endete, ging er zu Sevu. »Das war aber ein sehr bedrohlich wirkender Angriff! Ihr habt eine gute Show hingelegt.«

»*Vinaka*, aber wir sind trotzdem nicht mit dem Herzen dabei.« Sevu senkte den Kopf.

»Es ist sehr tapfer von dir, einfach so weiterzumachen, Sevu. Ich wollte dich fragen, ob dir noch was zu Samstag eingefallen ist.«

»Nein, tut mir leid. Ich habe darüber nachgedacht, so wie Sie mich gebeten haben, aber an mehr kann ich mich einfach nicht erinnern.« Da die anderen gegangen waren, konnte man ihm die Trauer jetzt deutlich ansehen.

»Was ist mit dem Knall, den du in jener Nacht gehört hast?«

Bedauernd schüttelte Sevu den Kopf.

Horseman ließ nicht locker. »Oder hat sich irgendjemand seitdem komisch benommen? Wenn du etwas bemerkt hast, könnte uns das wirklich helfen.«

»Ich habe nur Mum und Dad bei den Kondolenzbesuchen beigestanden und Arbeit auf der Plantage nachgeholt. Alle waren wie immer sehr freundlich.« Sevu schien nicht besonders aufgeweckt, aber vielleicht war da auch gar nichts gewesen, was er hätte bemerken können.

»Eure Keulen wirken ziemlich echt, richtig beeindruckend«, bemerkte Horseman.

Sevus Miene hellte sich ein bisschen auf. »Ach, das sind doch nur ganz leichte Attrappen.«

»Trotzdem habt ihr mir Angst eingejagt. Wer kümmert sich um die?«

»Tomasi. Aber Sasa bewahrt sie in der Schule auf. Die Jungs würden sie liebend gerne mit nach Hause nehmen, aber er zählt sie, wenn sie aus dem Lagerraum genommen werden und auch wenn sie wieder zurückkommen. Da ist er sehr gründlich.«

»*Vinaka*, Sevu. Ich hab's ernst gemeint, als ich sagte, wir würden alles versuchen, um den Mörder deines Bruders zu finden. Alles.« Als Horseman dem Jungen die Hand bot, griff dieser fest zu. Dabei traten ihm Tränen in die Augen und rollten ihm über die Wangen, bis er sie mit dem Ärmel abwischte.

»Aber Sie können ihn nicht zurückbringen, Sir. Nicht mal Sie. Ich muss jetzt meinem Vater helfen. *Moce.*« Damit lief Sevu in Richtung seines Hauses davon.

* * *

Nachdem Tomasi mit den Schuljungen noch mal alle Schritte durchgegangen war, begab sich Horseman mit Sasa zur Schule. Er fragte sich, warum es Tomasi nie bis zum Corporal geschafft hatte: Der Expolizist schien eine Begabung für Drill zu haben. Horseman würde seine Dienstakte anfordern, sobald er wieder in Suva war.

Sasa trug eine Sporttasche mit den Requisiten: die Keulen und falsche Walzähne aus Balsaholz. Ein paar der Schuljungen transportierten die leichten Tanztrommeln in Beuteln aus alten Handtüchern. Die restlichen Kinder strömten zur Schule, wo sie sich lachend und schubsend um die Wasserhähne scharten. Dann gingen sie unaufgefordert in ihre Klassen zurück.

»Sehr disziplinierte Schüler«, bemerkte Horseman.

»*Io*, gute Kinder. Sie lieben solche Auftritte und üben eifrig. Ich wünschte, sie würden lesen und rechnen genauso toll finden wie singen und tanzen. Ach, und Rugby lieben sie auch!«

»Das versteht sich von selbst«, nickte Horseman.

»Ich persönlich komme aus Labasa, einer dicht bevölkerten Stadt mit vielen Schulen und Kindern, von denen die meisten indischstämmig sind. Dort ist der Wettbewerb heftig, die Eltern sind sehr ehrgeizig. Ich weiß, das ist manchmal nicht fair den Kindern gegenüber, aber mir hat das sehr genützt. Ich habe gesehen, wie vielen Kindern die Noten wichtig waren, also wurden sie mir auch wichtig. Aber diese Kinder hier, so isoliert und alle mehr oder weniger miteinander verwandt … Ich glaube, ein bisschen Wettbewerb könnte ihnen nicht schaden.«

»Wie lange sind Sie schon hier?«

»Seit drei Jahren. Weihnachten werde ich heiraten, und da meine Verlobte nicht besonders scharf darauf ist, hier zu leben, habe ich um eine Versetzung gebeten. Trotzdem: Sollte ich die kriegen, werde ich Tanoa doch vermissen. Das hier ist eine ganz andere Welt.«

»Kannten Sie Viliame?«

»Nicht besonders gut. Er war nur an den Wochenenden hier, und da besuche ich oft meine Verlobte in Suva. Wenn wir uns mal trafen, witzelten wir darüber, dass unsere Busse sich sonntags kreuzten. Er war ein großartiger Kerl. Einfach erstaunlich, wie er die Jugend hier dazu gebracht hat, den Hintern hochzukriegen und etwas Sinnvolles zu tun. Was für ein Verlust!« Sasa verstummte.

»Ist Ihnen als unbeteiligter Beobachter irgendein Widerstand gegen Vilis Pläne für das Dorf aufgefallen?«

»Nein, gar nichts. Ich habe nur gehört, dass sich die Ältesten mit seinem Antrag auf mehr Land sehr viel Zeit ließen. Ich schätze, damit wollten sie nur ein Zeichen setzen, weil er nicht bescheiden oder respektvoll genug war. Denn ich wüsste nicht, was man gegen mehr Ernteerträge haben sollte. Sie vielleicht?«

»Nein. Man sollte doch meinen, so was wäre im Interesse aller. Allerdings habe ich gehört, man würde darauf bauen, mit dem Verkauf von Mahagoni gutes Geld zu verdienen.«

»*Io*, aber in dieser Richtung ist noch nichts passiert. Jedenfalls habe ich von keinem Plan zum Fällen der Bäume gehört. Ich hoffe für Tanoa, das daraus noch was wird.«

»Waren Sie am letzten Samstagabend hier?«

»Nein, ich konnte schon am Freitagnachmittag nach Suva fahren. Und Sonntagnachmittag bin ich mit dem Bus zurück. Ich war fassungslos, als ich hörte, was passiert war. Hier passiert doch sonst nie was. Keinerlei Verbrechen, und schon gar nicht Mord!«

Die Jungen hatten die Trommelbeutel vor einer Tür an einem der Schulgebäude abgelegt. »Ist da der Lagerraum?«, fragte Horseman.

»*Io*, da drinnen liegen lauter Sachen, die ziemlich spannend für die Kinder sind, deshalb wird die Tür verschlossen«, erklärte Sasa und holte einen Schlüssel aus der Tasche seines *Sulu*.

Der Raum war schmal und hatte auf beiden Seiten ordentliche Regale und darunter Metallkisten. An der hinteren Wand hingen an stabilen Haken große Beutel und ein paar Matchsäcke der fidschianischen Armee. Auf ein paar Regalen lagen gefaltete Matten.

»Einiges davon hat nichts mit der Schule zu tun«, sagte Sasa und zeigte mit der Hand in die Richtung, »sondern gehört den Clans. Aber wieso nicht, hier ist genug Platz, um es sicher aufzubewahren. Es gibt gute *Masi*-Matten, Seilrollen, Bast, getrocknete Palm- und Grasfasern.« Wieder machte er eine Geste mit der Hand. »Aber ich gehe jetzt besser in meine Klasse.« Er hängte die Beutel mit den Trommeln auf, legte die Keulenattrappen und falschen Walzähne in eine der Kisten und schloss den Deckel.

»Hier gibt es viele Möglichkeiten, etwas zu verstecken, oder? Ich schicke mal die Spurensicherung her. Könnten Sie mir bitte den Schlüssel geben, Sasa?« Horseman streckte die Hand aus. Sasa wirkte überrascht, überließ ihm aber den Schlüssel.

»Wie viele Kopien gibt es davon?«

»Das weiß ich nicht genau, Sir. Wir drei Lehrer haben je eine, weil wir ihn nicht an einem Haken lassen wollen, wo die Schüler drankommen können. Ob noch jemand aus dem Dorf einen hat, weiß ich nicht.«

»Aber wenn jemand zum Beispiel eine *Masi*-Matte für einen besonderen Anlass haben will, dann bittet er einen der Lehrer, diesen Lagerraum aufzuschließen?«

»*Io*, normalerweise läuft das so. Aber wie gesagt, ich weiß nicht, ob sonst noch jemand einen Schlüssel hat und selbstständig rein kann. Wie auch?«

»Nein, woher auch, Sasa. Keine Angst, ich mache Sie nicht für den Inhalt des Lagerraums verantwortlich.«

Sasas besorgte Miene hellte sich auf. »Da bin ich aber erleichtert. Doch Sie haben recht, über die Sache mit dem Schlüssel habe ich noch nicht nachgedacht. Eigentlich brauchen wir ein besseres System.«

Horseman lächelte. »Könnten Sie bitte mal darüber nachdenken, ob Sie irgendjemanden hier haben reingehen sehen? Abgesehen von den Lehrern, meine ich. Hier ist meine Karte.«

»Glauben Sie, das ist wichtig, Sir?«

»Das können wir zu diesem Zeitpunkt noch nicht sagen. Am Ende werden wir den Mörder schnappen, aber je früher, desto besser.«

»*Dina.* Ich geb mein Bestes, Inspector Horseman.«

19

»*Bula*, Mrs Tora!«, rief Singh laut, als sie das Haus des Pastors neben der Kirche erreichte. Aber die Tür blieb geschlossen.

»Ah, Sergeant Singh, *Bula vinaka.*« Mere Tora kam, mit einem Wäschekorb auf der Hüfte, um das Haus herumgeeilt. »Verzeihung, ich habe Wäsche abgehängt, weil es nach Regen aussieht.« Sie gab ihr die Hand und lächelte verkrampft. »Kommen Sie doch herein und trinken eine Tasse Tee mit mir.«

Vielleicht brauchte Mrs Tora ein Teepäuschen mehr als sie selbst. »Das wäre nett, *vinaka.*«

Sie betraten das gemütliche Haus, das Singh wesentlich schöner fand als das nüchterne, streng wirkende des Chiefs.

»Sie sehen aus, als müssten Sie sich ein bisschen ausruhen, Mrs Tora. Soll ich den Kessel für Sie aufsetzen?«

Darauf kam sofort Leben in die Frau des Pastors. »Nein, nein, Sie meinen es gut, Sergeant, aber Sie sind mein Gast und wissen außerdem gar nicht, wo alles ist«, wehrte sie energisch ab. »Setzen Sie sich einfach dort an den Tisch, dann können wir uns unterhalten, während das Wasser heiß wird.«

Singh gehorchte. »Ich habe eben erst Ihren Bananenkuchen bei Ratu Osea genossen. Also brauche ich nichts zu essen.«

Mrs Tora strahlte sie an. »Ja, ich helfe Adi Ana gerne, wenn der Chief hier ist. Sie interessiert sich nicht so für die Pflichten im Haushalt. Aber um den Nachmittag durchzustehen, brauchen Sie ganz sicher noch etwas zur Stärkung.«

Also nippte Singh kurz darauf an ihrem kochend heißen Tee und nahm wider besseres Wissen eine kleine Kokosmakrone an.

»Mrs Tora, ich konnte bisher noch nicht allein mit Ihnen sprechen. Ich sehe, dass Sie eine gute Beobachterin sind, die ziemlich genau über die Vorgänge hier im Dorf Bescheid weiß. Könnten Sie mir etwas über letzten Samstagabend sagen? Fangen Sie einfach mit dem an, was Sie gemacht haben.«

»Ach, meine Liebe, der letzte Samstag scheint mir schon so weit weg, fast wie ein ganzes Leben! Dabei sind seitdem erst vier Tage vergangen«, erwiderte sie gequält.

»Vielleicht erzählen Sie mir einfach von Ihrem Tag.«

»Nun, samstags haben wir immer viel zu tun, weil wir alles für Sonntag vorbereiten, der für mich und unsere ganze Familie natürlich kein Ruhetag ist.« Sie nippte an ihrem Tee, bevor sie fortfuhr, und blickte dabei aus dem Fenster, als läge dort die Vergangenheit.

»Morgens hatte ich im Haushalt zu tun. Zum Mittagessen gab es Reste vom Vortag. Sie werden nicht verstehen können, wie sehr dieser Kerosinkühlschrank mein Leben verändert hat! Ich hasse es, Essen zu verschwenden, selbst wenn es an die Schweine verfüttert wird. Denn wieso sollten die Schweine es fressen, wenn es im Kühlschrank für Menschen aufbewahrt werden kann? Schweine fressen einfach alles – sie haben meine Kochkünste gar nicht nötig! Aber ich gerate ins Schwafeln, meine Liebe.«

Singh beruhigte sie sofort: »Nicht doch. Ich verstehe Sie vollkommen. Auch ich bin ohne Kühlschrank aufgewachsen.«

»Nach dem Mittagessen habe ich mich wie üblich für die Chorprobe in der Kirche fertig gemacht.«

»Waren dort alle anwesend?«, fragte Singh.

»Kelera ist nicht hingegangen, weil Vili früh aus Suva kam, so gegen Mittag. Die beiden wollten sich im Gewürzgarten mit den anderen Mitarbeitern treffen. Es war auch unwichtig, weil Kelera alle Kirchenlieder kennt. Aber wenn ich jetzt so überlege, war Tomasi auch nicht bei der Chorprobe.«

Singh notierte sich alles, was Mrs Tora sagte. Obwohl sie ein gutes Gedächtnis hatte, nagte immer die Furcht an ihr, sie würde ein wichtiges Detail vergessen. Sie wünschte, sie wäre wie Horseman, der sich kaum Notizen machte und trotzdem oder gerade deshalb ziemlich entspannt wirkte.

»Und nach der Chorprobe?«, fragte Singh.

»Da haben ein paar andere Frauen und ich die Kirche geputzt und die Vasen mit frischen Blumen gefüllt. Ich habe das Altartuch gegen ein neues ausgewechselt, das gestärkt und gebügelt war. Dann habe ich einige Zeit mit Vorbereitungen für das Sonntags-*lovo* zugebracht. Die Männer bilden sich gerne ein, sie würden bei einem *Lovo* die ganze Arbeit leisten, aber Tatsache ist, dass die Frauen sämtliches Gemüse aufwendig putzen und klein schnippeln. Manchmal wollen die Männer auch, dass wir die Hühner, die sie schlachten, rupfen und ausnehmen. Und verglichen damit braucht es wohl deutlich weniger Zeit, einem Huhn den Hals umzudrehen, nicht wahr?«

Singh lächelte mitfühlend.

Mrs Tora fuhr fort: »Ich frage mich jeden Tag, wo nur die Zeit bleibt, die Gott uns geschenkt hat. Aber dann fällt mir wieder ein, dass er dem Tag genau so viele Stunden gegeben hat, dass wir nicht von der Arbeit erdrückt werden und ihn dabei vergessen. Wie auch immer, als ich nach Hause kam, dämmerte es bereits. Kelera briet schon Fisch, daher konnten wir früh essen. Ich habe für Sonntag Sodabrot gebacken. Danach sind mein Mann und Kelera noch einmal weggegangen.«

»Warum?«

»Kelera wollte noch mal in den Klassenraum, um dort die Stunde in der Sonntagsschule vorzubereiten. Sie meint, hier im Haus könne sie sich nicht konzentrieren, und da hat sie recht. Mein Mann findet das auch: Wenn er lesen oder seine Predigt schreiben will, zieht er sich immer ins Büro in der Kirche zurück. So auch am Samstag.«

»Wann war Kelera wieder zu Hause?«

»Den genauen Zeitpunkt weiß ich nicht mehr. Als Joni zurückkam, haben wir mit der Bibelstunde angefangen. Und als wir zu Bett gingen, war Kelera noch nicht wieder da. Da werden Sie *sie* fragen müssen. Wieso?«

»Vilis Mörder hat die Leiche irgendwann in der Nacht in die Kirche gelegt, Mrs Tora. Deshalb muss die Polizei mit allen sprechen, die noch spät auf waren. Irgendjemand muss doch den Mörder gesehen haben.«

Mrs Tora erschauerte. »Es kann hier sehr dunkel sein, Sergeant. Ich war im Haus. Joni achtet immer auf den Himmel – wann der Mond aufgeht und so weiter. Sie könnten ihn fragen.«

»Mrs Tora – Mere: Haben Sie irgendeinen Verdacht, wer Vili umgebracht haben könnte?«

Die Frau des Pastors schüttelte, gutwillig wie sie war, den Kopf. »Leider nein.«

»Hier scheinen alle von dem Konflikt zwischen Vili und dem Ältestenrat zu wissen. Wegen seines Plans für weitere Plantagen.«

»Ach ja, da hat er sie ein bisschen gegen sich aufgebracht, aber Mord? Niemals!«, wehrte Mere mit einem Anflug von Trotz ab.

»Worum ist es denn Ihrer Meinung nach bei dem Mord an Vili gegangen, Mrs Tora?«

»Worum es immer bei Verbrechen geht, meine Liebe. Um Gut und Böse. Darüber sollte die Polizei mal nachdenken. Es geht um Gut und Böse. Und in diesem Fall hat das Böse das Gute getötet. Vili war gut. Das Böse hat von jemand aus dem Dorf Besitz ergriffen. Der Teufel hat ihn dazu gebracht, das Gute zu töten.« Ihr brach die Stimme, und sie fing an zu weinen.

Singh war betroffen, mit welcher Inbrunst Mrs Tora sprach. Sie hatte sich schon gefragt, ob sie ihr von ihrer Tochter und Vili erzählen sollte. Aber als sie jetzt vor der leise weinenden Frau saß, brachte sie es einfach nicht über sich. Möglicherweise hatte Mrs Tora recht mit dem, was sie über den Teufel gesagt hatte. Aber als Polizistin musste sie den Menschen finden, der das Böse vollbracht hatte. Und dazu brauchte sie stichhaltige Beweise.

20

Horseman konnte Ash nicht über Funk erreichen. Vielleicht war das Team von der Spurensicherung in der Gewürzplantage hinter dem Berggrat und damit außer Reichweite. Lächerlich! Sie brauchten wirklich dringend neue, stärkere Funkgeräte. Jetzt konnte er entweder zurück zum Parkplatz gehen, um es mit dem stärkeren Funkgerät im Wagen zu versuchen, oder auf die andere Seite des Bergs laufen. Er entschied sich für Letzteres.

»Ich komme nach, Sir«, sagte Singh, als er sie über Funk informierte. »Ich habe gerade Mere Tora verlassen. Wir sprechen uns gleich.«

Während er den unteren Weg zu den Plantagen nahm, spürte Horseman, dass das Gespräch mit Sasa ihn aufgeheitert hatte. Sasa war ein intelligenter, entgegenkommender junger Mann. Es bestand durchaus die Chance, dass er sich an einen Zwischenfall erinnerte, der mit dem Lagerraum zu tun hatte. Wenn es denn einen Zwischenfall gegeben hatte.

Erneut versuchte er über Funk die Spurensicherung zu erreichen. Diesmal meldete sich Ash. »Hier Ash, Sir. Ich wollte Sie gerade kontaktieren. Wir haben was gefunden. Im Dickicht zwischen dem oberen und dem unteren Weg. Over.«

»Alles klar. Ich bin gerade auf dem unteren Weg und warte, dass Sergeant Singh zu mir aufschließt. Melden Sie sich, wenn Sie uns sehen.« Er drehte sich um und blickte zum Dorf. Aus der Distanz wirkte es sehr malerisch: die spitzen Reetdächer, die zum Teil mit Bougainvillea und Goldtrompete überwuchert waren, die nach Hause laufenden Schulkinder in ihren blau-weißen Schuluniformen, das sattgrüne Gras. Dahinter ragte der dunkle Bergfried der alten Festung in die Höhe. Eines Tages, wenn er genug Zeit hatte, wollte er gerne mal die ganze Umgebung durchstreifen.

Als Singh ihn erreichte, zogen sich dunkle Wolken drohend zusammen.

Sie verließen den Pfad und schlugen sich quer durch Farn, Lantana und Gras den Hang hinauf. Dann blieb Horseman stehen, pfiff durchdringend und winkte. Seine Kollegen riefen laut zurück. Sie waren weiter oben auf der rechten Seite. Horseman entdeckte das Dunkelrot von Musudrokas Tribal-Surfer-T-Shirt, dann tauchten nach und nach die anderen auf.

»Was haben Sie gefunden?«, fragte Horseman. »Die Waffe?«

»Nein, aber was Wichtiges, glauben wir. Was halten Sie davon?«

Die Mitarbeiter der Spurensicherung traten beiseite und wiesen auf einen platt getrampelten Bereich von etwa zwei Metern Durchmesser, der durch Lantana vor neugierigen Blicken abgeschirmt war. Jemand hatte das trockene Unterholz von der Stelle entfernt und sie mit Farnkraut gepolstert. Wer auch immer dieses Versteck gebaut hatte, wollte es dort für längere und wiederholte Aufenthalte bequem haben.

Singh ging in die Hocke und drehte sich nach allen Seiten um. »Sehen Sie? Er hat für Gucklöcher gesorgt. Schauen wir mal, was er ausspioniert hat. Ash, können Sie mich sehen, wenn ich hier durchgucke?« Sie näherte ihr Gesicht einer der Lücken im Dickicht.

Ash prüfte das aus verschiedenen Blickwinkeln. »Nein, wenn ich nicht wüsste, dass Sie hier sind, würde ich nichts bemerken. Das ist ein ziemlich guter Ort zum Spähen, nicht wahr?«

Aufgeregt meldete sich Musudroka zu Wort. »Sehen Sie, was wir hier haben?« Er wedelte mit einem Beutel für Beweismittel vor Horsemans Nase.

»Ah ja, da hat jemand geraucht. Die sehen aus wie Selbstgedrehte.« Er öffnete den Beutel und schnupperte. »Importierter Tabak, kein einheimischer. Aber das soll die Forensik näher bestimmen. Sonst noch was?«

Stolz reichte Musudroka ihm weitere Beutel. Darin befanden sich Stofffasern, ein Knopf und ein schwarzer Plastikdeckel.

Horseman sagte: »Sieht aus wie die Abdeckung von einem Fernglas. Das hier ist nur ein ganz normaler Ausguck von einem Vogelkundler.« Er lächelte, als Musudroka ihn entgeistert anstarrte. »War nur ein Witz, Tani. Aber was genau hat der Mann beobachtet?« Er wandte sich zu Singh. »Denn ich glaube doch, es war ein Mann, oder nicht?«

»Glaube ich auch, Sir«, nickte Singh. »Die Frauen im Dorf haben gar nicht die Zeit, hier stundenlang auf der Lauer zu liegen. Von hier aus hat man Sicht auf den unteren und den oberen Pfad. Aber dazu müsste man aufstehen, was natürlich den Zweck verfehlt. Allerdings kann man jeden Erwachsenen sehen, der hier vorbeiläuft, zumindest von der Taille aufwärts.«

Horseman ging neben Singh in die Hocke und überprüfte das. Er zuckte nicht automatisch zusammen, denn sein Knie hatte ihn den ganzen Tag nicht ein einziges Mal gepiesackt. Vielleicht würde es endlich doch heilen. »Sie haben nichts übersehen?« Nur zur Sicherheit überprüfte er die Decke aus Farn und den Schutzwall aus Lantana. Dann drückte er sich mit den Händen wieder hoch, um das Bein aus Übermut nicht unnötig zu belasten.

»Und hier der Hauptgewinn: ein Buschmesser.« Grinsend präsentierte Ash ihm eine große, braune Papiertüte. Horseman und Singh warfen einen Blick hinein. Da fielen die ersten Regentropfen, mahnenden Vorboten gleich.

»Das hat er bestimmt gebraucht, um hier hin und wieder das Dickicht zu lichten. Was meinen Sie: Wie lang gibt's dieses Versteck schon?«, fragte Horseman.

»Das kann ich wirklich nicht sagen, Sir.«

»Wann können wir erste Ergebnisse erwarten, Ash?«

»Ich geb mein Bestes, Sir.«

»*Vinaka*, Ash, das weiß ich doch.« Horseman lächelte. »Ich habe aber noch etwas, wo Sie eine gründliche Durchsuchung vornehmen müssen. Und das auch noch in einem Haus. Könnten Sie sich bitte den Lagerraum der Schule vornehmen? Den, wo die *meke*-Requisiten und verschiedene Utensilien aufbewahrt werden? Hier ist der Schlüssel. Mir ist aufgefallen, dass die Jungen heute Nachmittag mit Kriegskeulenattrappen geprobt haben. Die werden in einer Metallkiste unter einem der Regale aufbewahrt. Mir ist klar, die Chance ist gering, dass sich dort auch die Waffe für den Mord an Vili befindet, aber wir müssen das nachprüfen. Wer weiß, was Sie dort sonst noch entdecken. Schauen Sie sich auch mal im Büro und den Klassenräumen um. Die Lehrer sollen alle Schränke öffnen, die groß genug für eine Kriegskeule sind. Haben Sie sonst noch was gefunden?«

»Wir haben jede Menge Abfallbeutel, Sir. Die sind wahrscheinlich nutzlos, werden aber trotzdem im Labor untersucht. Wir könnten ewig weitersuchen, Sie wissen ja, wie das ist. Aber da wir sonst nichts Verwertbares gefunden haben, würde ich die Suche einstellen, Sir. Es sei denn, Sie möchten, dass wir alle Häuser im Dorf auf den Kopf stellen?«, fragte Ash mit hoffungsvoller Stimme.

»Ohne eindeutige Beweise kriegen wir dafür keinen Durchsuchungsbefehl. So leid es mir tut. Nehmen Sie sich die Schule vor, bis Sie meinen, Sie hätten alles gesehen. Und könnten Sie Ihren Lehrling Tanielo hier mit nach Suva zurücknehmen?« Musudroka wirkte erfreut. Ach, der Enthusiasmus der Jugend!

»Sergeant Singh und ich müssen noch ein paar Befragungen durchführen, dann brechen wir ebenfalls auf. Gut gemacht, meinen Dank an alle! *Moce mada.*«

Das Team der Spurensicherung eilte unter provisorischen Regenschirmen davon, nahm eine Abkürzung durch die nächste Bananenplantage und strebte Richtung Schule.

* * *

Als Horseman und Singh endlich den Land Cruiser erreichten, waren sie nass bis auf die Knochen.

»Ash und sein Team kommen besser voran als wir, Susie. Aus meinen letzten Befragungen hat sich rein gar nichts ergeben. Glauben Sie, die Jugendlichen hier haben wirklich gar keinen Verdacht?«

»Das weiß ich nicht. Wahrscheinlich wollen sie nichts sagen, was reine Spekulation sein könnte. Und das kann ich verstehen.«

»Ja, natürlich, da haben Sie recht.«

Horseman fuhr vom Parkplatz und bog auf die Schotterstraße mit den tiefen Spurrillen, die von Tanoa wegführte. »Ich bin froh, dass wir Suva dieses Mal noch bei Tageslicht erreichen. Es ist deprimierend, im Dunkeln aufzubrechen und wieder heimzufahren«, bemerkte er ohne besonderen Grund.

»Der Lunch mit dem Chief und seinem Dorfvorsteher hat uns außer Essen und *Yaqona* nichts gebracht. Ratu Osea ist zwar freundlich, gibt aber nicht das Geringste von sich preis, und auch Ilai ist ziemlich verschlossen, finden Sie nicht? Der schweigsamste Dorfvorsteher, der mir je begegnet ist. Dabei sollte er doch der Sprecher des Chiefs sein!«

Horseman gluckste, als er sich an die steife Unterhaltung erinnerte. »Ja, aber das ist noch kein Verbrechen. Allerdings schätze ich, einer von beiden steckt hinter Triple F, wenn nicht gar beide. Wir müssen wirklich alles daransetzen, um Beweise zu finden. Oder wir vertrauen auf das Glück.«

»Dann bin ich für Glück«, sagte Singh mit Nachdruck.

Horseman lächelte. »Vilis Bruder Sevu konnte mir auch nicht mehr sagen. Ich glaube, er wird Vilis Platz nicht einnehmen können. Aber er wird es versuchen, und wer weiß? Wenn ein Anführer ausfällt, taucht ein anderer auf, und zwar oft einer, dem man es vorher nicht zugetraut hätte. Wie sind Sie mit Mrs Tora vorangekommen?«

»Ihrer Ansicht nach hat das Böse das Gute ermordet. Ansonsten konnte sie nichts Hilfreiches beitragen. Ich hätte sie gern gefragt, ob sie über Kelera und Vili Bescheid wusste, konnte mich aber nicht dazu durchringen. Es wäre mir wie ein Vertrauensbruch gegenüber Kelera vorgekommen, obwohl ich ihr nicht versprochen habe, es geheim zu halten. Sie hat Vili bewundert, wie fast alle anderen offenbar auch.«

»Außer demjenigen, der ihn gehasst hat«, seufzte Horseman. »Ich wünschte wirklich, ich hätte Ratu Osea und Ilai härter angehen können. Aber das habe ich einfach nicht über mich gebracht, jedenfalls nicht im Haus des Häuptlings, während ich als Ehrengast das Mahl mit ihm teilte. Unser Respekt gegenüber Häuptlingen ist so tief in uns verwurzelt, dass wir ihn nicht mal außer Acht lassen können, wenn unsere Dienstpflicht verlangt, alle als gleich verdächtig zu betrachten. Tomasi zum Beispiel ist Polizist im Ruhestand, aber wenn er sich als der Mörder entpuppen würde, wäre ich weniger geschockt, als wenn Ratu Osea der Täter wäre. Verrückt, oder?«

Horseman merkte, dass er sich mehr und mehr auf Singhs logischen und praktischen Verstand verließ. Er vertraute ihr so sehr, dass er sie als Resonanzboden für seine Spekulationen benutzte. Er wusste nicht, wieso er ihr noch nicht mitgeteilt hatte, dass Melissa am Freitag nach Fidschi käme. Das sollte er eigentlich. Er musste es. Aber abgesehen vom Superintendent hatte er niemandem davon erzählt.

21

Melissa verabschiedete sich von ihren Kollegen und verließ das Krankenhaus. Sie musste lächeln, als sie daran dachte, wie sehr sich die anderen für sie freuten. Den folgenden Tag würde sie an Flughäfen und in der Luft verbringen und am frühen Freitagmorgen in Nadi landen, wobei sie dann fast einen Tag verloren hätte. Da sie wie immer vor einem Flug nervös war, beschloss sie, zur Beruhigung zu Fuß nach Hause zu gehen.

Aber das half ihr auch nicht recht. Ihre Hand zitterte, als sie den Schlüssel ins Schloss ihrer Wohnungstür steckte und auch noch, als sie sich Kamillentee einschenkte und die Tasse mit ins Schlafzimmer nahm. Nur der Anblick des offenen, vollständig gepackten Koffers beruhigte sie ein bisschen. Was jetzt noch getan werden musste, würde nicht mehr als fünf Minuten in Anspruch nehmen. Also streifte sie ihre Schuhe ab, tappte auf nackten Füßen ins Wohnzimmer und setzte sich aufs Sofa, um ihren Tee zu trinken und sich irgendwie zu entspannen.

Sie zog das Beistelltischchen näher zu sich, stellte die Tasse darauf ab, legte die Füße hoch, stopfte sich ein Kissen hinter den Kopf und schloss die Augen. Als das nichts brachte, nahm sie wider besseres Wissen ihre Brieftasche vom Tisch und prüfte den Inhalt: Pass, Visum für Fidschi, Impfausweis, Flugticket und Reiseinformationen (zweimal ausgedruckt), fünfhundert Dollar Bargeld für Notfälle und die kurze Informationsbroschüre der fidschianischen Botschaft. Alles da. Jetzt musste sie nur noch ein einziges Mal mit Joe reden.

Mit ihren beiden letzten Eiern machte sie sich ein Omelett,

das sie mit Salatresten aß. Hier in Oregon war es Dienstagabend zwanzig Uhr, also war es in Fidschi Mittwoch fünfzehn Uhr nachmittags. Viel zu früh!

Trotzdem schickte sie Joe eine SMS: »In zwei Stunden skypen?« Während sie wartete, versuchte sie sich mit einer gründlichen Reinigung ihres Kühlschranks abzulenken. Dann schaltete sie die Nachrichten ein, nahm aber keine der weltpolitischen Neuigkeiten wahr. Um elf gab ihr Handy ein Signal. Sie schnappte es sich. »Hast du jetzt Zeit?« Gut, Joe war früher nach Hause gekommen, denn von der Wache aus würde er niemals skypen. Sie tippte auf Videocall und versuchte eine entspannte Miene aufzusetzen.

»Hey, Joe, wie läuft's? Ich kann dich noch nicht sehen.«

»Warte, geht es jetzt?« Seine Stimme erfüllte sie mit Wärme. Dann tauchte sein Gesicht auf. Er wirkte wie immer müde, aber es war deutlich, dass er sich über ihren Anblick freute.

»Ich bin mit allem fertig, Schatz, habe alles auch tausendmal überprüft. Und jetzt kann ich es nicht mehr erwarten, bei dir zu sein!«

Er lächelte so breit, dass er Fältchen an den Augen bekam. »Geht mir genauso!«

»Wie läuft es mit deinem Fall, Joe?«

Er seufzte. »Heute hatten wir noch keinen Durchbruch, Melissa. Wir haben Verdächtige, aber keine Beweise. Also müssen wir auf die Ergebnisse der Forensik warten. Dieser Mörder ist vorausschauend und vorsichtig. Da es keine Kommunikationsverbindungen zum Dorf gibt, müssen wir ständig hin- und herfahren und verschwenden damit viel Zeit. Ansonsten ist es das Übliche: Alle geben sich zwar kooperativ, aber entweder wissen sie nichts oder behalten es für sich.«

»Also ist es doch wirklich nicht der rechte Zeitpunkt zu kommen, Joe. Ich kann immer noch umbuchen. Schließlich will ich dich auf gar keinen Fall stören.«

»Das weiß ich, Liebes. Du bist echt eine Heilige. Mein Job ist eben nicht vorhersehbar. Aber wir sind uns doch gestern einig geworden, dass es auch keine Garantie gibt, wenn du die Reise jetzt verschiebst. Und ich möchte, dass du kommst. Bitte.«

»Also gut, was immer du willst. Aber ich weiß, du kannst dein Team nicht im Stich lassen, Schatz.«

»Wir kriegen das schon irgendwie hin. Der Super unterstützt mich. Jetzt guck doch nicht so besorgt, Melissa.«

Sie wollte nicht darauf herumreiten. Das würde ihm nicht gefallen. Also bemühte sie sich um etwas mehr Zuversicht. »Okay, dann wagen wir's, Joe!«

Er wirkte erleichtert. »Das ist mein Mädchen!«, sagte er in einem vergeblichen Versuch, mit amerikanischem Akzent zu sprechen. Melissa lachte.

»Ich hol dich am Flughafen in Suva ab, versprochen. Der Super besteht darauf.«

»Alles klar. Ich melde mich, sobald ich in Nadi gelandet bin. Während ich auf den Flug nach Suva warte.«

»Kann's kaum erwarten, mein Engel. Guten Flug!«

»Wird es bestimmt. Ich liebe Flugzeuge«, schwindelte sie. »Und dich auch, Joe.«

»Ach, ich muss also mit Flugzeugen konkurrieren? Schlechte Karten für mich. *Moce mada*, Melissa.« Damit verschwand sein attraktives Gesicht.

Sie ging zu Bett, lag aber noch lange wach und machte sich Sorgen über ihre eigenen Konkurrenten, als da waren: sein Job, seine Familie und Arbeitskollegen und vermutlich vor allem ein cleverer Mörder.

DONNERSTAG

22

Es war neun Uhr morgens. Singh und Ash hatten bereits kurze Zusammenfassungen dessen gegeben, was man bis dato wusste. Horseman starrte auf das Whiteboard. Die Zeitachse wies betrüblich wenige Ereignisse auf, und die Verbindungen zwischen den Namen und den beigefügten Fotos waren ebenfalls spärlich. Dennoch fand er solche Fallbesprechungen wichtig. Persönliche Treffen waren weitaus produktiver als Emails und Telefonkonferenzen – und auch motivierender, ähnlich wie eine Halbzeitpause in einem Rugbyspiel.

»Sergeant Taleca, bitte berichten Sie, was Sie hier auf der Wache ermitteln konnten, während wir uns durch die Hügel geschlagen haben.«

Kelepi Taleca senkte den Kopf, um die Freude darüber zu verbergen, dass er mit *Sergeant* angesprochen wurde. »Boss! Wir waren richtig fleißig! Wir wissen immer noch nicht genau, welchen Verdacht Vili gegenüber dem NLTB gehegt hat. Aber da er ermordet wurde, hatten wir keinerlei Probleme, alle Akten und Computer zu beschlagnahmen, die wir für wichtig halten. Hier helfen uns die Gesetze der FICAC, also der fidschianischen Antikorruptionskommission.« Er holte ein Bündel Papiere hervor und wedelte damit. »Mit diesen Durchsuchungsbeschlüssen können wir heute direkt beim NLTB antreten. Sie gelten für Vilis Akten und alle Projekte, die im Verlauf des letzten Jahres von ihm bearbeitet wurden. Außerdem können wir alle Akten mitnehmen, die mit Tanoa und dem Distrikt des Dorfes zu tun haben.«

Mit dieser neuen Perspektive wurden Hälse gereckt und Rücken durchgedrückt.

»Ich habe mit dem Vorsitzenden des Provincial Council gesprochen, der uns Zugang zu allen von der Verwaltung registrierten Aktivitäten gewährt, die mit Tanoa zu tun haben. Wir können die Liste heute abholen.«

»Gut gemacht, Sergeant«, sagte Horseman und fing an zu klatschen, worauf die anderen einfielen.

Taleca stand auf und verneigte sich. »Da gibt es viel zu lesen, Boss. Wir haben Glück, dass sich zwei Mitarbeiter der Abteilung für Wirtschaftskriminalität rund um die Uhr damit beschäftigen werden. Außerdem noch mindestens ein Wirtschaftsprüfer der FICAC. Sie werden schon was finden.«

»Noch besser«, nickte Horseman.

Während Taleca weitersprach, erschien plötzlich der Superintendent im Türrahmen. Sofort sprangen alle auf.

»Superintendent Navala, bitte übernehmen Sie«, sagte Horseman. Jeder hier im Raum wollte unbedingt erfahren, was ihr Vorgesetzter bei Triple F erreicht hatte.

Navala wies die Mannschaft an, wieder Platz zu nehmen. »Im Gegensatz zu DS Taleca war ich bei meiner Mission leider weniger erfolgreich.« Enttäuscht ließen einige die Schultern sacken; nur Singh bewahrte Haltung.

»Ich habe mich mit dem Deputy Commissioner getroffen und war überzeugt, er würde uns die Akten der Abteilung zum Schutz nationaler Kulturgüter überlassen, wenn ich ihm unseren Fall und meine Überzeugung dargelegt hätte, dass die beiden Fälle zusammenhängen. Zu meiner Enttäuschung verweigert er uns aber den Zugang. Trotzdem werde ich nicht aufgeben. Ich bin sicher, dass wir ein Recht auf diese Informationen haben. Läge die Sache andersherum, würde ich bei miteinander verbundenen Fällen ganz gewiss Einsicht in unsere Akten gewähren. So sieht es aus!«

»Was können wir tun, Sir?«, erkundigte sich Singh.

»Ich werde nicht lockerlassen, Sergeant, und mich deswegen heute Abend mit dem Commissioner treffen. Sollte das nichts bringen, wird es schwierig. Kennt einer von Ihnen vielleicht den Polizeipräsidenten?«

»Ich nicht, Sir. Aber meine Frau kennt vielleicht seine Frau. Könnte das helfen?« Taleca wirkte, als wäre es ihm ernst damit.

Alle lachten, sogar der Super lächelte. »Ganz bestimmt. Bitte bitten Sie Mrs Taleca für mich um diesen Gefallen, Sergeant.«

»Okay, Leute, die Aufgaben für heute und morgen«, sagte Horseman und rieb sich die Hände.

Der Super unterbrach ihn. »Verzeihung, aber ich glaube, Sie haben noch etwas anzukündigen, Detective Inspector. Jetzt wäre wohl der beste Zeitpunkt.«

Horseman schaute sich um und sah in lauter neugierige Gesichter. Eigentlich hatte er dem Team eine E-Mail schicken wollen. Ein feiges Manöver, vor allem, da die meisten den ganzen Tag nicht auf der Wache sein und die Nachricht somit auch nicht erhalten würden. Der Super hatte recht, es war Zeit, Farbe zu bekennen.

»*Vinaka*, dass Sie mich daran erinnern, Sir. Am Freitag bekomme ich Besuch aus den USA.« Konnte er wirklich verschweigen, dass es sich um seine Freundin handelte? Nein. »Melissas Urlaub hier ist schon seit Monaten geplant, und Superintendent Navala hat mir für die Zeit frei gegeben. Wie Sie jedoch alle wissen, sind Kapitalverbrechen, so selten sie hier in Fidschi auch vorkommen, nicht vorauszusehen. Daher bekomme ich jetzt natürlich keinen Urlaub.«

Damit hatte er ihre volle Aufmerksamkeit. »Unser Super hat mich angewiesen, morgen einen Tag frei zu nehmen. Daher kann ich nicht an Viliames Beerdigung in Tanoa teilnehmen. Sergeant Singh wird mit Musudroka hinfahren und diskret weitere Befragungen durchführen.

Heute werden Sergeant Singh und Sergeant Taleca die Akten vom NLTB abholen. Sobald sie hier sind, werden wir sie unter der Aufsicht von Fachleuten sichten. Nur DS Singh bleibt beim

NLTB, um noch einmal Vilis Kollegen zu befragen. Mit welcher Unterstützung können wir rechnen, Keli?«

»Uns wurde ein Kollege von der Wirtschaftskriminalität und ein IT-Experte zugesichert, dazu zwei Streifenpolizisten, die die Akten holen, transportieren und bewachen, Boss. Meinen Sie, das reicht?«

»Ja, gute Arbeit, Keli. Hoffen wir, die Durchsuchung kommt für den NLTB überraschend.«

Die Anspannung im Raum war fühlbar. Jeder hier war voller Vorfreude auf die Razzia: viel Action, wenig Risiko.

* * *

Als der Super ihn gezwungen hatte, dem Team von Melissas Besuch zu erzählen, hatte Horseman der Realitätsschock getroffen. Obwohl sein Vorgesetzter ihn unterstützte, konnte in diesem Fall Etliches passieren, was sein pünktliches Eintreffen am Flughafen gefährdete. Er hatte sich gegen die Tatsache gesperrt, dass er Hilfe und Unterstützung brauchte. Also gab es nur einen, den er anrufen konnte. Und seine Mutter musste es ja doch irgendwann erfahren.

Außerdem hielt sie sich gerade bei seiner älteren Schwester Julia in Lautoka auf. Und Lautoka war mit dem Wagen nur eine halbe Stunde von Fidschis Hauptflughafen in Nadi entfernt, also in idealer Position, um für ihn einzuspringen.

Er versuchte seine Schwester anzurufen. Ohne Erfolg. Die Kinder waren in der Schule, also unternahmen seine Mutter und seine Schwester vielleicht etwas. Er rief seine Mutter auf dem Handy an, das er ihr geschenkt hatte. Anfangs hatte Mrs Sala Horseman dieses Geschenk, so begehrenswert es auch für den Rest der Welt war, nicht genutzt. Das konnte er ihr nicht verdenken, schließlich besuchte sie oft Verwandte an Orten, wo es ohnehin keinerlei Handysignal gab. Außerdem hatte sie jahrelang als mobile Krankenschwester in den Dörfern auf dem Land gearbeitet, die vom Telefonnetz abgeschnitten waren. Sie war es gewohnt, nicht von

Telekommunikation abhängig zu sein. Dennoch erwärmte sie sich langsam für ihr Handy und nutzte mittlerweile sogar die SMS-Funktion.

Aber dieses Mal meldete sich seine Mutter nicht. Also hinterließ Horseman eine Voicemail und eine SMS. Er war überzeugt, dass sie noch vor Ende des Tages darauf reagieren würde.

23

Samu kam zu spät. Singh saß an einem Tisch in der Mitte des Sunshine Food Court, trank ihren Chai-Tee und wartete. Von ihrem Platz aus hatte sie gute Sicht auf die Carnarvon und die Loftus Street.

Als ihr Chef seinen Urlaub angekündigt hatte, war sie ziemlich verblüfft gewesen. Und ein bisschen belustigt. Denn Navala hatte ihn eindeutig gezwungen, es seinem Team zu erzählen. Sie respektierte Horsemans Bedürfnis nach Privatsphäre, aber: eine amerikanische Freundin?!

Da ließ sich Samu schwer auf den Stuhl ihr gegenüber sinken. Offenbar war er durch die Tür vom Bürogebäude im hinteren Teil gekommen.

»*Bula*, Sergeant Singh. Tut mir leid, dass ich zu spät bin«, schnaufte er.

»Schon gut, Samu. Möchten Sie vielleicht etwas Kaltes zu trinken?«

»Ja, eine Cola, bitte. Aber ich habe nicht viel Zeit. Ich muss noch meinen Bus erwischen. Um vier Uhr habe ich meinen FIT-Kurs, den darf ich nicht verpassen. Dafür darf ich früher Feierabend machen, aber viel Zeit bleibt jetzt nicht.«

»Ich hole die Cola, und Sie sammeln sich ein bisschen«, sagte Singh hastig.

Als sie mit dem eiskalten Getränk zurückkam, drückte Samu die Flasche an sein Gesicht und rollte sie hin und her. Dann schraubte er die Kappe ab und trank einen großen Schluck.

»*Vinaka*, das habe ich jetzt gebraucht.«

»Gern geschehen, Samu.« Sie ließ ihm noch einen Moment. Er stand deutlich unter Stress.

»Die Durchsuchung beim NLTB ist eingeschlagen wie eine Bombe«, bemerkte er grimmig. »Das war ein Schock für uns alle. Keiner wusste, was los war.«

Innerlich jubelte Singh, blieb äußerlich aber ernst. Die Razzia war in der Tat sehr gut verlaufen. Allerdings war sie sich immer noch nicht sicher, ob Ratu Sirilo im Angesicht des Durchsuchungsbefehls so ruhig geblieben war, weil er als Vorgesetzter in Krisenzeiten Contenance bewahren musste oder weil er vorgewarnt worden war.

»Und wie lief es danach im Büro? Konnten Sie sich wieder auf Ihre Arbeit konzentrieren?«, erkundigte sich Singh.

»Ja, irgendwie schon. Aber es fällt schwer. Die Akten, die jetzt weg sind – die Polizei hat sie ja kistenweise davongekarrt! Aber mit denen haben nur wenige Angestellte aktiv gearbeitet. Und zum Zentralserver haben wir immer noch Zugang. Also ist es wohl nur der Schock. Wieso haben Sie uns nicht einfach gesagt, dass Sie die Akten brauchen? Ich bin sicher, Ratu Sirilo hätte Ihnen alles gegeben, was Sie verlangt hätten.«

Singh hatte weder die Zeit noch die Befugnis, Samu über die laufenden Ermittlungen bei der Polizei aufzuklären. »Ja, es war schon ein grober Schlag, Samu. Doch wenn wir Kriminelle vorwarnen, dass wir eine Durchsuchung durchführen, hätten sie jede Chance, genau die Beweise verschwinden zu lassen, die wir brauchen. Das werden Sie wohl verstehen. Finden Sie nicht auch, dass die Gerechtigkeit damit gefährdet wäre?«

»Ja, bei Kriminellen stimmt das. Aber wir sind der NLTB!« Er trank seine Cola aus.

»Ihre Loyalität ehrt Sie, Samu.« Es war nicht nötig, ihn an die Angestellten oder Vorstandsvorsitzenden des NLTB zu erinnern, die in den letzten zehn Jahren wegen Betrugs oder Bestechung vor Gericht gestanden hatten. Da kaum einer von ihnen verurteilt worden war, betrachtete Samu sie wahrscheinlich als Opfer böswilliger Verleumdung.

»Der NLTB schützt das Land Fidschis«, beharrte Samu.

»Ja, und das ist eine sehr wichtige Aufgabe.« Es war auch nicht notwendig, ihn daran zu erinnern, dass das Board die indischen Pächter noch vor wenigen Jahren eben nicht beschützt hatte.

»Samu, als wir uns am Dienstag trafen, erinnerten Sie sich daran, dass Vili sich über irgendwas auf der Arbeit Sorgen gemacht hat. Ist Ihnen dazu noch etwas eingefallen?«

Samus Miene hellte sich auf. »Ich habe Ihren Vorschlag befolgt, und erstaunlicherweise habe ich mich nach und nach an mehr erinnert. Allerdings waren es nicht so viele Einzelheiten, wie ich hoffte.« Wieder zeigte er eine reuevolle, entschuldigende Miene. Singh wartete, bis er ausgeredet hatte, und unterdrückte ihren Drang, ihn an den Schultern zu packen und zu rütteln.

»Wahrscheinlich wird Ihnen das nicht reichen«, fuhr Samu fort, »aber ich weiß noch, dass ich eines Tages an seinem Schreibtisch gewartet hatte, als wir gemeinsam zur Fortbildung wollten. Und da sagte er so was wie: ›Wusstest du, dass Mahagonibäume sehr tief wurzeln?‹ Und dabei klang er besorgt. Da wir spät dran waren, habe ich nicht nachgefragt. Glauben Sie, das hat was mit dem Mord zu tun?«

»Das weiß ich noch nicht. Aber es ist ein Puzzlestück, und jedes kleine Teil hilft. Wir werden schon bald wissen, wer Vili umgebracht hat und warum. Können Sie mir sonst noch etwas sagen?«

»Ein anderes Mal saßen wir zusammen bei Hausaufgaben in der FIT-Kantine und teilten uns eine Cola. Vili wirkte, als wäre er ganz weit weg. Das kam in letzter Zeit häufig vor. Dann sagte er: ›Ich habe gerade den Namen meines Großvaters in einer Akte gesehen. Das war ein ziemlicher Schock.‹ Ich fragte ihn, was er denn herausgefunden hätte, aber da meinte er nur: ›Ich weiß noch nicht, ob es stimmt. Ich kann es einfach nicht glauben.‹ So was in der Art. Mehr wollte er nicht sagen. Deswegen haben wir uns wieder an die Hausaufgabe gemacht. Das war alles. Tut mir leid, dass ich nicht mehr beitragen kann.«

»Nein, was Sie mir erzählt haben, kann sich als sehr hilfreich erweisen, Samu. Es verrät mir ein bisschen darüber, was Vili in den letzten Monaten beschäftigt hat. *Vinaka vakalevu.*«

Samu wurde rot und senkte den Blick. »Aber jetzt muss ich los, Sergeant Singh. Verzeihen Sie.«

»Nein, ist schon gut, Samu. Ich danke Ihnen sehr. Und rufen Sie bitte an, wenn Ihnen noch etwas einfällt.«

»*Vinaka. Moce,* Sergeant.« Er warf sich seinen Rucksack über die Schulter und eilte so hastig davon, dass er einen Stuhl umwarf.

Die ersten Töne der Nationalhymne von Fidschi rissen Singh aus ihren Gedanken. Eilig griff sie nach ihrem Handy.

»Dürfte ich bitte mit Sergeant Singh sprechen?«, fragte eine leise, unsichere Stimme, aber Singh erkannte sie sofort.

»Sind Sie es, Kelera? Hier spricht Susie Singh. Wo sind Sie?«

»Ich rufe von der Polizeiwache in Kumi an, weil ich mit Ihnen reden wollte. Ich könnte morgen nach der Beerdigung nach Suva kommen. Die Schule wurde für den ganzen Tag abgesagt. Könnten wir uns dann treffen?«

»Möchten Sie mir nicht jetzt sagen, worum es geht? Wenn Sie es für wichtig halten, muss ich es so schnell wie möglich erfahren.«

»Natürlich, das verstehe ich, aber es geht nicht. Nicht jetzt.« Kelera flüsterte fast.

»Ich komme morgen selbst nach Tanoa, Kelera. DC Musudroka und ich werden als Repräsentanten der Polizei an Viliames Beerdigung teilnehmen. Also könnte ich entweder vor oder nach der Bestattung mit Ihnen reden. Oder vorher *und* nachher. Wäre das in Ordnung?«

»Das hoffe ich, aber sicher bin ich nicht. Warten wir ab, wie es morgen aussieht.« Jetzt flüsterte sie so leise, dass Singh sie kaum noch verstehen konnte. »Ich muss hier weg. Vielleicht komme ich trotzdem nach Suva. Für das ganze Wochenende.«

»Wir reden morgen darüber, Kelera. Ich verstehe, dass es jetzt schwierig für Sie ist. Also bis dann.«

»Bis dann«, wisperte Kelera.

Singh war beunruhigt. Es war verständlich, dass Kelera in der Polizeiwache, wo jeder mithören konnte, nichts verraten wollte. Aber Singh meinte, aus ihrer Stimme echte Angst herausgehört zu haben. Vor wem oder was fürchtete sich Kelera?

24

Konnte er das Training der Junior Shiners heute Nachmittag sausen lassen? Nein, er musste dabei sein. Es war wichtig, die beschlagnahmten Akten des NLTB unter Anleitung ihres Finanzsachverständigen zu sichten, doch wusste er, dass seine Kenntnisse in diesem Bereich bestenfalls durchschnittlich waren. Er konnte nicht mehr zu dieser Aufgabe beitragen als jeder andere gewissenhafte Beamte. Außerdem musste er zugeben, dass er abgelenkt war, weil seine Gedanken ständig zu Melissas Ankunft wanderten. Es gelang ihm, zwei weitere Mitarbeiter der Abteilung Wirtschaftskriminalität für den nächsten Tag anzufordern, die seinem Team helfen sollten. Mehr konnte er nicht tun.

Immerhin traf Horseman pünktlich am Albert Park ein und schaffte es sogar, unter dem Gejubel der bunt zusammengewürfelten Mannschaft der Shiners zur Tribüne zu joggen.

»Hey, Josefa Horseman. Sie sind gekommen!«

»Gucken Sie mal, Coach, gucken Sie! Ich habe trainiert, Coach!«

Im Gegensatz zu seinen Mannschaftskollegen hielt Tevita sich schweigend abseits. Im Januar, als Horseman aus den USA zurückkam, hatte Tevita seinen Helden bestürmt, das unerfahrene Team wieder ins Leben zu rufen, das im Jahr zuvor auseinandergebrochen war. Der Junge fühlte sich dafür verantwortlich, dass die Shiners erneut loslegten, und damit hatte er recht gehabt.

»Tevita, alles in Ordnung? Du wirst doch nicht krank, oder?«

Tevita strahlte, weil er von seinem Coach persönlich angesprochen wurde. »Nein, Joe. Ich bin zäh, das weißt du doch. Wo warst du, Joe? Ich hab dich die ganze Woche nicht in den Straßen von Suva gesehen.«

»Dir entgeht nicht viel, was, Tevita?« Jetzt wirkte der Junge noch erfreuter. »Du hast recht. Ich habe einen Fall im Hinterland und war oft vor Ort. Aber jetzt bin ich hier, um mit euch zu trainieren.«

Neuer Jubel brandete auf. Musudroka kam mit einem weiteren Freiwilligen von der Polizei und wirkte überrascht, dass Horseman schon da war. »Schön, dass Sie es schaffen konnten, Sir.«

»Alles klar, dann bringen wir diese Champions mal in Bewegung!«, rief Horseman. »DC Musudroka beginnt mit einem Lauf übers Feld. Wer kann ihn überholen?«

Musudroka schnappte sich einen Ball und lief los, erst langsam, dann immer schneller, wenn ein Junge ihm auf die Pelle rückte. Horseman markierte die Ziellinie mit den Sporttaschen. Musudroka legte einen Touch Down hin, sprang dann triumphierend auf und schwenkte die Arme. Die Jungs folgten seinem Beispiel und stellten sich vor, einen Versuch geschafft zu haben.

»Nicht unnötig verausgaben, Leute! Und jetzt, zwanzig Liegestütze! Lasst eure Schultermuskeln wachsen! Eins ...«

Nicht alle schafften die Übung – dafür waren sie einfach nicht trainiert genug –, aber sie gaben ihr Bestes. Genau das war es, was Horseman bei der Arbeit mit diesen Straßenkindern so lohnend und, ja, sogar berührend fand. Sie hatten ein schweres Leben, manche waren zu Hause rausgeworfen worden, manche wurden vernachlässigt oder sogar geschlagen. Fast alle kamen hin und wieder mit dem Gesetz in Konflikt. Doch wenn man ihnen zeigte, was Disziplin war, und sie in den magischen Zirkel eines Rugbyteams aufnahm, dann machten sie alles für einen, wirklich alles.

»Gut, Shiners. Jetzt bildet eure Passlinien, vier in einer Reihe. Zur Mittellinie und wieder zurück. Alle im selben Tempo, bleibt in einer Reihe!« Die beiden Freiwilligen liefen an der Seitenlinie entlang und brüllten Anweisungen. Langsam wurden die unregelmäßigen Linien immer gerader.

Da klingelte Horsemans Handy. »*Bula*, Josefa. Ich habe deine Nachrichten bekommen.«

Er freute sich, die tiefe, entschiedene Stimme seiner Mutter zu hören. »*Bula vinaka*, Mum. Wie geht es dir?«

»*Io*, gut wie immer. Aber wichtiger ist doch, wie es dir geht, Joe. Was ist los?«

»Mir geht es auch gut. Ich habe einen ziemlich schwierigen Fall im Hinterland. Und der Zeitpunkt ist ganz schlecht. Ich hoffe, du kannst mir helfen, Mum.«

»Das würde mich freuen, mein Sohn. Brauchst du wieder Informationen?«, fragte sie, und man hörte ihr ihren Eifer an. Sie war geradezu entzückt gewesen, als sie ihm bei seinem ersten Mordfall in einem Resort auf Paradise Island wichtige Details hatte besorgen können.

»Noch nicht.« Er holte tief Luft. »Morgen kommt jemand aus den Staaten am Flughafen von Nadi an. Eine Freundin von mir. Sie muss dort drei Stunden auf ihren Anschlussflug nach Suva warten. Hättest du wohl Zeit, sie zu treffen und dich ein bisschen um sie zu kümmern? Sie in den Flieger zu setzen und so?«

Da, er hatte es gesagt. Und er wusste, was jetzt kam.

»Aber natürlich, Joe. Nichts wäre mir lieber. Aber wieso sagst du mir das erst jetzt, mein Sohn? Mit ein paar Tagen Vorlauf hätte ich die Familie zu einem richtigen Willkommensfest zusammenrufen können, vielleicht sogar zu einem *Lovo* hier bei deiner Schwester. Sie hätte zumindest über Nacht bleiben können, und wir hätten mit ihr eine kleine Tour durch den Westen gemacht, bevor sie weiter nach Suva geflogen wäre.«

»Sir?«, fragte Musudroka. Alle Jungen waren zur Tribüne zurückgekehrt und starrten ihn erwartungsvoll an.

»Entschuldige mich kurz, Mum.«

Er brüllte den Jungen zu: »Noch zweimal rauf und runter,

Shiners. Es gibt nichts Wichtigeres als koordiniertes Passen. DC Musudroka wird aufs Tempo drücken, sobald das Passspiel präziser geworden ist. Und nun los!«

»Tut mir leid, wie du vielleicht gehört hast, bin ich beim Training.«

»*Io*, mein Sohn, ich bin stolz auf dich, dass du diesen Straßenkindern hilfst. Aber jetzt muss ich alles über deine Freundin erfahren. Als Erstes ihren Namen.«

»Sie heißt Melissa Martini und arbeitet als Physiotherapeutin im Rehazentrum der Klinik in Portland. Du weißt, die, wo ich am Knie operiert wurde.«

»Oh gut, eine Physiotherapeutin, also quasi eine Kollegin. Da haben wir viel Gesprächsstoff. Ich mag sie schon jetzt. Aber ich nehme an, wenn sie dich bis nach Fidschi verfolgt, ist sie nicht nur deine Physiotherapeutin, oder?«

»Ach, verfolgen? Jetzt übertreib mal nicht, Mum. Sie hat mich nicht verfolgt. Und *du* fragst dich, warum ich es dir nicht erzählt habe? Um diesem Verhör zu entgehen natürlich.«

»Verhör? Wer übertreibt denn jetzt? Egal, Joe. Ich bin sicher, Melissa Martini wird mir morgen alles verraten, was ich wissen will.«

»Sie ist bestimmt sehr müde. Also bedräng sie nicht, Mum.«

»Also wirklich, man muss mir wohl kaum sagen, wie ich mit Gästen umzugehen habe, oder? Keine Sorge, sie bekommt von mir die Vorzugsbehandlung.«

»Das weiß ich doch. *Vinaka vakalevu.* Nach dem Training simse ich dir die Flugnummern und Zeiten.«

»Mach dir keine Gedanken. Nadi ist doch nicht L.A. Wie du weißt, landen hier pro Woche nur drei Flieger aus den Staaten. Julias Freundin arbeitet am Flughafen. Die rufe ich heute Abend mal an. Dann kann Sie mir auch Bescheid sagen, falls der Flug sich verspätet.«

Gegen diese typisch fidschianische Art, sich um etwas zu kümmern, konnte er nichts einwenden.

»Trotzdem brauche ich ein Foto«, fuhr Mrs Horseman fort. »Ich will ein Schild mit ihrem Namen machen und hochhalten. Aber es wäre gut, wenn ich wüsste, wie sie aussieht. Julia hat einen Laptop, also könntest du ihr ein Foto von Melissa mailen. Du hast doch die E-Mail-Adresse deiner Schwester?«

»*Io*, das klingt, als hättest du in Sachen digitale Revolution große Fortschritte gemacht.«

Mrs Horseman schnaubte. »Digitale Revolution! Diese Computerleute plustern sich ziemlich auf! Sind doch nur Maschinen, oder? Und zwar ziemlich nützliche. Julia hat mir ein paar Tricks gezeigt.«

»Großartig! Sobald ich wieder im Büro bin, schicke ich dir das Foto, und dann sage ich Melissa Bescheid, dass du sie am Flughafen in Nadi abholst. Ich bin dir wirklich dankbar dafür, und Melissa wird es auch sein. Tut mir leid, dass ich es dir nicht früher gesagt habe.«

»Ach, das war ja zu erwarten. *Moce*, Joe.«

Horseman wandte seine Aufmerksamkeit wieder den Shiners und ihren Passspielübungen zu. Es war nicht zu leugnen, dass sie besser wurden.

Ermutigend brüllte er: »*Bula, Bula, Bula!* Genau so! Vor der Pause haben wir noch zehn Minuten Abwehrtraining. Wenn ihr euch weiter steigert, gibt es als Belohnung ein richtiges Übungsspiel mit sieben Spielern. Irgendwelche Einwände?«

Als alle jubelten, stellten die Trainer jeweils drei Spieler zum Abwehrtraining zusammen. Zum ersten Mal, seit er den Anruf wegen des Mordes in Tanoa bekommen hatte, verspürte er Zufriedenheit. *Er* half den Jungen? Das hoffte er zumindest, aber vor allem half er sich selbst, also konnte er sich seine Arbeit als Coach kaum als Verdienst anrechnen.

* * *

Als Horseman ins Büro zurückkehrte, schickte er seine Kollegen nach Hause.

»Schlaft ein bisschen und kommt morgen früh frisch und munter wieder zurück. Sergeant Singh und Tani brechen ganz früh nach Tanoa auf. Außerdem werden sich zwei besonders erfahrene DCs von der Abteilung Wirtschaftskriminalität zu uns gesellen. Das wird die Sache mit den Akten vom NLTB sicher beschleunigen. Ich mache noch ein bisschen hier weiter. Auf morgen früh in alter Frische.«

Als alle gegangen waren, richtete Horseman sich auf seinem Schreibtisch ein: links von ihm Akten, vor sich die Reste der Proviantpakete der Shiners, für die Dr. Pillai wie immer gesorgt hatte. Horseman lächelte, als er daran dachte, wie stolz die Jungen waren, zu einer Mannschaft mit eigenem Arzt zu gehören. Das Essen war einfach, aber gut. An diesem Abend bestand es aus Taro und Süßkartoffeln, ein paar kleinen Tomaten und Spargelbohnen. Eine Handvoll klein geschnittenes Hühnchenfleisch – für die Jungen etwas ganz Besonderes – vervollständigte die Mahlzeit.

Horseman ließ sich Zeit mit dem Essen und sichtete die Akten genau so, wie der Finanzsachverständige es ihnen gezeigt hatte. Aber er entdeckte nichts Ungewöhnliches. Vermutlich hatte der Fachmann die Akten, die am ehesten Unregelmäßigkeiten aufweisen würden, seinem eigenen Team zugewiesen. Trotzdem waren die Unterlagen ausgewählt worden, weil sie entweder mit Vili oder mit Tanoa und dem dazugehörigen Distrikt zu tun hatten. Deshalb mussten sie alle gründlich geprüft werden. Die Vorstellung, in diesen Akten einen Hinweis auf das Motiv für den Mord an Vili zu finden, ließ Horseman diese uninspirierte Routinearbeit durchstehen.

Er gönnte sich ein paar Minuten Pause, um sich einen Tee zu der Banane zu kochen, die Dr. Pillai jedem Proviantpaket beilegte. Dabei dachte er über Keleras Anruf bei Singh nach. Kelera hatte geflüstert und nervös, möglicherweise sogar ängstlich geklungen.

Kannte sie den Mörder, und hatte der Mörder den Verdacht, dass sie von ihm wusste? Das wäre eine Erklärung für ihre Angst.

Singh hingegen hatte gemeint, Kelera sei vielleicht einfach nur beunruhigt gewesen, weil man auf einer Polizeiwache zu wenig Privatsphäre hatte. Er hatte ihr zugestimmt, doch jetzt nagten Zweifel an ihm. Am liebsten wäre er noch an diesem Abend nach Tanoa gefahren, aber das wäre nicht nur dumm, es war vor allem auch zu spät. Singh hatte sich völlig korrekt verhalten. Er war froh, dass sie ihm von ihrem Eindruck erzählt hatte, Kelera hätte ängstlich geklungen, aber deswegen durfte er nicht überreagieren.

Er nahm sich mit einer Banane in der Hand und einem Becher Tee neben sich die nächste Akte vor, da erschien Superintendent Navala und begrüßte Horseman nickend mit einem müden Lächeln. »*Bula*, Joe. Noch bei der Arbeit?«

Horseman stand auf und zuckte die Achseln. »Da ich morgen nicht den ganzen Tag Zeit habe, dachte ich …«

»Joe, Sie haben morgen frei. Wir werden auch mal ohne Sie auskommen. Und wer weiß, vielleicht machen wir sogar Fortschritte.«

»*Io*, Sir.« Er lächelte. »Niemand ist unersetzlich, und schon gar nicht ich.«

»Ich komme gerade vom Commissioner. Er hat mir ein gutes Abendessen in seinem Büro spendiert. Von einem Constable an seinem Konferenztisch serviert. Ist mir noch nie passiert. Was möchten Sie zuerst hören? Die gute oder die schlechte Nachricht?«

»Die gute, bitte.«

»Wir bekommen endlich Zugang zu Chatterjees Akten.«

»Phantastisch, Sir! Da hatte ich schon fast die Hoffnung aufgeben.«

»Was lernen wir daraus, Joe? Niemals aufgeben. Ich war so wütend, dass ich damit bis ganz nach oben gegangen bin. Das hätte ich wahrscheinlich schon viel öfter tun sollen. Wäre meiner Karriere in puncto Erfolg sicher förderlich gewesen.«

»Aber es ist doch schon per Definition erfolgreich, Superintendent zu werden«, wandte Horseman verlegen ein.

»*Vinaka*, aber ich merke, dass ich erst jetzt, wo ich kurz vor der Pensionierung stehe und nichts mehr zu verlieren habe, mutig genug bin, für meine Überzeugungen einzutreten. Nicht gerade vorbildlich, wie?«

Horseman wusste nicht, wie er auf dieses Geständnis seines Vorgesetzten reagieren sollte.

»Ich bringe Sie in Verlegenheit, Joe.«

»Ganz und gar nicht, Sir. Ich fühle mich geehrt, dass Sie mich in Ihre Überlegungen einbeziehen. Wie lautet denn die schlechte Nachricht?«

»Ach ja. Der Zugang zu den Akten ist beschränkt. Nur Sie und ich dürfen sie uns ansehen, und auch nur in gedruckter und nicht in digitaler Form. Die Akten dürfen mein Büro nicht verlassen. Es sind die Originale, und sie dürfen weder kopiert noch eingescannt werden.«

»Mühsam, aber damit kann ich leben. Wann bekommen wir sie? Ich kann's kaum erwarten.«

»Morgen früh um acht Uhr, das wurde mir zugesagt. Wenn sie dann nicht da sind, warte ich noch eine halbe Stunde, bevor ich sie persönlich abhole. Was ich mit Freuden tun würde!«

Das hob Horsemans Laune beträchtlich. »Mir geht's schon viel besser. Ich sichte noch diese Akte zu Ende, dann mach ich Feierabend, Sir. Um den Rest können sich gerne die DCs von der Wirtschaftskriminalität kümmern. Ich bin morgen schon vor acht hier, falls die streng geheimen Akten von Chatterjee früher da sind.«

Horseman meinte es ernst. Er wusste die Offenheit seines Vorgesetzten sehr zu schätzen und wollte ihm nun erst recht nach Kräften helfen.

FREITAG

25

Überraschung Nummer eins war, dass Detective Inspector Chatterjee die Akte persönlich vorbeibrachte. Um zwanzig nach acht rief der Empfang an und meldete Horseman die Ankunft von DI Chatterjee. Horseman empfing ihn im Treppenhaus.

Chatterjees Erscheinungsbild war die zweite Überraschung. Der Leiter der Abteilung zum Schutz nationaler Kulturgüter war ein schlanker Mann von etwa Horsemans Größe, der für einen Polizeibeamten sowohl zu jung als auch zu gut gekleidet schien. Horseman konnte sich Chatterjee nicht in Uniform vorstellen. Er trug die glatten Haare lang und hatte sie hinter die Ohren zurückgekämmt. Offenbar hielt er sie mit Gel an Ort und Stelle. Durch seinen akkuraten Schnurrbart und das Ziegenbärtchen wirkte sein Gesicht länger, während ihm die kleine Brille mit Goldrahmen etwas Oberlehrerhaftes verlieh. Der Leinenanzug und das grüne Hemd passten ihm wie angegossen. Begleitet wurde er von einem Constable, der einen einzigen Aktenkarton trug.

Sie stellten einander vor. Chatterjee streckte die Hand aus, erwiderte Horsemans festen Händedruck jedoch nur halbherzig.

»Danke, dass Sie die Akten persönlich vorbeibringen, Inspector Chatterjee. Superintendent Navalas Büro ist gleich da drüben.«

»Wie Sie wissen, wollte ich sie bei mir in sicherer Verwahrung behalten. Da werde ich sie nicht von einem x-Beliebigen überbringen lassen. Es gibt so viele Idioten, da liefe ich Gefahr, sie nie mehr wiederzubekommen.«

Horseman klopfte an die Tür des Superintendent und stellte die beiden einander vor. Ein Constable brachte Tee.

Navala ergriff als Erster das Wort: »Wir freuen uns sehr, dass wir die Gelegenheit haben, uns kurz zu besprechen. Das ist ein zusätzlicher Bonus. Was halten Sie von diesem doch ziemlich außergewöhnlichen Diebstahl?«

»Ja, er ist außergewöhnlich, allerdings nur in Fidschi – nicht, wenn wir die Sache global betrachten. Glücklicherweise kann ich auf Erfahrungen sowohl von einem Pendant meiner Abteilung in Indien als auch bei der UNESCO zurückgreifen. Und die Zahlen zum illegalen Handel mit nationalen Kulturgütern sind einfach schwindelerregend hoch. Oder wie klingt für Sie ein diesbezüglicher Umsatz von sechs Milliarden US-Dollar im Jahr?«

»Ja, das ist wirklich unfassbar hoch, Inspector. Aber wie passt denn eine gestohlene Kriegskeule aus unserem kleinen Fidschi-Museum in das globale Bild?«, erwiderte Navala.

»Sir, dass nur die Kriegskeule gestohlen wurde, deutet darauf hin, dass es ein Auftragsdiebstahl war. Der Auftraggeber wird wohl entweder ein Privatsammler aus Amerika, Europa oder auch China sein, oder ein krimineller Händler, der das Artefakt Museen anbieten will, die ihre Sammlung in diesem Bereich vergrößern wollen.«

»Haben Sie eine Idee, welchen Preis die Keule erzielen könnte?«

Chatterjee zog Luft durch seine Zähne ein. »Einen sehr hohen, möchte ich meinen, und zwar nicht nur wegen ihrer Qualität, sondern auch wegen ihrer Provenienz. Waffen, mit denen Kannibalen christliche Missionare getötet haben, sind selten und wecken die Sensationsgier der Käufer erst recht. Nach oben hin gibt es da keine Grenze, allenfalls der limitierende Grad der Besessenheit des Käufers.«

Horseman bezweifelte das, konnte Chatterjees Behauptungen aber nichts entgegensetzen, weil dies eine völlig neue Welt für ihn war.

Navala hakte weiter nach: »Haben Sie schon Händler gefunden, die mit dem Schmuggel fidschianischer Artefakte in Verbindung gebracht werden können?«

»Noch nicht. Deshalb ist dieser Fall von so großer Bedeutung. Seit der Einrichtung meiner Abteilung ist dies der erste Diebstahl eines nationalen Kulturguts – zumindest soweit uns bekannt. Aber wer weiß, möglicherweise ist dies nur die Spitze des Eisbergs.« Er schüttelte betrübt den Kopf.

»Worauf liegt denn der allgemeine Fokus Ihrer Abteilung?«, fragte Horseman.

Chatterjee lehnte sich eifrig vor. »Ich habe eine Datenbank speziell zur Registrierung gestohlener Objekte eingerichtet, und zwar nach dem Vorbild der italienischen Carabinieri. Ihre hat bereits zwei Millionen Einträge. Zwei Millionen! Ich stehe mit dem Fidschi-Museum, der Universität und Einrichtungen in Übersee in Verbindung, um einen vollständigen Katalog mit allen Kulturgütern Fidschis zu erstellen, die sich in ihren Sammlungen befinden. Das wird zwar einige Zeit in Anspruch nehmen, aber der Anfang ist gemacht.« Ihm war anzusehen, dass diesem Projekt seine wahre Leidenschaft galt.

»Ziemlich aufregend, etwas ganz Neues zu erschaffen, nicht wahr?«, bemerkte Navala diplomatisch. Chatterjee nickte.

Horseman zeigte auf den Aktenkarton auf dem Schrank. »Haben Sie von den Angestellten des Museums irgendwelche Hinweise zum Verbleib der Kriegskeule erhalten?«

»Leider nein. Und was soll man ohne Geständnis machen? Niemandem ist aufgefallen, dass sie fehlt, bis die Reinigungskraft morgens den Schlüssel in der Vitrine entdeckte.«

»Aber hat die Spurensicherung nichts gefunden? Fingerabdrücke zum Beispiel?«

»Nein, auch das nicht. Daraus schließe ich, dass der Täter ein Profi war. Es weist alles auf Schmuggel ins Ausland hin.«

»Haben Sie denn auch untersucht, ob es ein Motiv für den Diebstahl gibt, das nichts mit internationalem Schiebertum zu tun hat?«

»Das einzige Motiv wäre Gier. Ärgerlicherweise erhalten die Mittelsmänner bis zu achtundneunzig Prozent des letztlichen

Kaufpreises für gestohlene Kulturgüter. Die eigentlichen Diebe oder korrupte Museumsmitarbeiter bekommen nur sehr wenig dafür, dass sie ihre Freiheit riskieren. Das heißt natürlich, wenn tatsächlich Einheimische für den Diebstahl verantwortlich sind.«

»Wie gehen Sie also vor, Inspector?«, beharrte Navala.

»Ich rolle den Fall von hinten auf, Sir, also vom Empfänger, so wie ich es gelernt habe. Ich habe Interpol und die UNESCO gewarnt und überprüfe die Neuerwerbungen von Museen in Übersee, die Sammlungen zu Ozeanien haben. Außerdem sichte ich Auktions- und Verkaufskataloge größerer Kunsthändler. Ich bin sicher, ich werde es ganz schnell erfahren, wenn die Kriegskeule zum Verkauf angeboten wird.« Chatterjee lehnte sich wieder zurück und schlug die Beine übereinander.

»Und wenn sie im Auftrag eines privaten Sammlers gestohlen wurde? Von dieser Möglichkeit haben Sie doch auch gesprochen«, bohrte Horseman weiter.

Chatterjee runzelte die Stirn. »Ja, in diesem Fall werden wir von ihr wohl nichts mehr hören und sehen.« Er verstummte kurz, dann sagte er: »Obwohl auch immer wieder seltsame Zufälle passieren. Wussten Sie, dass zweihundertfünfundsechzig Artefakte aus dem Museum in Korinth letztes Jahr in einer Lagerhalle für Fisch entdeckt wurden? Also sollte man die Hoffnung nicht aufgeben.«

Er zog einen DIN-A4-großen Umschlag aus seiner Aktentasche und gab ihn Navala. »Die Empfangsbestätigung für meine Akten und die Bedingungen, unter denen ich sie Ihnen überlasse. Wie ich gehört habe, hat der Commissioner bereits mit Ihnen darüber gesprochen. Könnten Sie also bitte beide Kopien unterzeichnen und mir eine davon zurückgeben?«

»Selbstverständlich. Mir ist die Notwendigkeit dieser Bedingungen zwar nicht ganz klar, doch natürlich werde ich sie erfüllen, wie ich schon zugesagt habe. Die Bedeutung Ihrer Arbeit ist mir allerdings vollkommen bewusst.«

»Vielen Dank, Detective Superintendent. Ich hoffe, die Akten helfen Ihnen bei Ihrem eigenen Fall. Bitte melden Sie sich, wenn Sie sie nicht mehr brauchen, dann hole ich sie ab.« Er gab beiden Männern die Hand, zog sich sein Jackett straff und ging.

Der Superintendent schüttelte den Kopf. »Zurück an die Arbeit an seiner Datenbank. Ob sie überhaupt mehr als einen Eintrag hat? Meinen Sie, er hat die Akten selbst gebracht, weil er so wenig zu tun hat, Joe?«

»Oh, das weiß ich nicht, Sir. Aber jede Datenbank beginnt mit dem ersten Eintrag, nicht wahr? Und vergessen Sie nicht, da ist auch noch der Kontakt mit den internationalen Beteiligten an diesem Projekt. Da wird er bis spät in die Nacht zu tun haben.« Beide brachen in Gelächter aus. Für Horseman war es das erste Mal in dieser Woche, dass er etwas zu lachen hatte. Wenn er es recht bedachte, hatte er seinen Vorgesetzten noch nie lachen sehen. Wirklich, noch nie. Dabei hatte es doch so etwas ungemein Befreiendes.

»Ich sollte mich nicht darüber lustig machen, Joe. In letzter Zeit verbringe ich die Hälfte meiner Zeit mit dem Herstellen und Halten von Kontakten. Da kann ich nur froh sein, dass ich nicht höher aufgestiegen bin, sonst würde ich zu gar nichts anderem mehr kommen, was?«

»Hat Ihnen der Commissioner von Chatterjees Hintergrund erzählt?«

»Ja, hat er. Sein Vater besitzt eine Autowerkstatt in Lautoka, die ziemlich erfolgreich ist. Offenbar hat er in Neuseeland bildende Kunst und Archäologie studiert und danach tatsächlich ein Praktikum bei der UNESCO in Paris gemacht. In Indien hat er auch gearbeitet, aber nicht bei der Polizei, dort war er beim Nationalmuseum in Delhi. Als er auf einen Besuch bei seiner Familie nach Fidschi zurückkehrte, erkundigte er sich bei unserem Völkerkundemuseum nach Arbeitsmöglichkeiten. Da das South Pacific Forum überlegt, etwas zum Schutz nationaler Kulturgüter in dieser Region ins Leben zu rufen, dachte unser Commissioner, er würde dem Forum besser zuvorkommen, um nicht von ihnen vorgegebene Richtlinien befolgen zu müssen. Deshalb hat er die Abteilung zum Schutz nationaler Kulturgüter gegründet. Chatterjee, der kluge Junge, hat vorgesprochen, ist genommen worden und untersteht jetzt direkt dem Deputy Commissioner. Er hat die Grundausbildung bei der Polizei gemacht, danach war er beim CID, und nach einem Jahr wurde er DI und Leiter der neuen Abteilung. Die übrigens aus ihm und zwei Constables besteht.«

»Jedenfalls ist er eindeutig von seiner eigenen Wichtigkeit überzeugt. Ein kluger Junge, ganz wie Sie sagen. Ich hoffe nur, wir graben irgendwas aus seinen Akten aus. Aber wissen Sie, eigentlich mag ich ihn. Er ist einer der wenigen Menschen, die mir seit meiner Heimkehr nicht minutenlang die Hand geschüttelt und gesagt haben, wie leid es ihnen doch tue, dass ich kein Rugby mehr spielen kann.«

Der Superintendent warf ihm einen scharfen Blick zu. Was hatte das zu bedeuten? Vielleicht war er zu selbstgefällig gewesen. Er hätte das nicht sagen sollen.

Superintendent Navala wog den Karton in seinen Händen, bevor er ihn Horseman übergab. »Ich schätze, hier ist nicht mehr drin als Arbeit für einen Tag, aber schauen wir mal nach.«

Sie räumten den Schreibtisch des Superintendent frei, teilten die Akten auf und machten sich in einvernehmlichem Schweigen an die Arbeit.

26

Horseman traf an dem schäbigen kleinen Flughafen von Nausori mit dem irreführenden Schild *Suva International Airport* ein. Er fragte sich, was Melissa davon halten würde. Zwar hatte er sie gewarnt, dass es pro Woche nur sechs internationale Flüge aus Australien und Neuseeland gab, die hauptsächlich Geschäftsreisenden dienten. Doch der Flughafen verband viele Inseln von Fidschi mit der Hauptstadt, und tagsüber herrschte hier Hochbetrieb mit kleinen Flugzeugen.

Er fühlte sich genau wie vor einem Rugbyspiel: aufgekratzt, erwartungsvoll, glücklich, aber auch beklommen. Ihm war gar nicht klar gewesen, wie sehr er sich wünschte, Melissa würde es in Fidschi gefallen. Der Terminal war zwar ziemlich sauber, man sah aber, dass er renoviert werden musste, und ganz sicher würde Melissa sich über den mageren Hund, der sich in sein räudiges Fell verbiss, und das Kleinkind aufregen, das tränende Augen und einen schlimmen Husten hatte. Horseman wollte, dass für sie alles wie in einem Hochglanzprospekt war, aber das war natürlich verrückt.

Da rollte schon die kleine Twin Otter aus Nadi heran und hielt etwa hundert Meter vom Terminal entfernt. Er stand an der Scheibe, um sie sofort zu sehen, wenn sie die Maschine verließ. Dreizehn Passagiere stiegen aus. Ein paar Minuten später erschienen der Pilot und der Copilot, und das Gepäck wurde ausgeladen.

Noch vor wenigen Stunden hatte seine Mutter angerufen und Bescheid gesagt, dass Melissa angekommen war. Er hatte mit beiden gesprochen, und Melissa wollte sich eine fidschianische SIM-Karte kaufen, um mit ihrem eigenen Handy telefonieren zu können. Danach wollte Mrs Horseman mit ihr frühstücken gehen. Was also war schiefgelaufen? Er eilte zum Schalter von Fiji Airways. Ja, Melissa Martini war auf der Buchungsliste dieses Flugs verzeichnet, aber der Angestellte brauchte erst die Passagierliste vom Piloten, bevor er sagen konnte, ob sie an Bord gewesen war. Zwei Minuten später tauchte der Pilot auf und teilte ihm mit, dass Miss Martini trotz wiederholter Aufrufe vom Check-in-Schalter in Nadi nicht erschienen war.

Kein Grund zur Sorge. Seine Mutter hatte sich in ihrer Begeisterung als Gastgeberin und Reiseführerin bestimmt so hinreißen lassen, dass sie sich verspätet hatten. Eine andere Erklärung gab es nicht. Wieso überfiel ihn dann solche Angst, dass er nur schwer Luft bekam?

Er zog sein Handy aus der Tasche und schrak zusammen, weil es klingelte. Erst fummelte er am Bildschirm herum, beim dritten Klingeln gelang es ihm dann, sich zu melden. »Mum? Melissa?«

»Hier spricht Singh, Sir. Ich bin auf der Polizeiwache in Kumi und dachte, ich sollte Sie anrufen. Dem Superintendent und dem CID habe ich bereits Bescheid gegeben, also müssen Sie das nicht mehr.« Sie klang sehr besorgt.

Neue Angst überkam ihn. »Was ist denn passiert, Susie?«

»Es geht um Kelera. Vielleicht ist es nur falscher Alarm, aber seit ihrem Anruf gestern mache ich mir Sorgen. Sie ist heute Morgen nicht zu Vilis Beerdigung erschienen. Natürlich könnte man das damit erklären, dass es sie zu sehr mitgenommen hätte. Aber jetzt ist die Trauerfeier in vollem Gang, und niemand kann sie finden. Ihre Familie ist höchst beunruhigt.«

»Was hat denn der Super gesagt?«

»Er meint, es sei zu früh, um sie als vermisst zu melden. Wir sollen bis morgen warten, ob sie vielleicht noch auftaucht.«

»Wahrscheinlich ist sie verschwunden, um mal allein zu sein, weil die Zeremonie und die vielen Menschen sie zu sehr mitgenommen hätten, genau wie Sie gesagt haben. Aber ich persönlich würde so vorgehen, als wäre sie vermisst, auch schon zu diesem Zeitpunkt. Organisieren Sie nach dem Fest eine Suchaktion. Sind auch Beamte von der Wache in Kumi bei der Beerdigung?«

»Zwei von ihnen. Und beide waren nicht im Dienst, als Kelera mich gestern von der Wache anrief.«

»Sie sind der ranghöchste Beamte vor Ort. Also möchte ich, dass Sie alle Officers aus Kumi nach Tanoa beordern. Nur einer soll als Verbindungsmann auf der Wache bleiben. Befragen Sie sie wegen Keleras Anruf. Ich wünschte, ich könnte auch nach Tanoa kommen. Aber Melissa hat den Flieger nach Suva verpasst. Sie war mit meiner Mutter zusammen, aber jetzt muss ich herausfinden, wo sie ist. Mein Gott, zwei vermisste Frauen an einem Tag!«

»Keine Sorge, Sir. Sie haben ja Urlaub. Der Super und ich waren uns einig, Sie aus der Sache rauszuhalten. Aber ich wusste, Sie würden sicher davon wissen wollen.«

»Ja, ich bin Ihnen sehr dankbar, Susie. Sie können das übernehmen, da sehe ich kein Problem. Hoffentlich höre ich schon bald irgendwelche guten Neuigkeiten von Ihnen.«

»Ich mache jetzt mal besser weiter.« Sie klang verunsichert, was ihr gar nicht ähnlich sah.

»Vergessen Sie nicht, dass Sie dort das Sagen haben, Detective Sergeant. Seien Sie so klar und entschieden wie immer. Sie müssen die dortigen Beamten um Informationen bitten, aber wegen Ihrer Anweisungen müssen Sie sie nicht um Erlaubnis fragen oder sich entschuldigen.«

»*Vinaka*, Sir. So mache ich das.« Das klang schon entschlossener.

»Susie, niemand könnte diesen Job effizienter machen als Sie. Viel Glück.«

»Wir bleiben in Kontakt, Sir.«

Als er das Gespräch beendete, bemerkte er, dass er einen Anruf verpasst hatte. Verdammt! Während er mit Singh am Telefon war, hatte seine Mum versucht, ihn zu erreichen. Er rief sie zurück. Wenn sie nur dranging!

»Josefa?«, fragte Mrs Horseman zögernd.

»Mum, was ist passiert? Ich warte hier in Nausori. Ist Melissa bei dir?«

»*Io*, sie steht hier gesund und munter neben mir. Ich fürchte, das Ganze ist mein Fehler, Joe. Ich wollte mit ihr an einen Ort, wo es wirklich schön ist, so wie sie es aus Amerika kennt, also sind wir nach Denarau Island gefahren und hatten dort ein wundervolles Frühstück oder eher einen Brunch. Im Hilton Resort. Danach haben wir einen Spaziergang am Strand gemacht. Als Melissa – die ich wirklich sehr mag, Joe – bemerkte, dass es langsam Zeit wurde, sind wir zurückgefahren. Aber das Taxi wurde durch einen Unfall aufgehalten, es gab einfach keine Umleitung, die Polizei regelte den Verkehr …«

»Mum!« Horseman seufzte. »Ich wünschte wirklich, sie hätte im Flieger gesessen! Aber das ist jetzt nicht mehr zu ändern. Und was kommt jetzt?«

»Sie nimmt in zwei Stunden einen anderen Flug. Ich gebe sie dir mal.«

»Es tut mir so leid, Joe.«

»*Bula*, Melissa. Willkommen in Fidschi. Wie schön zu wissen, dass du fast bei mir bist.«

»Ich hatte eine tolle Zeit mit deiner Mutter, Joe. Sie ist so herzlich und gastfreundlich – es war wirklich großartig, bis ich das Flugzeug verpasste … Ich wusste, du würdest dir Sorgen machen.«

»Hast du das mit deinem Handy geregelt? Funktioniert es?«

»Na klar, Schatz. Ich habe die SIM-Karte gekauft und setze sie ein, während wir auf das Flugzeug warten. Ach, und ich habe dein Gesicht auf einem Schild gesehen, wo es um Sicherheit im Straßenverkehr geht! Deine Mom hat gesagt, die stehen hier überall. Ich wusste ja gar nicht, dass du berühmt bist, Joe! Wie auch immer, bevor ich den Flieger besteige, rufe ich dich noch mal an. Ich bin ganz bald bei dir. Ciao!«

Horseman war erleichtert, aber gleichzeitig auch ausgelaugt. Er fuhr sich mit den Händen übers Gesicht. Der Flughafen musste wirklich dringend renoviert werden. Es war ihm bislang gar nicht aufgefallen, dass er einen so schlechten Eindruck auf Besucher machen musste. Die Wahrheit war, dass er innerhalb einer Stunde Ärger und Wut auf alles entwickelt hatte: auf seine Mutter und Melissa wegen des verpassten Flugs; auf den heruntergekommenen Flughafen, der Melissa nicht angemessen willkommen heißen konnte; auf den Super, weil er Singh nicht tatkräftiger unterstützte; auf die Polizei in Nadi, die Melissas Taxi aufgehalten hatte; auf die nutzlosen Polizisten von der Wache in Kumi; und sogar darauf, dass Melissa einen so schlechten Zeitpunkt für ihren Besuch gewählt hatte. Doch wegen des letzten Gedankens hatte er solche Schuldgefühle, dass er laut aufstöhnte. Denn vor allem war er wütend auf sich selbst, weil er nicht in der Lage war, dafür zu sorgen, dass alles so lief, wie es sollte.

Er ging auf die Toilette, die zwar oberflächlich betrachtet sauber wirkte, aber nach Urin und Schlimmerem stank. Während er sich kaltes Wasser ins Gesicht spritzte und die Hände wusch, überlegte er, was nun am besten zu tun war. Wenn er jetzt ins Büro führe, hätte er eine Stunde Zeit mit dem Super, bevor er wieder zurückmüsste. Dabei wollte er eigentlich Susie unterstützen. Aber Melissa war hier in Fidschi, und er konnte sie nicht einfach allein lassen.

* * *

»Joe, was machen Sie denn hier?« Der Superintendent war irritiert. Allerdings wich seine Verwirrung leichter Belustigung, als Horseman ihm die Lage erklärte. »Da sind Sie nur wegen einer Stunde im Büro den ganzen Weg zurückgekommen? Jetzt übertreiben Sie's aber mit dem Diensteifer, Detective Inspector. Sie haben doch frei!«

Nun kam sich Horseman ein bisschen albern vor. Natürlich hatte der Super recht. Er hielt eine braune Papiertüte in die Höhe.

»Ich musste auch was essen, Sir. Und von der sogenannten Kantine am Flughafen bringe ich nichts runter.«

»Verständlich. Was wollen Sie jetzt machen? Noch mehr Akten von Chatterjee lesen?«

»Ja, wenn Sie das möchten. Aber zuerst würde ich gerne alles über den Stand in Tanoa erfahren.«

»Singh organisiert die Suche nach der Pastorentochter, die bestimmt nur für eine Weile aus Tanoa geflüchtet ist. Singh wird das problemlos hinkriegen.«

»Glaube ich auch, Sir. Trotzdem habe ich das Gefühl, ich sollte dort sein. Kelera wollte heute eigentlich herkommen, um uns etwas mitzuteilen. Wenn Vilis Mörder das weiß …«

»Ich kann nachvollziehen, wie Sie sich fühlen. Aber Sie müssen auch gleich schon wieder zum Flughafen.«

»Könnten wir nicht noch mehr Unterstützung für Singh besorgen, Sir? Es ist doch nicht hinnehmbar, dass sie zur Wache nach Kumi fahren muss, um per Funk oder Telefon zu uns durchzukommen. Tanoa ist völlig isoliert, und möglicherweise droht Gefahr.«

Der Superintendent hob zustimmend die Augenbrauen. »Aber wie sollen wir das ändern, Joe?«

»Sir, ich weiß, dass wir neue Funkgeräte bestellt haben. Sind die schon geliefert worden? Wenn ja, dann gebietet die Lage es doch, eines unserer Fahrzeuge direkt mit einem neuen Funkgerät auszustatten. Ich habe mir die technischen Daten angesehen und weiß, dass diese Geräte genügend Reichweite haben, um mit Tanoa zu kommunizieren.«

Sein Chef zuckte die Achseln. »Ich habe gehört, dass neues Equipment eingetroffen ist. Die Techniker sehen es sich wohl gerade an.«

»Susie kommt heute Abend zurück, Sir. Aber können die Techniker nicht vorher versuchen, sie mit den neuen Geräten zu erreichen? Als eine Art Test. Ich weiß nicht, ob die neuen Geräte mit denen, die Singh gerade benutzt, kompatibel sind, aber das könnte man ja sofort ausprobieren. Wenn das nicht klappt, können wir morgen direkt eines der neuen Geräte mit ein paar der alten tragbaren verbinden und schauen, was passiert. Also würde man heute zwei Fliegen mit einer Klappe schlagen.«

»Das stimmt. Überlassen Sie das mir. Ich organisiere, was möglich ist.«

»*Vinaka*, Sir. Außerdem braucht Singh noch mehr Beamte als nur Musudroka und die Polizisten vor Ort. Ich schlage vor, Sie entsenden noch mindestens einen Detective zusätzlich. DS Taleca vielleicht? Außerdem so viele erfahrene Constables wie möglich.«

»Ich weiß zwar nicht, wo ich die hernehmen soll, aber ich versuche es.« Navala wirkte schon energischer.

Keleras Sicherheit stand auf dem Spiel. Selbst Singh konnte in Gefahr sein. Daher drängte Horseman weiter: »Außerdem könnte ein zweiter Wagen uns mehr Flexibilität geben. Zum Beispiel könnte man den Land Cruiser nehmen, mit dem wir schon hingefahren sind.«

»Das sollte klappen – das Fahrzeug ist für diesen Fall reserviert. Aber hören Sie, Joe, das alles organisiere ich nur unter einer Bedingung.«

»*Io*, Sir?«

Der Super sah ihn streng an. »Sie essen zu Mittag und fahren dann zurück zum Flughafen nach Nausori, um Ihren Gast rechtzeitig in Empfang zu nehmen. Ihre Aufgabe ist es jetzt, sich um sie zu kümmern.«

»*Io*, Sir. Aber bitte halten Sie mich auf dem Laufenden.«

Es überraschte Horseman selbst, dass er seinen Vorgesetzten so bedrängte. Allerdings hatte der ihm doch erst gestern gesagt: »Niemals aufgeben!«

27

Erst nach dem Trauergottesdienst für Viliame schien Keleras Abwesenheit aufzufallen. Kelera hatte gehofft, ihre Beziehung zu Vili im Dorf geheim halten zu können, und vielleicht war ihr das auch gelungen. Dennoch glaubte Singh nicht daran. Wenn nur ein Einziger gesehen hatte, wie sie samstagabends gleichzeitig in die Gewürzplantage gegangen waren, und sei es auch auf verschiedenen Wegen, wüsste es das ganze Dorf. Es sei denn, es wäre ein Familienmitglied gewesen, denn ein Verwandter hätte das Geheimnis sicher gehütet. Wer wollte schon, dass es Gerede über die eigene Tochter oder Schwester gab? Niemand. Elisas Vermutungen über ihren Bruder und Kelera entsprachen der Wahrheit, aber Singh war sicher, dass sie das niemals weitererzählt hätte, nicht mal ihren Eltern.

Jetzt stand Singh neben der Kirche und sah zu, wie die Frauen und auch ein paar Männer aus dem Dorf mit großen Töpfen und Platten voller Essen zu den Festzelten eilten, die für die Zeremonien am Sonntag errichtet worden waren, nun aber für die Trauerfeier für Viliame Bovoro genutzt wurden. Pandanusmatten bedeckten den Boden unter den Reetdächern, und im Zentrum der Matten wurden Stoffbahnen mit Blumenmuster ausgerollt, auf denen das Essen arrangiert wurde. Die Gerüche, die vom *Lovo* herüberwehten, ließen Singh das Wasser im Munde zusammenlaufen.

Da kam Mere Tora lächelnd zu ihr. »Kommen Sie, setzen Sie sich zu uns, meine Liebe. Wir würden uns wirklich freuen. Kommen Sie, Sie sind uns mehr als willkommen.«

Die freundliche Frau des Pastors nahm rechts neben Singh Platz. Links von ihr saß ihr Sohn, ein etwa zwölfjähriger Junge, der in zehn Jahren genauso aussehen würde wie der Pastor. Vielleicht würde er auch ein eloquenter Redner werden, doch im Augenblick war er äußerst schweigsam und starrte hartnäckig auf sein Essen. Auf ihre freundlichen Fragen bekam Singh nur leise, einsilbige Antworten.

Der Pastor betete auf Fidschianisch. Die Trauergäste sangen ein Lied, das Singh nicht kannte, aber sehr bewegend fand. Dann wurden die Speisen herumgereicht, und alle bedienten sich an den Unmengen an gegrilltem Schweinefleisch, Flussfisch und Gemüse. Nach und nach hob das üppige Essen die Stimmung, die ernsten Gespräche wichen fröhlichem Geplauder, und hin und wieder hörte man sogar Lachen. Die halb geleerten Platten verschwanden und machten Tabletts Platz, auf denen sich kleine Küchlein befanden. Singh liebte die fidschianischen Süßspeisen, sie waren in ihrer Kindheit immer eine besondere Nascherei gewesen. Sie bestanden aus einem klebrigen Gemisch aus Maniok, Bananen und Kokosnuss und wurden, raffiniert in ein Blatt gewickelt, im *Lovo* gebacken. Da sie sehr sättigend waren, machten sie zufrieden und schläfrig.

Aber sie war nicht hier, um sich auszuruhen. Sie hatte viel Arbeit, und die konnte nicht länger waren.

»Mrs Tora, was meinen Sie, wo Kelera ist?«

»Das weiß ich wirklich nicht, meine Liebe. In unserem Haus jedenfalls nicht. So ein Verhalten sieht ihr gar nicht ähnlich. Ich weiß, dass Vilis Tod sie sehr getroffen hat, doch eigentlich hat sie ein ausgeprägtes Pflichtbewusstsein. Ich bin sehr enttäuscht, dass sie nicht zur Beerdigung kam.«

»Pastor?«

Pastor Joni schüttelte den Kopf. »Ich kann nichts anderes sagen als Mere. Keleras Abwesenheit ist einfach unerklärlich.«

»Gestern hat mich Kelera von der Polizeiwache in Kumi angerufen. Sie wollte nach der Beerdigung nach Suva kommen, um mit mir zu sprechen. Vielleicht hatte sie Informationen über den Mord an Vili.«

Keleras Eltern wirkten höchst erstaunt. »Davon weiß ich nichts. Du etwa, Joni?«

»Nein, nicht das Geringste. Sie ist zwar erst kurz vor dem Abendessen heimgekommen, aber ich dachte, sie hätte in der Schule oder im Gewürzgarten gearbeitet. Ich war mit der Vorbereitung des Trauergottesdienstes beschäftigt.«

»Könnte sie zu Fuß zur Polizeiwache gegangen sein? Oder hätte sie jemand fahren können?«

»Sie könnte schon gelaufen sein. Aber alle Wagen aus dem Dorf waren gestern auch unterwegs, um zusätzliche Vorräte für heute und Sonntag zu holen.«

»Vielleicht haben Waisele oder Isi sie auf dem Weg aufgegabelt. Die sind beide gestern gefahren. Ich habe gehört, Ali hat eine Ladung Gemüse von seiner Farm runter zur Straßenkreuzung gebracht. Sehr nett von ihm. Mit dem Wagen ist seine Farm etwa vierzig Minuten von hier entfernt. Wenn er sie auf der Straße gesehen hätte, hätte er ihr bestimmt angeboten, sie mitzunehmen. Er ist heute auch hier.«

»Ich werde mit allen sprechen«, sagte Singh. »Aber wahrscheinlich wird Kelera wieder auftauchen, wenn sie dazu bereit ist. Trotzdem werde ich vorsichtshalber noch heute Nachmittag eine Suche starten. Könnten Sie bitte allen Bescheid sagen, die helfen wollen, dass sie sich in einer halben Stunde mit DC Musudroka und mir an der Schule treffen?«

»*Io*, wir tun alles, um Sie zu unterstützen. Aber sind Sie sicher, dass das notwendig ist?« Mrs Tora riss angstvoll die Augen auf. Ihr Mann legte ihr eine Hand auf die Schulter. »Folgen wir einfach dem Rat von Sergeant Singh, Liebes.«

Singh sah, dass Keleras Eltern über das Fernbleiben ihrer Tochter nicht mehr nur verwirrt, sondern inzwischen alarmiert waren. Sie bedauerte das, aber ihr war keine andere Wahl geblieben. Sie suchte den Blick von Musudroka, der mit ein paar jungen Männern plauderte. Als er das bemerkte, kam er zu ihr.

»Machen Sie doch bitte die Runde und erkundigen sich bei den Leuten, wann sie Kelera das letzte Mal gesehen haben«, sagte Singh und erklärte ihm ihre Pläne. »Schreiben Sie alles auf, wir brauchen eine lückenlose Zeitachse. Bitten Sie sie, sich der Suche anzuschließen, aber ohne sie zu bedrängen. Manche werden zu sehr damit beschäftigt sein, nach der Trauerfeier hier aufzuräumen. Vielleicht hat ja auch jemand eine Idee, wo man suchen könnte. Ich bleibe im Dorf, um alles zu koordinieren. Aber Sie gehen mit einer kleinen Gruppe zur Gewürzplantage. Wenn Kelera einfach nur allein sein wollte, wird sie sich am wahrscheinlichsten dort aufhalten. Teilen Sie sich auf und suchen Sie beide Wege dorthin ab. Sie wissen ja, wie man so was macht.«

»Ja, Sergeant, ich fange sofort an!« Singh freute sich, dass ihn die Aussicht auf Aktionismus aufmunterte. Sie empfand das genauso.

»Versammeln Sie alle Freiwilligen vor der Kirche, damit sie zuerst ihre Anweisungen bekommen können. Wir wollen doch nicht, dass irgendwelche Waldläufer voreilig losschießen. Eine halbe Stunde, um sie ins Bild zu setzen, Tani.«

Pastor Joni hielt Wort und baute auf der Kirchenveranda sogar Tische und Bänke auf. Er hatte auch eine offizielle Karte der Gegend, mit der er ihr die Landmarken rund um Tanoa erklärte. Mere Tora steuerte eine riesige Kanne mit Tee und unzählige Tassen aus den Vorräten der Kirche bei. Ihre Furcht war zielstrebiger Tatkraft gewichen.

Von jedem Freiwilligen notierte sich Singh den Namen in einem der Ersatzhefte, die sie immer im Rucksack hatte. Sie schrieb auf, wer Kelera wann und wo das letzte Mal gesehen hatte und wo sie nach Meinung des Betreffenden sein könnte. Am Ende tauchten dreiundzwanzig Erwachsene und dreißig Kinder auf. Es rührte Singh, dass auch Keleras Schüler helfen wollten, doch schickte sie

sie nach Hause. Musudroka ging mit neun Freiwilligen zu den Gewürzgärten jenseits des Berggrats. Sowohl Tomasi als auch Ilai boten an, mit einer Gruppe loszuziehen, daher wies Singh Tomasi und sechs weitere an, das Dorf und die angrenzenden Gemüseplantagen zu durchsuchen. Ilai hingegen sollte mit den verbleibenden sechs Dorfbewohnern das Flussufer abgehen. Pastor Joni schloss sich Ilais Gruppe an.

Nach fünf Minuten waren die Suchtrupps bereits unterwegs. Es beruhigte Singh, aus allen möglichen Richtungen Rufe wie: »*Bula!* Kelera!« zu hören. Sie las sich noch mal ihre Notizen über die Freiwilligen durch und versah sie mit Nummern, geordnet nach dem Zeitpunkt, wann Kelera das letzte Mal gesehen worden war. Daraus wollte sie eine Zeitachse erstellen. Sie holte ein Lineal aus ihrem Rucksack, schlug eine neue Doppelseite auf und fing an. Alle Freiwilligen hatten Kelera entweder gestern oder vorgestern gesehen. Heute nicht. Sie zog drei Linien für diese Tage über beide Seiten. Dann kreuzte sie jede der drei Linien mit senkrechten Strichen, die für die Stunden des Tages standen, beschriftete sie und begann rote Kreuze für jede Sichtung aufzuzeichnen.

Mere stellte neben Singh eine Tasse süß duftenden Tee ab. »Milch, meine Liebe?«

»Ja, danke. Ich weiß Ihre Hilfe sehr zu schätzen, Mrs Tora.«

»Schließlich wird doch meine Kelera vermisst. Aber was tun Sie denn da?«

Singh erklärte es ihr. »Sobald ich mit dem ersten Schritt fertig bin, werde ich jedes Haus im Dorf aufsuchen und die Bewohner fragen, wann sie Kelera das letzte Mal getroffen haben. Wenn diese Zeitachse vollständig ist, wissen wir genau, was Ihre Tochter seit vorgestern gemacht hat. Ich hoffe nur, jemand hat sie auch heute Vormittag noch gesehen. Und mit Glück erfahren wir dann gerade über die letzten Treffen noch mehr Einzelheiten.«

»Sie sind ja eine richtige Wissenschaftlerin, meine Liebe, genau wie Pastor Joni. Denn er hat etwas Ähnliches gemacht: Er hat eine

Zeitachse von Jesus' Leben erstellt und darin alle Ereignisse eingetragen, die in den vier Evangelien erzählt werden.«

»Sehr beeindruckend! Er würde einen guten Ermittler abgeben«, sagte Singh und meinte es auch so.

»Kelera hat ihm geholfen, obwohl sie da noch klein war. Er hat ihr alles erklärt. Kein Wunder, dass sie Lehrerin geworden ist. Aber vergessen Sie nicht, Ihren Tee zu trinken, meine Liebe.«

Singh goss sich Milch ein und trank. Sofort schenkte Mere ihr nach. »Wahrscheinlich wird Kelera von ganz allein wieder auftauchen, noch bevor ich diese Zeitachse beendet habe. Aber ich hoffe, Sie verstehen, dass wir jetzt schon alles tun, um sie zu finden. Schließlich könnte ihr ja doch etwas zugestoßen sein.«

»Das finde ich sehr vernünftig. Ich gehe inzwischen in die Kirche, um zu beten. Wenn ich zurückkomme, können wir gemeinsam die Häuser der Einwohner aufsuchen. Ich glaube, wenn ich Sie vorstelle, könnte das hilfreich sein.«

»Aber ganz sicher wird das helfen. Vielen Dank.« Auf einmal hatte Singh mit den Tränen zu kämpfen.

»Aber Gott kann viel mehr helfen als ich. Ich werde ihn jetzt darum bitten.«

* * *

Nach und nach kehrten die Suchtrupps zurück, aber ohne jede Spur von Kelera. Singh schickte sie an andere Orte, wo sie suchen sollten, aber auch das brachte kein Ergebnis. Langsam ging auch die Sonne unter, und das Licht wurde schlechter. Die Freiwilligen waren müde. Es half nichts, sie musste die Suche für diesen Tag abbrechen.

Die Zeitachse faszinierte jeden Dorfbewohner, den Singh und Mere aufsuchten. Alle schienen bereitwillig über Kelera sprechen zu wollen, aber kein einziger hatte sie an diesem Tag zu Gesicht bekommen. Als Letztes hatten sie ihre Eltern gesehen, denn als sie am Abend zuvor zu Bett gingen, war Kelera zu Hause gewesen.

Singh hob die Stimme und sagte, ein bisschen heiser vom vielen Sprechen: »Ich möchte den Bewohnern von Tanoa danken. Sie alle haben Ihr Bestes gegeben, um Kelera zu finden. *Vinaka vakalevu* für Ihre Mitarbeit. Morgen komme ich mit Verstärkung von der Polizei zurück. Ich hoffe, dass Kelera bis dahin wieder da ist. Doch wenn nicht, werden wir die Suche fortsetzen. Und denken Sie bitte weiter darüber nach, wohin sie gegangen sein könnte.«

Singh wollte alles tun, um Kelera zu finden. Sie glaubte auch, dass sie am Ende Erfolg haben würden. Allerdings befürchtete sie, Kelera würde dann nicht mehr am Leben sein.

28

Horseman lag neben Melissa und beobachtete, wie ihre Brust sich beim Atmen hob und senkte. Mit ihrem elfengleichen Gesicht, der hellen Haut und den vereinzelten Sommersprossen auf der Nase wirkte sie jung und verletzlich. Kaum hatten sie Dr. Matthew Youngs Cottage aus der Kolonialzeit betreten, waren sie auch schon ins Bett getaumelt. Zunächst war Melissa etwas verhalten gewesen, als er sie im Wohnzimmer in die Arme genommen hatte.

»Keine Angst, Matt hat sich diskret für ein langes Wochenende zurückgezogen.«

»Dann freue ich mich, von einem so rücksichtsvollen Mann zu hören, bin im Moment aber froh, ihn nicht persönlich kennenzulernen.« Sie umarmte ihn ebenfalls und küsste ihn zärtlich auf den Mund. Sofort schwanden all seine Zweifel, und er lotste sie in sein Schlafzimmer.

Er gönnte ihr ihre Ruhe. Wegen der langen Reise, der Zeitverschiebung und nicht zuletzt wegen der Begegnung mit seiner Mutter und dem verpassten Anschlussflug war sie bestimmt sehr müde. Er selbst war auch erschöpft, aber viel zu aufgedreht, um schlafen zu können. Und viel zu glücklich. Er legte seinen Kopf in der aufgestützten Hand ab und betrachtete Melissa noch ein Weilchen. Hellbraune Haarsträhnen klebten an ihrem Gesicht. Sie war nicht an die schwüle Luft in Suva gewöhnt. Er stand auf, schaltete den Deckenventilator ein und drehte ihn auf niedrige Stufe. So würde es besser werden. Dann tappte er zum Bett zurück und bedeckte sie mit der dünnen Baumwolldecke. Sie sollte sich doch nicht erkälten. Melissa lächelte im Schlaf.

Horseman beschloss, alle Gedanken an eine gemeinsame Zukunft zu verdrängen. Er wollte nur die Zeit mit Melissa genießen und sehen, wohin das führte. Auf der Taxifahrt vom Flughafen hatte sie bereitwillig seinen Vorschlag angenommen, zum Lunch in ein Café zu gehen und sich danach Suva zeigen zu lassen. Allerdings sah es aus, als würde es heute ein sehr später Lunch werden.

Er duschte, zog sich frische Sachen an und lag gerade mit einer Rugbyzeitschrift auf dem Sofa, als Melissa in der Tür erschien. Sie hatte sich in das neue flauschige Badetuch gewickelt, das er für sie gekauft hatte. Sie ließ sich aufs Sofa fallen und küsste ihn. »Wow, ich fühle mich echt benebelt. Wie lang habe ich geschlafen, Joe?«

»Zwei Stunden. Wenn du so weit bist, gehen wir essen.«

»Tut mir leid, Schatz, du bist bestimmt schon völlig ausgehungert.« Sie schnappte sich ihren Koffer. »Bin gleich wieder da.«

Als sie zurückkam, wirkte sie erholter, und ihre kurzen Haare schmiegten sich fedrig um ihr Gesicht. Doch – wie sollte er es ihr sagen? »In diesen Shorts siehst du einfach umwerfend aus, Liebes. Aber leider sind sie nicht das Richtige für die Straßen von Suva.«

»Willst du mir etwa vorschreiben, was ich anziehen soll, Joe Horseman?« Ihre blauen Augen blitzten herausfordernd.

»Nein, ich möchte dich nur wegen der hiesigen Sitten vorwarnen, Schatz. Du willst doch was über Fidschi lernen, oder nicht? Also, mit diesen ultrakurzen Shorts wirst du einige Blicke ernten, die entweder missbilligend oder ziemlich lüstern sein werden. Solche Shorts sind in einem Resort völlig in Ordnung, aber nicht auf der Straße. So ist das hier einfach.«

Sie seufzte entnervt. »Was soll ich dann anziehen?«

Betont leichthin und munter antwortete er: »Knielange Hose oder Rock. Und diesen herrlich straffen Bauch darfst du leider auch nicht zeigen. Sorry.«

Er bemerkte ihre Kränkung. Wie sie wortlos den Raum verließ. Er hätte ihr das vorher sagen sollen. Keine Frau hört gern, dass sie das falsche Outfit trägt.

Aber als sie wieder auftauchte, spürte er, dass alles vergeben und vergessen war. Nun trug sie eine weiße Caprihose und ein lockeres Baumwollshirt. »Du siehst super aus, hinreißend«, sagte er. »In deiner engen Shorts warst du natürlich unwiderstehlich, aber das hier ist passender und nicht weniger sexy.« Verlegen strich Horseman sich über das Kinn.

»Du hast recht, Joe, du musst mir sagen, wie ich mich hier verhalten soll. Ich will doch niemanden vor den Kopf stoßen.«

Melissa setzte sich eine Sonnenbrille und einen Schlapphut auf. Dann machten sie sich auf den Weg den Hügel hinunter Richtung Innenstadt. Als neben ihnen ein Taxi langsamer wurde, winkte Horseman es herbei. »Nehmen wir das, du kommst bestimmt um vor Hunger.« Bei ihm war das jedenfalls so.

Das Taxi hatte Mühe, im dichten Verkehr vor dem Café zu halten. »Republic of Cappuccino? Cooler Name!« Horseman freute sich, dass er Melissa gefiel.

»Das RoC wurde kurz nach dem Militärputsch eröffnet, bei dem der neue Herrscher die Republik Fidschi ausrief und sich vom englischen Königshaus löste, das bis dahin der Souverän Fidschis gewesen war. Daher war der Name dieses Cafés ziemlich provozierend, aber die Inhaber kamen damit durch.«

»Einfach super! Ich hätte vor meinem Besuch wirklich mehr lesen sollen, Joe, aber ich hatte so viel zu tun, und dann auch noch mit meinem Master … Ich weiß so gut wie gar nichts über dein schönes Land.«

»Keine Sorge, ich werde es dir von seiner besten Seite zeigen. Für irgendwas muss ich ja gut sein.« Lächelnd stieß sie ihm in die Rippen. »Der Laden hier ist immer ausgebucht«, fuhr Horseman fort. »Gutes Essen, großartiger Kaffee und vor allem: Klimaanlage.«

»Und ein sehr cooler Name«, ergänzte Melissa.

Die Angestellten begrüßten Horseman überaus herzlich und konnten ihre Neugier auf Melissa nicht verhehlen. Joe und Melissa teilten sich einen riesigen Salat und tranken Eiskaffee. Horseman holte einen Stadtplan hervor, den er sich besorgt hatte, und breitete ihn auf ihrem Tisch aus.

»Wir sind hier auf der Hauptstraße in der Innenstadt, der Victoria Parade. Das ist definitiv das beste Viertel. Da drüben, direkt am Meer, sind die Luxushotels. Auf dieser Seite, etwas weiter die Straße entlang, befinden sich der Botanische Garten, der Albert Park, das Museum und die Regierungsgebäude. Nach Westen hin öffnet sich die Innenstadt. Da wird es auch sozial bunter. Der Markt befindet sich am Westrand der Stadt, genauso wie das Polizeipräsidium von Suva, wo ich arbeite.«

»Dann lass uns mal die Victoria Parade erkunden.«

Während sie die Straße entlangschlenderten, äußerte Melissa wiederholt ihr Entzücken über die angeblich pittoresken, aber eigentlich heruntergekommenen Läden, über schäbige Imbisse und dunkle Innenräume, auf die man durch schmutzige Scheiben einen Blick erhaschen konnte. Horseman versuchte Suva aus Melissas Sicht zu betrachten. Aber er sah zu viel abblätternde Farbe, zu wenig Bemühungen um Verbesserungen, zu viele Bettler (obwohl für ihn schon einer zu viel war).

Nach kurzer Zeit erreichten sie den sattgrünen Ratu Sukuna Park, der die Reihe der Gebäude auf der Südseite der Victoria Parade unterbrach.

»Ach, Schatz, dieser Park ist ja direkt am Meer! Könnten wir dorthin? Es sieht so aus, als wäre da eine Mauer, auf die wir uns setzen könnten.«

»Na klar, die Hauptstraße verläuft grob gesehen parallel zum Ufer. Das merkt man nur so gut wie nie, weil hier alles so flach ist, dass man über die Gebäude nicht hinwegblicken kann.«

Gestutzte Hibiskus- und Wundersträucher schmückten den Park. Besucher ruhten sich auf Bänken aus oder machten ein Picknick im Gras. Ein magerer Hund kam ihnen hoffnungsvoll entgegengehinkt. Melissa streckte die Hand aus.

»Achtung, nicht anfassen!«, sagte Horseman scharf.

Erschrocken zog sie die Hand zurück. »Wieso denn, Joe? Der arme Hund ist so dünn und humpelt! Sieh nur die geschwollenen Zitzen. Sie hat Nachwuchs.«

»Ich weiß. Mir tut sie ja auch leid. Aber wahrscheinlich ist sie krank, und sie könnte dich beißen.«

»Ich kann doch nicht einfach an ihr vorbeilaufen! Gibt es hier kein Tierheim, wo man sich um sie kümmern könnte?«

»Doch, es gibt eine Niederlassung der RSPCA, aber die konzentriert sich auf die Rettung misshandelter oder entführter Tiere. Das hier ist nur ein Streuner, von denen gibt es Hunderte. Fidschianer betrachten streunende Hunde als etwas ganz Natürliches. Sie glauben, Hunde könnten für sich selbst sorgen.«

»Aber ich kann sie nicht ignorieren. Sie braucht Hilfe. Wo kann ich Fleisch kaufen, Joe? Ich will ihr wenigstens was Gutes zu fressen geben, damit sie ihre Welpen säugen kann.«

»Melissa, wenn du den Welpen beim Überleben hilfst, gibt es vor Ende des Jahres noch mindestens zwanzig weitere kranke Hunde, die durch die Straßen streunen. Nur von dieser einen Hündin. Das weißt du doch.«

»Ja, das weiß ich. Und du hast recht. Aber sie leidet, sie ist krank. Ich bin nur zu Besuch hier, kann mich also nicht um sie kümmern. Aber ich kann wenigstens eine Weile ihren Hunger stillen. Und das werde ich auch tun, Joe.«

Horseman hatte schon erlebt, wie stur Melissa sein konnte. Vielleicht war es auch ganz gut, dass sie nicht mehr daran dachte, sich an der Hafenmauer zu entspannen. Der Stadtrat hatte die Promenade zwar ausbessern und Sträucher pflanzen lassen, dennoch schwappte weiterhin ein öliger Müllteppich an die Mauer. Es wäre auch nicht ungewöhnlich gewesen, wenn in dem widerlichen Abfall ein toter, aufgeblähter Kadaver zu sehen gewesen wäre. Das konnte er ihr ersparen.

Lächelnd nahm er ihre Hand. »Ich geb's auf. Aber es gibt hier nichts in der Nähe, wo man Fleisch kaufen kann. Wir müssen mehrere Blocks weitergehen, da ist ein Supermarkt. Ein Metzger wäre noch weiter entfernt. Oder wir versuchen es bei KFC neben dem Park. Du entscheidest.«

»Dann zu KFC, obwohl ich Fastfoodketten eigentlich nicht unterstützen will. Aber sonst ist sie vielleicht nicht mehr da, wenn wir zurückkommen.« Der Hund, von Hunger getrieben, folgte ihnen vorsichtig zum amerikanischen Schnellrestaurant. Melissa ging hinein und kam triumphierend wieder heraus. »Man hat mir eine Schachtel Hühnchen ohne Knochen gegeben. Wirklich sehr entgegenkommend. Und jetzt folge mir, kleine Mutter.« Sie führte die Hündin zu einem ungestörten Plätzchen zwischen zwei Hibiskusbüschen und fütterte sie Stück für Stück mit dem Fleisch. Gemeinsam sahen sie zu, wie sie es herunterschlang.

»Und jetzt müssen wir sie loswerden«, sagte Horseman. »Du willst sie ja schließlich nicht behalten.« Also warf Melissa das letzte Stück Hühnchen weit weg, dann rannten sie in die entgegengesetzte Richtung auf die Victoria Parade. Dort angekommen, spazierten sie noch atemlos ein bisschen im Herzen des Viertels aus der Kolonialzeit herum. Gebäude mit Holzbalkonen säumten die schmalen, gewundenen Gassen und stemmten sich gegen die Invasion von Beton und Glas. Sie erreichten ein kleines Dreieck vor der Touristeninformation, wo fünf Straßen ziemlich unorthodox zusammenkamen.

»Oh, Joe, das wollte ich dir noch erzählen: Ich habe in Nadi einen dieser Verkehrspolizisten gesehen! Guck mal, da ist noch einer!«

Horseman warf einen Blick auf den Polizisten, der den Verkehr an dieser durchaus komplizierten Kreuzung regelte. »Ja und, was meinst du, Melissa?«

»Nichts, Joe. Ich finde nur die Uniform so komisch. Die blaue Uniformjacke ist ja ganz normal. Aber der weiße Rock mit den Zacken am Saum, die aussehen wie Haifischzähne? Und dazu Sandalen?«

Horseman tat so, als wäre er beleidigt. »Also wirklich, das ist die Paradeuniform der Polizei von Fidschi. Und der Rock ist eigentlich ein *Sulu.* Du wirst schon deine Meinung darüber ändern, wenn du mich erst in dieser Uniform siehst, junge Dame. Oder besser noch, wenn du eine richtige Parade erlebst. Mal sehen, ob sich das organisieren lässt, nur für dich. Wenn du mir eine einzige Polizeitruppe nennen kannst, die schicker ist als unsere, lade ich dich zum Essen ein.«

»Musst du dich wirklich so verkleiden, Joe? Ich dachte, die Uniform wäre nur eine Show für die Touristen.«

»Melissa! Ich bin jetzt Detective, der zivil trägt, aber bei offiziellen Anlässen bin ich stolz in meiner Paradeuniform. Wir lieben diese Uniform, weißt du? Im alltäglichen Dienst tragen wir hellblaue Hemden und dunkelblaue Shorts und Baretts. Die weiblichen Polizisten haben dunkelblaue Röcke. Aber wir finden, die Verkehrspolizisten können sich glücklich schätzen, den *Sulu* täglich anziehen zu dürfen.«

»Dann bitte zieh ihn für mich an.«

Ihm gefiel das freche Glitzern in ihren Augen. »Nur wenn du brav bist. Selbstverständlich heiraten alle Verkehrspolizisten schon jung. Geht auch nicht anders. Nur eine Frau schafft es, sich anständig um das Waschen, Stärken und Bügeln der Uniform zu kümmern.«

»Joe Horseman, wie kannst du es wagen!«

»Das ist die Revanche für deine Lästerei über den *Sulu.*«

Melissa lachte und Joe fiel ein. »Aber dir muss doch aufgefallen sein, dass sowohl in Nadi als auch hier viele Männer einen *Sulu* tragen.«

»Stimmt. Fand ich zuerst komisch, aber langsam gewöhne ich mich dran.« Als sie beim Überqueren der Straße am Polizisten vorbeigingen, taxierte Melissa den Beamten verstohlen. »Du hast recht, Schatz. Dieser *Sulu* ist wirklich gestärkt! Und dem armen Kerl tropft der Schweiß von der Stirn!«

Während sie in Richtung Nabukalou Creek, Kino und Kaufhaus der ehemaligen Steamships Trading Company gingen, hörten sie ein durchdringendes, rhythmisches Klopfen.

»Jetzt wirst du noch einen Streuner kennenlernen, Melissa. Ich hatte gehofft, er würde da sein.«

Das Klopfen wurde lauter, begleitet von einem Singsang: »Schuhglanz für alle, Schuhglanz für jeden! So blank wie ein Spiegel, ein Spiegel, yeah, yeah! Schuuuh-glaaanz!« Tevita stand an einem seiner Stammplätze am Eingang der Jubilee-Arkaden. Aber er sah sie nicht kommen, sondern blickte in die entgegengesetzte Richtung. Horseman stellte einen Fuß auf seine Holzkiste.

»*Bula*, Tevita, bei meinen Sandalen musst du dir heute größte Mühe geben, bitte.«

»Hey, Joe. *Bula, Bula!*« Das Gesicht des Jungen leuchtete auf. Dann bemerkte er Melissa und wich vorsichtig zurück.

»Tevita, dies ist meine Freundin Melissa. Sie ist den ganzen weiten Weg aus Amerika gekommen, um hier in Fidschi Urlaub zu machen. Melissa, Tevita ist ein Mitglied der Junior Shiners Rugbymannschaft, die ich trainiere.«

»Oh ja, deine Mutter hat mir alles von den Shiners erzählt. Sehr erfreut, dich kennenzulernen, Tevita.« Sie streckte die Hand aus, die Tevita feierlich schüttelte, während er auf ihre Schuhe starrte.

»Tut mir leid, Miss Melissa, aber Sie haben Stoffsneakers. Dafür habe ich heute nichts dabei.«

»Ist schon gut, Tevita. Sie sind ja noch sauber. Aber Joes Sandalen müssen wirklich geputzt werden.«

Tevita wischte Joes Sandalen erst mit einem Tuch ab, dann trug er mit einem anderen ein bisschen Kiwi-Schuhcreme auf. Er bürstete sie so energisch, dass die braunen Riemen danach wie neu wirkten, und zu guter Letzt polierte er sie mit einem Stück Jersey aus einem alten Trikot auf Hochglanz. »Blank wie ein Spiegel, wie?«

»Ja, wie ein Spiegel, Tevita. Gute Arbeit.« Tevita klopfte entschieden auf die Kiste, worauf Horseman gehorsam den anderen

Fuß draufstellte. »Hast du von dem Einbruch im Fidschi-Museum gehört? Es ist ein paar Wochen her.«

»Nein! Das war ich nicht!«

»Das weiß ich doch, Tevita. Aber vielleicht erzählt dir jemand davon. Solltest du etwas hören, sag mir bitte Bescheid. Das würde mir sehr helfen.«

»Ich will dir immer helfen. Aber darüber weiß ich gar nichts. Ich frag gern mal die bösen Jungs. Für dich, Joe.«

»Die Jungen, die immer am Thurston Garden rumhängen, müssen etwas wissen. Die kennen doch sicher ein paar der Museumsangestellten, meinst du nicht?«

Tevita nickte, während er Horsemans Sandale polierte.

»*Vinaka vakalevu*, Tevita.« Der Junge klopfte auf seine Kiste, und Horseman begutachtete seine zweite Sandale. »Großartig, blank wie ein Spiegel.« Er gab Tevita zehn Dollar, viel zu viel eigentlich. Tevita würde das als Entschädigung dafür betrachten, dass er seinen Job vernachlässigte, um Informationen für Horseman zu sammeln.

»Aber nicht vergessen, Tevita, es hilft mir nicht, wenn du nur irgendeine Geschichte erfindest. Wenn du nichts darüber herausfinden kannst, gib's einfach zu, dann habe ich Klarheit.«

»*Io*, Joe. Kennst mich doch.« Sie besiegelten den Deal mit einem Handschlag.

Als sie am Kino vorbeigingen, den stinkenden Kanal Richtung Handelshafen überquerten und den Markt erreichten, erklärte Horseman Melissa die Hintergründe. »So, meine Liebe, jetzt aber mal etwas anderes: Der Freitagsmarkt ist das Juwel in der Krone von Suva. Bleib nur dicht bei mir. Wir müssen uns jetzt ins Gedränge stürzen.«

* * *

Sie beschlossen den restlichen Tag zu Hause zu verbringen. Horseman grillte einen Forellenbarsch vom Markt und briet dazu

Maniokstückchen in Kokosöl. Melissa war so begeistert von den Farben und der Auswahl der Gemüsesorten gewesen, dass sie auch zwei große Körbe gekauft hatte, um so viel wie möglich nach Hause zu schleppen. Jetzt kreierte sie den köstlichsten aller Salate und mischte vier Sorten Blattsalat mit Paprika, Tomaten, Nüssen, Endivien, Koriander und Basilikum.

Horseman war wunschlos glücklich. Nach dem Essen spülten sie gemeinsam ab. Als sein Telefon klingelte, ging er knurrend dran. Es war seine Mutter. »*Bula*, Mum«, sagte er.

»*Bula*, Josefa. Wie geht es Melissa?«

»Gut. Wir haben zu Hause gekocht und räumen gerade auf.«

»Ich will dich nicht aufhalten, Joe. Kümmere dich nur um die junge Dame«, sagte sie scherzend.

»*Io*, Mum, das habe ich vor.«

»Ich habe gerade mit deiner Schwester Eva gesprochen. Sie freut sich darauf, morgen mit Melissa ein Picknick im Solo-i-Suva-Nationalpark zu machen. Gegen zehn Uhr holt sie sie bei dir ab.«

»*Vinaka*, Mum. Leider werde ich sie nicht begleiten können.«

»Das verstehen wir doch, Josefa. Deine Arbeit bringt Unannehmlichkeiten mit sich, ist aber wichtig, deshalb bist du entschuldigt. Ich hoffe nur, du knackst den Fall ganz schnell, damit Melissa auch etwas von dir hat.«

»*Io*, aber wahrscheinlich wird den jemand anderer knacken. Denn der Superintendent hat mir verboten, heute noch nach Tanoa zu fahren.«

»Recht so! Ist doch auch egal, wer den Fall knackt. *Moce*, mein Sohn.«

»*Moce*, Mum.« Aber Horseman merkte, dass es *ihm* nicht egal war. Kein bisschen.

Melissa lächelte. »Der Klang eurer Sprache ist wunderschön. So weich und rhythmisch.«

Horseman hatte gar nicht gemerkt, dass er mit seiner Mutter automatisch Fidschianisch gesprochen hatte.

»Oh, tut mir leid. Meine Mutter wollte nur Bescheid sagen, dass Eva dich morgen früh um zehn zu einem Picknick abholt.«

»Deine Mutter war extrem nett zu mir, Joe.«

»Nur hat sie dich um deinen Anschlussflug gebracht.«

Melissa gluckste. »Ist doch alles gut gegangen.«

»Ich hätte dich gerne früher hier gehabt«, grummelte Horseman.

Gerade als er das Küchentuch aufhängte, klingelte sein Handy erneut. Es war der Superintendent.

»Navala hier, Joe. Tut mir leid, dass ich störe. Aber ich weiß, dass Sie auf dem Laufenden bleiben wollen.«

»*Io*, danke, dass Sie anrufen, Sir.«

»Susie hat eine Suchaktion organisiert, aber bis zum Einbruch der Dunkelheit gab es keine Spur von Kelera. Die Officers, die in Kumi auf der Wache waren, als Kelera anrief, erklärten, sie hätte sich zu Fuß auf den Heimweg nach Tanoa gemacht. Einer von ihnen hat ihr das Telefon gegeben, behauptet aber, mehr nicht zu wissen.«

»Das bezweifle ich, Sir, Sie auch?«

»*Io*, aber sie werden nicht gerade zugeben, dass sie gelauscht haben«, antwortete der Super resigniert. »Morgen früh wird die Suche mit den Beamten fortgesetzt, die ich zusätzlich abbeordert habe. Leider sind es nur zwei, aber sie haben viel Erfahrung.«

»*Vinaka*, Sir.«

»Sie werden sich freuen zu hören, dass die Techniker heute die neuen Funkgeräte mit Singh getestet haben. Sie hat sie gut hören können, obwohl sie ein altes Gerät hat. Also sieht es besser aus als erhofft. Singh und Musudroka werden morgen das Fahrzeug mit dem neuen Funkgerät nehmen. Dann können sie voraussichtlich direkt mit uns hier in Suva kommunizieren. Und selbst wenn nicht, werden sie ganz sicher die Wache in Korovou und Nausori erreichen, die etwaige Nachrichten an uns weitergeben.«

»Ich will dabei sein, Sir. Ich habe die Verantwortung für den Fall. Melissa versteht das. Meine Schwester holt sie morgen ab, um einen Ausflug mit ihr zu machen. Also habe ich praktisch frei.«

»Nein, lieber nicht. Ich kann Sie ja verstehen, aber Sie bleiben am besten in Suva und koordinieren alles. Es gibt jede Menge für Sie und mich zu tun. Allerdings will ich Ihnen das nicht befehlen.«

Da der Superintendent ihn so gut wie nie seinen höheren Rang spüren ließ, widersprach Horseman nicht weiter.

»Sobald die Tochter des Pastors auftaucht, planen wir neu. Susie will heute Abend noch Freunde von Kelera in Nausori befragen. Hoffen wir, sie bekommt einen Hinweis. *Moce mada*, Joe.«

»*Moce mada*, Sir.«

»Schlechte Neuigkeiten?«, erkundigte sich Melissa.

»Nein, eigentlich nicht. Aber der Super will mich morgen nicht nach Tanoa fahren lassen. Und ich habe ein schlechtes Gewissen, weil Susie da oben alles ganz allein bewältigen muss.«

»Ist das ein Problem für sie?«

»Nein, sie ist tüchtig und wird es wahrscheinlich sogar genießen. Ihr Jagdinstinkt ist ziemlich ausgeprägt.«

»Na, dann ist es ja gut. Oder nicht?« Bildete er sich das ein, oder verriet ihre Stimme einen Hauch Ungeduld?

»Ja. Obwohl ich dir bestimmt vorkomme wie der letzte Kontrollfreak – was ich nicht bin! Ich muss nur alles versuchen, um Fortschritte zu erzielen, und daran hindert mich gerade der Super.«

Daraufhin stand Melissa auf, nahm umfasste seine Hände und blickte ihm direkt in die Augen. »Ich glaube, ich bin diejenige, die dich daran hindert, Joe.«

Geschockt nahm Horseman sie in seine Arme. »Aber nein, Melissa! Ich freue mich doch so, dass du da bist!«

»Würde es dir vielleicht helfen, wenn du mir alles über diesen Fall erzählen würdest? Man weiß ja nie, vielleicht bin ich ein Naturtalent als Ermittlerin.«

Er küsste sie. »Verschieben wir das auf morgen früh. Jetzt lass uns ins Bett gehen.«

29

Singh und der Superintendent waren sich einig gewesen, dass Horseman nicht gestört werden sollte – zumindest nicht heute, wenn diese mysteriöse Melissa in Fidschi ankommen würde. Eigentlich hätte Singh gar nicht so überrascht sein müssen, als Horseman davon erzählte: Wenn sie darüber nachdachte, bestand kein Grund dazu. Es wäre doch viel erstaunlicher gewesen, wenn er in seinem Jahr in den Staaten niemanden kennengelernt hätte – so ganz ohne CID und Rugby! Vermutlich war er wegen seines Jobs und seiner Rugbykarriere die ganze Zeit Single geblieben. Das galt ja auch für sie, selbst wenn sie nur den Job hatte, weil ihre Familie sie allenfalls noch am Rande in Anspruch nahm. Die zwei Wochen, die sie vor kurzem bei ihren Eltern verbracht hatte, würden erst mal für einige Zeit reichen. Und gewiss liebte sie ihre Nichten und Neffen abgöttisch, mied aber ihre eigenen Geschwister, da sie geradezu davon besessen waren, einen Mann für sie zu finden.

Allerdings musste sie zugeben, dass sie nicht nur wegen ihres Jobs noch Single war, sondern auch, weil es einfach keine Bewerber gab. Natürlich waren verschiedene Heiratsvermittler an ihre Eltern herangetreten und hatten ihnen passende Kandidaten vorgestellt. Es hatte auch Männer gegeben, die den direkten Weg bevorzugt und sie um ein Date gebeten hatten. Ein oder zwei davon hatten ihr auch so gefallen, dass sie sie gerne näher kennengelernt hätte. Aber als diese Männer erfuhren, dass sie nach der Heirat nicht ihren Job aufgeben wollte – nicht mal, wenn sie Kinder bekäme –, hatten sie mit aufrichtigem Bedauern das Weite gesucht.

Also überraschte es sie eigentlich nicht, dass ihr Chef eine

Freundin hatte, sondern nur, dass er so geheimnistuerisch gewesen war – obwohl das vielleicht nicht das richtige Wort war. Wenn sie über sein Verhalten nachdachte, fand sie ihn schon ziemlich verschlossen. Allerdings nur, sobald es um ihn persönlich ging, ansonsten war er ein recht offener Mensch. Vielleicht vertraute sie ihm auch deshalb so. Sie war sich sicher, dass er die Privatsphäre seiner Mitarbeiter genauso schützen würde wie seine eigene.

Also sollte sie ihm doch diesen einen Tag mit seiner Freundin zugestehen – denn diese Melissa musste doch seine Freundin sein, oder nicht? Wenn sie ohne seine Hilfe Kelera finden und den Mordfall lösen könnte, dann würde er den Urlaub nehmen, den der Super ihm schon vor über einem Monat genehmigt hatte, und die Ferien mit seiner Freundin genießen.

Mrs Tora hatte Singh die Namen von Keleras Freunden gegeben, die in Nausori und Suva wohnten und sie von ihrer Lehrerausbildung kannten. Singh hatte sie von der Polizeiwache in Kumi angerufen, und alle waren bereit gewesen, mit ihr zu reden, obwohl sie schon seit einiger Zeit nichts mehr von Kelera gehört hatten.

Jetzt bog sie in eine Seitenstraße in Nausori ein, die von schlichten Holzhäusern auf Stelzen gesäumt wurde. Dahinter sah man Gemüsegärten bis zum Flussufer. Die Gärten wirkten sehr gut gepflegt und voll in Schuss, obwohl sie regelmäßig überflutet wurden. Singh entdeckte das Haus, das sie suchte: leuchtend blau mit gelber Verzierung im Schatten eines Regenbaums.

Eine abgearbeitete Frau mit langem geflochtenem Zopf öffnete die Tür. Singh sprach sie auf Hindi an. »Mrs Bhagwan? Ich bin Detective Susila Singh. Ist Indira zu Hause, und könnte ich bitte mit ihr sprechen?«

»Ja. Ja, sie sagte, dass Sie vielleicht kommen«, erwiderte Mrs Bhagwan. Singh zog ihre Schuhe aus und folgte Mrs Bhagwan in ein überfülltes Wohnzimmer. Drei Kinder hockten vor dem Fernseher, während ein halbwüchsiger Junge am Tisch seine Hausaufgaben machte.

»Bitte, setzen Sie sich doch, Miss Singh. Ich hole Indira. Sie ist im Garten.«

»Nicht nötig. Ich gehe zu ihr. Ich werde sie nicht lange stören.«

»Dann kommen sie mit. Sie müssen die Treppe hinter dem Haus nehmen.«

Singh lief das Wasser im Mund zusammen, weil aus der Küche köstliche Gerüche drangen. Sie zog ihre Schuhe wieder an und ging hinunter in den üppig grünen Garten.

»Indira, Indira, komm mal!«, brüllte Mrs Bhagwan von der Veranda aus.

Indira war die jüngere Ausgabe ihrer Mutter. Sie kam mit zwei Plastikeimern die Treppe herauf. Als sie Singh sah, stellte sie sie ab und gab ihr die Hand.

»Das sind aber prächtige Tomaten«, sagte Singh.

»Danke, sie wachsen hier auch gut. Ich ernte gerade Vorräte für den Markt am Samstag.«

»Indira, wie ich Ihnen schon am Telefon erzählte, wurde Keleras Freund vor einer Woche ermordet, und sie ist seit heute verschwunden. Da ihr Freund heute Morgen beerdigt wurde, wirkt ihr Abtauchen ziemlich merkwürdig. Die Polizei hilft ihren Freunden und Verwandten bei der Suche nach ihr, aber bislang ohne Erfolg. Wann haben Sie das letzte Mal etwas von Kelera gehört?«

Indira runzelte die Stirn. »Vor etwa drei Wochen. Sie kam hierher, weil sie etwas in der Bibliothek in der Stadt recherchieren wollte. Wir trafen uns auf einen Tee und konnten ein bisschen plaudern.«

»Hat sie Ihnen erzählt, was genau sie an diesem Tag in der Bücherei recherchieren wollte?«

»Nein. Ich dachte, es wäre etwas für ihre Klasse. Sie ist sehr gewissenhaft. Die kleine Dorfschule kann von Glück sagen, sie als Lehrerin zu haben.«

»Ist die Bibliothek denn am Samstag geöffnet?«

»Ja, von zehn bis vier Uhr, glaube ich.«

»Hatten Sie schon geplant, wann Sie sich wiedersehen wollten?«

»Nein, in letzter Zeit kommt sie nicht mehr so oft in die Stadt. Sie bleibt in ihrem Dorf, weil ihr Freund in Suva arbeitet und an den meisten Wochenenden nach Tanoa zurückkehrt. In ihrer Freizeit kümmert sie sich um den Garten, genau wie ich. Wer hätte das gedacht? Eigentlich hat sie sich immer viel mehr für Bücher als für Gartenarbeit interessiert. Aber das bewirkt eben die Liebe.«

»Wie lang war sie schon mit ihrem Freund zusammen?«

Indira lächelte. »Das weiß ich nicht, weil Kelera ihre Geheimnisse zu wahren versteht. Aber es ist bestimmt schon über ein Jahr her, dass sie mir von ihm erzählt hat. Ihr ist es wirklich ernst, aber sie weiß nicht, ob er genauso empfindet. Wenn nicht, wäre er schön dumm!«

Singh sah keinen Grund, mit Indira über die Hintergründe von Vilis Mord zu spekulieren.

»Wollte Kelera aus Tanoa wegziehen?«

»Ich weiß, dass sie darüber nachgedacht hat. Aber im letzten Jahr entschied sie zu bleiben, um ihrem Freund bei seinem Gewürzprojekt zu helfen. Ich drängte sie zwar, sich um eine Versetzung nach Nausori zu bemühen, aber sie sagte immer: ›Eines Tages vielleicht, nur jetzt noch nicht.‹«

»Gibt es noch jemanden, der etwas über ihren Verbleib wissen könnte?«

»Nicht viele, glaube ich. In ihrem Dorf war sie ein bisschen abgeschnitten von der Welt.«

Singh reichte Indira die Liste mit den Namen, die Keleras Familie ihr gegeben hatte. Indira las sie sich durch. »Ein paar von denen kenne ich, aber nicht alle. Ich glaube aber nicht, dass einer von denen irgendwas wissen könnte. Leider.« Indira schüttelte stirnrunzelnd den Kopf.

Singh gab ihr ihre Karte. »Bitte rufen Sie mich an, wenn Ihnen noch irgendetwas einfällt und natürlich auch, wenn Kelera sich bei Ihnen meldet. Vielen Dank, Indira. Bitte danken Sie auch Ihrer Mutter in meinem Namen.«

Die zweite Adresse führte zu einem kleinen Betonwohnhaus in der Nähe des Flughafens. Eine große, dünne Frau mittleren Alters saß auf einem Hocker unter einem Orangenbaum und schabte Kokosnüsse aus. Singh hatte das rhythmische Geräusch am Ende eines Tages schon immer geliebt. Es war tröstlich wie ein langsamer Herzschlag.

»*Bula vinaka.* Ich bin Sergeant Singh. Sind Sie Mrs Kiti Waqa?«

»*Bula vinaka. Io,* ich bin Kiti.« Mrs Waqa erhob sich, um den Besuch zu begrüßen. Sie war Mere Toras Schwester, sah ihr aber ganz und gar nicht ähnlich.

»Ich bin wegen ihrer Nichte Kelera hier.« Singh erklärte ihr die Situation.

»Ach du meine Güte, da machen sich bestimmt alle große Sorgen. Gott sei ihnen gnädig. Aber es tut mir sehr leid, Kelera ist nicht hier. Wir haben sie schon seit ein paar Monaten nicht mehr gesehen. Sie ist eine hart arbeitende Grundschullehrerin und beschäftigt sich an den Wochenenden mit einem landwirtschaftlichen Projekt in Tanoa. Manchmal denke ich, sie ist zu pflichtbewusst, zu ernst. Verstehen Sie?«

Das verstand Singh, da sie selbst auch ein bisschen zu ernst und pflichtbewusst war. Sie zeigte Mrs Waqa die Liste, die sie langsam durchlas und dann den Kopf schüttelte.

»Nein, tut mir sehr leid, aber mir fällt niemand ein, den man noch auf diese Liste setzen sollte, Sergeant. Ich kann nur beten, dass Kelera gesund und munter zu uns zurückkehrt. Gott segne Sie.«

Singh dankte Mrs Waqa und fuhr nach Suva zurück. Sie hielt kurz an der Polizeiwache von Nausori, um Superintendent Navala anzurufen und ihm die Liste mit Keleras Kontakten zu faxen. Er würde sofort jemanden damit beauftragen, die Namen abzuarbeiten.

Als sie das Präsidium von Suva erreichte, war es bereits dunkel. Tanielo Musudroka saß noch am Schreibtisch und telefonierte. Nachdem er das Gespräch beendet hatte, fragte sie: »Wie läuft's?«

Musudroka schüttelte den Kopf. »Bislang nicht gut. Nur die Hälfte auf dieser Liste hat Telefon oder zumindest einen Anschluss, von dem wir die Nummer wissen. Der Super hat Keli eingeschaltet, damit er die restlichen Nummern aufspürt. Wenn irgendeiner diese Leute finden kann, dann Keli. Der Super meint, er sei ein echter Bluthund. Übrigens will er Sie sehen, Sarge.«

***

»Detective Sergeant Singh, ich glaube, Sie haben Sai Balolo, unseren Finanzsachverständigen, schon kennengelernt, oder?«, fragte Superintendent Navala.

Singh nickte und streckte ihre Hand aus. »Ja, gestern, Sir. Schön, Sie wiederzusehen, Mr Balolo.«

»Nennen Sie mich doch bitte Sai, Sergeant. Ich bin kein Polizeibeamter, sondern ein Zivilist, der in der Abteilung für Wirtschaftskriminalität arbeitet.«

»Setzen Sie sich doch, Susie«, forderte Navala sie auf und half ihr aus ihrer Verlegenheit. »Hören Sie sich an, was Sai zu sagen hat.« Singh hatte für die finanzielle Seite des Falls und für den NLTB ein eigenes Notizbuch angelegt. Ein grünes. Sie holte es aus ihrem Rucksack, setzte sich an den Tisch und zückte einen Stift.

»Haben Sie schon etwas für uns gefunden, Sai?«

»Ja und nein, Sergeant, ja und nein. Bislang gibt es nichts Interessantes in den Akten, die Viliame aktuell bearbeitet hatte. Bislang. Aber wir haben noch nicht alle durch, obwohl ich mehrere Mitarbeiter darangesetzt habe.«

Singh bemühte sich, ihre Enttäuschung zu verbergen.

»Doch haben wir etwas entdeckt, worin es um Pachtverträge für Grundstücke in Tanoa geht.«

»Pachtverträge? Ich hätte angenommen, dafür wäre Tanoa viel zu weit ab vom Schuss«, bemerkte Singh.

»Das stimmt auch, deshalb haben diese Verträge auch nichts mit

Landwirtschaft oder Gebäudenutzungen zu tun. Aber wussten Sie, dass es auch Pachtverträge für Mahagonikulturen gibt?«

»Nun ja, wir haben im Wald Mahagonibäume gesehen, und es wurden auch Pachten erwähnt. Offenbar herrscht in Tanoa die Überzeugung, dass die Erträge aus dem Verkauf des Mahagonis alle Probleme lösen könnten. Vili meinte, die Älteren würden das als wahre Wunderwaffe betrachten. Er glaubte, das wäre einer der Gründe, weswegen sie seine Projekte ignorierten.«

Sai hörte aufmerksam zu. »Aha, verstehe. Ihr Mordopfer hat diese Akten vor ein paar Monaten angefordert, obwohl sein Vorgesetzter ihn nicht damit beauftragt hatte. Man könnte sagen, es war sein persönliches Forschungsprojekt. Was wir entdeckt haben, und er wahrscheinlich auch, ist, dass das Land mit den Mahagonibäumen in den frühen Siebzigern des letzten Jahrhunderts an den Clan des Häuptlings gegangen ist, und zwar weil der Clan, der bis dahin die Pacht für das Land hielt, ausgelöscht wurde.«

»Die Sache mit der Auslöschung eines Clans habe ich noch nie richtig verstanden«, sagte Singh.

»Manchmal passiert das auf natürlichem Weg, wenn es keine männlichen Erben mehr gibt, die den Clan anführen können. So etwas geschah häufig nach Grippe- oder Masernepidemien, bei denen ganze Familien innerhalb weniger Wochen verstarben. Ich glaube, dies ist der Grund, warum das Gesetz erlassen wurde. Ohne diese Regelung würde das Land von ausgelöschten Clans an den Staat zurückfallen. So wurde es, wie jetzt auch in Tanoa, den Häuptlingen überschrieben. Und da Viliame das in der Akte gekennzeichnet hat, dachte er wohl, es wäre wichtig für das, was er suchte.«

»Könnte Vili vielleicht irgendwie auf mütterlicher Seite mit diesem ausgelöschten Clan verwandt gewesen sein? Hat er es vielleicht deshalb recherchiert?«, fragte Singh.

Sai breitete die Hände aus. »Möglich wäre es. Weisen denn noch andere Indizien in diese Richtung?«

Singh spürte, wie sie aufgeregt wurde. »Vilis Kollege beim NLTB hat mir gestern erzählt, er habe Vili mal sagen hören, dass Mahagonibäume sehr tief wurzeln.«

»Für einen einfachen Rechnungsprüfer wie mich ist das etwas vage, aber es klingt ganz passend. Ein bisschen Ahnenforschung könnte Ihnen Informationen liefern, die Ihre Hypothese stützen. Allerdings öffnet die Meldebehörde erst wieder am Montag.«

Navalas Miene war finster, als er sich erhob. »Meiner Meinung nach ginge es schneller, wenn wir Ratu Osea hier in Suva einen Besuch abstatteten und ihn persönlich fragten. Kommen Sie mit, Susie?«

»Jetzt, Sir?«

»Gibt es einen besseren Zeitpunkt?«, knurrte Navala. Das war nicht die ruhige Stimme der Vernunft, die sie von ihrem Vorgesetzten erwartet hatte. Singh warf einen Blick zu Sai, der angelegentlich seine Akte studierte.

»Nein, Sir. Ich rufe ihn nur kurz an, um Bescheid zu sagen, dass wir kommen, ja? Seine Karte habe ich.« Sie blätterte auf der Suche nach der Karte durch ihr Notizbuch, die sie dort irgendwo zwischen die Seiten gesteckt hatte.

»Nicht nötig, Sergeant. Sai, wenn Sie mir eine Fotokopie des entsprechenden Akteneintrags machen könnten, dann brechen wir sofort auf.«

Sai reichte dem Super eine Kopie, die er schon vor dem Meeting gemacht hatte.

»*Vinaka vakalevu*, wo wären wir nur ohne euch Wirtschaftsprüfer, wie? Sergeant Singh, gehen wir!«

Sie hegte starke Zweifel, ob sie wirklich darauf vorbereitet waren, Ratu Osea zu befragen oder gar zur Rede zu stellen. Aber die Anordnung ihres Vorgesetzten konnte sie natürlich auch nicht missachten. Also gab sie Sai hastig die Hand und eilte dem Superintendent hinterher.

30

Während der fünfzehnminütigen Fahrt nach Suva Point schwieg Superintendent Navala. Als sie vom Queen Elizabeth Drive nach links in die grüne Enklave aus Collegearealen und ruhigen Wohnstraßen bogen, spürte Singh, wie sie immer unsicherer wurde. Nicht nur, dass ihre Mission weder fest umrissen noch vorbereitet war: Sie fühlte sich in den elitären Vorstädten, die einst den Mitgliedern der britischen Kolonialverwaltung vorbehalten gewesen waren, immer unbehaglich und fehl am Platz.

Navala parkte auf der Straße, dann gingen sie über einen Weg mit ordentlich getrimmten Büschen zur Haustür. Der dunkle Ton des Türklopfers aus Messing kündete laut von ihrer Ankunft. Singh hoffte nur, dass niemand zu Hause wäre. Aber auf das Klopfen hin öffnete rasch eine fidschianische Frau, die wahrscheinlich eine Hausangestellte war. Die beiden Polizeibeamten stellten sich vor und baten darum, mit Ratu Osea sprechen zu dürfen.

»Leider ist Ratu Osea heute Abend nicht zu Hause, Officers«, erklärte die Frau respektvoll.

»Ach, das tut mir aber leid«, erwiderte der Super. »Ich weiß, dass er ganz besondere Gäste erwartet. Sind die zufällig schon eingetroffen?«

Die Frau wurde munterer und nahm Navalas Alter, seine Haltung und seinen förmlichen grauen *Sulu* zur Kenntnis.

»*Io*, Sir, Ratu Osea isst gerade mit Ihnen im Grand Pacific Hotel zu Abend. Dort wohnen die Gäste des Ratu, wissen Sie.« Diesen Umstand fand sie eindeutig beeindruckend.

Lächelnd reichte der Superintendent ihr seine Karte. »*Vinaka*,

Madam. Würden Sie Ratu Osea dann mitteilen, dass ich hier war? Ich wäre sehr dankbar, wenn er sich bei mir melden würde.«

»*Io*, selbstverständlich, Sir. *Moce mada.*«

Während sie zum Wagen zurückgingen, wartete Singh darauf, dass ihr Vorgesetzter als Erster das Wort ergriff.

»Ich bin nicht in der Stimmung, die Sache auf sich beruhen zu lassen, Susie. Wir fahren jetzt direkt zum Grand Pacific.«

»Stimmen Sie denn mit Sai überein, Sir? Ich meine, als er sagte, dass die Übernahme von Ländereien ausgelöschter Clans gängige Praxis sei?«

»Ich weiß nicht, Sergeant. Ich hab schon davon gehört, aber wenn jemand es erzählte, dann mit Argwohn und Missfallen. Wie auch immer die Gesetzeslage aussehen mag, es ist einfach falsch. Außerdem habe ich das Gefühl, dass Viliame das ähnlich gesehen hat.«

»Bei allem Respekt, Sir, aber wir wissen nicht, ob Viliame wirklich zum ausgelöschten Clan gehörte, oder?«

»Nein, deshalb wollte ich den Chief ja auch danach fragen und nicht bis Montag warten, um dann eine zeitraubende Recherche bei der Meldebehörde zu starten. Dieser Diebstahl – Triple F – hat mich schockiert. Ich hege den Verdacht, dass Ratu Osea irgendwie seine Finger im Spiel hat. Was ist nur aus unseren Häuptlingen geworden? Ihre Aufgabe ist es doch, uns zu schützen, die Wahrheit zu sagen und den Bewohnern gegenüber loyal zu bleiben. Unsere Gesellschaft wird durch Korruption zerfressen, Sergeant. Kann es denn sein, dass ein Häuptling stiehlt? Und auch noch Land von seinem eigenen Volk?« Er schüttelte den Kopf.

Es überraschte Singh, wie engagiert der Superintendent war. Dachte Horseman auch, die Chiefs müssten über jeden Verdacht erhaben sein? Vielleicht, doch sie bezweifelte es. Ihre eigenen Eltern und Verwandten respektierten zwar das Feudalsystem Fidschis, doch sie besprachen und kritisierten auch das Verhalten der Chiefs, vor allem, wenn es um die Behandlung indischer Pächter ging.

Nun bog der Superintendent auf den Parkplatz des Hotels. Dort öffnete ein Angestellter mit eleganter Uniform Singhs Beifahrertür: aufmerksam, aber nicht peinlich beflissen. Portiers in ähnlichem Aufzug führten sie in das noble Foyer. Wenigstens hatte sie wegen der Beerdigung einen angemessen langen Rock angezogen, allerdings trug sie ihre Kleider schon den ganzen langen und heißen Tag. Sie musste sich zumindest vorher das Gesicht waschen und die Haare kämmen.

»Sir, wenn Sie mich bitte kurz entschuldigen wollen.« Sie eilte in einen schmalen Gang, wo sie die Toiletten vermutete. Zu Recht. Als sie zurückkehrte, fühlte sie sich schon ein bisschen besser. Wenn sie Navala doch von dieser unangebrachten Konfrontation abbringen könnte!

Ein Kellner lotste sie geschickt durch eine betriebsame Bar, wo nicht nur die Gäste, sondern auch eine lebhafte Reggae-Band und eine Handvoll Tanzwütige den Geräuschpegel anhoben. Über eine breite Veranda ging es in einen Speisesaal mit holzgetäfelten Wänden und einem riesigen Panoramafenster. Der Kellner erklärte in ehrfürchtigem Flüsterton: »Dies ist der Mahagonisaal, Sir. Getäfelt mit der ersten Ernte fidschianischer Mahagonibäume.«

Sie betraten den Raum, und der Super übergab dem Kellner seine Karte. »Wir möchten Ratu Oseas Gäste nicht stören und warten deshalb hier, während Sie meine Karte überbringen, mit der Bitte, den Ratu sprechen zu dürfen.«

Vom Saal aus hatte man Ausblick auf einen raffiniert illuminierten Garten, der sich bis zum tintenblauen Meer erstreckte. Lichter in der Ferne markierten die sanfte Kurve der Suva Bay.

Ratu Osea, seine fünf ausländischen Gäste, Adi Ana und eine weitere einheimische Dame dinierten an einem Fenstertisch. Als der Kellner ihm die Karte übergab, blickte der Chief sich um. Die beiden Polizeibeamten nickten ihm zu.

Der Kellner kam mit entschuldigender Miene zurück. »Superintendent? Ratu Osea wird gleich mit Ihnen sprechen. Sie sollen so lange Platz nehmen.« Er wies ihnen einen kleinen Tisch an der Tür zu und kam kurz darauf mit Kaffee und delikaten Horsd'œuvres zurück. Singh, die großen Hunger hatte, bedankte sich bei ihm und bemühte sich, die kleinen Vorspeisen nicht wahllos in sich hineinzustopfen. Der Super hingegen behielt unentwegt den Tisch des Häuptlings im Auge.

Nach einer Viertelstunde beschloss der Chief wohl, es wäre genug mit der Machtdemonstration, und erhob sich, verneigte sich vor seinen Gästen und durchquerte würdevoll den Raum. Navala und Singh standen auf. Der Häuptling bot ihnen nicht die Hand, sondern nickte nur, setzte sich und wies sie an, ebenfalls wieder Platz zu nehmen.

»Guten Abend, Superintendent, ich hatte bislang noch nicht das Vergnügen, Sie kennenzulernen. Detective Sergeant Singh, ich hoffe, es geht Ihnen gut. Was führt Sie hierher? Machen die Ermittlungen die gewünschten Fortschritte?«

Mit schierer Willenskraft versuchte Singh den Superintendent zu zwingen, nicht den Zorn des Chiefs auf sie zu lenken und sie vor allem nicht als ahnungslose Stümper dastehen zu lassen. Sie lächelte höflich. »Ratu Osea, leider muss ich Ihnen mitteilen, dass Kelera noch immer vermisst wird. Nachdem Sie Tanoa heute Nachmittag verlassen hatten, haben wir systematisch weitergesucht, doch leider ohne Ergebnis. Auf dem Rückweg nach Suva befragte ich in Nausori eine Freundin und eine Verwandte von ihr, und momentan befragen zwei Officers ihre Bekannten rund um Suva. Morgen werde ich die Suche in Tanoa ausweiten.«

»Sehr bedauerlich, das zu hören, Sergeant. Keleras Verschwinden am Tag von Vilis Beerdigung bringt Unruhe in unsere ganze Gemeinde. Ich glaube, die ganze Woche war zu viel für sie, und sie wollte dem entfliehen. Vielleicht wurde sie einfach nicht damit fertig. Aber ich vertraue darauf, dass Gott sie uns schon bald zurückgeben wird.«

Singh sträubte sich innerlich gegen seine unausgesprochene Andeutung, Keleras Verhalten lasse irgendwie zu wünschen übrig.

Der Superintendent jedoch sagte nur: »Ich auch, Sir. Wir werden jedenfalls unser Möglichstes dazu beitragen.«

Singh sah Navala an, um ihn dazu zu bringen, sich zu verabschieden und sich nicht auf das gefährliche Terrain der NLTB-Akten zu wagen.

Navala saß unbequem auf seinem Stuhl: Er krümmte den Rücken und ließ die Schultern nach vorne sacken, sodass er mit dem Chief auf Augenhöhe kam. »Ratu Osea, unsere Untersuchung in dem Mordfall hat uns zu ein paar fragwürdigen Grundbucheinträgen über Landbesitz in der Nähe von Tanoa geführt. Da es Freitagabend ist und wir die Sache bis Montag nicht weiter verfolgen können, hielt ich es für das Beste, die Bürokratie zu umgehen und Sie zu bitten, ein paar unserer Fragen zu beantworten.«

»Ziemlich unorthodox, aber wieso nicht? Ich möchte der Polizei natürlich immer gerne helfen, wenn ich denn kann.«

»Im Jahr 1971 hat sich die gepachtete Mahagoniplantage Ihrer Familie flächenmäßig verdoppelt. Offenbar wurde ein Clan für ausgelöscht erklärt, und die Pachtverträge für sein Land fielen Ihrer Häuptlingsfamilie zu. Ist das korrekt?«

Der Chief runzelte die Stirn und schien nachzudenken. »Das weiß ich nicht, das war noch zur Amtszeit meines Vaters. Möglich wäre es, Superintendent, aber was hat das mit Ihrer Ermittlung zu tun?«

»Da bin ich mir noch nicht ganz sicher, Ratu. Aber Viliame hat unter anderem diese Akte bearbeitet. Hat er Sie je nach diesen Pachtverträgen gefragt?«

»Nein, das hat er nicht. Diese Mahagoniplantagen waren ihm ein Dorn im Auge, weil er das Gefühl hatte, bestimmte Leute klammerten sich zu sehr an die Aussicht, mit dem Verkauf des Holzes alle Probleme im Dorf lösen zu können. Dabei ist das eine berechtigte Haltung. Mit Mahagoni lässt sich leicht viel Geld verdienen. Denn wenn die Sämlinge erst mal Wurzeln geschlagen haben, muss man nicht mehr viel tun. Also wird es uns allen sehr zugute kommen, falls die Verarbeitung und Vermarktung des Holzes reibungslos vonstatten geht. Dennoch kann es bei Ignoranz der Pächter und zu großer Gier der ausländischen Abnehmer auch fehlschlagen. Daher war es mein Versuch – der heute Abend Früchte trägt –, sich als ganze Gemeinde wieder mit Gott zu versöhnen. Es ist schwer, meine Gäste, diese braven Menschen, zu sehen und zu erkennen, dass sie Mr Westons Fleisch und Blut sind. Es ist gut, dass wir die Chance auf Aussöhnung erhalten. Finden Sie das nicht auch?« Er warf einen Blick auf seine Armbanduhr. »Wäre das dann alles, Officers?«

»Fast, Ratu. Ich glaube, es würde uns helfen, Ihre eigenen Unterlagen zum Land um Tanoa und alle dazugehörigen Transaktionen zu prüfen. Ich möchte dafür keinen Durchsuchungsbefehl erwirken, sondern wäre dankbar, wenn Sie meinen Mitarbeitern gestatten würden, sie zu sichten. Das könnte auch in Ihrem Haus geschehen – man müsste sie nicht mitnehmen.«

Singh starrte angestrengt auf ihr Notizbuch. Auf gar keinen Fall würde das funktionieren.

Der Chief sagte eine ganze Weile lang nichts, dann bedachte er Navala mit einem knappen Lächeln. »Superintendent, ich versichere Ihnen, dass ich keinerlei Unterlagen oder Aufzeichnungen habe, die irgendetwas mit Viliames Tod zu tun haben. Daher besteht nicht die geringste Notwendigkeit, die Zeit Ihrer Untergebenen mit deren Prüfung zu verschwenden. Aber wenn Sie mich jetzt entschuldigen wollen: Ich habe meine Ehrengäste schon viel zu lange vernachlässigt. Gute Nacht, und Gott segne Sie.«

Ratu Osea erhob sich und ging zurück zu seinem Tisch, wo gerade das Dessert serviert wurde. Die Detectives brachen ohne ein Wort auf. Singh fragte sich, was Horseman wohl getan hätte, wenn er an diesem Abend bei Navala gewesen wäre. Sie fand es sinnlos, dem Chief die Richtung ihrer Ermittlungen zu verraten, wenn er nicht verpflichtet werden konnte, mit ihnen zu kooperieren. Am liebsten hätte sie Horseman noch an diesem Abend angerufen, um alles mit ihm zu besprechen, aber auf gar keinen Fall wollte sie in seine Privatsphäre eindringen. Sie hoffte nur, dass Melissa das auch wert war.

SAMSTAG

31

Horseman wachte neben Melissa auf, als der Morgen dämmerte. Einen Augenblick lang überließ er sich ganz seinem Glück. Doch dann fiel ihm wieder sein vertrackter Fall ein, und er spürte einen Knoten im Magen. Er hatte Singh in einer gefährlichen Lage in Tanoa allein gelassen. Das bestritten zwar alle, aber so empfand er es eben. Er wusste, sie war ohne weiteres in der Lage, die Verantwortung vor Ort zu übernehmen. Navala fand das auch und hatte außerdem dafür gesorgt, dass sie Verstärkung bekam. Warum also machte er sich solche Sorgen? Glaubte er wirklich, durch seine Anwesenheit wäre alles besser, und der Fall könnte schneller gelöst werden? Das war doch wirklich anmaßend und lächerlich. Sofort verdrängte er die Vorstellung.

Er stand auf, ging unter die Dusche und genoss das heiße Wasser, das über seinen Körper floss, während er sich reckte und streckte.

Um Melissa nicht zu stören, machte er seine Übungen auf dem Wohnzimmerboden. An diesem Morgen fühlte sich sein Knie ziemlich gut an. Dafür war er zutiefst dankbar. Melissa hatte angedroht, es heute zu testen, und sie würde unerbittlich sein.

Er schnitt eine der kleinen, süßen Ananasfrüchte an, die sie am Tag zuvor auf dem Markt gekauft hatten, würfelte eine rote Papaya und vermischte sie mit Passionsfruchtbrei und Limonensaft. Gerade als er die Schüssel auf den Küchentisch stellte, hörte er, wie die Dusche wieder anging. Als Melissa in die Küche kam, war der Kaffee schon fertig. Sie bedankte sich mit einem innigen Kuss.

Melissa gähnte. »Ich konnte stundenlang nicht einschlafen, weil irgendwelche Hunde gebellt haben, Schatz. Was war denn das? Klang wie ein Bellwettbewerb. Sie haben auch geheult. So was habe ich noch nie gehört. Waren das Streuner?«

»Ein paar vielleicht. Aber ich glaube, das Gebell kommt von den Wachhunden.«

»Wie halten die Leute nur aus, dass ihre Hunde die ganze Nacht bellen? Da kann doch niemand schlafen!« Sie gähnte erneut.

»Ich glaube, wenn ein Hund anfängt, bellen die anderen sofort auch los. Wie du sagst: Es ist ein Wettbewerb. Als ich nach Suva kam, hat mich das auch zuerst gestört, aber jetzt höre ich es gar nicht mehr.«

»Nein, du hast tief und fest geschlafen!«

»Hier, was du jetzt brauchst, ist eine gute Tasse Kaffee.«

Nachdem sie bei Toast und ihrem zweiten Kaffee angelangt waren, fragte Melissa: »Was hast du denn, Schatz? Macht dir der Fall Sorgen?«

Eigentlich hatte Horseman gedacht, er hätte sich nichts anmerken lassen. Achselzuckend antwortete er: »Ich werde einfach das Gefühl nicht los, dass ich mehr tun sollte. Aber der Superintendent besteht darauf, dass ich heute alles vom Polizeirevier aus koordiniere.«

»Erzähl mir von dem Fall, Joe. Von Anfang an. Man weiß ja nie, vielleicht könnte es helfen.«

»Also gut, dann mach dich auf eine sehr komplizierte Geschichte gefasst …«

Horseman schilderte ihr gerade ihre Ideen zu Triple F, da unterbrach ihn Melissa.

»Das verstehe ich nicht, Joe. Wenn der Häuptling das Gefühl hat, diese Kriegskeule gehöre eigentlich ihm oder seinem Clan: Muss er sie dann aus dem Museum stehlen? Kann er nicht mit den Zuständigen reden und sich irgendwie mit ihnen einigen? Angesichts ihrer Herkunft könnten sie sie ihm leihen, wenn er sie für irgendwelche Zeremonien braucht. Oder sie könnten anerkennen, dass sie rechtmäßig dem Clan gehört, sie aber im Museum in Obhut nehmen. Das kommt in den Staaten ständig vor.«

Horseman zuckte die Achseln. »Möglich, wenn er die Kriegskeule nur für bestimmte Zeremonien wollte. Aber nicht, wenn er damit einen Mord plante.«

Als Melissa verwirrt die Stirn runzelte, fand er sie nur noch hübscher. »Nein, dann nicht. Aber wie sicher könnt ihr sein, dass der Häuptling sie wirklich gestohlen hat?«

»Sicher sind wir überhaupt nicht. Außerdem würde ein Chief den Diebstahl wohl kaum persönlich begehen. Er würde einen anderen beauftragen oder im Beisein eines anderen seinen Wunsch danach ausdrücken.«

»Wow! Aber an den internationalen Auftragsdiebstahl glaubt ihr nicht?«

»Eigentlich nicht. Es ist zwar ein Auftragsdiebstahl, aber ich glaube, die Motive dafür sind persönlich, und das verweist auf Tanoa. Mein Chef glaubt, der Chief hat irgendwas damit zu tun, aber ich bin mir da nicht so sicher. Wir müssen endlich herausfinden, wer die Keule gestohlen hat. Sonst kommen wir nicht weiter.«

Melissa sah ihn nachdenklich an. »Habt ihr schon eine Liste mit Verdächtigen, Joe?«

»Es gibt nur zwei Dorfbewohner, die die Mittel und die Gelegenheit hatten, zumindest soweit ich weiß. Erstens Ilai, der Stellvertreter des Häuptlings, der ebenfalls zum Häuptlingsclan gehört und ein ehemaliger Militär ist. Sollte also der Chief wirklich dahinterstecken, hätte er sich als Erstes an Ilai gewandt. Aber der Häuptling verbringt auch viel Zeit in Suva und könnte dort jemanden beauftragt haben.«

»Und der zweite Verdächtige aus dem Dorf?«

»Tomasi, der Polizist im Ruhestand, der immer überaus bestrebt ist, uns zu helfen. Ob er nun ein guter oder ein böser Cop war, jeder Cop kennt Diebe und Einbrecher, also hätte er den Diebstahl problemlos arrangieren können. Da der Chief das weiß, hätte er ohne weiteres auch ihn damit beauftragen können. Als Polizist im Ruhestand ist er Mitglied des Ältestenrats. Also kann man sich darauf verlassen, dass er loyal ist und den Mund hält.«

»Schatz, jetzt erkenne ich, dass ich morgen in eine richtige Löwengrube muss! Eigentlich habe ich mich sehr geehrt gefühlt, weil ich einer echten fidschianischen Zeremonie beiwohnen darf, aber jetzt kommen mir Zweifel.« Sie lachte unbeschwert.

»Keine Angst, Melissa. Die Zeremonie ist eine öffentliche Sache, und du wirst bei den Ehrengästen sein, den Nachkommen von Mr Weston. Aber wenn du nicht nach Tanoa willst, bleib einfach hier. Allerdings fürchte ich, dass ich mit meinem Team hin muss. Bleib hier und ruhe dich aus, oder gehe in die Stadt und guck dir ein Rugbyspiel im Albert Park an.« Er beugte sich über den Tisch und küsste sie. »Bitte, fühle dich zu nichts verpflichtet.«

»Nein, mein erstes Rugbyspiel will ich mit dir sehen, Schatz. Und natürlich komme ich morgen mit zur Zeremonie in Tanoa. Die Chance kann ich mir doch nicht entgehen lassen! Und, was machst du heute auf dem Revier?«

»Zuerst kontaktiere ich mal alte Bekannte unter den Dieben von Suva. Ich will unbedingt noch vor Ende des Tages denjenigen finden, der die Keule gestohlen hat.«

»Großartig, nichts wie ran, mein Lieber!«

»Dir hingegen bleibt *heute* keine Wahl: Vor einem Picknick mit meiner Schwester Eva kann man sich nicht drücken!«

»Will ich auch gar nicht, Joe. Ich finde es sehr nett von Eva, mit mir in den Nationalpark zu fahren.«

»Sie und ihr Mann werden dir gefallen. Und die Kinder auch. Colo-i-Suva ist wunderschön – und der einzige Nationalpark in der Nähe von Suva. Zieh deinen Badeanzug unter deinen Sachen an. Es gibt nicht viele Möglichkeiten, sich umzuziehen, aber ein Bad in einem der Waldseen solltest du dir nicht entgehen lassen.«

Melissa lächelte erfreut. »Klingt toll. Ich mach mich dann auch mal fertig.«

Rasch räumte Horseman den Frühstückstisch ab. Beim Aufwachen war er übel gelaunt gewesen, aber jetzt hatte er akzeptiert, was er nicht ändern konnte, und außerdem einen vielversprechenden Plan. Wichtiger jedoch war, dass er seinen Optimismus wiedergefunden hatte, und der würde sich sicher auf sein Team übertragen. Er konnte Melissa gar nicht genug dafür danken. Denn ihm ging es besser, weil er alles mit ihr durchgesprochen hatte.

32

Während der Superintendent die restlichen NLTB-Akten durchsah, besprach sich Horseman mit den Constables, die Keleras Freunde und Verwandte kontaktierten. Bislang jedoch gab es von ihr keine Spur.

Der Techniker meldete sich in regelmäßigen Abständen bei Singh, die den Wagen mit der neuen Ausrüstung fuhr. »Das ist der ideale Testlauf für uns«, hatte er Horseman erklärt, als der ihm für seine Bemühungen dankte. »Dieses bergige Gebiet im Osten war bislang immer unerreichbar.«

Und nun kam er begeistert in das Büro gelaufen. »Es funktioniert, Sir! Sie haben Tanoa erreicht, und ich kann Singh klar und deutlich verstehen.«

»*Oi lei!* Gott sei Dank, was für eine Erleichterung! Sie haben ein großes Problem für uns gelöst, Constable. Kann ich von dem Gerät hier im Büro mit ihr sprechen?«

»Noch nicht, Sir. Momentan können wir nur mit den Testempfängern arbeiten. Begleiten Sie mich in den Funkraum, dann können Sie sie kontaktieren. Mittlerweile wird sie das Fahrzeug verlassen haben, aber ihr persönliches Funkgerät ist mit dem Transmitter im Wagen verbunden. Das sollte also keine Probleme bereiten.«

Horseman folgte dem Techniker, der ihm die Funktionsweise des neuen digitalen Equipments erklärte.

»Sergeant Singh, das Hauptquartier hier. Over.«

»Hauptquartier, hier ist Sergeant Singh. Großartig, von Ihnen zu hören, Sir. Over.«

»*Bula*, Susie! Einfach toll, dass es funktioniert! Gibt es Neuigkeiten?«

»Leider nein, Sir. Kelera ist noch nicht aufgetaucht. Jetzt sind hier alle wirklich besorgt. Gestern dachten sie noch, ich würde überreagieren. Einige wenigstens.«

»Je mehr Zeit vergeht, desto schlechter sieht es für sie aus.«

»Ja, Sir. Ich melde mich, sobald es etwas zu berichten gibt.«

»Ja, bitte. Wenn Sie irgendwas von uns hier brauchen, fragen Sie nur. Ich versuche es möglich zu machen. Außerdem ist es ein hervorragender Grund, um dieses neue Spielzeug auszuprobieren.«

»Ja, wirklich eine super Sache, nicht wahr? Bis später. Over.«

Fast euphorisch kehrte Horseman ins Büro des Super zurück. Obwohl es im Fall keinerlei Fortschritte gab, hatte er endlich nicht mehr das Gefühl, Singh im Stich zu lassen. Gerade nahm er sich erneut Chatterjees Akten vor, da klopfte ein Constable an die offene Tür.

»Sir, Sie sollen nach unten kommen. Da ist Besuch für Sie, der Sie unbedingt sprechen will. Ich vermute, einer aus Ihrer Rugbymannschaft.« Der Constable grinste. »Soll ich den abwimmeln, Sir?«

»Nein, ich komme.« Achselzuckend blickte er zu Navala und legte die Akte wieder zurück. »Bislang sind diese Top-Secret-Akten von Chatterjee zwar vollkommen nutzlos, aber wenn ich nicht jede Seite gelesen habe, könnte ich einen entscheidenden Hinweis übersehen.«

Der Superintendent lächelte. »*Dina*. Ich helfe Ihnen, sobald ich mit den Akten des NLTB fertig bin.«

Unten entdeckte Horseman Tevita sofort, obwohl der Junge sich zu verstecken versuchte, indem er sich in die Lücke zwischen der geöffneten Haupttür und der Mauer quetschte. Als Horseman ihm grinsend zuwinkte, kam Tevita zum Empfang gerannt.

»*Bula, Bula*, Joe. Ich muss dich unbedingt sprechen, aber *Ovisa*, sie wollten mich nicht zu dir lassen.«

Horseman reichte ihm die Hand und ignorierte das kritische Kopfschütteln und Grinsen der Wachmänner. »*Bula*, Tevita. Ist schon gut. Besucher müssen hier unten am Empfang bleiben. Was kann ich für dich tun?«

»Nichts, Joe. Aber ich kann was für dich tun!« Tevita strahlte übers ganze Gesicht. »Du wirst dich freuen, Joe. Ich hab's rausgefunden!«

»Wirklich, Tevita? So schnell? Dann komm und erzähl's mir. Hier durch.« Er hob die Klappe am Ende der Empfangstheke und wollte Tevita durchwinken.

Aber der Junge wich zurück. »Nein. Draußen, Joe. Bitte.«

Horseman folgte Tevita die Eingangstreppe hinunter und durchs Tor hinaus. »Was ist los, Tevita?« Da sah er einen weiteren halbwüchsigen Jungen, der am Zaun kauerte. Als Horseman näherkam, sprang er auf. Es war Pita, noch einer der Junior Shiners.

Pita ergriff Horsemans ausgestreckte Hand und schüttelte sie wie einen Pumpenschwengel. »*Bula*, Pita, hast du Informationen für mich?«

Pita senkte den Blick und nickte. »*Io*, Josefa Horseman.«

Tevita schaltete sich ein. »Pita will nicht ins Polizeirevier, wir reden woanders, Joe.«

»Aber hier hört keiner mit, Pita. Und ich kann nicht so lange von der Wache weg.«

»Sir, ich habe einen großen Fehler gemacht. Vielleicht wollen Sie jetzt nicht mehr, dass ich für die Shiners spiele.«

»Das weiß ich erst, wenn ich gehört habe, was du zu sagen hast, junger Mann.«

Ohne den Kopf zu heben, holte Pita tief Luft. »Ich war dabei, als die Jungs ins Fidschi-Museum eingebrochen sind, Sir.«

Horseman merkte auf, er spürte, wie ihn die Aufregung überkam. Sollte das hier der Durchbruch werden? »Dann erzähl mir mal besser alles darüber. Aber vergiss nicht, wenn es nicht die Wahrheit ist, kann ich nichts damit anfangen, Pita.«

»*Io*, Sir. Ich bin mit zwei Jungs zum Museum. Sie hatten den Schlüssel für eine Seitentür. Ich hab Schmiere gestanden. Ich war nicht drinnen, Sir.«

»Na gut. Sind die Jungen wieder aus derselben Tür rausgekommen?«

»*Io*, Sir. Sie hatten eine riesige Keule.« Er breitete die Arme aus, um die Größe zu zeigen. »Noch größer. Sie sagten, ein Mann würde darauf warten. Sie wollten, dass ich da auch wieder für sie Schmiere stehe.«

»Hast du die Keule von nahem gesehen? Und kannst du sie mir beschreiben?«

Pita schien darüber nachzudenken. »Da waren Muster, die reingeschnitzt waren. Aber ich hab es nicht so genau gesehen, weil es dunkel war.«

»Hast du sie angefasst?«

Der Junge verlagerte sein Gewicht von einem Fuß auf den anderen. Dann schüttelte er langsam den Kopf.

»Denk genau nach, Pita. Du weißt ja, dass wir alle gestohlenen Gegenstände auf Fingerabdrücke untersuchen, oder? Wenn ich diese Keule für unser Fidschi-Museum zurückkriege, werde ich sofort sehen, wer sie angefasst hat.« Allerdings nur, wenn er Glück hatte. Er hoffte also, dass Pita nicht so genau wusste, wie kompliziert die Sache mit den Fingerabdrücken war.

Pita starrte immer noch auf seine Füße. Schließlich sagte er: »Ich hab die Keule doch angefasst, Sir. Aber halten durfte ich sie nicht. Die Jungs meinten, sie wollten sie sofort an den Mann weitergeben.«

»Bleibt hier, Jungs. Ich muss kurz zurück ins Büro, bin aber in fünf Minuten wieder da und gehe mit euch im Hare Krishnas essen. Wir müssen uns noch ein bisschen unterhalten. Pita, wenn du mir wirklich alles erzählst, was du weißt, überlege ich, ob du im Team bleiben darfst. Aber ich verspreche nichts«, sagte er mit ernster Miene.

Im Büro schnappte er sich alles, was er aus den Triple-F-Akten brauchte. Bei seiner Rückkehr warteten die Jungen noch wie besprochen vor dem Revier. Das war doch schon mal ein Anfang.

Vor einer weiteren Befragung durften Tevita und Pita sich erst mal mit Naanbrot und Currygerichten mit Reis im Hare Krishna satt essen.

»Pita, warst du bei der Übergabe der Keule dabei?«

Wieder dachte der Junge vor seiner Antwort länger nach. »Einer der Diebe ist abgehauen, aber ich bin mit dem anderen gegangen, um die Keule abzuliefern. Also nur wir zwei.«

»Wohin?«

»Zum Postamt. Dort haben wir uns hinter dem Gebäude mit dem Mann getroffen, der meinte, dass ihm die Keule gehört. Er war sehr dankbar.«

»Wer ist dieser Besitzer?«

»Ich weiß seinen Namen nicht, Sir. Ich hab ihn vorher auch noch nie gesehen.«

»Hat er euch bezahlt?«

Pita lächelte. »*Io*, Sir. Er hat meinem Freund vierzig Dollar gegeben und mir zehn Dollar, weil ich nur Schmiere gestanden habe.«

Horseman vermutete, dass Pita seine Rolle bei dem Ganzen herunterspielte. Gut möglich, dass er einen größeren Anteil daran gehabt hatte. Aber wenn Pita seine Komplizen nicht verriet, würde Horseman das nie erfahren.

»So, jetzt kannst du mir noch mehr helfen, Pita.« Er holte ein paar Fotoausdrucke hervor. »Sieh dir diese Fotos gut an und sag mir, welcher davon euch für die Keule bezahlt hat.« Horseman legte die Fotos nacheinander auf den Tisch. Pitas Blick wanderte sofort zu einem Foto. Unbehaglich rutschte er auf seinem Stuhl hin und her. Horseman wartete geduldig und fragte sich, wie wichtig es Pita wohl war, weiter für die Junior Shiners zu spielen.

Pitas Blick huschte jetzt im Café herum und blieb an einem der Fenster hängen, von wo aus man das Polizeirevier sehen konnte.

»Erinnere dich an jene Nacht, und stell dir den Mann ganz genau vor. Komm, sieh dir die Fotos noch mal an.« Horseman sammelte die Fotos ein und legte sie ein zweites Mal auf den Tisch, eins nach dem anderen.

»*Io*, Sir. Es war der Mann hier.« Pita zeigte auf das Foto mit Tomasi.

»Bist du sicher?«, hakte Horseman nach.

»*Io*, das ist er.«

»Hast du ihn nachher noch mal gesehen, Pita?« Der Junge schüttelte den Kopf.

»Kennst du seinen Namen?«

»Nein, Sir.«

Horseman wusste, dass man sich nicht hundertprozentig auf das verlassen konnte, was Pita sagte. Aber er hatte beim ersten und beim zweiten Mal sofort auf das Foto von Tomasi gestarrt. Das überzeugte Horseman.

»*Vinaka*, Pita. Jetzt muss ich nur noch aufschreiben, was du mir erzählt hast.« Er winkte der Bedienung und zeigte ihr mit den Fingern ein T. Kurz darauf bekamen sie eine Kanne Tee. Tevita genoss es sichtlich, die Tassen zu verteilen und Tee einzuschenken, während Horseman begann, ein offizielles Protokollformular auszufüllen. Das schien Pita Angst einzujagen, denn er zappelte unruhig herum, und sein Blick huschte hin und her, als suchte er einen Fluchtweg. Horseman wollte ihn nicht in Verlegenheit bringen, falls er Analphabet war, daher sagte er: »Ich lese dir das gleich laut vor, Pita, und möchte, dass du genau zuhörst und mich unterbrichst, wenn ich irgendwas falsch verstanden habe. Bitte, es ist sehr wichtig, dass jedes Wort stimmt. Wenn du mir sagst, wo ich mich geirrt habe, korrigiere ich das sofort. Kein Problem. Tust du das für mich, bitte?«

Der Junge nickte. »*Io*, Sir.«

Horseman las alles langsam vor und hielt nach jedem Satz inne, um Pita die Gelegenheit zu geben, ihn zu berichtigen. Aber es musste nichts geändert werden. Daraufhin schob er Pita das Formular zu. »Möchtest du es noch einmal selbst durchlesen und überprüfen?«

Pita nahm das Schreiben und schien es zu lesen. Dann blickte er auf. »Alles in Ordnung, Sir.«

»*Vinaka*, Pita. Jetzt müssen du und ich das Ganze nur noch unterschreiben.« Nachdem das erledigt war, fuhr Horseman fort: »Damit hast du schon mal den Anfang gemacht, deinen Fehler zu korrigieren. Aber wenn du weiterhin Straftaten begehst, wie zum Beispiel Diebstähle, gibt es nur eine Zukunft für dich: das Gefängnis in Korovou. Und das ist ein ganz übler Ort, Pita.«

Erneut wirkte der Junge verängstigt.

»Ich werde nun diesen Mann suchen. Wenn sich herausstellt, dass du mir nicht die Wahrheit gesagt hast, wirst du dafür angeklagt werden, am Diebstahl der Kriegskeule aus dem Museum beteiligt gewesen zu sein. Dann kommst du vor Gericht und wahrscheinlich ins Gefängnis. Aber wenn du mir die Wahrheit gesagt hast, tue ich alles, um dir das zu ersparen. Nur, Pita, wenn du eine Straftat begehst, musst du dafür geradestehen. Begreifst du das?«

Pita nickte und wischte sich mit dem Unterarm über die Augen.

»Wo kann ich dich finden, Pita, wenn ich dich sprechen muss?« Pita sah Tevita an. Der sagte: »Versuch's an den Jubilee-Arkaden, am Hibiscus Court oder bei den Regierungsgebäuden, Joe. Wenn du ihn nicht findest, kann ich dir helfen.«

»*Vinaka*, Jungs. Noch ein Eis?« Was für eine Frage! Horseman zahlte das Essen, kehrte zum Revier zurück und aß dabei sein eigenes Eis: Ingwer-Kokos.

Jetzt brauchte er wirklich das neue Funkgerät, und zwar sofort.

»Sergeant Singh, hier ist das Hauptquartier. Over.«

Keine Reaktion.

»Sergeant Singh, das Hauptquartier hier. Over.«

Er ging zu den Constables und dem Super, um sich nach etwaigen Fortschritten zu erkundigen. Aber keiner hatte Neuigkeiten für ihn. Er rief im Labor an. Mittlerweile müssten sie doch irgendwelche Hinweise aus den Spuren von Vilis Kleidern, aus der Kirche und dem Versteck im Lantanadickicht gefunden haben. Aber nein, nichts. Also versuchte er es wieder im Funkraum.

»Sergeant Singh, hier ist das Hauptquartier. Over.«

Nichts. Dann: »Hauptquartier, hier ist Singh. Over.«

»Susie, Gott sei Dank. Haben Sie was?«

»Noch nicht, Sir. Aber wir haben Funkkontakt mit den drei Suchtrupps, also erfahre ich sofort, wenn es irgendeine Spur von Kelera gibt.« Sie klang entmutigt. Was verständlich war.

»Können Sie ungestört sprechen?«

»Moment, Sir. Ich gehe nach draußen. Over.«

Kurz darauf ertönte wieder ihre Stimme, und das erstaunlich klar. »Okay, jetzt kann niemand mehr mithören. Was gibt es?«

»Ein Junge hat den Mann identifiziert, der die Kriegskeule nach dem Diebstahl im Museum in Empfang genommen hat. Es ist Tomasi. Wo ist er jetzt?«

»Er führt einen Suchtrupp durch die weiter außen gelegenen Plantagen. Soll ich ihn herrufen?«

»Ja. Betrachten Sie ihn als gefährlich, und verraten Sie ihm noch nicht, dass er unter Verdacht steht. Sagen Sie ihm stattdessen, wir bräuchten seine Hilfe, und bringen Sie ihn so schnell wie möglich zum Revier in Nausori. Ich sorge dafür, dass er dort befragt wird. Das spart Zeit. Und bitte, nehmen Sie Ihren besten Constable mit. Kelepi kann sich um die Suche kümmern. Verstanden? Over.«

»Alles verstanden, Sir. Wir sprechen uns in etwa einer Stunde. Over.«

»Bitte, Susie, seien Sie vorsichtig. Absolute Funkstille, während Tomasi bei Ihnen ist. Passen Sie auf sich auf! Over.«

33

Horseman wartete auf der Veranda der Polizeiwache von Nausori. Er versuchte sich eine Strategie zur Befragung Tomasis zurechtzulegen, hatte aber keine Ahnung, wie der ehemalige Cop auf seine Anschuldigungen reagieren würde. Also musste er wohl einfach am Ball bleiben, bis er die Torlinie erreichte.

Als das neue Fahrzeug der Polizei von Suva eintraf, war es Mittag. Tomasi wirkte wie immer, was gut war.

»Gehen wir hinein«, bemerkte Horseman nur und führte Tomasi und Singh in den Verhörraum. Ein Constable brachte ihnen Becher mit Tee mit Milch und Zucker und verschwand wieder.

Tomasi nippte an seinem Tee und sagte: »*Vinaka*, dass ich mitkommen durfte, Inspector Horseman. Ich freue mich, Ihnen helfen zu können.«

»Das weiß ich zu schätzen, Tomasi. Sie können uns vermutlich sogar sehr helfen. Wir haben Beweise dafür, dass Sie ein paar Jungen damit beauftragt haben, in der Nacht vom 15. April eine Kriegskeule aus dem neunzehnten Jahrhundert aus dem Fidschi-Museum zu stehlen. Es war die Keule, mit der 1875 Reverend Weston in der Nähe von Tanoa erschlagen wurde. Die Jungen übergaben sie Ihnen noch in derselben Nacht und bekamen von Ihnen dafür fünfzig Dollar. Warum haben Sie das getan?«

Alles Blut wich Tomasi aus dem Gesicht. Plötzlich wirkte er wie ein Gespenst. Hektisch blickte er von Horseman zu Singh, als wären sie verrückt geworden. »Was?«, fragte er. »Soll das ein Witz sein?«

Doch als ihn die Detectives nur ernst und schweigend ansahen, schüttelte Tomasi langsam den Kopf. Sein Blick fiel auf den Becher Tee. Er trank einen großen Schluck.

»Wie sind Sie an den Schlüssel zum Museum gekommen, Tomasi?«, fragte Horseman, aber Tomasi schüttelte nur weiter den Kopf.

»Haben Sie den Schlüssel von einem der Angestellten?«

»Sir, ich weiß nicht, wovon Sie reden! Glauben Sie mir doch!«

Aber Horseman glaubte ihm nicht. »Was haben Sie mit der Kriegskeule gemacht, Tomasi?«

»Ich wiederhole, ich weiß nichts über eine Kriegskeule in einem Museum. Wie kommen Sie bloß darauf? Sie sprachen von *Jungen*. Haben ein paar jugendliche Straftäter Ihnen so was erzählt? Das sind nichts als Lügen! Vielleicht sind es Straßenkinder, mit denen ich in meinen Dienstjahren zu tun hatte. Wahrscheinlich ziehen sie einen Kick daraus, irgendetwas Falsches über mich zu behaupten. Was in aller Welt sollte ich denn mit einer Kriegskeule?«

»Sagen Sie es mir, Tomasi. Ich warte immer noch.« Horseman nickte Singh zu.

»Tomasi, soll ich Ihnen sagen, was Sie vielleicht mit der Kriegskeule gewollt haben?«, fragte sie.

»Ja, bitte. Aber ich höre heute zum ersten Mal von diesem Diebstahl.«

»Die gestohlene Kriegskeule war die Waffe, mit der letzten Samstag Viliames Schädel eingeschlagen wurde, Tomasi. Sie ist die Mordwaffe!«

Tomasi klappte die Kinnlade herunter. Er starrte sie mit offenem Mund an.

Singh fuhr fort. »Und das ist nicht nur eine Theorie, Tomasi. Wir haben Beweise. Wieso haben Sie Vili mit dieser Waffe umgebracht? Dafür mussten Sie jede Menge auf sich nehmen. Im Fidschi-Museum hätte so viel schiefgehen können. Ich begreife das einfach nicht.«

Tomasi schüttelte den Kopf. »Von all dem weiß ich nichts! Ich wurde verleumdet!«

Singh wandte sich zu Horseman. »Sir, ich glaube, Tomasi hat die Waffe ursprünglich aus einem anderen Grund stehlen lassen. Aber als er beschloss, Vili umzubringen, war sie eben zur Hand. So war es doch, Tomasi, oder?«

»Nein!«

»Möglich wäre das, Sergeant Singh. Wer von uns hat denn nun recht, Tomasi?«, fragte Horseman.

Tomasi starrte sie nur an.

»Haben Sie heute schon etwas gegessen, Sergeant?«, fragte Horseman.

»Nicht seit meinem Frühstück um kurz vor sechs. Und Sie?«

»Eine Kleinigkeit«, log Horseman. »Dann wird ein Constable Ihnen etwas zu essen bringen, und Sie können das alles für sich durchkauen und dabei zu dem Entschluss kommen, uns die Wahrheit zu erzählen, Tomasi. Mit Ihrer langjährigen Erfahrung als Polizist wissen Sie, dass Ihnen nichts anderes übrig bleibt.«

Singh sah Horseman an und verdrehte die Augen. Sie ließen Tomasi allein und gingen auf die Veranda.

»Ich glaube, das war wirklich ein Schock für ihn. Sie nicht auch, Susie? Vielleicht, weil er dachte, er würde nicht auffliegen, vielleicht aber auch …«

»Glauben Sie, er könnte unschuldig sein, Sir?«

»Möglich wäre es. Aber wissen Sie: Ich habe Pita ganz genau beobachtet, während ich ihm die Fotos zeigte. Und er erkannte Tomasi sofort, obwohl er erst etwas sagte, als ich ihn drängte, wirklich gut hinzuschauen. Natürlich könnte Pita nicht die ganze Wahrheit erzählt und seine eigene Beteiligung am Diebstahl heruntergespielt haben. Aber ich habe keinerlei Zweifel, dass er Tomasi erkannt hat.«

»Das reicht für mich, Sir. Vielleicht hat er den Diebstahl der Kriegskeule auf Wunsch des Chiefs organisiert, aber nichts mit dem Mord an Vili zu tun.«

»Kann sein. Dann müssen wir ihn hart wegen des Mordes angehen, bis er schließlich wegen des Diebstahls einknickt. Wenn wir zu ihm zurückkehren, zeichnen wir das Verhör auf. Aber jetzt gehen wir mal zur Hauptstraße. Da muss doch ein guter Roti-Imbiss sein.«

»Ich möchte zuerst in der Bibliothek nachfragen, die Kelera hin und wieder samstags aufgesucht hat. Ihre Freundin hat mir erzählt, sie hätten sich das letzte Mal vor drei Wochen getroffen. Da sollte mir doch einer der Angestellten sagen können, ob sie seitdem noch mal da war. Wäre es nicht wunderbar, wenn wir sie dort finden könnten?«

»Okay, wir kümmern uns noch vor dem Essen darum. Man weiß ja nie.«

* * *

Die Bibliothekarin kannte Kelera, hatte sie aber in den letzten drei Wochen nicht gesehen. Horseman vermutete, dass Singh sich von ihrer Hoffnung hatte hinreißen lassen. Sie sagte zwar nichts, als sie die betriebsame Bücherei verließen, schien aber den Tränen nahe. Dann seufzte sie und straffte die Schultern.

»Ich kenne einen Inder in der Nähe der Bushaltestelle, wo es ziemlich gutes Ziegencurry gibt. Von hier aus sind es nur fünf Minuten zu Fuß. Das heißt, wenn Sie Lust darauf haben. Hier in Nausori werden Sie keinen anständigen Kaffee oder so was Neumodisches wie Panini finden, Sir.«

»Gut, ich folge Ihnen, Sergeant Singh.« Doch bevor sie die Bushaltestelle erreichten, drang ein verführerisches Aroma durch den allgemeinen Geruch nach Staub und Diesel zu ihnen. Angelockt vom Duft nach Salz und Hefe folgten sie ihrer Nase.

»Diese Pizzeria habe ich noch nie gesehen. Sie muss neu sein«, bemerkte Singh.

Sie betraten einen einfachen Imbiss mit Bierzelttischen und Bänken. Nachdem sie an der Theke bestellt hatten, setzten sie sich ans Fenster.

»Erzählen Sie mir, wie es in Tanoa läuft«, forderte Horseman sie auf.

»Ziemlich schlecht. Die eine Hälfte der Dorfbewohner beteiligt sich an der Suche, die andere bereitet alles für morgen vor. Ich glaube aber, dass langsam jede Gruppe die andere beneidet. Es bringen auch Leute aus anderen Dörfern Vorräte, und Tanoaner aus ganz Fidschi kehren für den großen Tag in ihr Dorf zurück. Mittlerweile hat sich die Bevölkerung fast verdoppelt, und überall sieht man unbekannte Gesichter, was nicht gerade günstig ist für die Suchaktion.«

»Nein, kann ich mir vorstellen. Wie kommen Sie zurecht?«

Singh sah ihn herausfordernd an. Was sollte die Frage? »Gut, Sir. Wie jeder andere Detective, wenn ich das sagen darf.«

Horseman war verwirrt. »Versteht sich von selbst«, erwiderte er lächelnd. »Entschuldigen Sie.«

»Es geht nicht darum, wie ich zurechtkomme«, erklärte Singh daraufhin. »Das Problem ist, wir haben weder Kelera noch irgendeine Spur von ihr gefunden. Alle an der Suche Beteiligten werden immer unruhiger, manche haben sogar schon das Gefühl, sie hätten versagt.« Sie klang gereizt. Er konnte ihre Frustration nachvollziehen.

Horseman nickte. »Ja, im Polizeirevier ist es genauso. Keiner von Keleras Kontaktliste hat etwas gehört, jeder schlägt höchstens andere vor, die vielleicht was wissen, und so wird die Liste immer länger. Ohne jedes Ergebnis arbeiten die Constables die Liste nur noch mechanisch ab. Sie erwarten gar nicht mehr, etwas herauszubekommen. Deshalb besteht die Gefahr, dass sie in ihrer Aufmerksamkeit nachlassen und irgendeinen Hinweis übersehen oder nicht als solchen erkennen. *Damit* muss man zurechtkommen.«

Ihre Pizza kam. Sie aßen schweigend, und Horseman dachte darüber nach, warum Singh ihm seine Frage, wie sie zurechtkam, übelgenommen hatte. Er hatte sie damit nicht kritisieren wollen.

Nur schien sie das so aufgefasst zu haben. Am liebsten hätte er ihren falschen Eindruck korrigiert.

»Wussten Sie, dass es bei einer Radarkontrolle manchmal falschen Alarm gibt, damit die Verkehrspolizisten aufmerksam bleiben?«, fragte er.

Singh nahm sich noch ein Stück von ihrer Pizza. »Also bitte, Sir. Ich kann doch nicht irgendwelche falschen Spuren im Wald auslegen.« Sie bedachte ihn mit einem strengen Blick.

Horseman lachte. »Daran hatte ich noch gar nicht gedacht. Aber das wäre eine gute Idee. Damit könnte man Kelepi beauftragen, mal ein ganz neues Experiment für die Ausbildungsabteilung.«

Zu seiner Erleichterung lachte sie auch. »Es ist einfach großartig, dass er heute auch in Tanoa dabei ist. Er hat jetzt die Verantwortung, und vielleicht kommt *er* besser *zurecht* als ich«, sagte sie, lächelte dabei aber, also konnte er hoffen, dass sie ihm nicht mehr böse war. Er nahm sich auch noch ein Stück von der wirklich leckeren Pizza.

»Apropos falsche und richtige Hinweise: Sie haben doch sicher schon was von Ash gehört, oder?«

Horseman schüttelte den Kopf. »Nein, ich hab noch mal nachgefragt, bevor ich losfuhr. Aber es gibt auch noch nichts von der Forensik. Bevor wir zu Tomasi zurückgehen, rufe ich noch mal an.«

»Glauben Sie, Kelera ist noch am Leben, Sir?«, fragte sie und sah ihn flehentlich an.

»Das weiß ich nicht, Susie. Möglich ist es, schließlich ist der zweite Tag noch nicht vorbei. Ein Grund mehr, Tomasi in die Zange zu nehmen. Wenn er Vili nicht ermordet hat, könnte Keleras Verschwinden ihn dazu bringen, uns den wahren Mörder zu verraten. Setzen wir ihm hart zu. Damit verhindern wir vielleicht einen zweiten Mord.«

»Und wie, Sir?«, fragte Singh.

»Wir appellieren an sein Gewissen und machen ihm Angst vor dem Mörder. Zunächst einmal.«

»Und wenn Ratu Osea der Mörder ist?«

»Dann möge Gott uns helfen, wie unser Super sagen würde. Den Chief würde Tomasi nie verraten, wahrscheinlich würde er lieber sterben. Allerdings könnte es noch furchtbarer sein, was ein ehemaliger Cop, der wegen Mordes verurteilt wurde, im Gefängnis zu erdulden hätte. Das können wir ihm mal vor Augen führen.«

34

Tomasi richtete sich auf seinem Stuhl auf, als Horseman und Singh in den Verhörraum zurückkehrten. Er hatte wieder Farbe bekommen und wirkte nicht mehr verwirrt, sondern misstrauisch und eingeschüchtert.

Da Horsemans Erkundigungen im forensischen Labor nichts erbracht hatten, blieb ihnen nur Pitas Aussage gegen ihn. Und sie konnten bluffen. Auch die Routinen würden ihnen helfen: Aktivierung des Aufnahmegeräts, Einleitungsfloskeln fürs Protokoll wie Uhrzeit, Datum, Ort und Namen.

Als sie mit allem fertig waren, kam Horseman direkt zur Sache. »Haben Sie Viliames Mord geplant, Tomasi?«, begann er.

»Nein, ich hab ihn nicht ermordet!«

»Es könnte einen Streit gegeben haben, bei dem Sie so wütend wurden, dass Sie ihn mit der Keule erschlugen. Wo waren Sie? In Ihrem Haus?«

»Nein!«

»Wo bewahrten Sie die gestohlene Keule auf, Tomasi?«

»Nirgendwo! Ich habe Vili nicht umgebracht. Ich mochte ihn. Ich hatte keinen Streit mit ihm«, wehrte sich Tomasi.

»Am 15. April stahlen zwei Jungen die Keule aus dem Völkerkundemuseum und gaben Sie Ihnen hinter dem Postamt von Suva. Mit derselben Keule wurde Viliame Bovoro am Samstag, den 12. Mai, im Dorf Tanoa selbst oder in der näheren Umgebung getötet. Das sind die Fakten. Und die lassen eigentlich nur den Schluss zu, dass Sie den Diebstahl der Kriegskeule in Auftrag gegeben haben, um Viliame zu töten.«

»Nein, das ist nicht wahr!«

»Wie lange wussten Sie schon, wie es sich mit der gestohlenen Keule verhält, Tomasi? Wie lange wussten Sie, dass es die Kriegskeule war, mit der 1875 der Missionar Weston erschlagen wurde?«

Tomasi öffnete den Mund, schloss ihn aber wieder.

»Wer war Ihr Kontaktmann im Museum?«

Tomasi schüttelte nur den Kopf. Horseman warf einen Blick zu Singh.

»Es wird doch ohnehin alles rauskommen. Das wissen Sie auch. Also erzählen Sie es uns besser gleich.« In Singhs Stimme schwang viel Mitgefühl.

Auch Horseman sagte nun sanfter: »Wieso, Mann? Sie waren doch fast Ihr ganzes Leben im Polizeidienst. Wir wissen, dass Sie den Diebstahl der Kriegskeule organisiert haben. Ich will nur den Grund erfahren.«

Tomasi lehnte sich vor. »Sir, ich hab's getan, weil ich mich geschämt habe. Es war äußerst schändlich für mich, dass diese Keule im Museum gezeigt wurde.«

Das hatte Horseman nun wirklich nicht erwartet. »Erzählen Sie uns die ganze Geschichte. Von Anfang an«, drängte Singh freundlich.

»Als einer meiner Kollegen in Ruhestand ging, hatte er das Glück, als Sicherheitskraft im Museum arbeiten zu können. Ich begegnete ihm zufällig bei einem Besuch in Suva, und wir unterhielten uns lange. Dann ging er mit mir ins Museum, wo ich noch nie gewesen war. Er zeigte mir die Ausstellung der Kriegswaffen und erzählte mir von der Kriegskeule aus Tanoa, mit der der Missionar Weston umgebracht worden war. Er witzelte noch darüber, aber ich war zutiefst beschämt. Allein die Vorstellung, dass die Einwohner von Tanoa überall wegen des Mordes an dem braven Missionar berüchtigt waren! Mein Freund meinte, das sei allgemein bekannt. Das konnte ich mir kaum anhören. Also beschloss ich unsere Keule mitzunehmen, damit die Sünde von Tanoa nicht mehr für alle Welt sichtbar wäre.«

»Haben Sie Ratu Osea um Erlaubnis gefragt, die Keule zu stehlen? Ich glaube, sein Vorfahr hat den Mord an Mr Weston abgesegnet.«

»Natürlich nicht! Wie könnte ich meinen Häuptling in etwas hineinziehen, was genau betrachtet eine Straftat ist? Aber ich wusste, dass er ebenso empfand wie ich. Ratu Osea hat zu uns gesagt, diese Schande und die Sünden unserer Vorfahren seien bis in die heutige Generation weitergereicht worden. Tanoa ist arm, wir arbeiten hart, aber es reicht kaum zum Leben, und wir können nur wenig Geld für die Schulgebühren unserer Kinder aufbringen. Also beten wir, dass uns die Versöhnung mit den Nachkommen des Missionars von dieser Sünde erlösen wird und Gott uns wieder seinen Segen zuteilwerden lässt.«

Horseman überkam der Drang, Ratu Oseas Ansinnen infrage zu stellen. Aber er bremste sich noch rechtzeitig, weil er wusste, dass das kontraproduktiv wäre. Er musste Tomasi weiterhin zum Reden ermuntern, um in die rissige Mauer aus Lügen immer tiefer einen Keil zu treiben, bis sie zerbarst.

»Vielleicht hätte der Leiter des Fidschi-Museums die Keule aus dem Ausstellungsraum entfernt, wenn Ratu Osea ihn einfach darum gebeten hätte. Was meinen Sie, Sergeant?«

Singh zuckte die Achseln. »Sehr gut möglich. Wie ich höre, hat Ratu Osea großen Einfluss und genießt allgemein Respekt.«

»Natürlich genießt er Respekt«, warf Tomasi ungeduldig ein.

Singh fuhr fort: »Wenn Ratu Osea nur gefragt hätte, wäre das Museum vielleicht sogar bereit gewesen, die Kriegskeule wieder in seine Obhut zu geben. Solche Fälle gibt es in Übersee oft. Wieso haben Sie darüber nicht mit dem Häuptling gesprochen, wenn Sie sich so geschämt haben?«

Darauf schwieg Tomasi eine Weile. »Ich bin der Meinung, dass die Kriegskeule dem Fidschi-Museum nicht zusteht. Also hat es auch nicht das Recht, uns irgendeine Erlaubnis oder so was zu gewähren. Dass ich die Keule genommen habe, war kein Diebstahl. Ich habe sie nur dem Dorf zurückgegeben.«

Horseman stieß ein Lachen aus und schüttelte den Kopf. »Mann, Sie waren Polizist! Ich staune, dass Sie dieses typische Sprüchlein aller Diebe aufsagen können, ohne die Miene zu verziehen! So was müssen Sie doch ständig gehört haben! Wirklich, es gibt nur ganz wenige Diebe, die ehrlich zugeben, dass es ihnen nur ums Geld ging.«

»Aber ich bin doch kein gewöhnlicher Dieb«, protestierte Tomasi.

Singh wandte sich zu Horseman. »Wissen Sie, Inspector, es gibt einen guten Grund, warum Tomasi das nicht mit Ratu Osea besprochen hat.«

»Und welchen?«, fragte Horseman.

»Na, weil er die Kriegskeule eben doch gestohlen hat, um Viliame damit zu ermorden. Er hat Vilis Tod geplant. Sonst hätte er ganz offen mit Ratu Osea über die Schande der öffentlich ausgestellten Keule gesprochen. Stimmt doch, Tomasi, oder?«

»Nein!«, brüllte Tomasi.

Singh lehnte sich vor. »Nur das ergibt Sinn. Wenn Sie die Keule gestohlen haben, um Viliame zu töten, konnten Sie darüber natürlich nicht mit Ratu Osea reden. Einen Mord hätte er niemals abgesegnet, nicht wahr?«

»Natürlich nicht! Unser Häuptling ist ein Ehrenmann!«, sagte Tomasi voller Verachtung für eine Außenseiterin, die so was niemals verstehen würde.

»Tja, das sagen Sie«, konterte Singh lächelnd.

»Nein, Moment mal, Sergeant. Mir ist gerade noch eine Erklärung eingefallen«, mischte sich Horseman ein. »Wie wäre es damit? Wir ziehen die Geschichte von der anderen Seite auf und sagen, Ratu Osea hat Tomasi damit beauftragt, die Keule aus dem Museum zu stehlen. Und er hat den Leiter des Museums nicht gefragt, weil er, also der Häuptling, Viliame damit umbringen lassen wollte.«

»So ein Unsinn!«, brüllte Tomasi erneut.

»Aber wieso sollte Ratu Osea Viliame umbringen lassen wollen?«, hakte Singh nach.

»Das kann nur Ratu Osea wissen, meinen Sie nicht?« Dann blickte Horseman Tomasi direkt an. »Wer hat denn nun recht: Sergeant Singh oder ich?«

Völlig aufgebracht warf Tomasi die Hände in die Luft.

»Keiner von Ihnen! Wie Sie sehr gut wissen! Ich habe schon zugegeben, die Jungen damit beauftragt zu haben, mir die Keule zu besorgen. Wie Sie vermutet haben, hat mein Exkollege mir den Schlüssel geliehen und den Ausstellungsschrank offen gelassen. Es ist keinerlei Schaden entstanden. Meine Gründe habe ich Ihnen bereits erklärt. Ich bin bereit, dazu eine eidesstattliche Aussage abzugeben. Ratu Osea hat nichts mit all dem zu tun!«

Singh lächelte. »Dann noch eine Frage, Tomasi. Wenn weder Sie noch Ratu Osea Viliame mit der Keule erschlagen haben: Wer war es dann?«

Tomasi senkte den Blick. Sein Zorn schien angesichts dieser Frage zu verrauchen. Bekam er es wieder mit der Angst? »Das weiß ich nicht«, antwortete er nach einigem Zögern.

»Kommen Sie schon, Mann! Wann haben Sie die Keule nach Tanoa gebracht?«, fragte Horseman.

Tomasis Augen huschten hin und her. Offensichtlich hatte er sich diesen Teil der Geschichte noch nicht zurechtgelegt. »Am nächsten Tag. Am 16. April.« Er klang leicht verunsichert.

»Haben Sie sie mit in den Bus genommen?«, fragte Horseman in humorvollem Ton. »Da werden sich die anderen Passagiere aber gewundert haben.«

»Glauben Sie, ich bin verrückt?«, erwiderte Tomasi höhnisch. »Ich hab sie in eine Decke gewickelt und in eine Sporttasche gesteckt. Eine von den großen für Hockey- und Kricketschläger. An dem Tag hat mein Cousin Naca eine Lieferung Taro zum Markt nach Suva gebracht. Ich bin mit ihm in seinem Lieferwagen zurückgefahren.«

»Aber die Keule ist länger als ein Hockeyschläger«, bemerkte Horseman.

Singh notierte das. »Und als Sie zurück in Tanoa waren, wohin haben Sie die Keule gebracht?«

»In mein Haus«, erklärte Tomasi prompt.

»Aber ich glaube, da haben Sie sie nicht lange lassen können, Tomasi, dazu ist Ihre Frau viel zu ordentlich und Ihr Sohn viel zu neugierig. Sie waren letzten Mittwoch so freundlich, uns in Ihr Haus einzuladen. Verzeihen Sie mir, wenn ich das sage, aber viel Stauraum gibt es da nicht, oder? Ist die Keule noch dort?«

»Io.«

»Schön, das erleichtert mich. Ich werde Sergeant Taleca über Funk anweisen, sie abzuholen. Das neue Funkgerät ist einfach toll, finden Sie nicht? Bitte entschuldigen Sie mich kurz, Inspector.«

»Natürlich. Und könnten Sie wohl Tee bestellen, bitte?«, fragte Horseman.

Als Singh die Tür öffnete, sagte Tomasi: »Warten Sie. Gerade ist mir eingefallen, dass sie nicht mehr zu Hause ist.«

Horseman war erleichtert. Auch wenn Tomasi ein Dieb und Lügner geworden war, schlummerte doch noch etwas von dem alten Polizisten in ihm. Es widerstrebte ihm immer noch, die wertvolle Zeit der Ermittler bei einer vergeblichen Suche zu verschwenden.

»Ich frage trotzdem nach Tee«, bemerkte Singh.

»Also, wo ist die Keule jetzt?«, setzte Horseman erneut an.

Wieder huschten die Augen des Mannes hin und her. Dabei hatte er doch wahrlich genug Zeit gehabt, sich alle Einzelheiten zurechtzulegen. Kein Wunder, dass er nie befördert worden war.

»Ich – ich bin mir nicht sicher«, antwortete er nach längerem Schweigen, gerade als Singh zurückkehrte.

»Wieso? Haben Sie sie jemandem gegeben?«

»*Io*, ich hatte Bedenken wegen meines Sohnes, wie Sie sagten. Daher hab ich Sie in den Lagerraum der Schule gebracht. In den, wo auch die *meke*-Kostüme liegen. Dort habe ich sie gut versteckt.«

»Diesen Raum haben meine Mitarbeiter am Mittwoch gründlich durchsucht. Aber sie haben sie nicht gefunden.«

»Äh, ich hab sie erst Donnerstag dorthin gebracht, nach der Durchsuchung.«

»*Oi lei!* Soll das heißen, der Mörder hat die Tasche mit der Keule vor letztem Samstag aus Ihrem Haus genommen und irgendwann vor Donnerstag wieder zurückgebracht? Ohne dass Sie das bemerkten?«

»Nein, Sir«, murmelte Tomasi. Selbst er merkte, dass er sich hoffnungslos im Netz seiner Lügen verheddert hatte.

Horseman seufzte. »Na gut. Wenn Sergeant Singh Sergeant Taleca über Funk anweist, die Tasche aus dem Lagerraum zu holen und er sie nicht findet, werde ich zur Liste Ihrer Vergehen auch Behinderung der Polizeiarbeit anfügen. Ist Ihnen das klar?«

Tomasi schwieg. Ein Constable brachte ihnen Tee.

Tomasi murmelte: »Ich hab mich mit den Zeiten vertan. Ich hab die Tasche mit der Keule am Freitag, als ich mit Naca aus Suva zurückkam, in den Lagerraum gebracht.«

»Ach, wirklich? Und haben Sie seitdem nachgeschaut, ob sie noch da ist?«

»Nein, Sir.«

»Wieso nicht?«

»Weil ich wusste, dass sie da sicher ist, Sir.«

»Na, da lagen Sie aber völlig falsch, Mann!«

»*Io*, Sir.«

»Ich glaube, es war ganz anders, Tomasi. Sie sind am Freitag, den 16., mit der Kriegskeule ins Dorf zurückgekehrt und haben Sie dem gegeben, der sie angefordert hatte. Und das war's dann.

Ihnen war nicht klar, dass der Mann sie als Mordwaffe haben wollte.«

»Nein, Sir. Ich hab sie niemandem gegeben.«

Möglich, dass er die Wahrheit sagte. Unwahrscheinlich, aber möglich. Es war vorstellbar, dass Ratu Osea oder Ilai ihm befohlen hatte, die Keule im Lagerraum der Schule zu verstauen. Wenn ja, war das sehr clever gewesen. Dann konnte Tomasi leugnen, sie jemandem gegeben zu haben, ohne einen Meineid zu leisten.

»Wissen Sie, wer Vili getötet hat?«, fragte Singh.

»Nein, Ma'am, das weiß ich nicht.«

»Tomasi, Sie haben seit gestern mit mir zusammen nach Kelera gesucht. Ich danke Ihnen für Ihren Einsatz.«

Überrascht blickte Tomasi auf.

Singh sah ihm direkt in die Augen. »Wissen Sie, wo Kelera ist, Tomasi?«

Tomasi hielt ihrem Blick stand und schüttelte langsam den Kopf. »Nein, das weiß ich nicht, Sergeant.« Seine Stimme war jetzt ganz fest.

»Wissen Sie, ob Kelera noch lebt?«

»Das weiß ich auch nicht. Aber ich bete darum.«

»War Kelera in der Schule, als Sie die Sporttasche mit der Kriegskeule in den Lagerraum brachten?«

»Nein, die Schule war schon aus. Es war gegen sechs Uhr abends.«

»Aber Kelera hat noch oft nach Schulschluss im Klassenraum gearbeitet. Als Sie zum Lagerraum gingen, haben Sie gesehen, ob sie noch da war?«

»Nein, habe ich nicht.« Aber er runzelte die Stirn und brach den Augenkontakt ab.

»*Vinaka*, Tomasi. Nachdem ich Ihre Aussage zu Protokoll gegeben habe, fahre ich nach Tanoa zurück, um weiter nach Kelera zu suchen. Sollte Ihnen etwas einfallen, das helfen könnte, sie zu finden, könnten Sie bitte den diensthabenden Sergeant hier auffordern, sich über Funk bei mir zu melden? Mit dem neuen Equipment kann ich sofort auf jede neue Information reagieren, die das Polizeirevier in Suva bekommt.«

»Ja, Ma'am.«

Da erkannte Horseman, dass er eine wichtige Frage ausgelassen hatte, weil er sich auf den Diebstahl der Keule und den Mord an Vili konzentriert hatte. »Kelera ist eine hübsche junge Frau. Sie hat doch bestimmt ein paar Verehrer, Tomasi.«

Tomasi zuckte die Achseln. »Vermutlich, aber ich kenne keinen. Die jungen Männer vertrauen sich mir nicht an.«

»Aber es werden doch sicher nicht nur junge Männer sein. Schließlich ist sie ziemlich ernst und gebildet, nicht wahr? Auch Männer im besten Alter fühlen sich oft zu solchen jungen Frauen hingezogen.«

»Mag sein, ich weiß nicht.«

»Sie waren einen Großteil Ihres Lebens Polizist und haben gelernt, gut zu beobachten. Haben Sie also mitbekommen, dass irgendein Mann, ganz gleich ob jung oder älter, ihr besondere Aufmerksamkeit geschenkt hat?«

»Nein.«

»Denken Sie nach, Tomasi! Das sind Sie Kelera schuldig, nachdem Sie diese Ermittlung mit Ihren Täuschungsversuchen und Lügen behindert haben. Stellen Sie sich vor, wie sie zu ihrer Arbeit in der Kirche, in der Schule oder in der Gewürzplantage geht. Gibt es da irgendeinen Mann, der sie immer wieder angeschaut oder beobachtet hat? Der in ihrer Nähe herumlungert? Sie in der Kirche anstarrt?«

Tomasi schüttelte den Kopf. »Nein, Sir.«

»Nun gut. Dann wird Sergeant Singh jetzt Ihre Aussage aufnehmen, und ich werde Sie, wie schon angekündigt, wegen mehrerer Vergehen unter Anklage stellen. Sie bleiben hier in der Arrestzelle in Nausori, bis Sie nach Suva gebracht werden können.« Er schnappte sich seinen Teebecher und verließ ohne ein weiteres Wort den Verhörraum, weil er dringend frische Luft brauchte.

Er rief den Superintendent an und teilte ihm die Neuigkeiten mit. Navala seufzte. »Ich bin ganz Ihrer Meinung, Joe. Auch wenn Tomasi die Wünsche des Chiefs ausgeführt hat, wird er ihn nicht verraten. Sein Geständnis, die Mordwaffe gestohlen zu haben, reicht nicht, um ihn wegen Mordes an Vili anzuklagen.«

»Nein, wir müssen noch einen stichhaltigen Beweis kriegen. Ich nerve schon ständig das Labor, aber bislang gibt es noch nichts Neues.«

»Nerven Sie weiter, Joe. Ich hab die Erfahrung gemacht, dass das hilft. Und wenn Sie mit unserem Expolizisten fertig sind, kommen Sie besser so schnell wie möglich zurück, sonst bin ich mit diesen Akten hier fertig.«

35

Als Horseman um drei Uhr wieder in Suva eintraf, hatten die Constables bereits jede Person auf der Liste von Keleras Eltern kontaktiert und noch weitere angerufen, die Freunde und Verwandte vorgeschlagen hatten. Doch da dabei nichts Neues herausgekommen war, schickte der Superintendent sie wieder in ihre eigentlichen Abteilungen zurück.

Horseman setzte sich in Navalas Büro vor den Karton mit Chatterjees Akten. »Ich sag Chatterjee Bescheid, dass er sie wieder abholen kann«, erklärte der Super. »Ich bin durch damit. Eine gute Einführung in die Methoden unseres Kunstraubexperten. Was halten Sie davon?«

»Ehrlich gesagt, habe ich nur etwa ein Viertel davon gelesen und mich dabei auf die Suche nach der Keule konzentriert. Chatterjee scheint sich ja gut in der Welt des Kunstraubs auszukennen, das will ich ihm zugestehen. Aber seine Annahme, der Diebstahl der Keule sei in Auftrag gegeben worden, damit sie sofort außer Landes gebracht werden könne, war ziemlich gewagt. Denn wie wir gesehen haben, hat sie seine Ermittlung zu stark eingegrenzt.«

»*Io*, mir sind da auch Fragen gekommen. Die Protokolle von den Befragungen der Museumsmitarbeiter sind so dürftig, dass ich den Eindruck bekam, Chatterjee wäre nicht wirklich daran interessiert gewesen – oder nicht wirklich fähig. Aber jetzt, Joe, stellen wir uns die wie immer wichtigste Frage: Wer profitiert davon? Wer profitiert bei Triple F von einer oberflächlichen Untersuchung?«

»Die Diebe, in diesem Fall also die Straßenkinder und Tomasi.

Aber ich kann nicht glauben, dass Chatterjee ebenfalls involviert ist.« Worauf wollte der Super hinaus?

»Nein, nein. Aber wenn der Häuptling von Tanoa die Strippen bei Tomasi zieht, kommt eine schlecht durchgeführte Ermittlung vor allem ihm zugute. Das Netzwerk der Häuptlinge umfasst auch die Topriege unserer Truppe, und darauf sind wir stolz. Dass Chatterjee leitender Ermittler war, heißt für mich, jemand ganz oben hat Ratu Osea einen Gefallen getan und dafür gesorgt, dass dieser Fall nie gelöst wird, weil er von einem unerfahrenen Officer untersucht wurde. Ein Klassiker, nicht wahr?«

Horseman war schockiert über diese Annahme. »Ich weiß nicht, Sir. Wollen Sie damit sagen, ein hochrangiger Beamter sei am Diebstahl der Keule beteiligt gewesen?«

»Nein, so läuft das nicht. Da oben kümmert man sich nicht um die Einzelheiten, Joe. Es wäre eher so gewesen, dass Ratu Osea angedeutet hat, möglicherweise würden die Diebe niemals entdeckt. Wenn das der Fall war, können wir nichts machen. Behalten Sie diese Möglichkeit nur im Hinterkopf.«

Horseman konnte sich dem nicht anschließen. Seit wann war sein aufrechter und engagierter Vorgesetzter so zynisch?

Navala seufzte und fuhr fort: »Die zweite Frage, die dieser Fall aufwirft, betrifft die Ausbildung. Fachleute wie Chatterjee, die vom CID angeheuert werden, mögen zwar Kenntnisse haben, die wir dringend brauchen, doch sie werden einfach nicht wie richtige Detectives ausgebildet. Ihnen werden schnell ein paar Grundlagen beigebracht, aber das führt nicht auch zu schnellen Ergebnissen, sondern manchmal sogar zu gar keinen, wie in diesem Fall. Chatterjee können wir nicht dafür verantwortlich machen, der hat sich so gut geschlagen, wie seine begrenzte Ausbildung es ermöglichte. Ich sollte eigentlich eine Eingabe machen, aber wozu, wenn ich am Ende des Jahres sowieso in den Ruhestand gehe?«

»Doch, Sir, das sollten Sie. Ihre Erfahrung ist wichtig für den

CID, Sie dürfen das nicht verschweigen.« Erstaunt merkte Horseman, dass seine Stimme zitterte.

»*Vinaka*, Joe, ich schau mal. Aber was Chatterjee betrifft, so setzt er wohl kaum auf eine Zukunft bei uns. Er ist weder der geborene Polizist, noch wurde er dazu ausgebildet. Wenn er es irgendwie deichseln kann, geht er zurück zur UNESCO nach Paris, mit einem dicken, steuerfreien Gehalt und vielen zusätzlichen Vergünstigungen. Und wenn das nicht klappt, landet er auf irgendeinem Beraterpöstchen in der South Pacific Commission.«

Horsemans Besorgnis stieg, doch er lächelte. »Mag sein, wir werden sehen. Und wie läuft die Arbeit bei den NLTB-Akten?«

»Methodisch, wenn auch nicht produktiv. Da wir hier seit Beginn der Suche nach Kelera alle Mitarbeiter dafür abgezogen haben, sind die Akten wieder bei der Abteilung für Wirtschaftskriminalität. Sai meint, sie würden morgen damit fertig sein.«

»Tut mir leid, dass ich dabei keine große Hilfe war, Sir.«

»Unsinn, Sie wurden wegen wichtiger Entwicklungen abberufen. Außerdem hatten Sie einen halben Tag frei! Schrecklich! Wie geht es Ihrem Gast, Joe?«

»Gut, danke, Sir. Ich bin sicher, sie hat gerade jede Menge Spaß, denn sie ist mit meiner Schwester und deren Familie zum Colo-i-Suva-Nationalpark gefahren.«

»Schön, schön. Da wir nun Tomasi geschnappt haben, vertraue ich darauf, dass Sie diesen Fall schnell abschließen. Und dann verschwinden Sie sofort mit Ihrem Gast in Ihren wohlverdienten Urlaub.«

Horseman hatte ganz und gar nicht das Gefühl, dass der Fall kurz vor dem Abschluss stand. Er brauchte mal ein bisschen Freiraum, um in aller Ruhe nachzudenken. Vielleicht beim Autofahren – das klappte häufig. Außerdem gab es noch jemanden, den er sofort aufsuchen musste.

»Sir, bevor neuer Schriftkram droht, möchte ich Ratu Osea persönlich von Tomasis Verhaftung erzählen. Ich weiß, dass er heute mit den Nachkommen von Mr Weston unterwegs ist, deshalb hat er vielleicht noch nichts davon gehört.«

Der Superintendent war in selten redseliger Stimmung. »Hat Singh Ihnen von unserem Überfallkommando bei Ratu Osea erzählt?«

»Ein bisschen. Als wir Mittagspause in einer Pizzeria machten, haben wir uns auf den neuesten Stand gebracht.«

»Dann werden Sie verstehen, dass ich bei ihm jetzt eine Persona non grata bin. Ich war verärgert und habe mich von meinen Gefühlen hinreißen lassen.«

»Keine Sorge. Ich werde ganz höflich anfragen und hoffen, dass er bereit ist, sich mit mir zu treffen.«

»Viel Glück, Joe.«

»*Vinaka.* Wieso machen Sie nicht Feierabend? Ich melde mich, wenn sich was Wichtiges ergibt.«

»Sie haben recht. Ich kann hier nichts mehr tun. Die Abstammungsurkunden bekomme ich erst Montag. Ist alles für den großen Tag morgen in Tanoa vorbereitet?«

»*Io*, Sir. Mit den neuen Funkgeräten ist das schon was ganz anderes. Einfach super! *Vinaka*, dass Sie uns die besorgt haben. *Moce mada.*«

Der Superintendent lächelte, doch wirkte er todmüde, als er mühsam aufstand, sein Büro verließ und die Treppe hinunterging.

* * *

Zu Horsemans Überraschung meldete Ratu Osea sich sofort am Telefon. »Es ist stets ein Vergnügen, mit Ihnen zu sprechen, Detective Inspector Horseman, aber jetzt ist nicht der beste Zeitpunkt. Ich bin gerade mit meinen Gästen aus Übersee zusammen, die zur großen Versöhnungszeremonie gekommen sind.«

»Verzeihen Sie die Störung, Ratu, aber ich würde mich gerne so bald wie möglich mit Ihnen treffen. Bei unserer Ermittlung haben sich Neuigkeiten ergeben, die Sie wohl als erster Nichtpolizist hören sollten.«

»*Vinaka*, aber das können Sie mir auch am Telefon erzählen. Ist Kelera gefunden worden?«

»Noch nicht, Ratu. Aber ich würde es vorziehen, persönlich mit Ihnen zu sprechen – wenn es ginge, noch diesen Nachmittag?«

Schweigen. Horseman zwang sich, einfach still abzuwarten. Dann sagte der Chief. »Wir wollten zum Nachmittagstee in den Regiment Club. Dort können wir uns in einer halben Stunde treffen. Aber nur unter einer Bedingung.«

»Die ich, wenn möglich, gerne erfüllen werde, Ratu. Wie lautet sie?«

»Erlauben Sie mir, Sie meinen Gästen vorzustellen, Inspector. Ich habe erfahren, dass einige davon große Rugbyfans sind. Die werden beeindruckt sein, dass ich Sie kenne.«

Meinte der Chief das ernst? »Es wäre mir eine Ehre, Ratu. In dreißig Minuten bin ich da.«

Glücklicherweise hatte er für solche Gelegenheiten – so selten sie auch waren – immer etwas Anständiges zum Anziehen in seinem Schrank. Er schnappte sich die Sachen und ein Handtuch. Mit Hilfe des Treppengeländers sauste er so schnell wie möglich in den Duschraum und tauchte zehn Minuten später mit einem maßgeschneiderten grauen *Sulu* und einem weißen Hemd wieder auf. Er winkte ein vorbeifahrendes Taxi herbei und landete drei Minuten vor der Zeit an der Treppe zum Fiji Regiment Club.

Ratu Osea saß mit seinen Gästen an einem runden, mit dem Silberservice eingedeckten Tisch. Ein Kellner servierte jedem Gast heiße Appetithäppchen, während ein anderer Tee und Kaffee einschenkte. Ein dritter Bediensteter stellte Körbchen mit heißen Scones und Tabletts mit Sandwiches und Kuchen auf den Tisch, damit die Gäste sich selbst bedienen konnten.

Der Chief blickte auf und nickte ihm leicht zu. »Freunde, erlauben Sie mir, Ihnen unseren herausragenden Rugbyspieler Josefa

Horseman vorzustellen. Joe hat als Captain unsere Nationalmannschaft mehrere Male zum Sieg geführt, darunter im Tri-Nations, beim World Cup, bei den Commonwealth Games – in allen wichtigen Meisterschaften also.«

Horseman wünschte wirklich, der Häuptling hätte das nicht gesagt. Wollte er ihn absichtlich in Verlegenheit bringen? Er wusste es nicht, aber wenn das der Preis für die Kooperation des Chiefs war, dann sollte es eben so sein. Er ging um den Tisch herum, schüttelte Hände und tauschte Nettigkeiten aus. Als ein Gast den Stuhl neben sich herauszog, nahm Horseman Platz und fühlte sich wie eine Fliege im Netz einer Spinne. Ihm wurde Tee eingeschenkt und eine Currypastete auf den Teller gelegt. Was sollte er da machen?

Also genoss er seinen Tee, die Currypasteten und Scones. Noch mehr genoss er die Unterhaltung zweier Nachkommen des Missionars, die sich wirklich mit Rugby auskannten. Dennoch beschloss er nach zwanzig Minuten, dass er seine Schuldigkeit getan hatte und sich aus diesem klebrigen Netz befreien musste. Er stand auf und verneigte sich leicht.

»Es war mir wirklich eine Freude, meine Damen und Herren, aber jetzt müssen Sie mich bitte entschuldigen. In meinem anderen Leben bin ich Polizist und muss jetzt wieder zum Dienst zurück.«

Diese Enthüllung führte zu weiteren freundlichen Nachfragen der Gäste. Es schienen alles nette Menschen zu sein, und unter anderen Umständen hätte er sich gerne noch länger mit ihnen unterhalten. Er sah den Chief an. »Ratu Osea, könnte ich Sie wohl einen Moment sprechen?«

»Natürlich, Inspector, wenn meine Freunde mich entschuldigen.« Er ging mit Horseman zu einem kleinen Tisch am anderen Ende der Veranda und winkte ab, als sich Kellner nähern wollten.

»Ich kann Ihnen nicht sagen, welche Freude es mir macht, mich um die Nachkommen von Reverend Weston zu kümmern. Es sind so nette, einfache Leute, die mehr als bereit sind, uns unsere furchtbare Tat zu verzeihen.« Wieder sah er Horseman mit der für ihn charakteristischen Intensität an.

»Sie haben wirklich das Gefühl, dass Sie ihnen mit Ihrer Einladung nach Fidschi eine große Ehre erwiesen haben, Ratu Osea. Eine Dame hat mir erzählt, durch ihren Besuch in Tanoa würde eine echte Verbindung zu ihrem Urahn hergestellt, von dem sie bislang nur gehört hatte.«

Der Chief hob zustimmend die Augenbrauen.

»Ratu, Tomasi Kana wurde zur Last gelegt, den Diebstahl der Kriegskeule in Auftrag gegeben zu haben, mit der Reverend Weston getötet wurde. Sie wurde im Fidschi-Museum ausgestellt. Momentan befindet sich Tomasi in Nausori in Haft.«

Die Miene des Häuptlings wurde vollkommen ausdruckslos, während er Horseman weiterhin anstarrte. War es der Schock, oder überlegte er nur, wie er sich am besten verhielt?

»Ratu, ich muss Sie fragen, ob Sie etwas davon wussten.«

Jetzt war all seine Jovialität wie weggeblasen. »Aber ganz und gar nicht! Wie auch? Tomasi ist seit seiner Pensionierung ein treuer Bürger unseres Dorfes. Er gehört dem Ältestenrat an, aber er und ich haben nicht viel miteinander zu tun.« Der Chief wirkte nicht im Mindesten außer Fassung. »Welchen Grund hat er denn für seine Straftat angegeben?«

»Er meint, es habe ihn so beschämt, dass diese Kriegskeule öffentlich ausgestellt wurde, dass er das Gefühl hatte, er müsste sie entfernen. Außerdem behauptet er, die Keule gehöre rechtmäßig den Einwohnern von Tanoa und nicht dem Fidschi-Museum. Er erklärt, er habe sie einfach ihren rechtmäßigen Besitzern zurückgegeben.«

»Das klingt ziemlich merkwürdig, finden Sie nicht, Inspector?«

»Das zu beurteilen, steht mir nicht zu, Ratu. Dennoch möchte ich mit allem Respekt darauf hinweisen, dass Sie etwas Ähnliches über Scham und Schande gesagt haben. Sie haben mir erklärt, dass die Sünde der Mörder von Reverend Weston seit Generationen auf Tanoa lastet. Möglicherweise haben Ihre Reden in den letzten Jahren Tomasi zu seiner Tat ermutigt. Könnte das sein?«

»Möglich ist alles. Die Botschaft einer Rede kommt nicht immer so an, wie der Redner sich das wünscht. Das war schon immer so.« Der Chief wirkte vollkommen ruhig.

»*Dina*, das ist wahr.«

»Befindet sich die Keule jetzt in Ihrer Obhut, Inspector?«

»Nein, Ratu. Haben *Sie* eine Ahnung, wo sie sein könnte?«

»Nicht die geringste. Hat Tomasi Ihnen das nicht verraten?«

»Sagen wir, er hat sich in allerhand Widersprüche verstrickt.«

»Höchst beunruhigend. Aber davon hatte ich keinerlei Kenntnis. Ich wollte, ich könnte Ihnen helfen.«

»Ich fürchte, die Suchaktion nach Kelera hat bislang keinerlei Spur ergeben. Unsere Mitarbeiter haben all ihre Verwandten und Freunde in Nausori und Suva kontaktiert, aber keiner wusste etwas über ihren Verbleib.«

Bekümmert schüttelte Ratu Osea den Kopf, dann hellte seine Miene sich auf. Er blickte Horseman direkt an und lächelte. »Kommen wir zu etwas Erfreulicherem: Ich hoffe doch, dass Ihr amerikanischer Gast meine Einladung angenommen hat, morgen nach Tanoa zu kommen?«

»*Io*, und sie freut sich schon darauf. *Vinaka vakalevu*. Meine Kollegen werden Melissa mitnehmen, sodass sie pünktlich zur Zeremonie da ist. Aber ich fürchte, ich kann Suva erst gegen Mittag verlassen.«

»Oh, sie kann auch mit meinen Gästen in dem bequemen Wagen fahren, den ich für das Wochenende gemietet habe. Wenn sie um halb elf am Grand Pacific sein kann, werden sie sich sicher über ihre Begleitung freuen. Natürlich wird sie auch wieder nach Suva zurückgebracht. Es wäre viel besser, wenn sie mit den Westons zur offiziellen Willkommenszeremonie kommen könnte.«

Wie sollte er dieses zuvorkommende Angebot ablehnen? Dennoch fühlte er sich wieder wie die Fliege im Netz.

»*Vinaka*, Ratu. Das würde Melissa sicher gefallen.«

»Melissa, was für ein hübscher Name«, bemerkte der Chief, als sie aufstanden und sich zum Abschied die Hand gaben.

Vor dem Club wartete Horseman auf ein Taxi. Als er sein Handy einschaltete, sah er, dass eine Viertelstunde zuvor die Forensik angerufen hatte. Er rief sofort zurück und war erleichtert, als Ash sich meldete.

»Ich dachte schon, Sie hätten Feierabend gemacht, Sir«, sagte Ash.

Horseman ignorierte die Stichelei, weil ihm bewusst war, dass er sich schon mit ähnlichen Bemerkungen Luft gemacht hatte, wenn er sich über die Spurensicherung geärgert hatte.

»Aber nicht doch, ich war im Rahmen meiner Pflichten beim Nachmittagstee im Regiment Club. Was haben Sie für mich, Ash?«, fragte er betont beiläufig.

»Fingerabdrücke auf Zigarettenstummeln aus dem Versteck. Sie sind zwar unvollständig, gehören aber alle zur selben Person. Wir konnten die Fingerabdrücke von Constable Tomasi Kana aus dem Personalarchiv auftreiben. Keine Übereinstimmung.«

»Sind Sie da ganz sicher?«

»Ja. Es war nicht Tomasi, der im Versteck geraucht hat. Tut mir leid, Sir, ich wusste, das würde eine Enttäuschung werden.«

36

Während Horseman den Taxifahrer bezahlte, fielen die ersten Tropfen, doch schon als er seine Veranda erreichte, kam eine wahre Sturzflut vom Himmel. An der Tür streifte er die Sandalen ab und platschte tropfnass zum Bad.

Enttäuschung war gar kein Ausdruck! Er hatte gedacht, wenn Tomasi die Mordwaffe gestohlen hatte, müsste er auch der Mörder sein. Ihm war klar, dass es nicht genug Beweise für eine Mordanklage gab, doch hatte er darauf spekuliert, dass er sie schon bald bekommen würde. Jetzt zeigten ihm die Neuigkeiten aus dem Labor, dass seine Zuversicht reinem Wunschdenken entsprungen war. Er musste den Fall noch mal ganz von vorne aufrollen.

Allerdings hatte Tomasi gestanden, die Kriegskeule besorgt zu haben: Daran war nichts zu rütteln. Am nächsten Tag würde man seinen Komplizen vom Museum verhören und diesen Teil der Ermittlungen abschließen.

Er hängte seine nassen Kleider auf eine Wäscheleine, die über die hintere Veranda gespannt war. Durfte er wirklich davon ausgehen, dass es der Beobachter im Lantanadickicht gewesen war, der Vili getötet hatte? Vielleicht war auch das eine übereilte Schlussfolgerung. Wer auch immer der Spion sein mochte: Er hatte stundenlang die beiden Pfade beobachtet. Oder konnten es zwei gewesen sein, von denen einer rauchte und der andere nicht? Möglich, aber viel wahrscheinlicher war, dass es ein einzelner gewesen war, ein Raucher wie Tomasi. Aber eben nicht Tomasi.

Als er den Wasserkessel aufsetzte, hörte er Gehupe und sah den

Wagen seiner Schwester Eva vor dem Haus ankommen. Er nahm die Golfschirme von der vorderen Veranda und ging damit zu ihnen.

»Wir können nicht reinkommen!«, rief Eva. »Wir haben den Kindern versprochen, um sechs mit ihnen in den neuen Disneyfilm zu gehen. Ein andermal!«

Melissa schob die Tür auf und hüpfte unter lauten Abschiedsbekundungen aus dem Wagen. Horseman gab den Kindern durchs Fenster High Fives und ging dann zur Fahrerseite.

Sein Schwager lehnte sich aus dem Fenster und flüsterte: »Sie ist ein Volltreffer, Joe. Die musst du festhalten!«

Horseman fand es schade, dass seine Familie nicht mit ins Haus kam. Er sah sie viel zu selten. Nicht zum ersten Mal hatten sie schon mit wenigen Worten seine Laune verbessert. Aber er hatte Melissa zurück, das allein war schon himmlisch. Während sie sich Tee und Toast machten, erzählte sie übersprudelnd vor Begeisterung von ihren Erlebnissen.

»Unfassbar, all die kleinen Topfpflanzen, die wir in Oregon in Gartencentern kaufen, wachsen hier wie Unkraut, und zwar draußen! Sie klettern an den Felsen hoch und sehen einfach umwerfend aus. Es ist so unglaublich schön im Nationalpark. Und dann die Schwimmteiche, der Palmenwald … und das alles nicht mal künstlich angelegt, sondern ganz echt.«

»Nein, die Schwimmteiche sind nicht natürlich, weißt du. Dazu wurde der Fluss an drei Stellen gestaut.« Er verstummte. Wieso wollte er ihre Begeisterung dämpfen?

»Jetzt verdirb's nicht, Schatz. Für mich ist das natürlich genug. Die Wasserfälle, die Kaskaden, der Fluss mit dem Kiesbett – einfach perfekt! Der unterste Teich ist richtig tief. Aber ich hatte ein bisschen Angst, als die älteren Jungen sich mit dem Seil da hineinschwangen. Da besteht doch sicher Verletzungsgefahr?«

»Von Verletzungen habe ich noch nichts gehört, allerdings wäre es auch nur in den Nachrichten gekommen, wenn jemand gestorben wäre. Aber gefährlich ist es wahrscheinlich schon. Wir sind hier nicht in den Staaten.«

»Wow, die Kinder hatten solchen Spaß! Keine Sekunde Langeweile!«

Das Klingeln seines Handys riss ihn weg von den Begeisterungsstürmen über paradiesische Wasserfälle. Es war Singh.

»Haben Sie was für mich, Singh?«

»Nein. Wir mussten wegen des Regens die Suche abblasen. Auf dem Rückweg bin ich in Nausori vorbeigefahren, um nach Tomasi zu schauen. Wie es aussieht, bleibt er noch über Nacht.«

»Ich habe gerade von Ash erfahren, dass man brauchbare Fingerabdrücke auf den Zigarettenstummeln entdeckt hat. Nur von einer Person, aber es sind nicht Tomasis. Seine Abdrücke hatten sie im Archiv.«

»Das ist ärgerlich, Sir.«

Er seufzte unwillkürlich. »Ja, war ein echter Dämpfer für mich. Aber Melissa ist wieder zurück, das hat meine Laune ein bisschen gehoben.«

»Gut.«

»Wir müssen noch unsere Pläne für morgen besprechen. Warum kommen Sie nicht her, dann können wir das von hier aus machen?«

»Ach, nein, ich will nicht stören, Sir.«

»Sie stören doch nicht! Wir brauchen einen neuen Plan, und so was macht man doch besser von Angesicht zu Angesicht, oder? Melissa sieht vielleicht Verbindungen, die uns entgangen sind. Ich weiß jedenfalls, dass sie gerne dabei wäre. Kommen Sie rüber, dann tüfteln wir alles gemeinsam aus.«

»Na gut, wenn Sie darauf bestehen. Aber zuerst muss ich nach Hause, um mich umzuziehen. Es war ein langer, heißer Tag, und jetzt bin ich auch noch voller Schlammspritzer. Wenn der Verkehr zu schlimm ist, könnte das mindestens eine Stunde dauern.«

»Na klar, und danach gehen wir mit Melissa in ein echtes indisches Restaurant.«

Als er Melissa erzählte, dass Singh noch zu einem Meeting kommen würde, wirkte sie nicht besonders begeistert. Komisch, aber dann fiel ihm ein, dass sie nach so einem aufregenden Tag wahrscheinlich ziemlich müde war. Und noch am Jetlag litt.

»Wenn du keine Lust hast, musst du dich nicht zu uns setzen, Liebes. Leg dich ein bisschen hin, du bist doch bestimmt erschöpft. Ich hätte es nur gut gefunden, deine Ideen zu hören.«

Sie legte ihre Arme um ihn und flüsterte ihm ins Ohr: »Du bist schon komisch, Joe Horseman. Wieso legen wir uns nicht beide ein bisschen hin?«

***

Es war gut, dass Singh erst nach anderthalb Stunden auftauchte, denn sie waren auch ohne Schläfchen gut beschäftigt. Als Singhs Taxi vorfuhr, waren sie wieder besuchsbereit. Horseman hatte Kaffee gekocht, während Melissa sich durch die Dinge wühlte, die sie spontan auf dem Markt gekauft hatte. Sie gab Bananenchips und gemischte Nüsse in Schälchen und ging dann zu Joe auf die Veranda, um seine Kollegin zu begrüßen.

Singh gab Melissa die Hand und stellte ihre Schuhe ordentlich neben der Tür ab. Sie kam Horseman merkwürdig schüchtern und verlegen vor. Aber nachdem er den Kaffee gebracht hatte, setzten sich die drei an den Tisch, naschten von den Snacks und machten sich an die Arbeit.

»Gibt es abgesehen von den Fingerabdrücken noch was Neues von der Forensik?«, fragte Singh.

»Bislang nicht. Ash behauptet, man könne die Spuren nicht schneller untersuchen, weil der Mord an Viliame nicht ihr einziger wichtiger Fall sei. Trotzdem kann man noch hoffen. Wir können Tomasi von unserer Liste der Verdächtigen in Tanoa streichen. Bleiben also noch Ilai und der Häuptling.«

»Wieso hätten sie Viliame töten wollen?«, fragte Melissa mit großen Augen.

Singhs Antwort kam wie aus der Pistole geschossen. »Beide könnten verärgert gewesen sein, vielleicht sogar wütend über einen ganz gewöhnlichen Dorfbewohner, der neue Landwirtschaftsprojekte ins Leben rief, von denen niemand je zuvor gehört hatte. Und der damit auch noch Erfolg hatte! Normalerweise sind es ältere Männer des Häuptlingsclans, die Projekte anregen, und dann kommen andere hinzu und führen ihre Pläne aus.« Ein Hauch von Ungeduld schwang in Singhs Stimme mit. Das fand Horseman ein bisschen unfair, denn wie hätte Melissa das wissen können?

»Ich kann verstehen, dass sie verärgert waren. Aber deswegen gleich einen Mord begehen?«, fragte Melissa ungläubig.

»Im letzten Jahr hat ein Mann seine sechsjährige Tochter erschlagen, nur weil sie nicht gehorchte, als er ihr befahl, mit dem Bleistiftanspitzen aufzuhören.« Ganz eindeutig wollte Singh das Meeting schnell hinter sich bringen. Hatte sie noch eine Verabredung? Melissa verstummte.

Horseman sprang ein. »Bei der Analyse der NLTB-Akten, an denen Vili vor seinem Tod gearbeitet hat, ergab sich ein weiteres mögliches Motiv. Er forderte ein paar Akten an, die nichts mit seinen offiziellen Projekten zu tun hatten. Möglicherweise dachte Vili, seine Familie hätte ein Anrecht auf Land, das vor Jahrzehnten an den Vater des gegenwärtigen Chiefs zurückfiel. Eine komplizierte Angelegenheit. Aber wenn Viliame Ilai oder den Häuptling wegen des Lands angesprochen hat … dann könnten sich beide provoziert oder bedroht gefühlt haben.«

»Nicht doch, Joe, das klingt ja geradezu feudalistisch!«

Horseman bewunderte Melissas Auffassungsgabe. »Ganz genau, Melissa! Die traditionelle Gesellschaft von Fidschi *ist* feudalistisch. Also bleiben uns momentan nur der Chief und sein Stellvertreter.«

»Aber es könnte doch noch andere geben, von denen ihr nichts wisst«, wandte Melissa ein.

Wieder antwortete Singh prompt: »Ja, natürlich, aber wir können ja nur das untersuchen, was wir haben.«

»Und Kelera, das arme Mädchen, das Sie suchen? Hat sich da schon was Neues ergeben?«, fragte Melissa.

»Nein, überhaupt nichts.« Singh senkte den Kopf.

Was war nur mit Singh los? »Noch Kaffee?«, fragte Horseman und reichte die Kanne herum.

»Probieren Sie mal diese Nüsse, Susie. Die habe ich auf dem Markt gekauft. Richtig lecker.« Melissa reichte Singh das Schälchen.

Horseman fuhr fort: »Schluss jetzt mit der Aufzählung all dessen, was wir nicht wissen oder nicht geschafft haben. Planen wir den morgigen Tag.«

»Ich muss früh nach Tanoa zurück. Wir können Kelera nicht einfach aufgeben«, erklärte Singh entschieden.

»Natürlich nicht. Wir haben Tomasis Geständnis zu Triple F. Das ist hieb- und stichfest. Morgen fahre ich ganz früh zu ihm und bombardiere ihn so lange mit Fragen, bis er singt. Susie und ich glauben ihm nämlich nicht, dass der Diebstahl der Keule ganz allein seine Idee war und niemand davon wusste.«

Melissa runzelte die Stirn. »Wieso befragt ihr nicht den Chief und seinen Stellvertreter – wie hieß er noch, Ilai? Schließlich habt ihr sonst keine Verdächtigen.«

»Weil wir nichts gegen sie in der Hand haben, Melissa. Nur Logik und Wahrscheinlichkeit«, gab Singh zurück.

Horseman beeilte sich, Singhs ziemlich schroffe Antwort weiter auszuführen. »Wir haben Ratu Osea und Ilai schon so viele Fragen gestellt, wie es die Höflichkeit erlaubt. Beide behaupten, sie seien letzten Samstag, als Viliame umgebracht wurde, in Suva gewesen. Ihr Alibi wurde von Hausangestellten bestätigt, aber darauf können wir uns nicht verlassen.«

»Was soll das heißen, Joe?«

»Die Angestellten des Chiefs sind so loyal, dass sie mit Freuden lügen würden, um seinen Interessen zu dienen. Sowohl Ratu Osea als auch Ilai leugnen, irgendwas gewusst zu haben. Ohne Beweise können wir sie nicht weiter bedrängen.«

»Außerdem steht dem auch die große Zeremonie morgen im Wege«, fügte Singh hinzu. »Sie wissen vielleicht nicht, Melissa, dass dem Ereignis zwei Jahre Vorbereitung vorausgegangen sind. Dies ist eine einmalige Sache, zumindest hat es so etwas in Fidschi noch nie zuvor gegeben. Also werden auch die Medien da sein. Der Superintendent hat mit uns gestern Abend darüber geredet. Er ist überzeugt, wenn der Häuptling will, dass die Zeremonie durchgezogen wird, dann wird das auch geschehen. Wir haben keinen Grund, das Ganze zu stoppen.«

»Offiziell ist es meine Aufgabe, die Sicherheitsvorkehrungen zu überwachen«, sagte Horseman, »aber ich will vor allem Susie und die anderen unterstützen, die noch nach Kelera suchen. Es werden auch Vertreter der Regierung und der Kirche dort sein und verwandte Clans von nah und fern. Tanoa mag zwar ein kleines Bergdorf sein, aber Ratu Osea ist unter den Häuptlingen ganz sicher keiner vom unteren Ende der Hackordnung.«

Melissa wirkte verwirrt. »Ich hatte ja keine Ahnung, dass Fidschi *so* anders ist.«

»Keine Angst, ich bring dich morgen zum Grand Pacific, damit du dich mit den Nachfahren von Missionar Weston treffen kannst. Damit gehörst du zu den VIPs und wirst königlich behandelt. Das wird ganz bestimmt ein unvergesslicher Tag für dich. Wir Fidschianer wissen, wie man eine gute Show auf die Bühne bringt, auch in schlechten Zeiten.«

»Das kann ich bestätigen, Melissa«, nickte Singh.

Horseman und Singh sahen sich lächelnd an. »Und jetzt wollen Susie und ich dir ein richtiges indisches Restaurant zeigen. Bist du bereit?«

SONNTAG

37

»*Yadra*, Tomasi, haben Sie gut geschlafen?«

Tomasi wirkte müde und gedrückt. »Nein, Inspector. Um fünf bin ich geweckt und nach Suva gebracht worden.«

»Ich hoffe, Sie haben über Ihre Lage nachgedacht.«

»*Io*, ich bedaure, dass ich die Kriegskeule von den Jungen stehlen ließ. Das war falsch. Ich habe mich von meinem Schamgefühl verleiten lassen.«

»Gut, ein reuiger Straftäter hat es vor Gericht leichter. Aber das wissen Sie ja.« Tomasi war bei dem Wort »Straftäter« zusammengezuckt.

»Ihr alter Kollege, der Sicherheitsmann vom Museum, kommt um neun Uhr, um uns seine Version der Sache darzulegen. Ab morgen ist er dann arbeitslos, nicht wahr? Ist Ihnen noch irgendwas eingefallen, was Sie uns gestern nicht erzählt haben?«

Tomasi schüttelte den Kopf. »Nein.«

»Wissen Sie, ich glaube nach wie vor nicht, dass Sie das alles ganz allein aufgezogen haben. Sie behaupten, Sie hätten die Keule aus dem Museum geholt, nach Tanoa zurückgebracht und dort versteckt. Und niemand hätte davon gewusst.«

»*Io*, genau.«

»Aber jetzt ist sie nicht mehr dort, wo Sie sie versteckt hatten.«

»Korrekt.«

»Also hat jemand, der nichts von der Existenz der Keule wusste, sie zufällig in ihrem Versteck im Schullagerraum gefunden, sie an sich genommen und damit Viliame ermordet. Das wollen Sie ernsthaft behaupten?«

»*Io*, Sir.«

»Unsinn! Mindestens eine weitere Person wusste davon. Und die hat sie aus dem Versteck geholt, vermutlich, weil Sie es vorher mit ihr verabredet hatten.«

»Nein«, beharrte Tomasi.

»Wer könnte das sein?«, fuhr Horseman unbeirrt fort. »Am wahrscheinlichsten wären Ratu Osea und Ilai, die Oberhäupter des Dorfes. Seit dem Mord an Mr Weston ist über ein Jahrhundert vergangen. Niemand erinnert sich mehr daran. Das Museum hat in der Vitrine keinerlei Informationen über die Geschichte der Kriegskeule beigefügt. Also wissen nur Insider davon. Und wer hat die Geschichte mit Mr Weston zu seiner Mission gemacht? Ratu Osea.«

Verbissen schüttelte Tomasi den Kopf.

»Ich habe Ihren Chief gestern über Ihre Verhaftung informiert. Er behauptete, nichts vom Diebstahl der Keule gewusst zu haben, genau wie Sie zuerst. Er hat kein Problem damit, dass Sie die Ehre für die Tilgung der Schande einheimsen. Verzeihung, schlechter Witz. Aber eigentlich hat Ratu Osea Ihnen doch aufgetragen, die Kriegskeule für ihn zu besorgen, nicht wahr?«

»Nein.«

»Als Sie damit nach Tanoa zurückkehrten, haben Sie sie Ratu Osea gegeben, oder?«

»Nein.«

»Ach, dann Ilai?«

»Nein.«

»Hat Ilai Sie angewiesen, die Keule im Lagerraum der Schule zu verstecken, damit er sie später dort abholen konnte?«

»Nein.«

»Wirklich nicht? Dann müssen Sie sie ja direkt zu Ratu Oseas Haus in Suva gebracht haben.«

»Nein.«

»Tomasi, was genau haben Sie mit der Keule gemacht, nachdem die Jungen sie Ihnen übergeben hatten?«

»Wie ich schon sagte, habe ich sie im Lagerraum der Schule versteckt.«

»Aber zuerst sagten Sie, Sie hätten sie bei sich zu Hause versteckt.«

»*Io*, aber – Moment mal –, Sie bringen mich in Verwirrung!«

»Es ist schwer, Lügen im Kopf zu behalten, Tomasi. Geben Sie sich doch einen Ruck, und erzählen Sie mir die Wahrheit! Tun Sie das Richtige. Seien Sie ehrlich, so wie Ihre Eltern und der Pastor es Ihnen beigebracht haben. Wegen dieser *Lügen* sollten Sie sich schämen, nicht wegen einer uralten Sünde, die Sie nicht begangen haben.«

Ganz offensichtlich litt Tomasi Höllenqualen: Sein Gesicht war verzerrt, seine Schultern waren gekrümmt.

»Wie lange soll dieses Verhör noch dauern, Tomasi? Es setzt uns doch beiden zu. Mit dieser Waffe wurde ein brillanter junger Mann umgebracht. Und jetzt ist eine wunderbare junge Lehrerin verschwunden. Hat Kelera gesehen, wie Sie sich in den Lagerraum schlichen?«

»Nein, über Kelera weiß ich nichts!«

»Ah, aber Sie wissen, wer Viliame getötet hat, nicht wahr?«

»Nein!«

Horseman haute mit der Faust auf den Tisch. »Was haben Sie mit der Keule gemacht, Tomasi!«

Tomasi schwieg.

»Dann muss ich Sie wegen des Mordes an Viliame anklagen lassen. Das habe ich gestern nicht getan, weil ich ganz sicher war, dass ein Polizeibeamter zur Vernunft kommen und mir heute alles erzählen würde, was er weiß. Aber Sie sind die einzige Person mit einer direkten Verbindung zum Mord an Vili. Sie haben die Mordwaffe gehabt. Wenn Sie sie nicht an jemand anderen weitergegeben haben, lässt das nur den Schluss zu, dass Sie der Mörder sind. Sehen Sie das nicht auch so?«

Tomasi schlug die Hände vors Gesicht und sagte eine ganze Minute lang gar nichts. Seine Schultern zitterten.

Horseman vermisste Singhs Samthandschuhe. Deshalb sagte er mit weicherer Stimme: »Constable Tomasi, sagen Sie mir, was Sie mit der Keule gemacht haben.«

Tomasi blickte zu ihm hoch und atmete stoßweise aus. »Ich habe sie in einer Sporttasche nach Tanoa transportiert, wie ich bereits gesagt habe. Aber dann habe ich sie zum Haus des Chiefs gebracht. Ilai kam heraus und hat sie von mir in Empfang genommen. Ratu Osea habe ich nicht gesehen.«

»Gut gemacht. Fühlen Sie sich nicht schon besser, weil Sie angefangen haben, die Wahrheit zu sagen?«

»Nein, ich schäme mich. Sie haben mich gezwungen, meinen Häuptling zu verraten!«

»Erzählen Sie mir, warum Sie die Tasche zum Haus des Chiefs gebracht haben.«

Wieder verbarg Tomasi das Gesicht in seinen Händen. »Weil er mich darum gebeten hat«, flüsterte er heiser.

»Wann war das?«

»Etwa zehn Tage vor dem Diebstahl.«

»Hat Ratu Osea Ihnen gesagt, wann und wie Sie die Keule stehlen sollen?«

»Nein, das hat er alles mir überlassen. Er bat mich, ihm zu helfen, und gab mir eine Broschüre mit dem Plan des Museums, auf der angemerkt war, wo sich die Kriegskeule befand. Ich war sehr überrascht, fühlte mich aber geehrt, dass mein Häuptling mich mit einer derartig schwierigen Aufgabe betraute.«

»Hat er Ihnen auch die Gründe für seine Bitte genannt?«

»Er sagte, die Keule sei wesentlich für seine Mission, die Sünden unserer Vorfahren zu büßen, da diese Reverend Weston getötet hatten.«

»Das klingt doch eher vage, Tomasi. Hat er näher erklärt, wie die Buße denn aussehen sollte: zum Beispiel durch den Mord an Viliame?«

»Nein, Sir! Das ist ungeheuerlich! Mehr hat Ratu Osea nicht gesagt, und ich konnte doch nicht so respektlos sein und auch noch nachfragen! Das muss man sich nur mal vorstellen! Aber vielleicht können Sie das nicht! Sie sind ja zum Teil Europäer und haben keinen Häuptling.«

Ein Schlag unter die Gürtellinie. Na gut. Horseman lächelte und tat das achselzuckend ab. »Kann sein. Hat der Chief Sie gebeten, Viliame für ihn zu töten?«

»Niemals!«

»Wusste Ilai von Ihrer Mission für den Chief? Schließlich ist es doch eigentlich Ilais Aufgabe, seine Wünsche zu erfüllen, oder nicht?«

»*Io*, aber wie Ratu Osea sehr gut weiß, haben wir alle unterschiedliche Fähigkeiten. Er hat wohl mich ausgewählt, weil ich als Polizeibeamter besser einschätzen konnte, wie der Diebstahl ablaufen sollte. Und wer dafür infrage kam. Ich habe keine Ahnung, ob der Chief Ilai von dem Plan erzählt hat. Ilai jedenfalls hat nie mit mir darüber geredet.«

»Hat der Chief Viliame umgebracht, oder hat er damit auch jemand anderen beauftragt?«

»Ich weiß nicht, wer Viliame umgebracht hat!«

»Waren Sie enttäuscht, dass der Chief nicht Sie mit dem Mord beauftragt hat?«

»Nein! Das war er nicht! Also, ich meine, er hat Vili nicht getötet!«

»Was ist mit Kelera geschehen?«

»Kelera? Davon weiß ich nichts. Ich respektiere sie. Sie ist Lehrerin und die Tochter des Pastors.«

»Sie ist aber auch sehr hübsch. Balsam für eine müde Seele. Es hat doch gewiss ein paar Männer gegeben, die sie ständig beobachtet haben.«

Tomasi zuckte die Achseln.

»Raus mit der Sprache, Mann! Ihnen fällt doch alles im Dorf auf. Sie haben bemerkt, dass ein Mann sie nicht mehr aus den Augen gelassen hat, stimmt das nicht? Der sie in der Kirche angestarrt hat. Ihr ständig über den Weg lief.«

Tomasi schien eine Weile nachzudenken.

»Ist Kelera noch am Leben?«, fragte Horseman.

»Das weiß ich nicht. Ich bete darum.«

»Genau wie ich, Tomasi. Doch je mehr Zeit vergeht, desto mehr schwinden die Chancen.«

»Ich habe alles getan, was ich konnte. Ich habe nach ihr gesucht, bis Sergeant Singh mich reingelegt hat! Sie behauptete, Sie bräuchten meine Hilfe!« Er wirkte gekränkt.

»Das stimmte auch. Ich brauche immer noch Ihre Hilfe – und zwar dringend. Ich weiß auch, dass Sie noch mehr helfen können, als Sie es bereits getan haben. Für Kelera läuft die Zeit ab. Wir müssen sie retten!«

Alle Wut wich aus Tomasis Miene. »Ich kann nur noch beten.«

Wusste er, dass es schon zu spät war? »Nein, Sie können mehr tun, Tomasi. Sie können mir zweierlei sagen: was Sie wissen und was Sie vermuten.«

* * *

Horseman schloss sich Navala zu einem späten Frühstück bei Ollie's Oven an, einer Bäckerei auf halber Höhe des Hügels. Der Superintendent bevorzugte Tee und frische, warme Teilchen zum Frühstück, deshalb ging er am liebsten zu Ollie's. Sie setzten sich mit Tee und Zimtschnecken ans Fenster, wo durch die altmodischen Lüftungsjalousien kühle Luft hereindrang.

»Ich war gestern so zornig, Joe, dass ich unbedingt was unternehmen musste. Also habe ich eine Angestellte der Meldebehörde angerufen – eine Freundin meiner Frau. Ich habe ein paar Strippen gezogen. Und dieses Mal mit Erfolg. Emeli erklärte sich bereit, das Büro für mich zu öffnen und mir bei der Suche zu helfen. Sie hat die ganze Arbeit für mich übernommen. Als ich Ihre Tüchtigkeit lobte, meinte sie, es sei leicht gewesen, weil sich vor kurzem schon jemand nach den Vorfahren von Viliame Bovoro erkundigt habe.«

»Wirklich? Jemand aus Tanoa?«

»Ja, aber es war Vili persönlich. Emeli zeigte mir das Verzeichnis, in dem die Anfragen der Besucher festgehalten werden, daher ist sein Interesse an seiner Abstammung jetzt bestätigt. Um es kurz zu machen, Vilis Großmutter und seine Großtanten gehörten zur letzten Generation des Clans, bevor er für ausgelöscht erklärt wurde, weil es keine männlichen Nachkommen gab. Aus reinem Zufall hatten nur die weiblichen Angehörigen dieser Generation überlebt. Zwei von ihnen heirateten Einwohner aus Tanoa, die anderen gingen in andere Dörfer. Ein Großteil ihres Landes wurde nicht landwirtschaftlich genutzt, weil es zu abgelegen und bergig war, aber es gab eine große Mahagoniplantage, über die der Clan einen Pachtvertrag mit der Regierung hatte. All dies fiel an den Vater von Ratu Osea, der damals Häuptling war.

Ich persönlich finde das höchst fragwürdig, aber Emeli versicherte mir, dass das die übliche Praxis war. Es war nicht illegal. Trotzdem empfindet die nachkommende Generation oft Groll deswegen, wenn sie davon erfährt. Da sie mehr denn je von den Briten und den Amerikanern beeinflusst werden, sind sie eher bereit, sich betrogen zu fühlen und das auch zu äußern. Die Bräuche ihres eigenen Landes sind ihnen fremd geworden.«

»Was schließen Sie aus all dem, Sir?«

»Da die Sache mit der Auslöschung und Rückgabe nicht illegal war, hatte der Chief kein Motiv, Vili umzubringen. Es gab kein Verbrechen, das Vili aufdecken konnte. Keinen Grund für den Chief, eine Bloßstellung zu befürchten. Oder sind Sie da anderer Meinung?«

»Rein sachlich betrachtet, stimme ich Ihnen zu. Aber wir müssen auch Ratu Oseas Charakter berücksichtigen. Er ist reserviert, wie man es von Häuptlingen erwartet. Aber wenn er über sein Lieblingsprojekt spricht, die heutige Zeremonie, dann wirkt er fast wie besessen. Diese Sache scheint ihn weit mehr zu interessieren als der Mord im Dorf oder das Verschwinden einer jungen Frau. Da bleibt er ziemlich gelassen. Hätten wir mit Tomasis Aussage und der neuen Erkenntnis jetzt nicht das Recht, die Zeremonie abzusagen und Ratu Osea und Ilai sofort einzubestellen?«

»Ihre Meinung ist mir sehr wichtig, Joe, das wissen Sie. Aber wir brauchen Beweise. Tomasis Aussage bietet mir noch keine Grundlage für ein solches Vorgehen. Sie würden jede Menge Ärger auf sich laden. Also warten wir, bis die Zeremonie vorbei ist, und befragen dann beide. Doch wette ich, dass wir nichts aus ihnen herauskriegen werden.«

»Ja, Sir.« Horseman war zwar enttäuscht, erkannte aber, dass die Entscheidung seines Vorgesetzten absolut vernünftig war.

»Sir, meine zweite Bitte wäre, heute von jedem im Dorf Fingerabdrücke zu nehmen. Nur so können wir herausfinden, wer der Beobachter aus dem Versteck ist. Natürlich erst nach der Zeremonie, das versteht sich von selbst.«

»Joe, auch dafür habe ich keine Grundlage. Der Mann aus dem Versteck muss nicht unbedingt etwas mit dem Mord an Vili zu tun haben. Ich verstehe ja, wie sehr es Sie drängt, diesen Fall zu knacken, aber Sie lassen sich hinreißen, überstürzen alles …«

»Blinder Eifer, Sir?«

Navala zuckte die Achseln und zog einen Mundwinkel hoch. »Wie ich letzten Freitag. Passiert jedem einmal. Deshalb bin ich ja auch hier: um Sie davon abzuhalten, die gleichen Fehler zu machen wie ich.«

38

Sie lag vor dem schlichten Kreuz im Altarraum: mit ausgebreiteten Armen, in der schwarzen Bluse und dem weiten Rock, den sie zur Beerdigung ihres Liebsten angezogen hatte. An ihrem Hals zeigten sich ein dunkelroter Streifen und mehrere Abschürfungen. Das konnte doch nicht von der Silberkette stammen, die sie noch immer trug? Die war viel zu filigran und wäre gerissen. Sie lag auf einer schönen, neuen Pandanusmatte, die eigens für den Feiergottesdienst gewebt worden war. Blut gab es keins.

Keleras Mutter hatte sie gefunden, als sie die Blumen, die sie frisch gepflückt hatte, in der Kirche arrangieren wollte. Als Singh die Fußbrücke überquerte, wartete Pastor Joni schon auf sie, um Bescheid zu sagen, dass seine Tochter gefunden worden war. Sie war zu ihnen zurückgekehrt.

Singh sank das Herz. Sie hatte versagt: Sie hatte diese brave Familie und diese junge Frau im Stich gelassen, die sie mochte und bewunderte. Sie hatte sie nicht vor dem Bösen beschützt. Mere hatte recht: Wieder einmal hatte das Böse das Gute vernichtet. Singh war daran gescheitert, die menschliche Verkörperung des Bösen zu erkennen, obwohl sie sie gesehen, mit ihr gesprochen und vielleicht sogar lächelnd eine Tasse Tee mit ihr getrunken hatte.

Als sie mit Pastor Joni die Kirche betrat, saßen Mere und ihre jüngeren Kinder rund um Kelera auf dem Boden, hatten die Augen geschlossen und weinten. Eine ganze Minute lang wartete Singh ohne ein einziges Wort. Sie umfasste nur die Hand des Pastors. Würde er das verstehen?

Er drückte ihre Hand und sah ihr in die Augen. Als er sprach, zitterte seine Stimme, weil er sich bemühte, nicht zu weinen. »Sie haben jetzt eine sehr wichtige Aufgabe. Wir sind auf Sie angewiesen, Susila. Mere und ich wissen das.« Er ließ ihre Hand los, ging zu seiner Frau, legte ihr den Arm um die Schultern und sprach leise mit ihr. Mere stand auf und umfasste Singhs Hände. Als sie in Meres flehende Augen blickte, versagte ihr die Stimme; ihre Lippen zitterten. Mere zog sie in ihre Arme und wiegte sie sanft. Der weiche Körper der älteren Frau, der kaum merklich zuckte, gab Singh Kraft.

Sie löste sich aus der Umarmung. »Ich werde den Täter finden, Mere. Ich werde das Böse aufspüren. Kelera war ein so feiner Mensch, ein so wunderbarer …« Sie biss sich auf die Lippen.

Mere nickte voller Vertrauen. »Sie sind das auch, meine Liebe.«

Singh holte mühsam Luft. »Haben Sie sie bewegt?«

Mere schüttelte den Kopf. »Wir wissen, dass man das nicht darf.«

»In ein, zwei Minuten muss ich Sie bitten, etwas zurückzutreten. Constable Musudroka und die anderen Constables werden sich die Kirche genauer ansehen, wenn Sie nichts dagegen haben. Dann wäre es wohl das Beste, wenn Sie an der Wand Platz nehmen würden, während wir den Bereich um sie herum untersuchen. Natürlich können Sie auch die Kirche verlassen. Das liegt ganz bei Ihnen.«

Wieder legte der Pastor den Arm um die Schultern seiner Frau. »Danke. Gott segne Sie in Ihrer Arbeit. Wir werden hier beten, bis Sie uns auffordern zu gehen.«

»Das neue Funkgerät ist ein Segen. Ich rufe sofort Inspector Horseman an, damit er uns die Spezialisten schickt.«

Mere und der Pastor nickten. Ihre Kinder weinten.

Doch eines musste Singh noch fragen, bevor sie sie ihren Gebeten überließ: »Weiß Ratu Osea schon, dass Kelera gefunden wurde?«

»Ja, ich habe es ihm sofort gesagt. Eigentlich dachte ich, er könnte mit unseren Ehrengästen noch in Suva sein, aber ich traf ihn in seinem Haus. Offenbar ist er gestern Abend nach Tanoa zurückgekehrt. Es muss schon sehr spät gewesen sein, weil ich ihn nicht am Fenster meines Büros vorbeigehen sah, wo ich nach dem Abendessen arbeitete.« Er hielt inne und blickte zu ihr, als versuchte er sich an die Frage zu erinnern.

»Wo war ich? Ja, Ratu Osea war genauso schockiert wie ich. Er fragte, ob ich heute den Gottesdienst durchführen könne, was ich natürlich bejahte. Was könnte tröstlicher sein als ein Gottesdienst mit meiner Familie und der Gemeinde?«

»Vielen Dank, Pastor. Wir fangen jetzt mit der Arbeit an.« Sie winkte Musudroka heran und gab ihm Anweisungen.

Als sie mit ihrem tragbaren Funkgerät nicht durchkam, kehrte sie zum Wagen zurück und hatte mit dem stärkeren Gerät sofort Kontakt.

»Schlechte Neuigkeiten, Sir. Heute Morgen hat Mere Kelera tot in der Kirche aufgefunden. Wie es aussieht, wurde sie erdrosselt. Sie wurde genauso hingelegt wie Vili. In der gleichen Haltung.«

»Arme, tapfere Kelera. Dieses Funkgerät ist ein Segen. Ist Ratu Osea schon eingetroffen?«

»Ja, Pastor Joni hat ihn informiert. Offenbar ist er schon gestern Abend zurückgekehrt. Die Zeremonie wurde aber nicht abgesagt.«

»Hm, auch ich kann sie jetzt nicht mehr abblasen, schließlich sind die VIPs schon auf dem Weg. Susie, wir müssen in Erfahrung bringen, wann genau Kelera starb. Eine Schande, dass Matt Young nicht da ist, er ist der Einzige, dem ich eine korrekte Angabe zutrauen würde.«

»Können wir ihn denn nicht erreichen, Sir?«

»Ich schau mal. Wir dürfen Kelera nicht in Tanoa lassen. Ich suche den besten Pathologen, der verfügbar ist. Ash wird ein Team aus Spurensicherung und Forensikern zusammenstellen.«

»Aber es ist Sonntag«, wandte sie ein.

»Wir müssen reagieren, als wäre es Montag! Bloß weil es Sonntag ist, können wir doch nicht einen Mörder davonkommen lassen!« Er machte eine kurze Pause. »Tut mir leid, Susie, ich bin nur frustriert. Ich melde mich wieder, wenn das Team aufbricht. Was haben Sie jetzt vor?«

Sie stand noch unter Schock und musste improvisieren. Das lag ihr gar nicht. »Tanielo wird mit den Streifenpolizisten provisorisch die Kirche durchsuchen und von dort die Suche ausweiten, wenn es geht. Der Gottesdienst wird stattfinden, aber ich werde Ratu Osea bitten, ihn an einen anderen Ort zu verlegen. Keleras Eltern wollen unbedingt helfen, also werde ich mich noch eingehender mit ihnen unterhalten. Ratu Osea und Ilai stehen bei mir ganz oben auf der Liste der Personen, die ich befragen will. Ich versuche mein Bestes, habe aber keinerlei Hoffnung, dass sie mir gegenüber offen sind.«

»Ich auch nicht. Wahrscheinlich ist einer der beiden unser Mörder, aber heute ist vermutlich der schlechteste Tag, um sie unter Druck zu setzen. Der Superintendent meint, es gebe nicht genug Beweise, um sie hierherzubringen oder vom ganzen Dorf Fingerabdrücke zu nehmen. Da hat er recht. Aber wir werden heute diese Beweise finden.«

»Sir, ich habe wegen der Suche mit jedem einzelnen Dorfbewohner gesprochen. Es sind ruhige und hilfsbereite Menschen. Ich kann mir nicht vorstellen, dass einer von ihnen solche Gräueltaten vollbracht hat. Und doch war es jemand von ihnen.«

»Wie ich Tani letzten Montag schon sagte, ist der Mörder clever, strategisch und kühn. Er verachtet die Polizei.«

»Mere würde jetzt sagen, dass das Böse das Gute verachtet.«

»Ja, es ist der Teufel, der sich als Engel tarnt. Strecken Sie Ihre Fühler in alle Richtungen aus. Wir können niemanden ohne ein felsenfestes Alibi ausschließen. Ratu Osea und Ilai sind unsere Hauptverdächtigen, aber im Grunde wissen wir viel zu wenig über Tanoa.«

»Ist gut. Over and out.« Sie kam sich wie eine Hochstaplerin vor. Vollkommen unfähig, gegen das Böse zu kämpfen, auch wenn sie ein gutes Herz haben mochte. Und selbst da war sie sich nicht sicher. Doch sie wusste, der Chef und die Kollegen würden ihr beistehen. Horseman hatte sich sofort darauf konzentriert, das Problem zu lösen, und gar nicht erst darüber nachgedacht, ob er es schaffen konnte oder nicht. Sie musste mehr wie er sein. Singh holte tief Luft und wappnete sich vor ihrer bislang größten Herausforderung. Sie würde es einfach angehen.

39

Was für ein Vollidiot er doch war! Er hätte das Schlimmste vorhersehen und dafür gerüstet sein müssen! Melissa hatte ihm immer wieder angeboten, den Urlaub zu verschieben, weil dieser furchtbare Fall ihn zu hundert Prozent forderte. Wieso war er so stur gewesen und hatte das abgelehnt – so eitel, dass er meinte, er könne alles auf einmal schaffen wie Superman? Die Wahrheit lautete: Er hatte Angst gehabt, weil sein Job so unberechenbar war. Er hatte Angst gehabt, der Urlaub würde immer wieder verschoben, und das so lange, bis einer von ihnen sich innerlich zurückziehen würde – oder sogar beide. Am Ende würde man dann befinden, eine solche Fernbeziehung könne nicht klappen, und Schluss machen, weil es vernünftiger war. Freunde bleiben. Das war ihm schon mal passiert, und bei Melissa sollte sich das auf gar keinen Fall wiederholen.

Genau zu diesem Zeitpunkt verließ Melissa mit den anderen Gästen Suva und fuhr in ein Dorf, wo ein Mörder zweimal in acht Tagen zugeschlagen hatte. Gestern hatte er das unheimliche Gefühl gehabt, von einer schlauen Spinne wie eine Fliege in ein Netz gelockt worden zu sein. Hatte er heute Melissa in dieses Netz getrieben? Stellvertretend für ihn selbst? Er war angewidert von sich und besorgt um Melissa.

Und was war mit Susie? Der Superintendent meinte, sie sei durchaus in der Lage, die Ermittlungen in Tanoa zu leiten, und das stimmte auch. Aber eigentlich war *er* der leitende Officer und hatte die Verantwortung. Und er würde seine Truppen nicht aus sicherer Distanz in die Arme des Feindes treiben. Nein, er musste so schnell wie möglich nach Tanoa.

Er rief Matt Young an, der sich ein paar freie Tage im Resort von Paradise Island gönnte. Dr. Young konnte um drei Uhr in der Pathologie von Suva sein, um die Obduktion durchzuführen. Er schlug vor, einen angehenden forensischen Mediziner mitzunehmen, der auf dem Campus der Medizinischen Fakultät von Fidschi wohnte. Dort gab es auch einen Land Cruiser, der mit allem Notwendigen ausgestattet war. Glücklicherweise hatte sich Dr. Krishna bereit erklärt, sofort nach Tanoa zu fahren und die Leiche zum Krankenhaus zu transportieren. Kein Problem.

Ash war gar nicht begeistert, am Sonntag zum Dienst abberufen zu werden, versprach aber, von der Spurensicherung ein Team zusammenzustellen, das innerhalb einer Stunde fertig zum Aufbruch war. Der Superintendent verließ mitten im Gottesdienst die Kirche, um vom Revier aus die Koordination zu übernehmen. Er forderte zusätzliche Streifenpolizisten und einen Detective Constable an, die sich alle in Horsemans Wagen zwängten. Um elf Uhr fuhren sie los.

40

Als Keleras Angehörige ihre Gebete beendet hatten, suchten sie sich einen Platz an der Wand. Singh wusste, es wäre besser für alle, wenn sie nach Hause zurückkehrten, aber das konnte sie ihnen nicht vorschreiben. Sie wollte es auch nicht. Also saßen sie da und sahen zu, wie die Polizei den Tatort sicherte. Mere Tora wirkte wie gebannt, als sie alles abmaßen, mit Klebeband versahen, beschrifteten und für die Suche nach Fingerabdrücken einstäubten. Nachdem sie nach Tagen der Angst und Qual einen solchen Schock erlitten hatte, wirkte sie wie in Trance.

Plötzlich sprang sie auf und entriss einem der Constables einen Pinsel.

»Geben Sie mir das. Ich kann das auch. Ich will helfen. Je mehr Helfer, desto schneller werden Sie fertig. Kommt, Kinder, du auch, Joni. Wir können alle helfen!« Sie kniete sich hin und fuhr mit dem Pinsel über ein Quadrat auf dem Boden, das mit B4 gekennzeichnet war.

Pastor Joni ging rasch zu ihr und fasste sie an der Schulter. »Mere, das ist die Aufgabe der Polizei. Ich glaube, wir dürfen nicht helfen, oder?« Fragend blickte er zu Singh.

»Mrs Tora, Sie können das sicher besser als ich, aber Ihr Mann hat recht. Vielleicht wäre es ratsam, nach Hause zu gehen.«

»Bring unsere Kinder heim, Mere. Das ist kein Ort für sie.« Der Pastor umfasste ihre Schultern. Sie blickte zu ihm hoch, als wäre sie überrascht, ihn zu sehen.

»*Io*, Joni. Kommt, Kinder.«

Gemeinsam ging die Familie zur Tür. Als der Pastor sie für seine

Frau aufhielt, drehte sich Mrs Tora noch einmal um. »Möchten Sie vielleicht Tee? Ich wette, Sie könnten einen gebrauchen.«

»Das ist sehr freundlich von Ihnen, wir würden uns freuen, Mrs Tora. Aber nur, wenn Sie ohnehin einen kochen.«

»Aber ja, meine Liebe. Ich glaube, wir können alle eine Tasse süßen Tee vertragen. Keleras Schwester wird mir helfen.«

»*Vinaka vakalevu*, Mrs Tora.«

Die Familie hielt sich an den Händen und verneigte sich noch einmal, bevor sie die Kirche verließ. Hatten sie sich vor Gott oder vor Kelera verbeugt? Singh wusste nicht besonders viel über die jeweiligen Gebräuche der verschiedenen christlichen Kirchen, aber Methodisten machten vor Gott keine Verbeugung oder einen Knicks. Das waren die Katholiken. Also hatten sie wohl Kelera ihren Respekt bezeugt.

Ash und das Team von der Spurensicherung würden in frühestens anderthalb Stunden hier sein. Sie selbst würde die Arbeiten in der Kirche noch eine Viertelstunde überwachen, dann konnte Musudroka übernehmen, während sie mit Pastor Joni Tee trinken und reden würde. Was sie durchmachten, war die Hölle, aber ihr Glaube würde ihnen helfen. Zumindest ging Singh davon aus.

Als Nächstes musste sie dann mit Ratu Osea und Ilai sprechen. Würden die beiden dazu bereit sein? Superintendent Navala hatte nichts aus dem Chief herausgekriegt. Auch Horseman hatte er lediglich mit einem Tee im Regiment Club abgespeist. Trotzdem musste sie es versuchen.

Sie brachte Meres voll beladenes Teetablett zur Kirche, damit die Männer sich selbst bedienen konnten, und kehrte ins Haus der Toras zurück. Pastor Joni funktionierte wie auf Autopilot. Er schnitt Brot, bestrich es mit Marmelade, teilte es in akkurate Dreiecke und arrangierte es auf einem großen Teller, den er auf den Tisch stellte. Seine Frau schenkte den Tee in Becher und reichte Singh den Zucker. Sie schien etwas von ihrem üblichen Pragmatismus wiedergewonnen zu haben.

»Ich habe Sie das schon mal gefragt, muss es aber noch mal tun. Ist Ihnen irgendjemand aufgefallen, der Kelera beobachtete, der sie in der Kirche, im Chor oder sonst wo nicht aus den Augen gelassen hatte?«

Wie immer, wenn sie ihnen diese Frage in den letzten zwei Tagen gestellt hatte, erntete sie nur ratlose Blicke. »Nein, da gab es nichts Auffälliges. Wir möchten gerne helfen und wünschten, wir wären aufmerksamer gewesen. Aber in einem kleinen Dorf geht das Leben meistens seinen gewohnten Gang. Die Menschen ändern sich nicht und die Abläufe auch nicht«, antwortete Pastor Joni.

»Sie beide sind einfach zu gut für diese Welt. Aber Sie glauben, dass es das Böse gibt, und der Mann, der Vili und Kelera getötet hat, ist böse. Ich möchte Ihnen von ein paar Spuren erzählen, die wir gefunden haben. Vielleicht hilft das Ihrem Gedächtnis ein bisschen auf die Sprünge. Aber das ist streng vertraulich und darf bitte niemandem weitererzählt werden.«

Keleras Eltern nickten. »Bei uns ist das gut aufgehoben, meine Liebe«, versicherte Mrs Tora.

Also erzählte Singh ihnen von dem Versteck im Dickicht und den Schlussfolgerungen der Polizei.

»Der Beobachter hat in seinem Ausguck selbst gedrehte Zigaretten geraucht. Der Tabak dafür stammt aus einem Laden«, fügte sie hinzu.

»Von uns raucht keiner, also werden wir solche Feinheiten auch nicht bemerken«, erwiderte Mrs Tora.

»Mindestens die Hälfte aller Männer hier raucht, und leider auch ein paar der halbwüchsigen Jungen«, sagte der Pastor.

»Vielleicht könnten Sie für mich eine Liste aller Raucher im Dorf aufstellen. Es ist nicht schlimm, wenn Sie sich nicht an alle erinnern. Das wäre schon eine Riesenhilfe. Wenn Sie es zusammen machen, fallen Ihnen bestimmt mehr Namen ein.«

»Das können wir sehr gern tun; meine Predigt ist ohnehin schon fertig. Sie ist zwar kurz, aber ich halte sie auf Englisch, damit unsere Gäste sie verstehen können«, erklärte Pastor Joni. Er griff zu einem Regal hinter dem Tisch und nahm ein Notizbuch und einen Kuli.

»Leider muss ich die Kirche als Tatort versiegeln, bis die Spurensicherung sie wieder freigibt. Ich wollte jetzt zu Ratu Osea, um ihm Bescheid zu sagen. Könnten Sie mir einen Platz nennen, wo man stattdessen den Gottesdienst abhalten könnte?«

Der Pastor dachte nach. »Im Freien, auf der *Rara.* In Sichtweite der Schule. Das hätte Kelera gefallen. Wenn es regnet, können wir in den Pavillon der Schule gehen.«

»Das teile ich Ratu Osea und Ilai mit, sobald ich sie sehe.«

»Danke, Sergeant Singh. Gott segne Sie.«

Sie öffnete die Tür, aber die Stimme des Pastors hielt sie auf. »Bitte glauben Sie nicht, dass ich Ratu Oseas Marionette bin. Ich respektiere den Häuptling, aber ich diene Gott und nicht ihm. Für Kelera ist es unwichtig, ob der Versöhnungstag des Häuptlings abgesagt wird oder nicht. Sie ist jetzt bei Gott.« Seine Stimme zitterte. Mere nahm seine Hand. »Ich werde nicht zulassen, dass der Mord meiner Tochter an diesem Tag unter den Teppich gekehrt wird. Im Gottesdienst werde ich für sie beten und ihren Lieblingschoral singen lassen. Und alle Dorfbewohner werden froh darüber sein.«

Außer einem, dachte Singh. Aber vielleicht würde der Mörder sogar aus vollem Herzen mitsingen. Wenn er sie stundenlang beobachtet hatte, glaubte er vielleicht – auf seine eigene, verrückte Weise –, dass er sie liebte.

»*Vinaka*«, sagte sie. »Sobald ich kann, komme ich vorbei, um die Liste abzuholen. Lassen Sie mich noch mal sagen, wie leid es mir tut.« Ihr kamen die Tränen, was ganz untypisch für sie war. Sie wandte sich ab und ging die Vordertreppe hinunter.

* * *

Ilai stand auf der Veranda des Häuptlingshauses und blickte durch ein Fernglas zur *Rara*, wo die Dorfbewohner die letzten Vorbereitungen vollendeten. Er trug einen dunklen *Sulu* und ein Jackett mit Krawatte. »*Bula*, Sir«, rief Singh höflich. Er senkte das Fernglas und blickte zu ihr herunter.

»*Bula*, Sir, ich wollte mit Ihnen und Ratu Osea sprechen. Es ist dringend, wie Sie sicher verstehen werden. Ist der Chief da?«

»Ja, Ma'am. Aber wir wollten gleich los, um unsere Gäste an der Brücke zu erwarten. Wir rechnen schon bald mit ihnen.«

»Ich verstehe. Dennoch muss ich vor der Ankunft der Gäste mit Ratu Osea sprechen.« Unter seinem kalten Blick hatte sie das Gefühl zu schrumpfen.

»Ich werde mal nachfragen. Bitte kommen Sie doch herauf, Sergeant.« Ilai ging ins Haus. Zwar hatte er sie nicht hineingebeten, doch sie streifte die Schuhe ab und stellte sie ordentlich auf die oberste Stufe. Positiv handeln.

Ilai kam zurück. »Bitte treten Sie ein. Ratu Osea kann ein paar Minuten für Sie erübrigen.« Er hielt ihr die Tür auf.

Der Chief befand sich, ebenfalls formell gekleidet, in seinem Vorzimmer. Höflich bot er ihr die Hand.

»*Bula vinaka*, Sergeant Singh. Ich bedaure es sehr, dass wir uns unter solch tragischen Umständen wiedersehen müssen.«

»Ich auch, Ratu Osea. Danke, dass Sie mich empfangen.«

Keiner der Männer forderte sie auf, Platz zu nehmen. »Als Erstes möchte ich Ihnen versichern, dass die Polizei alles daransetzen wird, um den Mörder dieser zwei herausragenden jungen Menschen von Tanoa zu finden. Inspector Horseman ist bereits mit zusätzlichen Beamten, Forensikern und einem Team der Spurensicherung auf dem Weg. Vor ihnen sollte schon ein Arzt eintreffen. Ich fürchte, wir dürfen die Leiche nicht bewegen, bevor er sie untersucht hat. Bis die Spezialisten mit ihrer Arbeit fertig sind, wird die Kirche versiegelt.«

»Danke, dass Sie mir Bescheid sagen, Sergeant. Ich verstehe, dass diese Maßnahmen unvermeidlich sind.«

»Ihr Verständnis weiß ich zu schätzen, Ratu. Ich habe mit Keleras Eltern gesprochen. Der Pastor drückte den Wunsch aus, dass der Gottesdienst auf der *Rara* stattfindet. Sollte es regnen, meinte er, man könne in den Pavillon der Schule ausweichen.«

Ilai und der Häuptling wechselten einen Blick. »Wenn Sie ihn vor mir treffen, übermitteln Sie bitte meine Zustimmung.«

»Danke. Dabei frage ich ihn dann auch, ob er etwas aus der Kirche braucht. Diese Dinge werden dann zuerst untersucht und vor die Kirche gestellt, damit sie abgeholt werden können.«

»Danke für Ihre Rücksichtnahme, Sergeant Singh. Aber jetzt müssen wir aufbrechen.«

»Meine Herren, ich möchte Sie noch einmal dringend bitten, darüber nachzudenken, wer Kelera getötet haben könnte.«

»Das werde ich ganz sicher tun, Sergeant«, erwiderte Ratu Osea. »Aber in den letzten Tagen wimmelt es in Tanoa von Besuchern aus dem näheren und weiteren Umkreis. Also ist der Mörder wahrscheinlich keiner von uns. Was meinen Sie, Ilai?«

»*Dina*, wahrscheinlich nicht, Ratu.«

»Bitte lassen Sie es mich sofort wissen, wenn Ihnen irgendetwas oder irgendjemand verdächtig vorkommt. Nach der Zeremonie muss ich noch mal mit Ihnen sprechen.«

Der Chief nickte. »Aber bitte entschuldigen Sie uns jetzt, Sergeant.« Die beiden verließen das Haus und gingen vor ihr den Pfad hinunter. Singh fühlte sich ohnmächtig.

Sie stieg ein Stück den Hügel hinauf und blickte zurück zur Brücke, wo sich über hundert Menschen versammelt hatten, und etliche strömten nach. Die ganze Landschaft war bunt getüpfelt mit ihren Blumengirlanden.

Singh kehrte zur Kirche zurück, wo drei Polizisten damit beschäftigt waren, alle infrage kommenden Beweisstücke zu untersuchen, einzutüten und mit Etiketten zu versehen. Sie sah sich die Tüten mit den Spuren an, aber auf den ersten Blick war nichts Ungewöhnliches dabei.

Sie ging zu Musudroka. »Tani, Sie haben doch ein paar Tage mit den Dorfbewohnern gearbeitet. Könnten Sie mir eine Liste mit allen Rauchern anlegen?«

Musudroka runzelte die Stirn. »Aber so viele waren es nicht.«

»Schon gut, Tani. Schreiben Sie einfach die Namen aller Ihnen bekannten Raucher auf. Das ist schon mal ein Anfang. Unterbrechen Sie bitte Ihre jetzige Arbeit, und fangen Sie sofort damit an.«

Überrascht von der Dringlichkeit in Ihrer Stimme gehorchte Musudroka und ließ sich an der nächsten Wand nieder, wo er sein Notizbuch hervorholte und eine neue Seite aufschlug.

Da die Männer ihren Tee getrunken hatten, nahm Singh das Tablett und brachte es zurück zum Haus des Pastors. Sie hoffte nur, sie hatte Keleras Eltern nicht zu sehr unter Druck gesetzt.

Der Pastor öffnete die Tür und nahm ihr das Tablett ab. »Kommen Sie herein, Sergeant, Sie sind ein wahrer Segen.«

Erstaunt ließ Singh sich erneut am Tisch nieder. Wie konnte ihre Befragung während einer solch qualvollen Zeit etwas anderes sein als eine grobe Belästigung? Mrs Tora lächelte sie dennoch an. »Ja, meine Liebe, das sind Sie. Es hilft uns sehr, dass Sie uns eine Aufgabe gegeben haben. Ich dachte, mir würde kein einziger Name einfallen. Meine Seele trauert, aber diese Aufgabe hat meinen Geist wieder belebt. Und das ist ein Segen. Wir kommen ganz gut voran, aber fertig sind wir noch nicht.«

»Meine Frau hat recht: Zuerst wussten wir nicht, wo wir anfangen sollten. Dann fiel mir ein, dass es doch eine gute Methode wäre, sich jedes einzelne Haus im Dorf vorzunehmen und sich zu fragen: ›Wer raucht in dieser Familie?‹ Wir haben die Namen aufgeschrieben und uns danach das nächste Haus vorgenommen. Meistens fallen uns die Betreffenden sofort ein. Wann immer wir uns bei jemandem nicht sicher sind, schreiben wir seinen Namen auch nicht auf. So können Sie sich darauf verlassen, dass die Liste korrekt ist, wenn auch nicht vollständig.«

»Sie sind ein wahrer Wissenschaftler, Pastor Joni, und wären ein großartiger Ermittler. Und Sie auch, Mrs Tora.«

»Oh, nein, nein, nein, meine wahre Berufung habe ich schon gefunden«, wehrte er ab, wirkte aber trotzdem geschmeichelt. »Haben Sie mit dem Häuptling gesprochen?«

»Ja, er ist einverstanden, den Gottesdienst auf der *Rara* oder im Schulpavillon stattfinden zu lassen.« Der Pastor nickte zufrieden.

»Wo sind Ihre Kinder?«, fragte Singh, plötzlich beunruhigt, weil es so still war.

»Ach, keine Angst, die sind mit ihren Freunden zur Brücke gegangen, um auf die Gäste zu warten. Es wird ihnen guttun, im Freien zu sein, unter Gottes Firmament.«

Singh war leicht überrascht, wie wenig Sorgen sie sich um die Sicherheit ihrer Kinder machten. »Dann gehe ich auch mal dorthin. Ich möchte mich vergewissern, dass alles okay ist.«

»Wir bleiben hier, bis es Zeit ist, zur *Rara* zu gehen«, erwiderte Pastor Joni.

Als Singh das Haus verließ, drang leise das Stimmengemurmel der Menschenmenge zu ihr, die von hier aus jedoch nicht sichtbar war. In der Hoffnung, dass Horseman schon eingetroffen war, eilte sie zur Brücke. Als sie sich ihr näherte, teilte sich die Menge wie von selbst und bildete eine Gasse: Auf jeder Seite drückten sich die Kinder an den Rand der schmalen Brücke, und dahinter formierten sich zwei breite Reihen Erwachsener mit *Salusalu*-Girlanden in den Händen. In der Mitte standen der Chief und Ilai. Singh entdeckte die Kinder der Toras Arm in Arm mit ein paar anderen Teenagern. Gott sei Dank!

Autotüren knallten, und eine Minute später führte eine Fidschianerin sechs ausländische Gäste über die Brücke. War es Adi Ana, Ratu Oseas Tochter? Ja, Singh war sich ziemlich sicher, als sie sich näherten. Der Chief und sein Stellvertreter kamen ihnen langsam über die Brücke entgegen. Melissa befand sich auch unter den Gästen. Allgemeines Händeschütteln, bei dem sich nach fidschianischer Sitte viel Zeit genommen wurde. Singh fragte sich, was den VIPs über Kelera gesagt wurde – wenn überhaupt etwas verlautbart wurde.

Ein fröhliches fidschianisches Willkommenslied ertönte. Singh wurde sofort leichter ums Herz, wie immer, wenn sie einen fidschianischen Chor hörte. Den Gästen wäre nicht in den Sinn gekommen, dass der übliche mitreißende Schwung und Ausdruck von Trauer gedämpft war.

Der Chief führte seine begeisterten Gäste durch die Reihen der knicksenden Kinder. Das Empfangskomitee reichte dem Chief, Ilai und allen Gästen Girlanden aus frischen Blumen, während die Dorfbewohner gemeinsam ein weiteres Lied anstimmten. Ratu Osea wandte sich nach links und führte die Besucher am Ufer entlang zur Ruine der Festung. Wie es aussah, war eine Tour durchs Dorf der erste Programmpunkt.

Singh kehrte zur Kirche zurück und bemühte sich, Horseman und sein Team kraft ihrer Gedanken so schnell wie möglich herzulocken.

41

Melissa saß mit einer Girlande aus süß duftenden Ylang-Ylang-Blättern und Plumeriablüten mit den anderen ausländischen Gästen auf einer Matte. Sie fand es aufregend, an ihrer ersten *Yaqona*-Zeremonie teilzunehmen. Wie die anderen Fremden saß sie nur respektvoll da und hörte zu, ohne etwas zu verstehen, während eine Rede auf Fidschianisch der nächsten folgte. Vor ihnen, in der Mitte des Pavillons, stand die geschnitzte *tanoa*, die die Tagesgäste von den Einwohnern Tanoas trennte.

In dem Freiraum rund um die Schale bereiteten drei junge Männer in Baströcken feierlich das Getränk zu. Man sah das Muskelspiel unter ihrer eingeölten Haut. Sie gossen Wasser aus einer Bambusröhre, zogen den Netzbeutel mit gemahlenen *Yaqona*-Wurzeln durch das Wasser und drückten ihn wieder und wieder aus, bis die Mischung genau richtig war. Eigentlich das gleiche Prinzip wie bei der Zubereitung von Tee. Ein Diener, der sich mit militärischer Präzision bewegte, schöpfte die braune Brühe in eine Kokosnussschale, kniete sich vor den Chief, senkte den Kopf und bot ihm den Trank dar. Der Häuptling klatschte dreimal, nahm die Schale und leerte sie unter dem Beifall der Dorfbewohner.

Nachdem die Repräsentanten auf beiden Seiten bedient worden waren, wurde es zwangloser, und alle konnten sich leise unterhalten. Dann begann eine zweite Runde. Der etwas mürrisch dreinblickende Dorfvorsteher, der sie bei der Ankunft begrüßt hatte, lud nun die Gäste und die Medien ein, Fotos zu machen. Melissa schoss ein paar von den Gästen, die mit gesenktem Kopf auf Knien herumrutschten, um den Chief nicht zu überragen. Sie war entzückt über jede Einzelheit.

Dann erhoben sich der Häuptling, der Stellvertreter und Adi Ana. Sofort wurde es still. Dieses Mal sprach der Dorfvorsteher die Gäste direkt an. »Meine Damen und Herren, verehrte Gäste, für diesen Tag sind Sie nun Einwohner von Tanoa. Nach dem Lunch und der Versöhnungszeremonie haben Sie etwas freie Zeit, in der Sie sich überall umschauen können. In der Schule gibt es eine Ausstellung mit Schülerarbeiten und Erzeugnissen unserer Töpferinnen. Wer sich für Landwirtschaft interessiert, kann sich einer Führung zu unseren Gärten anschließen, wo Sie auch die Gewürzplantage besichtigen werden. Später wird es auf der *Rara* ein Rugbyspiel zwischen Tanoa und dem Nachbardorf Lailai geben.«

Auf den letzten Punkt folgte so begeisterter Applaus, dass der feierliche Dorfvorsteher sichtlich außer Fassung geriet. »Sie wissen bereits, dass gestern Abend jemand aus unserem Dorf unerwartet gestorben ist. Ratu Osea und die trauernden Angehörigen haben jedoch entschieden, dass unsere Zeremonie trotzdem abgehalten wird. Das fidschianische Gesetz verlangt, dass die Polizei hier Ermittlungen durchführt. Also müssen Sie sich nicht wundern, wenn Sie Uniformierte sehen. Das ist in solchen Fällen normale Routine.«

Wieder wurde es still. »Bitte vertreten Sie sich jetzt ein paar Minuten die Beine, während die Jungen diesen Platz für eine *meke*-Aufführung vorbereiten: traditionelle fidschianische Tänze.«

Melissa war mehr als beeindruckt, dass ein abgelegenes Dorf ohne Strom oder Telefonverbindung ein derartiges Ereignis so gut organisieren konnte, dass es völlig reibungslos verlief. Unglaublich!

Doch wo war Joe? Eigentlich hatte sie gedacht, er sei schon hier. Auf der Fahrt nach Tanoa hatte Adi Ana ihnen erzählt, dass vor kurzem eine junge Frau zu Tode gekommen war. Das hatte Melissa alarmiert. Ob es um Kelera ging? Aber sie hatte nichts zu den anderen Gästen gesagt. Wahrscheinlich war jemand auf natürliche

Weise gestorben. Aber was, wenn es doch Mord gewesen war? Wenn Vilis Mörder erneut zugeschlagen hatte? Sie hatte ihr Handy dabei, konnte Joe aber nicht sofort anrufen, wenn die anderen im Wagen zuhörten. Also hatte sie nur eine SMS geschickt, jedoch noch keine Antwort erhalten. Joe hatte gesagt, er würde um elf Uhr losfahren. Demnach sollte er bald eintreffen. Sie hatte Susie am Rand der Menge entdeckt, während ihnen die Blumengirlanden überreicht wurden. Wie schön sie waren! Als sie ihre *Salusalu* berührte, stieg erneut ihr exotischer Duft auf.

Aber sie musste es unbedingt wissen, wenn ein zweiter Mord stattgefunden hatte. Ohne Joe an ihrer Seite hatte sie ein bisschen Angst. Tanoa war zwar wunderschön, aber auch sehr, sehr fremd.

42

Ash kam mit Alisi, dem Fotografen, und einem Mitarbeiter der Forensik, den Singh noch nicht kennengelernt hatte. Sie empfing sie mit offenen Armen – bildlich gesprochen. Ihre natürliche Zurückhaltung gegenüber allen, die sie nicht zum Freundes- und Familienkreis zählte, war gegenüber männlichen Kollegen geradezu übertrieben. Ash schaute sich ihre Arbeit in der Kirche an und übernahm. Sie erlaubte Tani, weiter mit Ash zu arbeiten, wenn er erst einmal die Liste der Raucher fertiggestellt hätte. Dann schickte sie zwei Constables auf Patrouille durchs Dorf und nahm einen dritten mit zur *Rara*. Von dem einen Ende des Platzes konnte sie die Brücke sehen. Auf gar keinen Fall wollte sie Horsemans Ankunft verpassen.

Die sechs ausländischen Gäste, darunter auch Melissa, saßen auf niedrigen geschnitzten Stühlen in der ersten Reihe des VIP-Pavillons. Am Rand des Platzes drängten sich über zweihundert Zuschauer. Zuerst kamen die kleinen Jungen hereingestürmt – in voller Kriegsbemalung und mit Baströcken –, die ihre kurzen Keulen schwangen. Ihre hohen Stimmen passten nicht recht zu dem bedrohlichen Sturm auf die Reihe der Ehrengäste. Die älteren Jungen und Männer des Dorfes folgten und füllten die von Zuschauern umringte Bühne.

Singh liebte eine gute *meke*-Aufführung, und sie waren immer gut. Die Fidschianer waren stets mit ganzem Herzen dabei und hielten sich auch nicht bei den dramatischen oder bedrohlichen Passagen zurück. Gleichzeitig hatten sie aber so viel Spaß dabei, dass niemand Angst haben musste. Die heutige Aufführung jedoch war zurückhaltender. Kein Wunder: Zwar folgten die Darsteller dem Grundsatz *The Show must go on*, doch es war ein zweiter Mord geschehen, also konnten sie nicht alles geben, allein schon aus Respekt vor Kelera und ihrer Familie. Tomasi wäre enttäuscht gewesen, hätte er hier sein dürfen. Wusste er, wer Vili und Kelera ermordet hatte? Sollte der Arzt feststellen, dass Kelera später als gestern Mittag gestorben war, wäre Tomasi aus dem Schneider.

Ein Constable joggte langsam den Hügel hinauf. Er keuchte dermaßen, dass er den polizeilichen Fitnesstest jetzt wohl kaum bestanden hätte.

»Sergeant, der Doktor ist da«, stieß er hervor.

»*Vinaka*, Constable. Wo ist er?«

»Sie, Sarge. Der Doktor ist eine Dame. Dr. Krishna.« Singh tadelte sich innerlich: Erstens, weil sie sich von der Aufführung hatte ablenken lassen, und zweitens, weil sie angenommen hatte, der Pathologe wäre selbstverständlich ein Mann. Ausgerechnet sie, die sich immer ärgerte, wenn Männer automatisch dachten, ein Detective Sergeant müsse männlich sein! Allerdings hatte sie keine Zeit für Selbstvorwürfe.

»Oh, gut. Wo ist sie?«

»Schon in der Kirche. Ich hab sie hingebracht und bin dann direkt zu Ihnen gerannt.«

»Gibt es was zu berichten? Irgendwas Auffälliges?«

»Nein, Sarge. Der Pastor bat, aus seinem Büro die Sachen für den Gottesdienst holen zu dürfen. Das konnte ich ihm nicht abschlagen.«

»Natürlich nicht.«

»Alle, die nicht auf der *Rara* sind oder irgendwas mit dem Fest heute zu tun haben, müssen in ihren Häusern sein, denn ansonsten ist alles menschenleer.«

»Gute Arbeit, Constable. Bleiben Sie jetzt hier oben, während ich zur Pathologin gehe. Behalten Sie das Dorf und gleichzeitig die *Rara* im Auge.«

Singh eilte zur Kirche zurück, weil sie hoffte, die Ärztin könnte bereits den genauen Todeszeitpunkt bestimmen – obwohl es nicht wahrscheinlich war, weil Pathologen in aller Regel erst die Laboruntersuchung abwarteten. Früher hatte sie gedacht, solche Zurückhaltung wäre nur getarnte Inkompetenz, aber der wunderbare Dr. Young hat sie hier eines Besseren belehrt.

Sie betrat die Kirche, zog die Plastikhaube, Überschuhe und Handschuhe an und näherte sich der Frau, die neben Kelera kniete. Alisi machte nach ihren selbstsicheren Anweisungen Fotos.

Singh stellte sich vor. Dr. Lakshmi Krishna hatte dunkle Haut, wunderschöne braune Augen, eine Goldrandbrille und einen goldenen Stecker im Nasenflügel. Um die dreißig, schätzte Singh, wie sie. Aber vielleicht noch auf der richtigen Seite, mit einer Zwei davor, anders als sie. Sie hockte sich neben die Ärztin.

»Wahrscheinlich Tod durch Erdrosseln, aber das haben Sie selbst schon gesehen. Es ist auch möglich, dass sie anders zu Tode kam und danach stranguliert wurde, aber das kann ich erst nach der Obduktion sagen. Wie ich gehört habe, kommt Matt Young aus dem Urlaub zurück, um sie persönlich zu untersuchen. Wenn es irgendwie geht, möchte ich dabei assistieren. Ich brauche mehr Erfahrung, und Matt ist der Beste. Und auch noch ziemlich heiß, finden Sie nicht, Susie? Übrigens, nennen Sie mich Lucky.«

Singh war ziemlich verblüfft, von einer Ärztin derart ungezwungen angesprochen zu werden, konnte aber nicht gut auf Distanz gehen. Also erwiderte sie Dr. Krishnas freundliches Lächeln. »Ich habe Kelera ganz gut gekannt, Lucky. Daher setzt es mir ziemlich zu, sie so zu sehen. Das Wichtigste für uns ist jetzt, so schnell wie möglich den Todeszeitpunkt zu erfahren. Der Hauptverdächtige für den Mord an einem jungen Mann in der letzten Woche sitzt bei uns seit gestern kurz nach elf Uhr in Haft. Sollte Kelera danach getötet worden sein, hätte er dafür ein Alibi.«

Dr. Krishna nickte lebhaft. »Verstehe. Lassen Sie mir ein bisschen mehr Zeit, ja? Ich bin erst fünf Minuten hier.«

Singh verließ die Kirche wieder, um zu sich zu erkundigen, wie weit die Toras mit ihrer Liste gekommen waren, doch dann sah sie, dass sie Richtung *Rara* gingen. Offenbar fing gleich der Gottesdienst an, und sie dachte, wie schrecklich schwer es für die beiden sein musste zu wissen, dass ihre tote Tochter noch in ihrer Kirche lag. Sie hoffte nur, der Gottesdienst würde ihnen Trost bringen, so wie Pastor Joni gesagt hatte.

Als sie sich zur Kirche umwandte, entdeckte sie Horseman, der ihr mit großen Schritten entgegenkam. Heute humpelte er nicht so stark. Als sie sein fröhliches Lächeln sah, schüttelte sie dankbar die Bürde ab, die sie so bereitwillig geschultert hatte. Vielleicht war sie doch noch nicht so weit, Inspektorin zu werden.

Sie gaben sich die Hand. »Schön, Sie zu sehen, Susie. Mit Melissa alles in Ordnung?«

»Vor einer Viertelstunde war sie noch bei den VIPs und hat sich die *meke*-Vorführung angeschaut. Ich bin zurück zur Kirche, als die Pathologin kam.«

»Sehr gut. Haben Sie schon zu Mittag gegessen?«

»Nein, Sir. Das Lunchpaket ist noch in meinem Rucksack.«

»Meins auch. Zeigen Sie mir den Fundort; wir reden mit dem Doc, dann informieren Sie mich beim Lunch über alles. Melissa wird die traditionellen Festlichkeiten mit Westons Verwandten sicher genießen. Ich fand sie gestern ziemlich nett.«

43

Obwohl sich die Wolken immer mehr zuzogen und dunkler färbten, blieb es während des gesamten *Lovo* zum Glück trocken.

Die ansteigende Melodie eines der fidschianischen Lieblingschoräle – *Ein' feste Burg ist unser Gott* – zeigte an, dass der Gottesdienst begonnen hatte. »Ein ziemliches Risiko, den Gottesdienst auf der *Rara* abzuhalten«, bemerkte Horseman. »Gehen wir hinauf. Ich möchte Pastor Joni meinen Respekt zollen und mich vergewissern, dass es Melissa gut geht.«

Diskret schritt Horseman an den Reihen der Gemeinde nach vorn. Er erkannte Melissas Rücken ganz vorne zwischen den Weston-Angehörigen. Ratu Osea, Adi Ana und Ilai waren auch dort. Ein Stück weiter hinten blieb Horseman stehen und sang automatisch mit, sonst hätte er Aufmerksamkeit auf sich gezogen. Langsam und stetig überwältigte die tragende Musik die trauernden Menschen, bis sie vierstimmig und aus voller Kehle den letzten Refrain anstimmten. So, als hätte keiner von ihnen in der vergangenen Woche zwei Jugendliche aus ihren eigenen Reihen getötet.

Als die Gemeinde sich setzte, stellte sich Horseman ganz nach hinten zu Singh und den Medienvertretern. Sollte Melissa sich umschauen, würde sie ihn sehen. Sie war in Sicherheit, mehr konnte er im Augenblick nicht tun.

Pastor Joni faltete zum Gebet die Hände. Horseman warf einen Blick zu Singh: Sie konnten jetzt noch nicht gehen. Die Stimme des Pastors zitterte zuerst, wurde dann aber wie der Choral stärker, als er Gott dafür dankte, ihm Kelera geschenkt zu haben. Er flehte ihn an, sie in Gnade bei sich aufzunehmen, ihre trauernde

Familie und alle Einwohner von Tanoa zu segnen und die Polizei bei ihren Ermittlungen zu leiten. Darunter setzte Horseman ein nachdrückliches Amen.

Als das Gebet beendet war, verneigte sich Horseman vor dem Pastor und ging mit Singh den Hügel zur Kirche hinunter.

Er verspürte den seltenen Drang, seine Gefühle zu äußern, und gab ihm nach. »Ich glaube, Pastor Joni hat die Seelen aller ein bisschen aufgerichtet. Außer vielleicht die des Mörders. Der Choral und das Gebet haben mir gutgetan und mir Kraft gegeben.« Verlegen verstummte er.

»So geht es mir auch. Nach Pastor Jonis Gebet können wir auf Gottes Hilfe zählen«, erwiderte Singh.

War das ironisch gemeint? »Glauben Sie an Gott, Singh? Verzeihen Sie, eine so persönliche Frage hätte ich nicht stellen dürfen. Sie brauchen nicht zu antworten.«

»Ist schon gut. Was Gott betrifft, bin ich mir nicht so sicher. In den Sikh-Tempel in Nadi gehe ich nur an Feiertagen, wenn ich zufällig meine Familie besuche. Aber ich glaube, es muss etwas geben, was größer ist als der Mensch. Gerade eben, während des Lieds und des Gebets von Pastor Joni, habe ich an ihn geglaubt. Keine Ahnung, wie lange das anhält.« Sie lächelte.

»Ich jedenfalls fühle mich jetzt stärker. Ist das nun Gott oder Psychologie? Ich setze auf Gott.« Er erwiderte ihr Lächeln. »Schauen wir mal, ob Dr. Krishna Tomasi schon ausschließen kann.«

»Gutes Timing. Es fängt an zu regnen.«

Ash und sein Team von der Spurensicherung suchten den Bereich zwischen der Kirche und den Nachbargebäuden nach Fingerabdrücken ab.

»Habt ihr schon was, Ash?«, erkundigte sich Horseman.

Ash schüttelte den Kopf. »Aber wir tüten alles ein, nur zur Sicherheit. Leider muss ich sagen, dass mir bis jetzt nichts ungewöhnlich vorkommt. Das kann sich aber noch ändern, wenn wir im Labor erst mal alles unter die Lupe nehmen.«

Horseman versuchte sich seine Enttäuschung nicht anmerken zu lassen.

»Haben Sie noch mehr Zigarettenstummel gefunden?«, fragte Singh.

»Einen. Hier ist alles unheimlich sauber, weil für heute gefegt wurde. Deshalb wurde der Stummel wahrscheinlich in der Nacht fallen gelassen. Aber selbst wenn die Fingerabdrücke auf allen Kippen identisch sind, bringt uns das auch noch nicht richtig weiter, denke ich zumindest, oder?«

»Nicht für sich genommen, Ash, aber jedes kleine Puzzleteil kann uns dabei helfen, genügend Beweismaterial zu haben. Ihre Arbeit ist von unschätzbarem Wert. Ist Dr. Krishna noch in der Kirche?«

»Na klar. War eine echte Überraschung für mich, Sir.«

»Wieso?«, fragte Horseman verwirrt.

Ash zuckte die Achseln. »Werden Sie gleich selbst sehen.«

Als sie eintraten, packte die Ärztin gerade ihre Ausrüstung zusammen. Kelera lag unter einem grünen Laken auf einer Trage.

Horseman streckte die Hand aus. »Es freut mich, Sie kennenzulernen, Dr. Krishna. Nur gut, dass Sie auf dem Campus von Tavavua Heights waren. So konnten wenigstens vierzig Minuten Fahrtzeit gespart werden.«

»Nennen Sie mich doch Lucky, Inspector. Bedauerlich, dass wir uns unter diesen Umständen kennenlernen müssen, aber was für eine Freude, Joe Horseman persönlich gegenüberzustehen! Ich darf Sie doch Joe nennen?«

Das verschlug ihm kurz die Sprache. Eigentlich hielt er es bei der Arbeit lieber förmlich. Aber es wäre äußerst unhöflich gewesen, ihre freundliche Anfrage zurückzuweisen.

»Selbstverständlich, äh, Lucky. Wie Sie wissen, ist das Wichtigste für uns momentan der Zeitpunkt von Keleras Tod. Können Sie uns damit helfen?«

»Tja, eigentlich will ich Matt Young nicht zuvorkommen, Joe.«

»Das verstehe ich, aber wir brauchen jetzt etwas, womit wir arbeiten können. Wenn Ihre Einschätzung sich später als irrig erweist, ist das eben so. Ich weiß, Sie können in dieser Phase nur einen Annäherungswert nennen.«

»Nun, wenn Sie mir das später nicht vorhalten – ich bin ja noch keine voll ausgebildete Pathologin.« Sie blickte ihn über den Rand ihrer Brille hinweg an. »Also, ausgehend von den Totenflecken und dem Rigor Mortis würde ich schätzen, dass sie vor über zwölf Stunden gestorben ist, also gestern irgendwann zwischen Nachmittag und Mitternacht.«

»Nicht vor zwanzig Stunden? Genauer gesagt: gestern vor elf Uhr morgens?«

Dr. Krishna verdrehte die Augen. »Jetzt wollen Sie mich festnageln, Joe. Aber meiner Meinung nach *nein.*«

»*Vinaka,* das hilft uns sehr.«

»Hoffen wir, dass ich recht habe. Ich muss Matt Young beeindrucken, um die Assistentenstelle bei ihm zu ergattern.« Sie zwinkerte ihm zu. Horseman blickte auf seine Uhr, um sein Erstaunen darüber zu verbergen, dass sie mit einem Fremden ganz offen über ihre Ambitionen sprach.

»Susie, könnten Sie bitte zwei Constables herrufen, die die Trage zum Wagen von Dr. Krishna bringen?« Singh nickte und eilte ins Freie.

»Begleiten Sie mich zum Wagen, Joe?«, fragte Dr. Krishna.

»Nein, Sie müssen mich entschuldigen. DC Musudroka wird Sie in allem unterstützen, was Sie brauchen. Ich muss jetzt sofort zur *Rara* zurück. Passen Sie auf sich auf, Lucky, und fahren Sie vorsichtig. Vielen Dank.«

* * *

»Susie, ich möchte mit Ihnen meine Schlussfolgerungen durchgehen. Sagen Sie mir nach jedem Punkt, ob Sie mit mir übereinstimmen oder nicht.« Sie saßen im hinteren Teil der leeren Kirche auf dem Boden.

»Wenn Luckys Einschätzung des Todeszeitpunkts richtig ist, hat Tomasi für den Mord an Kelera ein wasserdichtes Alibi. Da es höchst unwahrscheinlich ist, dass es in Tanoa zwei Mörder gibt, heißt das, Tomasi wird Vili ebenfalls nicht umgebracht haben.«

»Sehe ich auch so, Sir.«

»Damit bleiben uns als Verdächtige nur noch der Chief und Ilai. Es sind die einzigen mit einem möglichen Motiv.«

»Soweit wir wissen, Sir.«

»Natürlich. Was die Mittel betrifft, behauptet Tomasi, er hätte die Keule am Haus des Häuptlings abgegeben, aber Ilai wäre herausgekommen und hätte sie entgegengenommen. Wo auch immer sie dann aufbewahrt wurde, konnte sie vermutlich sowohl von Ilai als auch von Ratu Osea jederzeit benutzt werden.«

»Ja.«

»Gelegenheit: Der Chief behauptet, er sei in Suva gewesen, als Vili umgebracht wurde, aber das wird nur vom Personal und von Ilai bestätigt. Und dem traue ich nicht. Der Pastor hat ausgesagt, der Häuptling sei gestern Abend innerhalb der Zeit zurückgekehrt, die Dr. Krishna angegeben hat. Ilai hat offen zugegeben, dass er an beiden Samstagen hier im Dorf war.«

»Und beide rauchen«, setzte Singh hinzu.

»Ah ja. Unser Beobachter im Versteck. Nicht zwangsläufig der Mörder, aber wahrscheinlich. Hat er Vili oder Kelera ausspioniert? Oder beide?«

Singh übernahm: »Und warum? Hatte er von Anfang an geplant, Vili zu töten, und dann einfach den richtigen Moment abgewartet? Tomasi hat die Keule schon drei Wochen vor dem Mord an Vili gestohlen.«

Horseman dachte nach. »Wenn der Beobachter auf Kelera fixiert war, dann wollte er Vili mit dem Mord vielleicht einfach nur aus dem Weg räumen.«

»Stimmt. Aber Kelera?«

»Wie ich schon sagte, habe ich den Eindruck, der Chief ist von der heutigen Zeremonie geradezu besessen. Also neigt er vielleicht zu obsessivem Verhalten.«

»Kann sein, Sir. Aber irgendwie kann ich mir leichter vorstellen, dass nicht er, sondern Ilai ein Versteck im Dickicht gebaut und dann stundenlang Wache gehalten hat. Könnte aber auch nur mein Vorurteil sein, dass ein solches Verhalten eines Chiefs einfach nicht würdig ist.«

»Das ist wahr, Ilai lässt sich noch weniger in die Karten schauen als der Häuptling. Mein Instinkt sagt mir, dass er unser Kandidat ist.«

»Meiner auch. Wir können sie nach der Zeremonie in die Zange nehmen, aber ich frage mich, ob sie uns irgendwas sagen werden. Ich glaube nicht.« Singh seufzte.

»Wenn wir mit Ilai richtigliegen, wozu wollte der Häuptling dann die Keule? Doch nicht, um Vili umzubringen. Es sei denn, der Mörder wurde vom Chief manipuliert. Wäre möglich. Aber wenn Ilai aus eigenem Antrieb handelte …«

»Tomasi hat was von der Schande für das Dorf erzählt und wollte die Keule aus dem Museum entfernen. Glauben Sie nicht, der Chief hat ihn dazu angestiftet?«, fragte Singh.

»Doch, ich glaube, genau das hat der Chief Tomasi eingeflüstert. Aber es steckt sicher noch mehr dahinter. Der Zeitpunkt des Diebstahls ist wichtig: So blieb vor dem Fest heute noch viel Zeit für weitere Versuche, falls es beim ersten Mal nicht geklappt hätte. Diese Bußzeremonie ist die fixe Idee des Chiefs. Und ich bin sicher, die Kriegskeule spielt eine Rolle darin.«

Horseman stand auf, schob die Blendlade des nächsten Fensters auf und blickte hinaus. »Der Regen wird immer stärker. Die Leute strömen von der *Rara.* Offenbar hat man entschieden, die Zeremonie nun in die Schule zu verlegen.«

»Wollen wir auch dahin?«, fragte Singh.

»Ja. Dort findet jetzt alles Wichtige statt.«

Sie blickte zu ihm auf, und ihre grünen Augen waren verschleiert. »Ich weiß nicht, wie die Tanoaner trotz allem einfach so weitermachen können.«

»Sie sind genau wie wir. Sie machen weiter, weil sie müssen. Aus Pflichtgefühl.«

Singh senkte den Blick. »Ich sehe immer Kelera vor mir. Erdrosselt. Ich habe Angst«, flüsterte sie.

Eine Antwort darauf wäre unangebracht gewesen, aber er konnte nicht so tun, als hätte er ihre Angst nicht mitbekommen. Er berührte sie sacht an der Schulter. »Das liegt daran, dass Sie nicht wissen, was als Nächstes kommt. Das weiß keiner von uns. Gehen wir zur Schule und stellen uns der Sache. Dann wird es Ihnen besser gehen, Susie.«

44

Horseman und Singh schnappten sich Schirme und hasteten zur Schule. Dort gab es einen Pavillon, der an das Gebäude grenzte, zu drei Seiten aber offen war. Der Regen trommelte auf das rostige Blechdach. Nebel stieg auf und hüllte die Girlanden aus gelber Goldtrompete und lila Bougainvillea ein. Es war feucht und kühl.

Im Publikum saßen Pastor Joni, Sasa, der Lehrer, und Melissa in der ersten Reihe. Als Horseman mit Singh eintraf, lächelte sie ihm glücklich zu. An den Seiten und im Hintergrund hielten Uniformierte Wache.

Im rechten Winkel zur hinteren Wand standen in einer Reihe die Nachkommen von Reverend Weston. Etwa zwei Meter von ihnen entfernt hatten die Ältesten von Tanoa Aufstellung genommen. Zwischen den beiden Parteien stand Ratu Osea in maßgeschneidertem *Sulu*, Nadelstreifenjackett und weißem Hemd mit der Regimentskrawatte von Fidschi. Vor dem Häuptling befand sich ein großer Holzständer, in den auf Fidschianisch »Zerstörer« geschnitzt stand. Auf dem Gestell lehnte eine alte Kriegskeule. Sie sah genauso aus wie die, die vor über hundertdreißig Jahren Reverend Weston den Schädel zertrümmert hatte und vor acht Tagen den von Viliame Bovoro. Sie hatte dieselbe Form, aber die Schnitzereien konnte der Inspector nicht erkennen. Er wusste es einfach nicht. Also durfte er sich die Keule nicht schnappen und damit die Zeremonie ruinieren. Was war, wenn sie aus Balsaholz war wie die Attrappen für die *meke*-Aufführung?

Zwei ältere Jungen trugen auf einem Holzgestell ein großes Fass herein, in dem glühende Kohlen lagen. Die Junge warfen erst

Anzündholz hinein und dann normale Holzscheite, als das Feuer aufflammte. Die Wärme war angenehm. Eine sehr rücksichtsvolle Geste!

Ratu Osea erhob die Stimme, doch war er über das Prasseln des Regens hinweg kaum zu hören. Horseman erhaschte nur Satzfetzen. Da der Chief sich direkt an die Angehörigen von Weston wandte, sprach er auf Englisch.

»... Tradition, den besten Kriegskeulen Namen zu verleihen ... so heiße sie Zerstörer ... Ihre ehrwürdigen Vorfahren tötete, zerstörte sie auch ... mein Dorf ... nie wieder ... unsere Kinder ... die Sünden unserer Vorfahren ... Gott vergebe uns ... Ihre Vergebung. Als Zeichen unserer Aufrichtigkeit ... das Ende von Zerstörer bezeugen.«

»Was? Dafür ist das Feuer?«, fragte Horseman Singh. »Los, befehlen Sie dem nächststehenden Polizisten einzugreifen, sollte die Keule ins Feuer geworfen werden.« Horseman sprach mit den anderen Constables. Daher bekam er nicht mit, was der Häuptling als Nächstes sagte. Ilai trat zu Ratu Osea und kniete sich vor ihn hin. Feierlich ergriff der Chief die Keule und legte sie in Ilais ausgestreckte Hände. Die Atmosphäre war hoch aufgeladen vor Bedeutsamkeit. Ilai näherte sich dem Feuer und senkte die Keule.

Horseman und zwei Constables drängten sich zu ihm. Ilai erstarrte kurz, dann richtete er sich auf und hielt Zerstörer in die Höhe.

»Nein, nein, Zerstörer wird nicht verbrennen! Niemals!« Ilais Gebrüll durchschnitt den prasselnden Regen.

»Halt, Ilai! Ich befehle es dir«, donnerte der Chief.

»Unsere Vorfahren sind zornig! Hört ihre Kriegstrommeln! Ich gehorche unseren Vorfahren!«, brüllte der Dorfvorsteher. Er schwenkte die Keule über seinem Kopf, stürzte plötzlich zu Melissa vor, packte sie sich und ließ Sasa mit einem Schlag der Keule durch die Luft fliegen, als der ihn aufhalten wollte. Der Radius der Ilais Willen unterworfenen Kriegskeule war riesig. Erschrocken wichen die Leute zurück. Die am Rand des Publikums rannten davon, die in der Mitte ließen sich auf die Matten sinken und rollten weg. Frauen und Kinder kreischten. Ein Constable warf sich von hinten auf Ilai, aber die Keule traf ihn am Kopf und ließ ihn mit dem Gesicht nach unten zu Boden sinken. Ilai bahnte sich wild mit der Waffe fuchtelnd einen Weg, verließ den Pavillon über die Seite und zerrte Melissa, fest mit dem anderen Arm an sich gedrückt, den Hügel hinunter. Sie stolperte und verlor den Halt. Ilai schlug sie, umschlang ihre Taille und trug sie praktisch. Melissa schrie nicht auf.

Horseman war verzweifelt. Was hatte er getan? Hatte er die Frau, die er liebte, jetzt in den Tod geschickt? Er hatte versagt. Aber Ilai durfte ihr nicht wehtun, konnte einfach nicht gewinnen.

Wollte Ilai zur Brücke und dann zum Parkplatz? Vielleicht wusste er es selber nicht. Horseman konnte ihm nur nachjagen. »Tanielo, Sie laufen vor und schneiden Ilai den Weg zur Brücke ab. Die darf er nicht überqueren. Constable, Sie gehen mit ihm. Singh funken Sie die Spurensicherung an, sie sollen sich an der Verfolgung beteiligen. Dann verhaften Sie den Häuptling. Ich verfolge Ilai.«

Die Angst trieb ihn an, Angst um Melissa. Sein Körper *musste* jetzt einfach gehorchen. Sein Knie musste funktionieren. Er lief Ilai nach, der nur langsam vorankam, weil er Melissa schleppte und die mächtige Keule hin und her schlenkerte. Musudroka war schon weit vor ihm. »Los, Tani, los, Mann!«

Das verdammte nasse Gras! Er rutschte aus, zuerst auf alle Viere, dann rollte er den Hügel hinunter. Es gelang ihm anzuhalten, er mühte sich wieder auf und rannte erneut los.

Tani und der Constable erreichten die Brücke. Ilai ahnte, was sie vorhatten, und bog weit vor der Brücke nach rechts ab. Hatte Melissa große Angst? Es tat bestimmt weh, so fest gepackt zu werden. Horseman hoffte, sie würde in Ohnmacht fallen: Dann würde sie die Schmerzen nicht spüren, und Ilai würde ihr ganzes Gewicht schleppen müssen. Jäger und Beute waren in gleichem Maße durch die Regenflut und die tückisch glatte Oberfläche behindert. Wohin wollte Ilai? Er kannte hier jeden Winkel. Horseman hatte keine Chance, sein Ziel zu erahnen, wenn Ilai denn überhaupt eines hatte.

Der Dorfvorsteher zerrte Melissa über einen Weg, der in etwa parallel zum Flussufer verlief. Dort gab es keine Häuser mehr, sondern nur noch Schweineställe weiter oben am Hang. Horseman warf einen Blick über die Schulter. Ein paar der Dorfbewohner hatten sich von ihrem Schrecken erholt und nahmen ebenfalls die Verfolgung auf.

Plötzlich schwankte Ilai, taumelte, gewann aber das Gleichgewicht wieder, packte Melissa und warf sie sich über die Schulter. Hatte sie versucht, ihn zum Stolpern zu bringen? Nein, *nicht* die Heldin spielen, Melissa! Mach ihn nicht wütend, er könnte dich umbringen!

Aber Ilai hatte nur die Richtung gewechselt und lief jetzt zum Fluss zurück, zu den steilen Klippen hinter der Brücke. Wollte er da runterspringen? Melissa auf die Felsen tief unten werfen? Nein, das würde ihm nichts bringen. Sie war seine Geisel, ein Mittel zum Zweck, ein Druckmittel.

Horseman holte immer mehr auf. Er war etwa zehn Meter hinter Ilai, als er begriff: Vor ihm befand sich die Ruine der Festung. Ilai wollte sich in der Burg seiner blutrünstigen Vorfahren verstecken. Er wollte sich buchstäblich verschanzen.

Horseman blieb stehen, um die Lage zu überblicken. Jetzt sah er, dass Musudroka und der Constable rasch von der Brücke am Ufer entlangliefen und sich dabei unterhalb der Klippe hielten. Die Spurensicherung war noch weit entfernt auf dem Hauptweg, aber in ein paar Minuten würden auch sie hier sein. Doch wäre es dann nicht zu spät? Horseman winkte Musudroka, der nur noch wenige Meter hinter ihm war. Er zeigte hoch zur Festung und bedeutete ihm, sich ihr vom Fluss aus zu nähern. Genau wie die Angreifer in den Zeiten, als der Zerstörer noch jung gewesen war. War denn die Keule das Original? Ilai glaubte das wohl: Nie hätte er sich gegen den Häuptling gestellt, um eine Attrappe zu retten.

Jetzt kletterte Ilai über die schwarzen, regennassen Felsen zur Festung hoch. Seine nackten Füße fanden guten Halt, und mit der Keule stützte er sich ab. Melissa wehrte sich nicht länger.

»Ilai, Sie können nirgendwohin! Bleiben Sie stehen, dann reden wir!«, rief Horseman und versuchte dabei ruhig zu wirken.

Ilai ließ sich nicht anmerken, ob er das gehört hatte. Also brüllte Horseman lauter: »Ilai, wo wollen Sie denn hin? Stopp, wir können doch reden!«

Als Ilai oben am höchsten Felsen angekommen war, drehte er sich um. Er hob Melissa von seiner Schulter und drückte sie so fest an sich, dass sie offenbar keuchend um Luft rang.

»Ilai, Seien Sie doch vernünftig, Mann! Melissa kann kaum atmen. Lassen Sie sie gehen. Sie hat Ihnen doch nichts getan. Bitte, lassen Sie sie gehen!«

Jetzt war Singh neben ihm. Sie waren etwa drei Meter unter ihm. »Ratu Osea will mit Ilai sprechen, Sir.« Horsemans Blick blieb auf Ilai geheftet. »Ein paar Sekunden, Ratu, mehr nicht.« Ilai hatte sich seinem Chief widersetzt, wieso sollte er jetzt auf ihn hören?

»Ilai, bitte lass Melissa los, sie ist mein Gast. Erinnere dich an deine Pflicht als Dorfvorsteher und Gastgeber. Das befehle ich dir als dein Häuptling!«

»Sie haben mich und uns alle verraten! Wie konnten Sie den Zerstörer ins Feuer werfen wollen? Sie sind der wahre Zerstörer, Ratu!« Er hob die Kriegskeule in die Höhe und schwenkte sie vor der sich unten versammelnden Menge. Horseman schob sich näher an Ilai heran, während der sich auf sein Publikum konzentrierte.

»Ilai, wenn du bereust, wird Gott dir deine Sünden vergeben. Das weißt du doch. Füge dieser Unschuldigen keinen Schaden zu. Bitte, in Jesu Namen, lass unseren Gast gehen!«, rief Pastor Joni. Horseman stand nun auf dem Erdwall. Er lächelte Melissa ermutigend zu. Sie sah ihn flehentlich an, brachte aber ein schwaches Lächeln zustande.

Ja! Darauf hatte Horseman gewartet: Musudrokas Kopf erschien über der niedrigeren Festungsmauer hinter Ilai, der sich nun für sein Publikum erwärmte und dabei Melissa fest an seinen Körper gepresst hielt.

»Weder Gott noch der Häuptling werden uns helfen!« Er schwenkte den Zerstörer.

Musudrokas Schopf zeigte sich jetzt am First der Festung. Melissa blickte unwillkürlich dorthin. Ilai spürte das und fuhr mit dem Kopf herum.

Mit ausgestreckten Armen warf sich Horseman auf ihn. Er packte Ilais Fußgelenke und brachte ihn aus dem Gleichgewicht. Gleichzeitig riss Musudroka mit einer Hand seinen Kopf nach hinten und nahm ihn mit dem anderen Arm in den Würgegriff. Trotzdem ließ Ilai Melissa nicht los. Blind schlug er mit der Keule hinter sich, aber Musudroka wurde nicht getroffen. Offenbar hatte er sich in eine Mauernische gequetscht. Mit fast übermenschlicher Kraft hielt Ilai seine Geisel fest.

Gleichzeitig musste er sich aus dem Würgegriff befreien, sonst blieb nur die Kapitulation. Er ergriff mit der linken Hand den Zerstörer und presste Melissa an sich. Mit der rechten Hand zog und zerrte er an Musudrokas Unterarm, aber der ließ nicht locker. Es war wie ein bizarres Tauziehen, denn Horseman hielt Ilais Knöchel fest, sodass er nicht um sich treten konnte, während Musudroka Ilais Kopf gegen die Festung rammte.

Schon bekam Ilai durch den Würgegriff nicht mehr genug Luft, und seine Kräfte erlahmten. Er senkte die rechte Hand und ließ kurz darauf Melissa los. Horseman konnte sie gerade noch rechtzeitig halten, sonst wäre sie zusammengesackt. Zwei Constables stürzten sich auf Ilai.

Trotz des strömenden Regens, trotz seiner Schmerzen, trotz allem hätte Horseman Melissa am liebsten für immer festgehalten.

Aber sie lag nur schlaff in seinen Armen. Er hatte schon Angst, sie hätte das Bewusstsein verloren. Doch nach einer Weile, die ihm wie eine Ewigkeit vorkam, umfasste sie seine Taille und hielt sich an ihm fest. Gott sei Dank!

»Sag doch was, Melissa! Wie fühlst du dich? Kannst du stehen?«

Schließlich flüsterte sie: »Ich glaube schon, Joe. Versuchen wir's mal.« Behutsam ließ Horseman sie runter, bis ihre Füße den rutschigen Fels berührten, hielt sie aber fest umschlungen. »Ja, ich glaube, es geht.«

Dann blieb ihm keine andere Wahl, als Melissa Mere Tora und ihren Freundinnen zu überlassen, die die Festung heraufgeklettert waren. Sie halfen ihr den Hügel hinunter und nahmen sie mit.

Musudroka war über die Festungsmauer gestiegen und hielt sich weiterhin bereit, Ilai zu überwältigen. Aber Ilai saß nun vornüber gebeugt auf dem Boden und atmete keuchend ein und aus, da seine Lungen mehr Luft verlangten, als er aufnehmen konnte. Als Horseman zu Musudroka trat und ihm die Hand gab, lachte der erleichtert auf.

»Sehr gute Arbeit, Tani. Ich überlasse Ihnen das Vergnügen, dem Gefangenen die Handschellen anzulegen.« Ilai sagte nichts, als Musudroka das tat und Horseman ihm seine Rechte erklärte.

»Halten Sie ihn die ganze Zeit am Arm gefasst«, wies Horseman zwei Constables an. »Nicht loslassen.« Langsam führten sie Ilai den Hügel hinunter.

Musudroka lachte immer noch vor Freude. »Da hat es sich doch gelohnt, dass ich als Kind ständig Wasserfälle hochgeklettert bin, Sir!«

Ash und sein Team schlossen nun zu Ihnen auf. »Einfach super, dass Sie es geschafft haben! Tani, hervorragende Leistung!«

»Ja, wirklich. Aber wo ist die Keule?«, fragte Horseman.

Singh trat zu ihm. »Haben Sie etwas, womit Sie sie sicher transportieren können, Ash? Sie liegt noch dahinten, auf dem Felsen.

Ich habe sie die ganze Zeit im Auge behalten, aber da ich Ratu Osea in Gewahrsam hatte …«

»Ich hol sie«, sagte Ash und kletterte auf den Hügel hinauf, wo der Zerstörer lag.

Den Chief hatte Horseman fast vergessen. »Ratu Osea, *vinaka*, dass Sie versucht haben, Ilai zur Vernunft zu bringen. Sergeant Singh fährt jetzt mit Ihnen nach Suva, um Sie dort im Präsidium einer Befragung zu unterziehen. Mit Ihrer Erlaubnis werde ich Ihr und Ilais Haus durchsuchen.«

»Das dürfen Sie nicht! Nicht ohne Durchsuchungsbefehl. Entfernen Sie diese Handschellen, Inspector. Sie haben mein Wort, dass ich keinen Fluchtversuch unternehmen werde.«

»Ich fürchte, das ist unmöglich, Ratu. Ich wünschte, es wäre anders, aber …«, erwiderte Horseman.

»Ich muss zu meinem Haus, um ein paar Dinge zu packen, die ich mitnehmen will.«

»Auch das ist nicht möglich. Ein Constable wird Adi Ana begleiten, während sie etwas für Sie zusammenpackt. Aber haben Sie nicht alles, was Sie brauchen, in Ihrem Haus in Suva?«

Der Häuptling starrte ihn finster an, ließ sich jedoch widerstandslos von Singh und einem Constable in Richtung Brücke und einer ungewissen Zukunft führen.

»Ash, für Sie und Ihr Team gibt es jede Menge zu tun. Machen Sie Fotos hier oben und an der Schule. Sammeln Sie alles, was als Beweis dienen könnte. Versiegeln Sie die Häuser von Ilai und dem Häuptling.«

»Sofort, Sir. Alisi hat schon Fotos von der Action gemacht. Und die *Fiji Times* und die *Fiji One* sind ja auch noch da.« Von der sogenannten »Action« wirkte der ruhige, methodische Ash richtig aufgeputscht.

»Guter Gott, die habe ich ja völlig vergessen! Aber jetzt ist es zu spät.« Er wusste, was sein Vorgesetzter sagen würde, wenn er die Ereignisse des Nachmittags abends im Fernsehen und am nächsten

Tag in der Zeitung sehen würde. »Sergeant Singh, funken Sie bitte Superintendent Navala an und warnen Sie ihn wegen der Medien vor. Vielleicht kann er sie ja dazu bringen, die Story zurückzuhalten. Die Berichterstattung könnte schaden, wenn die Sache später vor Gericht geht.«

Nun kam er zu Ilai. »Tanielo, schließen Sie Ilai im Fahrzeug ein und stellen Sie die zwei Constables zur Bewachung ab. Sie dürfen auf gar keinen Fall mit Ilai sprechen, ganz gleich, was er tut oder sagt. Er könnte versuchen sie zu manipulieren. Bevor ich selbst aufbreche, habe ich noch Einiges zu tun.«

Er ging zum Haus des Pastors, wo Melissa die mütterliche Fürsorge von Mere Tora und ihren Freundinnen genoss, die ihr heißen, süßen Tee vorsetzten – genau wie es auch ihre eigene Mutter getan hätte. Da er unter deren wachsamem Blick keine Chance hatte, sie in die Arme zu nehmen, versuchte er es nicht mal, sondern ergriff nur ihre Hände.

»Wie geht es dir, Melissa?«

»Keine gebrochenen Knochen, nur ein paar Schrammen und Beulen. Morgen vielleicht ein paar blaue Flecke.« Diesmal reichte ihr Lächeln bis zu ihren blauen Augen. »Im Gegensatz zu dir werde ich keine physiotherapeutische Behandlung brauchen.«

»Wieso brauche *ich* denn eine?«

»Felsen verletzen Rippen und Muskeln, wenn man sich dagegen wirft, Joe. Du hast auch ein paar Schürfwunden, merkst es aber nicht, weil dein Adrenalinpegel noch hoch ist. Doch dein eines Bein trägt fast das ganze Gewicht, und du humpelst stark.«

»Na gut, wenn du die Behandlung übernimmst, lass ich mich breitschlagen.« Dann wurde er ernst. »Ich bin so erleichtert, dass du …« Ihm stockte die Stimme.

»Ich hatte solche Angst, Joe. In meinem ganzen Leben habe ich noch nie solche Angst gehabt.« Auch sie war ernst geworden. Wollte Sie ihm Vorwürfe machen? Dazu hatte sie alles Recht der Welt.

»Es tut mir so leid, dass du da hineingeraten bist, Melissa. Das ist alles meine Schuld. Es hätte so leicht …«

»Was für ein Unsinn!«, unterbrach ihn eine der Frauen. »Sie können vielleicht ein Rugbyspiel kontrollieren, aber viel mehr auch nicht! Es war Ilai, der Melissa in Gefahr gebracht hat, nicht Sie! Sie haben sie gerettet. Seinen Sie doch vernünftig, Josefa Horseman!«

»*Io*, Josefa«, nickte Mere Tora. »Ich weiß, wenn einer Kelera hätte retten können, dann Sie! Sind Sie sicher, dass Ilai sie getötet hat?«

»Nein, noch nicht, aber es ist wahrscheinlich. Wir haben ihn verhaftet, und Sergeant Singh und ich werden ihn in Suva einem gründlichen Verhör unterziehen. Hat eine von ihnen einen Verdacht gegen ihn gehegt?«

Die Frauen schüttelten die Köpfe. »Er war immer ein sehr stiller Mensch, der hart gearbeitet und unserem Häuptling gedient hat«, erklärte Mrs Bovoro.

Eine andere sagte: »Seit dem Tod seiner Frau fiel mir auf, dass er manchmal stundenlang verschwand. In diesem Jahr kam das noch häufiger vor, er war einfach nirgendwo zu finden. Das fand ich zwar seltsam, dachte aber, er wollte einfach mehr für sich sein, und das läge am Alter.«

»Er ist nie darüber hinweggekommen, dass seine Kinder nach Neuseeland ausgewandert sind. Manchmal sprach er sehr verbittert über sie«, fügte Mere Tora hinzu.

»*Io*, er hat uns unseren großen Tag verdorben. Jetzt will sich keiner mehr unsere Keramik anschauen.«

»Vili wäre so stolz gewesen, dass es eine Führung durch sein Gewürzprojekt hatte geben sollen«, bemerkte Mrs Bovoro.

Mrs Tora sagte: »Ich glaube, Gott wollte nicht, dass die Versöhnungszeremonie stattfand. Bis dahin war doch alles gut. Nach Keleras Tod hat er einfach ein Machtwort gesprochen und es verhindert.« Sie brach in Tränen aus und wurde von ihren Freundinnen getröstet.

Horseman wurde so verlegen, dass er nicht mal sein Mitgefühl und seine Bewunderung äußern konnte. »*Vinaka vakalevu*, meine Damen. Doch jetzt muss ich Melissa mit nach Suva nehmen.«

»Wir hätten sie gerne noch ein bisschen länger hier, aber das geht natürlich nicht, wir müssen uns jetzt um die Nachkommen von Reverend Weston kümmern. Was sie wohl von uns denken! Wir können ihnen Tee anbieten, das ist das Mindeste!«

Nach endlosen Abschiedsbekundungen konnten sie gehen, gerade als der Regen nachließ. Melissa hatte recht, sein rechtes Knie verweigerte ihm den Dienst. Zwar bemühte er sich nach Kräften, das vor Melissa zu verbergen, aber es gelang ihm nicht. Als ihm jemand einen Stock reichte, humpelte er zum Wagen.

45

Um halb fünf stellte Singh den Rekorder ein. Als die Spulen sich zu drehen begannen, nannte sie das Datum, die Uhrzeit und die Namen der Anwesenden im Verhörraum drei.

»Wenn ich Sie richtig verstanden habe, möchten Sie keinen Rechtsbeistand, Mr Takilai«, sagte sie.

»Ja, das stimmt«, bestätigte Ilai. »Ich brauche keinen Rat von Ausländern.«

»Wenn Sie möchten, kann ich Ihnen einen einheimischen Anwalt besorgen«, bot Horseman an.

»Nein, das ist nicht nötig. Ich habe beschlossen, Ihre Fragen zu beantworten.«

»Sehr vernünftig«, nickte Horseman.

»Für mich gibt es keine Hoffnung mehr. Mein Häuptling hat mich verraten.«

»Erzählen Sie uns von dem Diebstahl der Kriegskeule, die Sie Zerstörer nennen«, forderte Singh ihn auf.

»Ratu Osea hat mich dazu nicht um Rat gefragt.«

»Hat er Sie denn normalerweise bei seinen Plänen um Rat gefragt?«, hakte Singh nach.

»*Io*, sehr oft.«

»Und warum nicht bei dem Diebstahl?«

»Das weiß ich nicht. Vielleicht wollte er, dass es geheim blieb, dabei weiß er doch, dass ich nur über seine Pläne redete, wenn er es wollte.« Ilai klang gekränkt.

»Was genau hat er Ihnen vom Diebstahl der Keule erzählt?«

Ilais Aussage stimmte ziemlich genau mit Tomasis überein. Vielleicht würde Ilai tatsächlich die ganze Wahrheit gestehen. Offenbar war seine rasende Wut verraucht.

»Fanden Sie, es war eine gute Idee, die Kriegskeule zu stehlen, Ilai?«, fragte Horseman.

»Nein, fand ich nicht. Die Versöhnungszeremonie und die Entschuldigung bei den Nachkommen von Reverend Weston reichten doch völlig aus. Sie hatten uns den Mord wirklich vergeben und wollten nicht, dass die Keule verbrannt wurde. Sie wussten ja gar nicht, dass es sie noch gab. Nicht mal ich wusste von ihrer Existenz, bis mein Häuptling mir davon erzählte. Meiner Meinung nach war es nicht klug, unsere Geschichte, die Kraft unserer Erinnerungen zu vernichten, nur um des Effekts willen! Das durfte ich nicht zulassen!«

Insgeheim stimmte Horseman ihm zu. »Wann haben Sie von diesem Plan erfahren?«

»Am Tag, als Tomasi den Zerstörer zu Ratu Oseas Haus brachte. Als Tomasi anklopfte, öffnete ich, um die Keule in Empfang zu nehmen. Der Häuptling musste nicht mit Tomasi reden, also ging er weg.«

»Welchen Grund nannte der Häuptling dafür, dass er die Keule aus dem Museum stehlen ließ?«

»Er meinte, sie gehöre nach Tanoa, weil wir die rechtmäßigen Besitzer seien. Er wollte nicht, dass sie von allen möglichen Leuten angegafft wurde. Ich stimmte mit ihm überein, wie meistens.« Horseman signalisierte Singh mit einem Blick, die Befragung zu übernehmen.

»Warum haben Sie die Keule benutzt, um Viliame zu töten?«, erkundigte sich Singh.

Misstrauisch starrte Ilai sie an. Nach einer Weile sagte er: »Es passte. Er war ein ehrgeiziger, anmaßender junger Mann, der keinerlei Geduld hatte. Er brauchte eine Lektion, die ihm unsere Traditionen wieder näherbrachte. Der Zerstörer war das richtige Mittel dazu.«

»Aber Sie haben ihm ja gar keine Chance gelassen, aus dieser Lektion zu lernen, Ilai«, bemerkte Horseman.

Ilai schnaubte. »Er hatte viele Chancen! Ständig kam er mit seinen Anträgen zu Clantreffen, die er in dieser modernen, bedeutungslosen Art und Weise verfasst hatte. Ich dachte, er meint es gut, wir tolerierten ihn, gaben ihm sogar etwas Land. Er nutzte es auch ganz gut. Aber dann bemühte er sich bei der Behörde in Suva um Elektrizität. Dabei ging ihn das gar nichts an, schließlich hatte er keinerlei Erlaubnis, für Tanoa zu verhandeln. Das Gleiche war mit den Hühnerställen von Henny Penny. Henny Penny forderte eine anständige Stromversorgung. Dabei können wir uns auch so mit unseren landwirtschaftlichen Erzeugnissen nicht nur selbst versorgen, sondern auch was auf dem Markt verkaufen! Wir haben Mahagonibäume, und wenn wir die fällen können, werden wir genug Geld haben. Wir waren höflich gegenüber Viliame, aber mit all seinen Aktionen missachtete er unsere Sitten und Gebräuche. Nur der Häuptling und der Ältestenrat treffen die Entscheidungen. Nicht junge Männer! Wie konnte er es wagen?«

Ilais Wut flammte wieder auf. Es galt, ihn zu beschwichtigen. »Wie hat Ratu Osea auf Viliames Pläne reagiert?«

»Er sah das genauso wie ich. Aber ich wusste, dass er nichts dagegen unternehmen würde. Er hoffte einfach, der NLTB würde Vili irgendwann versetzen, sodass er nicht mehr so oft nach Tanoa kommen könnte. Aber nachdem der Junge uns jahrelang mit seinen Vorschlägen und Argumenten belästigt hatte, war es genug!«

»Ich kann verstehen, wie Sie sich gefühlt haben«, sagte Singh. »Aber das ist für Sie doch noch kein ausreichender Grund, jemanden zu ermorden, oder? Für ein geachtetes Mitglied des Ältestenrats? Für einen Angehörigen des Häuptlingsclans? Das glaube ich nicht.«

Ilai kniff leicht die Augen zusammen. »Sie bringen weibliche Intuition ins Spiel, was vielleicht nicht ganz falsch ist. Ich fand heraus, dass Viliame die Tochter unseres ehrenwerten Pastors schändete. Jedes Mal, wenn er hier war. Im Gewürzgarten, wie die Schweine. Im Schuppen, wo die Vanilleschoten verarbeitet wurden. Damit zeigte er wieder einmal seine Missachtung gegenüber den Sitten und Gebräuchen, und in diesem Fall auch gegenüber dem, was heilig ist!«

»Wie haben Sie das mit Viliame und der Pastorentochter herausgefunden, Ilai?«, erkundigte sich Horseman.

»Ich bin ein guter Beobachter. Als Stellvertreter des Chiefs muss ich das auch sein. Sie verließen die Gewürzplantage gemeinsam, aber dann trennten sie sich und kamen auf verschiedenen Wegen zum Dorf zurück. Obwohl ihre Häuser nicht weit voneinander entfernt stehen. Wenn zwei nicht wollen, dass man sie gemeinsam sieht, lässt das nur einen Schluss zu.«

»Kann sein, Ilai. Aber wieso hat Sie das so aufgebracht? Die beiden hätten doch ein schönes Paar abgegeben, oder nicht?«

»Sie war eine makellose Jungfrau, bis dieser unverschämte Junge ein Auge auf sie warf! Sie haben beide ihre Eltern getäuscht!« Wieder flammte Ilais Zorn auf.

Horseman versuchte ihn zu beruhigen. »Aber so was ist doch bestimmt schon mal in Tanoa passiert, Ilai, so was kommt überall vor. Erst regen die Eltern sich auf, dann heiraten die jungen Leute, und alles ist vergeben und vergessen.«

Ilai zog die Augenbrauen in die Höhe. »*Dina, Dina.* Aber sie war so reizend unschuldig. Das hat er zerstört. Und deswegen musste er sterben.«

Singh fragte: »Haben Sie einen Beobachtungsposten gebaut, von dem aus Sie die beiden im Auge behalten konnten? Unsere Mitarbeiter haben so etwas im Lantanadickicht zwischen dem oberen und dem unteren Weg zum Gewürzgarten entdeckt.«

Jetzt wirkte Ilai weniger feindselig. »Nun, ja, tagsüber war das ein guter Ausguck. Aber bei Dunkelheit ist es nicht leicht, Gesichter zu erkennen, nicht mal im Mondlicht. Allerdings kann ich jeden Dorfbewohner an der Gestalt und dem Gang erkennen.«

»Haben Sie dort am letzten Samstagabend auf Vili gewartet?«

»Nein, etwas abseits vom unteren Weg, den er meistens nimmt. Ratu Osea war in Suva, daher habe ich mir die Keule aus seinem Haus geliehen. Mehr als zwei saubere Schläge waren nicht nötig. Ich trug Viliame zur Kirche und legte ihn in einer demütigen Haltung vors Kreuz. Dann wischte ich alle Spuren von der Keule ab und brachte sie zurück.«

»Aber wieso haben Sie Kelera getötet?«

»Ich empfand ihr gegenüber immer größeren Widerwillen. Nein, eigentlich war es Enttäuschung. Als Vilis Leiche gefunden wurde, zeigte sie ganz offen Trauer. Da dachte ich, dass Viliame sie vielleicht doch nicht gezwungen hatte. Es war sehr gut möglich, dass sie nicht ganz unschuldig war, vielleicht sogar im gleichen Maße gesündigt hatte. Es brach mir das Herz, dass ich mich so in ihr geirrt hatte. Ich habe gehört, wie Sie sich mit ihr in der Schule unterhalten haben, Sergeant. Sie hat einfach so zugegeben, dass sie seine Geliebte war, er sie aber nicht heiraten wollte! Dann fiel mir wieder ein, wie die Fidschianer in alten Zeiten mit Witwen umgegangen sind. Wissen Sie, wie?« Singh schüttelte den Kopf, obwohl sie den präkolonialen Brauch sehr gut kannte.

»Sie wurden erwürgt, und das nicht besonders effizient. Ich hingegen war gnädig und nahm eine gute, starke Schnur, mit der es schnell ging.«

Singh wirkte entsetzt. Horseman sagte: »Das erzählen Sie uns besser ganz genau. Wann und wo?«

»Dazu muss ich ausholen, Inspector. Mit der simplen Beantwortung Ihrer Frage würden Sie nicht die volle Wahrheit erfahren. Ich habe lange Zeit über Kelera gewacht, vor allem nach Viliames Tod. Ich wollte sie beschützen. Sie und ihre Familie stammen aus Kadavu, wissen Sie, nicht mal aus Viti Levu. Es war möglich, dass junge Männer aus Tanoa sie missbrauchten, genau wie Viliame. Ihre Eltern sind so sehr mit der kirchlichen Arbeit beschäftigt, dass sie nicht genug auf ihre Kinder aufpassen. Zwar wussten sie, wie viel Zeit Kelera im Gewürzgarten verbrachte, unternahmen aber nichts dagegen.«

»Vielleicht wussten sie ihre Arbeit dort zu schätzen.« Singh konnte verstehen, wieso Ilais Söhne nach Neuseeland ausgewandert waren.

»Nun, ich wollte nie jemanden belästigen. Trotzdem lief ich Kelera ziemlich oft über den Weg, das war unvermeidlich. Ich überprüfte zum Beispiel, dass sie in ihrem Klassenraum sicher war, wo sie oft nach der Schule und am Abend arbeitete. Ich wollte wissen, wann sie zum Fluss ging, denn dort ist es nicht ganz ungefährlich. Wenn sie mich sah, grüßte sie mich höflich, sogar das eine Mal, als ich unter dem Fenster des Klassenraums saß und niesen musste. Sie kam zum Fenster und blickte hinaus.«

Seine Stimme wurde sanfter. »Sie sagte: ›*Bula vinaka*, Ilai‹. Ja, in der letzten Woche ertappte sie mich ein paarmal dabei, wie ich über sie wachte. Vermutlich blieb Viliames Tod auch bei mir nicht ohne Wirkung. Aber ich hatte noch Hoffnung. Ich glaubte, da Viliame nicht mehr da war, bräuchte ich mich nicht mehr so zu verstecken.«

Ein wehmütiges Lächeln umspielte Ilais Mund. Seine Besessenheit von Kelera war eindeutig nicht von Hass getrieben.

»Worauf hofften Sie denn, Mr Takilai?«, fragte Singh.

»Nun, sie ist eine ernsthafte junge Frau, sehr gebildet, sehr fleißig und anständig. Zwar hatte sie mit Viliame gesündigt, aber das konnte ich ihr verzeihen. Schließlich hatte er sie in Versuchung geführt. Daher hoffte ich, ich hätte in ihr eine passende zweite Frau gefunden.«

»Bitte fahren Sie fort, Mr Takilai.«

»Letzten Donnerstag nach der Schule stellte Kelera ihren Korb bei sich zu Hause ab, eilte über die Brücke und entfernte sich vom Dorf. Als ich den Parkplatz erreichte, war sie schon außer Sichtweite. Ich stieg in meinen Wagen, holte sie ziemlich schnell ein und bot ihr an, sie mitzunehmen. Sie wollte zur Polizeiwache, um jemanden anzurufen, und wirkte ziemlich verängstigt. Ich behauptete, ich hätte im nächsten Dorf etwas zu tun und könnte sie eine Stunde später wieder mit nach Hause nehmen. Sie meinte, ihr Anruf würde schneller gehen. Ich hielt es für wahrscheinlich, dass sie einen von Ihnen anrufen würde, und als ich bei meiner Rückkehr den Constable fragte, bestätigte er das.«

Singh hatte schon vermutet, dass die Beamten in Kumi ihr nicht alles über Keleras Besuch dort erzählt hatten. Jetzt zeigte sich, dass sie eher den herrschenden Familien von Tanoa gehorchten als den Regeln der Polizei und dem Gesetz. Im Grunde waren sie Spione für den Häuptling. Wenn sie konnte, würde sie sie alle versetzen lassen. »Haben Sie sie auf dem Rückweg getroffen?«, fragte sie.

»Ja, aber sie ist gut zu Fuß und war schon fast am Fluss, als ich sie erreichte. Sie meinte, sie wolle zu Fuß weitergehen, aber ich fuhr neben ihr her, nur zur Sicherheit. Schon bald merkte ich, dass ihr das gar nicht gefiel. Als ich den Parkplatz erreichte, sagte ich daher, ich müsse mal nach dem Motor schauen, und wartete fünf Minuten, bis sie zu Hause war.

Am Freitag, dem Tag von Viliames Beerdigung, beobachtete ich sie schon ganz früh durchs Fernglas. Sie war für das Begräbnis ganz in Schwarz gekleidet, aber sie ging mit ihrem Schulkorb zum Klassenraum. Sie ist eine sehr gute Lehrerin, wissen Sie?« Er klang wie ein stolzer Onkel.

»Ich versteckte mich nicht mehr, sondern betrat einfach den Raum, wo sie sich die Übungshefte der Schüler ansah. Ich sagte, ich könne ihr ihren Fehltritt mit Viliame verzeihen. Jetzt ist mir klar, dass das der falsche Zeitpunkt war. Sie bat mich, sie in Ruhe zu lassen, aber ich wollte unbedingt, dass sie mich verstand, und versuchte ihr zu erklären, wieso ich auf sie aufpasste und dass ich nicht damit aufhören würde. Warum hatte sie deswegen Angst? Sie wollte an mir vorbei aus dem Raum, aber das konnte ich nicht zulassen.«

»Wieso nicht?«, murmelte Singh.

»Dann hätte sie es ihren Eltern erzählt oder ihren Freunden oder dem Schuldirektor. Sie hätte mich verleumdet. Ich dachte, sie hätte sich bei Ihnen über mich beschwert. Schließlich hatte sie Sie angerufen.«

»Was haben Sie also gemacht?«

»Sie geriet in Panik und zwang mich daher, sie festzuhalten. Ich stopfte ihr mein Taschentuch in den Mund und zerrte sie zum Schrank, wo ich Paketband fand, um sie zu fesseln und den Knebel zu sichern. Ich wollte sie in den Schuppen der Gewürzplantage bringen, damit sie in Ruhe über unsere Lage nachdenken konnte. Das wäre sinnvoll gewesen. Aber dann fiel mir ein, dass man sie auf der Beerdigung vermissen würde. Deswegen musste sie weg.«

»Weg, Ilai?«

»Sie musste raus aus dem Dorf. Also führte ich sie aus der Schule und hinunter zur Brücke. Es waren nur wenige Menschen unterwegs, und niemand achtete auf uns. Ich hielt sie fest am Arm, und schreien konnte sie ja nicht. Sie gab nach, aber vorher musste ich ihr leider erst mein Messer zeigen. Ich legte sie auf den Boden meines Wagens, fesselte ihre Knöchel, und dann ging es nach Lailai, dem Nachbardorf. Dort brachte ich sie in den Stall eines Verwandten und band sie dort fest. Wegen Viliames Beerdigung würde niemand kommen.

Als ich nach dem Begräbnis zurückkehrte, brachte ich ihr etwas zu essen und eine Flasche mit Tee aus schlaffördernden Pflanzen. Da sie durstig war, trank sie die ganze Flasche leer. Während ich mich nachmittags an der Suchaktion beteiligte, ging ich innerlich mit mir ins Gericht, weil ich so impulsiv gehandelt hatte. Jetzt bestand keinerlei Chance mehr, dass Kelera meinen Heiratsantrag annahm. Sie würde mich verraten, und daraufhin würde ich allen Respekt im Dorf verlieren – was auch bedeutete, dass ich die Wünsche des Chiefs nicht mehr bei den Einwohnern durchsetzen konnte. Meine rechtmäßige Position würde verloren gehen und damit die traditionelle Hierarchie, durch die Tanoa funktioniert.

Im Grunde hatte ich etwas in Gang gesetzt, das unsere Gemeinde erdrutschartig zerstören würde.

Nach Einbruch der Dunkelheit brachte ich ihr noch etwas zu essen und Tee, um sie für die Nacht ruhigzustellen. Sie flehte mich an, sie gehen zu lassen, und schwor, sie würde nie ein Wort über das Ganze verlieren. Aber sie weigerte sich, jemals meine Frau zu werden. Ich brauchte Zeit zum Nachdenken.«

Warum Kelera, warum hast du das getan?, dachte Horseman. *Hättest du eingewilligt, hätte er dich vielleicht freigelassen. Du hättest das Dorf verlassen können und ihn nie wiedersehen müssen.* Er warf einen Blick zu Singh. Sie wirkte genauso erschüttert wie er.

»Letzte Nacht konnte ich nicht schlafen, ich wälzte mich im Bett hin und her, ich betete und kam doch immer wieder zu demselben Schluss. Um Tanoa und unsere traditionelle Ordnung zu retten, musste Kelera verschwinden. Sie behauptete zwar, eine gute Christin zu sein, weigerte sich aber, ihre eigenen Wünsche für das Wohl der Gemeinde zu opfern. Sie betrachtete den Verräter Viliame als ihren Ehemann. Der Tradition gemäß durfte man sie also rechtmäßig als seine Witwe erdrosseln.

Ich konnte es nicht riskieren, sie länger in dem Stall zu verstecken. Als Sie mit Tomasi wegfuhren, unterbrach Ihr Constable die Suchaktion, sodass ich wieder zu Kelera gehen konnte. Sie war ziemlich schwach und hatte solchen Durst, dass sie zwei Flaschen von dem Tee trank. Schon bald schlief sie wieder. Es ging ganz schnell. Allerdings schnitt die Schnur in ihren makellosen Hals ein, was mir sehr leidtut.«

»Und dann?« Singhs Stimme klang sanft und mitfühlend. Horseman bewunderte sie dafür; sie musste Ilai doch zutiefst verabscheuen.

»Ich trug sie über die Weide zum Wagen, mit dem ich zum Parkplatz von Tanoa fuhr. Gestern Abend gingen alle früh zu Bett, weil sie von der Suchaktion und den Vorbereitungen für das Fest erschöpft waren. Es war schon ziemlich spät, als ich Kelera aus dem

Wagen holte und mit meiner Schubkarre, über die ich eine Plane gebreitet hatte, zur Kirche brachte. Ich hatte Glück, dass ich nicht Ratu Osea begegnete, der aus Suva nach Hause kam. Gerade als ich in der Kirche fertig war, sah ich draußen seine Taschenlampe und hörte seine schweren Schritte auf dem Pfad. Ich wartete eine Weile, rauchte eine Zigarette und huschte dann leise zu meinem Haus. Darin bin ich geübt. Außerdem kann ich auch bei Dunkelheit gut sehen.«

»Ich glaube Ihnen nicht, Ilai«, sagte Horseman.

Ilai wirkte geschockt, als hätte man ihn beleidigt.

»Was? Ich hab doch alles gestanden!«

»Nicht alles, Ilai. Sie sind Ihrem Chief treu ergeben, was bewundernswert ist. Aber aus Loyalität verschweigen Sie seinen Anteil an der ganzen schrecklichen Geschichte. So wie Ratu Osea den Diebstahl der Keule plante und anordnete, hat er auch Viliames Tod angeordnet, nicht wahr?«

»Nein, ich hab doch gesagt, was passiert ist!«

»Was passiert ist, vielleicht. Aber nicht den Grund dafür! Sie haben Viliame auf Anordnung des Häuptlings ermordet. Er wollte den jungen Emporkömmling aus dem Weg haben, ist es nicht so?«

»Nein, oder … Ja, er wollte ihn aus dem Weg haben, wünschte aber, er würde einfach von selbst verschwinden. Er hat mir nicht befohlen, ihn zu töten! Allein die Vorstellung ist abartig!«

»Ach, ich weiß nicht. Sie wollen zu den Traditionen einer Zeit zurückkehren, als die Missionare und die Briten noch keinen Fuß in dieses Land gesetzt hatten. Zur Aufgabe eines Häuptlings gehört es doch sicher, Übeltäter zu bestrafen und Bedrohungen abzuwehren. Und Ihre Vorfahren haben die Anordnungen des Häuptlings ausgeführt.«

»In der Vergangenheit war das so. Aber doch nicht hier und heute! Halten Sie mich etwa für unfähig, eigene Entscheidungen zu treffen und selbstständig zu handeln?«

»Ganz und gar nicht. Wenn Ratu Osea nicht vor Ort ist, sind im Grunde doch Sie der Häuptling, nicht wahr? Sie leiten alles.«

»Nein, wenn Ratu Osea nicht da ist, ist er immer noch der Chief. Doch natürlich kann ich mich um die Angelegenheiten im Dorf kümmern.«

»Wir werden Ihre Aussage so zu Protokoll nehmen, wie Sie sie hier abgegeben haben. Sie können sich das Protokoll durchlesen und, wenn nötig, korrigieren. Die polizeilichen Ermittlungen laufen noch, aber nach Lage der Dinge wird Ihnen zweifacher Mord, tätlicher Übergriff, Entführung und Freiheitsberaubung zur Last gelegt werden.«

Ilai Takilai, der Dorfvorsteher von Tanoa, schwieg.

46

»Ich musste da raus, Susie. Ich bekam keine Luft mehr. Ilais Vorstellung von Tradition ist grauenhaft!«

Sie saßen an einem winzigen Tisch in einer Ecke des achtzig Jahre alten Lagerhauses, in dem das *Arabica* untergebracht war, eine Rösterei von fidschianischem Hochlandkaffee.

»Ich weiß, was Sie meinen, Sir. Aber ich war erstaunt, wie ruhig er wirkte. Dabei hatte er noch wenige Stunden vorher eine Geisel genommen und wild mit einer tödlichen Kriegskeule herumgefuchtelt.«

»Das ist oft so: Für viele Kriminelle kommt irgendwann der Punkt, wo sie ihre Niederlage akzeptieren. Für sie ist es dann eine Erleichterung, die ganze Geschichte aus ihrer Sicht zu erzählen, und das tun sie oft sehr ausführlich.«

»Glauben Sie wirklich, dass Ratu Osea hinter dem Mord an Vili steckt?«

»Ich weiß es nicht, und vielleicht werden wir das nie erfahren. Der Superintendent verhört ihn. Bei einem hohen Beamten dürfte er kooperativer sein, vor allem, wenn es ein echter Fidschianer ist. Nicht so wie wir beide.« Er grinste, aber Singh runzelte die Stirn.

Sie sagte: »Aber Ilai hatte ein viel stärkeres Motiv, finden Sie nicht? Für Ratu Osea war Vili nur ein anmaßender, junger Emporkömmling, der ihm auf die Nerven ging. Vielleicht hätte er mit der Zeit auch echten Hass auf ihn entwickelt. Aber in den letzten zwei Jahren hat sich der Chief auf die Zeremonie heute konzentriert. Ilai hingegen war von Kelera besessen, er liebte sie abgöttisch. Er hat Vili aus Eifersucht und Kelera aus seiner pervertierten Liebe heraus ermordet. Wenn man alles andere weglässt, läuft es doch darauf hinaus.«

Horseman dachte darüber nach und nickte. »Sie sehen die Dinge immer so klar, Susie. Dennoch habe ich ständig Ratu Oseas Gesicht vor Augen, wie er den Blick auf etwas in der Ferne gerichtet hält. Er hat die fixe Idee, die heutige Zeremonie würde die Zukunft des Dorfs retten. Das ist natürlich etwas Abstraktes und völlig anderes als die Fixierung auf eine Frau, die einen niemals lieben wird. So was treibt einen wohl viel eher zum Mord.«

»Freut mich, dass Sie das auch so sehen«, erwiderte Singh lächelnd.

»Ich brauche noch einen Espresso? Sie auch?«

»Nein, bitte einen Latte.«

»Also ich weiß nicht, was Sie daran finden. Bei der vielen Milch schmeckt man ja den Kaffee gar nicht mehr heraus.«

Sein Handy summte. Melissa. »*Bula*, Melissa, wie geht es dir?«

Singh erhob sich und ging zur Theke, um zu bestellen.

»Mir geht's gut, Joe. Nur ein paar Schrammen, die die Krankenschwester gut verarztet hat. Der Arzt will, dass ich wegen des Schocks noch ein paar Stunden zur Beobachtung bleibe. Deine Schwester Eva ist hier und meint das auch. Aber eigentlich bist du doch derjenige, der wirklich verletzt ist. Wie geht es dir, Schatz?«

Er war sich ziemlich sicher, dass er sich eine Rippe gebrochen oder zumindest geprellt hatte, denn wenn er sich bewegte, durchfuhr ihn ein stechender Schmerz. Eigentlich fühlte sich sein gesamter Brustkorb völlig lädiert an. Aber da hatte er vom Rugby schon Schlimmeres davongetragen. »Ich werde es überleben. Wenn ich dich vom Krankenhaus abhole, lass ich dort das Gröbste verarzten. Zufrieden?«

»Ja, Joe. Sehr gut. Ich warte, bis du kommst. Weißt du schon ungefähr, wann?«

»Du bist jetzt seit einer Stunde da. Sagen wir, in drei Stunden?«

»Ist gut, wie du willst. Vielleicht lege ich mich sogar einen Moment hin. Joe?«

»Mmh?«

»Du bist ein sehr mutiger Mann! Ich danke dir!«

»Unsinn, wenn die Pflicht ruft … Glaub nur nicht, dass du eine Sonderbehandlung gekriegt hast, Liebes«, scherzte er.

»Aber nicht doch, niemals! Bye, Schatz.«

Als er das Gespräch beendete, kam Singh mit dem Kaffee, den sie schweigend tranken. Der Kellner brachte ihnen noch Kokosshortbread. Horseman fragte sich, wie er sich wohl gefühlt hätte, wenn Ilai sich Elisa oder Mere Tora geschnappt hätte. Vermutlich hätte er genauso gehandelt, aber er wäre weniger panisch gewesen. Damit konnte er leben.

Wieder summte sein Handy. Navalas Begrüßung klang missmutig. »Super? Gibt's was Neues?«

»Ratu Osea behauptet, er würde kooperieren, aber wer weiß? Er leugnet, von den Morden gewusst zu haben, hat jedoch schließlich zugegeben, Tomasi mit dem Diebstahl der Keule beauftragt zu haben. Er behauptet, er wollte nur sein Eigentum wiederhaben, um es als Opfer bei der heutigen Zeremonie zu verbrennen. Er ist wirklich besessen, Joe! Sie hatten völlig recht, und es tut mir leid, dass ich das angezweifelt habe.«

»Wenn man ihn nicht erlebt hat, kann man sich das auch nur schwer vorstellen.«

»*Io.* Was Sie jetzt hören, wird Ihnen nicht gefallen, Joe. Sein teurer Anwalt hat sich an höherer Stelle beschwert, daher konnte ich ihm nur den Diebstahl zur Last legen und musste ihn gehen lassen. Er darf jetzt auf Kaution in seinem Haus in Suva bleiben.«

»Verdammt! Aber kaum überraschend. Was ist mit der Durchsuchung seiner Häuser in Suva und Tanoa?«

»Ich arbeite daran. Aber sein Anwalt will auch das verhindern. Bei Ilais Haus hatte ich keine Probleme. Wir können es morgen früh durchsuchen.«

»Das ist doch schon mal was.«

»Aber wenn ich *wir* sage, meine ich damit nicht Sie, Joe. Tanielo hat mir schon von Ihrer Heldentat heute Nachmittag berichtet. Sie müssen ins Krankenhaus, um sich dort durchchecken zu lassen.«

»Ist gut, Sir. Ich hab Melissa ohnehin versprochen, sie dort abzuholen, wenn sie in drei Stunden entlassen wird. Singh und ich machen gerade Pause und trinken einen Kaffee, sind aber in einer Viertelstunde wieder im Präsidium. Dann kann ich noch meine Berichte schreiben.«

»In Ordnung, eigentlich wollte ich Sie sofort ins Krankenhaus beordern, aber wenn Sie meinen, erledigen Sie erst den Papierkram. Ich bedaure, dass Melissa einen so schrecklichen Start in Fidschi hatte. Ehrlich gesagt, schäme ich mich.«

»Ich mich auch, Sir. Aber sie hat mir versichert, sie hätte alles in vollen Zügen genossen, bis Ilai sie packte, und das Ganze dauerte ja nicht mal eine halbe Stunde. Ich hoffe, sie kann das verkraften.«

»Dreißig Minuten Angst und Schrecken können durchaus traumatisierend wirken, Joe. Wir sind alle sehr besorgt, und die Ärzte werden sicherlich meinen Entschluss unterstützen, Ihnen von morgen an eine Woche Krankenurlaub zu geben, der auch verlängert werden kann, sollten die Ärzte das empfehlen. Also brauchen Sie keinen normalen Urlaub zu nehmen. Ruhen Sie sich aus und zeigen Sie Melissa das andere Fidschi. Sie dürfen sie jetzt nicht mehr allein lassen. Singh und Ihr Team können den Fall abwickeln.«

Horseman wollte schon protestieren, bremste sich aber.

»Der Super hat recht«, sagte Singh lächelnd. »Dass Ilai Melissa als Geisel genommen hat, ist eine Schande für uns alle. Sie sind der Einzige, der das wieder gutmachen kann. Es gefällt mir gar nicht, das Ganze ohne Sie zu beenden, aber in diesem Fall … bemühe ich mich, so gute Arbeit zu leisten wie Sie, Sir.«

Ihm kamen die Tränen, teils vor Schmerzen, teils vor Dankbarkeit. Manchmal musste der Captain tun, was sein Team verlangte.

»*Vinaka*, Susie. Ich weiß, das schaffen Sie. Und die anderen auch.«

Er stemmte sich mit beiden Händen hoch und hielt inne, um sein Gleichgewicht zu finden. Sein Adrenalinpegel sank allmählich. Ganz langsam richtete er sich auf, weil ihm schwindelig wurde. Niemand war unersetzlich.

Singh schlug vor, in der Apotheke ein paar Häuser weiter vorbeizuschauen. Horseman fragte sich, wieso ihm das nicht selbst eingefallen war. Dort angekommen, nahm er ein paar Tabletten gegen die Schmerzen, dann fuhren sie mit dem Taxi zur Wache zurück.

47

Ihm war schwindelig, als er die Treppe hinaufstieg, aber schließlich schaffte er es in die Räumlichkeiten der Wache. Die Berichte der Constables warteten auf seinem Schreibtisch. Musudroka brütete über Akten, sonst war keiner da. Es war ja auch Sonntag.

Horseman, Singh und Musudroka setzten sich zusammen und machten sich an die Arbeit. Einiges an Papierkram wartete, und wieder war Horseman für seine eigene Regel dankbar, die nötigen Berichte täglich zu schreiben. Dadurch war es jetzt zu bewältigen. Als das Schmerzmittel zu wirken begann, stellte Horseman fest, dass er aufstehen konnte, wenn auch nur vorsichtig. Er suchte auf den unbesetzten Schreibtischen nach Unterlagen, die in die Fallakte gehörten. An einem an die Wand geschobenen Tisch entdeckte er einen Stapel Bücher und Akten. Ah ja, die hatten Musudroka und Taleca aus der Unibibliothek geholt. Das schien ihm schon eine Ewigkeit her zu sein, dabei war es erst – ja wann? – am Dienstag gewesen.

»Haben Sie das gelesen, Tani?«, fragte Horseman.

Musudroka sah ihn etwas zurückhaltend an. »Ja, also, ich hab mit den Fotokopien angefangen, war aber ziemlich schwer für mich, und ich bin auch nicht weit gekommen. Erst war ich tagelang in Tanoa, dann mussten wir die NLTB-Akten prüfen …«

Horseman grinste. »Keine Ausreden, Tani. Was haben Sie gelesen?«

»DS Taleca hat mir einen Bericht über den Mord an Reverend Weston gegeben. Das war interessant, aber es war altes Englisch, das hat mich verwirrt. Ich verstehe nicht, wieso uns das helfen könnte, wo es doch schon so lange her ist.«

»Das sehen Sie falsch, Tani. Die Vergangenheit kann bis in die Gegenwart reichen und uns schmerzlich treffen. Vor allem hier in Fidschi. Es kann sich auszahlen, genau zu wissen, womit wir es zu tun haben. Aber nach Ihrer heutigen Großtat will ich mal ein Auge zudrücken.«

Musudroka grinste. »*Vinaka*, Sir.«

»Ist alles, was Sie aus der Bibliothek haben, hier auf diesem Tisch?«

»Außer dem Bericht, mit dem ich angefangen habe. Wollen Sie den, Sir?«

Horseman musste sich wieder setzen. Er humpelte zum Tisch zurück. »Ja, bitte, können Sie den ganzen Stapel zu mir bringen? Bevor ich ins Krankenhaus muss, habe ich noch Zeit, mir einen Überblick zu verschaffen.«

Singh brachte ihm einen Becher mit Wasser. »Sie sehen aus, als müssten Sie was trinken. Kann ich Ihnen beim Lesen helfen, Sir?«

»*Vinaka*, Susie. Aber Sie und Tani machen jetzt Feierabend. Es war ein langer, ereignisreicher Tag, milde ausgedrückt. Sie müssen sich ausruhen.«

Daraufhin suchte Musudroka seine Sachen zusammen und ging.

Singh aber blieb, wo sie war. »Ich nicht, Sir. Noch nicht. Ich bin immer noch viel zu aufgedreht. Die Lektüre alter Dokumente ist jetzt genau das Richtige für mich.« Sie lächelte fröhlich, aber aus ihrem Blick sprach Sorge, wahrscheinlich um ihn. Er hatte das Gefühl, dass sie ihn nicht allein lassen wollte.

»Na gut, ich kann Sie ja sowieso nicht davon abbringen. Hier, nehmen Sie die Hälfte der Akten. Ich sichte als Erstes die Bücher. Hoffentlich haben die Inhaltsverzeichnisse.«

Nach vierzig Minuten hatte Horseman etwa ein Dutzend Seiten aus dreien der Bücher mit Zetteln markiert. »Könnten Sie die bitte für mich kopieren, Susie?«

Singh ging damit zum Kopierer. Horseman sah, dass sie bei den

Akten gut vorangekommen war; die Stapel auf ihrer rechten Seite hatten unzählige rote und grüne Klebezettel.

Er griff nach der Akte, die Musudroka angefangen hatte. Es war ein Bericht an den neuen britischen Gouverneur Sir Arthur Gordon und stammte von Ernest Smith, dem Bezirksbeamten, der mit der Untersuchung des Mordes an Mr Weston betraut gewesen war. Während Horseman die mit der gestochen scharfen Handschrift beschriebenen Seiten las, bekam er einen deutlichen Eindruck von den Unruhen, die es während der ersten Jahre von Queen Victorias Herrschaft über Fidschi gegeben hatte. Alte, immer noch schwelende Fehden, vor allem zwischen den Bergstämmen von Viti Levu, hatten immer wieder zu geheimen Überfällen oder offenen Schlachten geführt, um Fleisch und Sklaven zu rauben.

Dennoch waren Ernest Smith und seine fidschianischen Constables nach Tanoa gewandert und hatten den Mord an Reverend Weston so gründlich untersucht, wie sie konnten. Sie hatten sogar ein paar Knochen und den Zerstörer – die Zeremonienkeule des Häuptlings – mitgenommen, den die stolzen Tanoaner als die Mordwaffe bezeichneten. Nachdem Ernest Smith sowohl die Berichte der Überlebenden von Mr Westons Begleitgruppe als auch die der Sprecher des Häuptlings geprüft hatte, schloss er auf mehrfache Motive für den Mord. Ein Faktor war der Neid auf das christliche Stammesfürstentum, das als Inbegriff britischer Herrschaft gesehen wurde. Ein anderer der vermeintliche Tabubruch, den Mr Weston gegenüber dem Chief begangen hatte. Fünf Tanoaner gestanden voller Stolz, Mr Westons Gruppe verfolgt und attackiert zu haben, nachdem sie Tanoa verlassen hatte, und drei von ihnen behaupteten, den tödlichen Schlag gegen Weston ausgeführt zu haben. Horseman fragte sich, ob Ernest Smith gewusst hatte, dass es als Ehre galt, die Wünsche des Häuptlings auszuführen.

Jedenfalls wurden alle drei Geständigen nach Korovou gebracht, wo sie vor Gericht gestellt werden sollten. Doch der Gerechtigkeit wurde nicht Genüge getan, da alle drei schon nach wenigen Tagen in Haft hohes Fieber bekamen und innerhalb einer Woche starben. Der Mord an Reverend Weston und dessen Sühne wurde von der Masernepidemie verdrängt, der zwanzig Prozent der Bevölkerung zum Opfer fielen.

Trotz der gestochenen Handschrift hatte der Digitalkopierer nicht wiedergeben können, mit welchem Druck Ernest Smith bei den Namen die Aufwärts- und Abwärtsstriche gemacht hatte. Daher konnte Horseman die Namen der geständigen Mörder aus Tanoa nur erraten. Doch war das heute noch wichtig? Mr Smith hatte die drei Angeklagten klugerweise als ›vermutlich schuldig‹ bezeichnet. Horseman hingegen wollte es genau wissen.

Als Singh mit den Kopien und einer Tüte Roti zurückkam, bat er sie, den Bericht von Ernest Smith zu lesen, während er sich die Kopien vornahm. Ihre Bedeutung kam ihm geringer vor, da er jetzt den Bericht hatte.

Roti-Fladenbrote waren am Sonntag nie so gut wie am Samstag, wo sie frisch zubereitet wurden. Aber ihr Lunch war schon sehr lange her. Er verputzte also zwei, während Singh beim Lesen an einem knabberte.

»Susi, ich stimme Ihnen zu, dass Ilais Motive für den Mord stärker sind. Aber vielleicht wurde es dadurch nur leichter für ihn, Vili auf Anweisung des Chiefs zu ermorden.«

»Sie haben doch den Super gehört. Sie müssen den Fall nicht mehr abwickeln. In zwanzig Minuten werden Sie im Krankenhaus erwartet, und ab morgen haben Sie Urlaub.« Er war überrascht über ihren entschiedenen Ton.

»Susie, ich weiß, Sie werden mich verstehen. Ich kann nicht in Urlaub gehen, bevor ich nicht alles darangesetzt habe, die Namen aus diesem Bericht herauszufinden. Ihnen würde es doch bestimmt genauso gehen.«

Singh seufzte schwer. »Sie haben ja recht. Viel Glück, Sir.«

MONTAG

48

»*Vinaka vakalevu.*« Die Bibliothekarin der Pacific Collection Library lächelte Horseman dankbar an, als er die geliehenen Bücher auf den Empfangstisch legte. »Heutzutage kommt es nicht mehr so oft vor, dass Bücher pünktlich zurückgebracht werden. Es ist schon so schlimm geworden, dass wir überlegen, ob wir die Ausleihe nicht ganz einstellen sollen. Aber die seltenen Bücher sollten eigentlich nicht fotokopiert werden, das Licht schadet ihnen. Also, was soll man machen?«

Eine zum Plaudern aufgelegte Bibliothekarin: gut.

»Ich frage mich, ob Sie mir wohl bei diesem Bericht helfen könnten, den wir fotokopiert haben.« Horseman lehnte seine Krücke an den Empfangstisch und schob ihr die Smith-Akte zu.

»Oh, du meine Güte, setzen Sie sich doch bitte, Inspector Horseman, ich bin sofort bei Ihnen.« Sie wies mit dem Kinn zu den Lesetischen.

»*Vinaka*, aber ehrlich gesagt, ist es für mich hier bequemer.« Die starken Schmerzmittel, die er vom Krankenhaus bekommen hatte, ermöglichten ihm, bequem zu stehen, solange er sich nicht vorbeugen und damit die beiden gebrochenen Rippen belasten musste.

»Natürlich, ganz wie Sie mögen«, erwiderte sie fröhlich. »Wie kann ich helfen?«

»Wie Sie sehen, ist diese Kopie ziemlich unscharf, sodass die Buchstaben teilweise unvollständig sind. Den Bericht kann ich lesen, aber bei den Namen habe ich Schwierigkeiten – vor allem bei diesen.« Er blätterte bis zu der Seite mit den angemarkerten Namen.

»*Io*, dies ist eine sehr schlechte Kopie, weil das Original handschriftlich ist. Ich glaube, wir sollten es mal transkribieren. Aber jetzt hole ich Ihnen das Original. Sind Sie sicher, dass Sie sich nicht setzen wollen?«

»*Vinaka*, aber ich warte gern hier.« Während die Bibliothekarin sich auf die Suche nach dem Manuskript machte, dachte Horseman an Melissa, die tief und fest geschlafen hatte, als er um neun Uhr aufgebrochen war. Als sie am Abend zuvor aus dem Krankenhaus zurückkamen, war es bereits dunkel gewesen. Er hatte ihr erzählt, was er vorhatte, und sie war einverstanden gewesen und hatte gestanden, sie könne gut noch ein, zwei Tage Ruhe brauchen, bevor sie zu ihrem Inselabenteuer aufbrächen.

»Hier ist es, Inspector. Der Originalbericht von Ernest Smith aus dem Jahr 1875.« Sie blätterte mit Handschuhen an den Händen durch die stockfleckigen Seiten. »Hier sind die Namen trotz der Flecken deutlicher zu sehen. Sieht aus wie Wau, Matai und Bati. Oder was meinen Sie?« Sie gab ihm eine Lupe.

»*Io*, würde ich auch sagen.« Horseman schrieb die Namen auf seine Kopie.

»Ich werde dieses Dokument mal ganz oben auf die Liste der Bücher setzen, die transkribiert werden müssen. Das Original fällt ja fast auseinander.« Mit gerunzelter Stirn schob die Bibliothekarin jede Seite in eine Schutzhülle zurück.

»Führen Sie Buch über die Kopien, die Sie für die Leser machen?«

»*Io*, Inspector, dies ist eine Bibliothek. Möchten Sie die Aufzeichnungen sehen?«

»Nur für dieses Dokument, bitte.«

Die Bibliothekarin verschwand erneut und kam mit einem einzelnen Blatt zurück. »Hier, dieses Jahr haben wir bislang fünf Kopien gemacht. Die Leser tragen hier ihre Angaben ein, und am Ende des Jahres kommt alles in unsere Tabelle. Mit diesen Einzellisten fangen wir jeden Januar neu an.«

Horseman kannte keinen der Namen auf dieser Liste. Er dankte der Bibliothekarin, nahm seine Krücke und ging, wobei er hocherfreut über den Aufzug war. Mit einem Taxi fuhr er zum Clan Registry Office, der Meldebehörde, wo Emeli arbeitete, die Freundin der Frau des Superintendent. Emeli erinnerte ihn an Mere Tora: rundlich, fröhlich, tüchtig und mütterlich. Es schnürte ihm die Kehle zu, als er sich vorstellte, wie Mere sich wohl fühlen würde, nun, da der Schock nachgelassen hatte und ihr die furchtbare Tatsache bewusst wurde, dass ihr geliebtes Kind ermordet worden und für immer fort war.

Emeli strahlte, als Horseman ihr sein Anliegen erklärte: »Ich freue mich sehr, Ihnen zu helfen, Josefa Horseman. Aber Sie gehen die Sache vom falschen Ende an. Es wäre nicht sinnvoll, diese drei Namen zu nehmen und nach einer Verbindung zu Viliame Bovoro zu suchen. Wir müssen uns aus der Gegenwart zurückarbeiten. Glücklicherweise habe ich mit Superintendent Navala am Samstag schon einige Generationen zurückverfolgt. Schauen Sie mir genau zu, dann lernen Sie ganz schnell, wie es geht.«

Bei dem Vorgehen musste mit verschiedenen Karteikarten und dem Mikrofiche gearbeitet werden, was Horseman zuerst verwirrte. Aber als sie am Anfang des zwanzigsten Jahrhunderts gelandet waren, hatte er den Bogen raus.

»Nur wird es jetzt komplizierter, Inspector Horseman. Denn das Registrierungssystem vor 1900 ist anders. Schauen wir mal, was wir machen können.« Sie war eifrig und ganz in ihrem Element.

»Für das Jahr 1875 müssen wir auf das Evidence Book zurückgreifen, das aus beeidigten Aussagen der Häuptlinge über Herkunft, sozialen Status und Landbesitz der Bewohner eines Clans besteht. Die erste Volkszählung, wenn Sie so wollen. Aber 1875 natürlich bei weitem nicht vollständig.«

Emeli sprach mit einer Assistentin, die ihnen mehrere große Bücher mit blauem Einband zum Tisch brachte. Es sah ganz leicht aus, wie sie sich durch die Angaben arbeitete und dabei meistens rückwärts ging, aber manchmal auch vorwärts und währenddessen Diagramme zeichnete, die aussahen wie Familienstammbäume.

Schließlich blickte sie lächelnd auf. »Wir haben heute Glück, Joe. Einer dieser drei Namen, die Sie mir gegeben haben, gehört Vilis Ur-Ur-Ur-Ur-Großvater. Als er 1875 starb, hatte er drei Kinder, aber nur ein Sohn ist 1903 im Clanregister verzeichnet. Der ist unser Verbindungspunkt.«

»Ich bin beeindruckt, Emeli. Wie lautet sein Name?«, fragte Horseman.

»Oh, Bati: Krieger. Als Status ist ebenfalls Krieger angegeben.«

»*Vinaka vakalevu.* Das passt alles zusammen. Wollte noch jemand etwas im Evidence Book über Tanoa nachschlagen?«

»Bei mir nicht. Aber ich sehe mir mal die Aufzeichnungen an und frage die Mitarbeiter. Könnten Sie in einer halben Stunde noch mal wiederkommen?«

So langsam machte sich bei ihm Erschöpfung bemerkbar. »Ich warte gerne, wenn Sie nichts dagegen haben.«

Er betrachtete Vilis Familienstammbaum, der bis 1875 zurückging, und ließ dann seine Gedanken schweifen. Dabei nickte er ein, bis Emeli zurückkehrte. Als sie leise hüstelte, schrak er auf.

»Wieder Glück gehabt! Für diesen Band hat es zwei Anfragen gegeben, beide im März letzten Jahres. Beide Male war es Ratu Osea Matanitu.« Sie gab ihm ein gelbes Post-it mit den Angaben. Sie war wirklich ein wahres Wunder!

»*Vinaka vakalevu*, ich bin Ihnen sehr dankbar, Emeli.«

»Es war mir ein Vergnügen, Joe. Aber wie Sie mache ich nur die Arbeit, für die ich bezahlt werde. Hier, nehmen Sie diesen Stammbaum mit. Ich habe die direkte Linie eingetragen.« Trotz ihrer Bescheidenheit strahlte sie vor Befriedigung, als sie sich voneinander verabschiedeten.

49

»Was machen Sie denn hier, Joe? Missachten Sie schon wieder meine Anordnungen?«, fragte Navala, aber das Zucken seiner Mundwinkel verriet ihn. »Eine ganze Minute lang habe ich mir anhören müssen, wie Sie mühsam mit der Krücke die Treppe hochgehumpelt sind. Dabei sollten Sie doch in einem Inselresort faulenzen!«

Horseman grinste. »Melissa meinte, sie wollte sich noch ein, zwei Tage erholen, bevor wir losfahren, Sir.«

Der Super runzelte die Stirn. »Ach ja, wie geht es ihr denn? Ich hoffe, Sie hat nichts Ernstes?«

»Nein, das Krankenhaus hat sie ohne Bedenken entlassen. Aber danke der Nachfrage, Sir. Sie ist nur müde. Ich hab sie schlafen lassen.«

Navala nickte. »Trotzdem haben Sie Urlaub, Joe, ob Sie nun in Suva sind oder auf den Yasawa-Inseln.«

»Haben Sie schon meinen Bericht gelesen, Sir?«

»*Io*, alles sehr zufriedenstellend. Ich hab noch mit Singh gesprochen, bevor sie nach Tanoa aufbrach, daher muss sie nicht mehr informiert werden.«

»Ah, also haben wir den Durchsuchungsbefehl für Ilais Haus?«

»*Io*, den habe ich erwirkt, aber Singh und das Team schaffen das allein. Und bevor Sie fragen: Was die Häuser von Ratu Osea betrifft, hatte ich kein Glück. Er befindet sich jetzt wieder in seinem Haus in Suva.«

»Gestern Abend haben Singh und ich uns noch die Unterlagen angesehen, die Keli aus der Unibibliothek besorgt hat. Als ich sie heute Morgen zurückbrachte, zeigte mir die Bibliothekarin den

Originalbericht über den Mord an Weston aus dem Jahr 1875. Drei Tanoaner gestanden den Mord, starben aber an Masern, bevor sie vor Gericht kamen.«

»Ach ja? Und?« Sein Vorgesetzter wirkte skeptisch und interessiert gleichermaßen.

»Ich bin mit den Namen zu Emeli in der Meldebehörde gegangen. Was für eine tüchtige Frau! Sie hat herausgefunden, dass einer der Angeklagten – Bati – Vilis direkter Vorfahre ist.«

»Hmm, *Krieger*. Ist das sein Name oder sein Status?«

»Beides, Sir. Sagt jedenfalls Emeli.«

»Interessant, aber warum erzählen Sie mir das?«

»Ratu Osea ist der Einzige, der in den letzten zwei Jahren diesen speziellen Band des Evidence Book sehen wollte.«

Der Superintendent seufzte. »Was wollen Sie damit sagen, Joe? Überrascht bin ich jedenfalls nicht. Wir wissen doch, dass der Chief in den letzten zwei Jahren alles über den Mord an Weston recherchiert hat.«

»Sir, Ratu Osea ist davon besessen. Er wollte die Keule verbrennen, um sie zu opfern und für den Mord zu büßen. Was ist, wenn er auch den Mörder opfern wollte? Diesen Bati? Oder als Stellvertreter seinen direkten Nachkommen, seinen Ur-Ur-Ur-Urenkel Viliame Bovoro? Sodass Ilai Vili auf Wunsch seines Häuptlings getötet hat? So lautet meine Theorie. Ist doch wahrscheinlich, meinen Sie nicht?«

Der Super zog seine Augenbrauen in die Höhe. »Ich würde nicht gerade *wahrscheinlich* sagen, aber möglich. Doch selbst wenn es so gewesen wäre, gibt es immer noch keinen Beweis dafür. Keiner der beiden wird das jemals zugeben. Die Tatsache, dass Ratu Osea sich zu diesem Fall relevante historische Dokumente angesehen hat, beweist gar nichts, vor allem, da er diese Versöhnungszeremonie plante.«

Damit war Horseman der Wind aus den Segeln genommen. Natürlich hatte der Superintendent recht. Er hatte sich hinreißen lassen, getrieben von dem Ausdruck in Ratu Oseas Augen, als der davon sprach, vergangenes Unrecht wieder gutzumachen.

»Sie haben diese Ermittlung ausgezeichnet geleitet, Joe. Aber jetzt gehen Sie nach Hause und kümmern Sie sich um Melissa. Um sich selbst. Um die Gegenwart und die unmittelbare Zukunft. Mehr können wir alle nicht tun.« Mit einem begütigenden Lächeln gab er Horseman zum Abschied die Hand.

EPILOG

ZEHN TAGE SPÄTER

Musudroka und die anderen Freiwilligen hatten während seiner Abwesenheit gute Arbeit geleistet. Am nächsten Sonntag sollten die Shiners gegen die Raiwaqa Highschool antreten und hatten nach Horsemans Einschätzung eine gute Chance. Das Team von Raiwaqa war nicht annähernd so gut wie die Marists. Als die mageren Straßenjungen nach dem Training ihr Essen verschlangen, unterhielt er sich ausgiebig mit ihnen.

Sein Traumurlaub auf den paradiesischen Yasawa-Inseln mit Melissa war vorbei. Die ersten Tage hatten sie selig im Schatten gefaulenzt und sich ganz vorsichtig geliebt. Ab dem vierten Tag hatten sie dann glücklich zwischen den Riffen herumgeschnorchelt. Dennoch hatte Melissa darauf bestanden, dass er mit sanften physiotherapeutischen Übungen anfing. Er hatte gehorcht und konnte deshalb auf Krücke und Bandage verzichten und mehr oder weniger normal laufen – eher weniger als mehr, ehrlich gesagt, aber es ging voran. Wenn er vergaß, sich aufrecht zu halten, jaulten seine Rippen immer noch vor Schmerz.

Beide hatten das Thema ›Zukunft‹ großräumig umschifft. Nach allem, was Melissa an ihrem ersten Wochenende in Fidschi zugestoßen war, fühlte er sich nicht berechtigt, seine Wünsche zu äußern oder sie aufzufordern, von ihren eigenen zu sprechen.

»Miss Melissa, *Bula, Bula, Bula!*«, brüllte Tevita und zeigte damit, dass er sie als Einziger der Junior Shiners schon kannte. Horseman drehte sich um. Ah, da kam sie tatsächlich, aber von der

Ratu Cakobau Road, während er die ganze Zeit Richtung Victoria Parade Ausschau gehalten hatte. Sie winkte ihm fröhlich zu – oder meinte sie Tevita? Egal, jedenfalls wirkte sie glücklich. Matt Young begleitete sie. Und ein Hund an einer Leine. Was hatte sie heute Nachmittag getrieben?

»Sie kennt dich noch, Joe!«, verkündete Melissa stolz, als sich der Hund auf ihr Kommando hinsetzte und Horseman mit aufgestellten Ohren und schräg gelegtem Kopf anstarrte.

»Was ist das für ein Hund, Melissa?«

»Das ist Tina, Schatz. Weißt du nicht mehr: die Hündin, die wir vor zwei Wochen im Ratu Sukuna Park gefüttert haben?«

»Was? Dann ist sie aber gründlich gebadet worden. Was soll das, Melissa?«

Melissa und Matt Young grinsten sich an wie Komplizen. »Okay, ich gestehe: Als du am Montag arbeiten warst, habe ich Matt von Tina erzählt. Er kam doch am Sonntag für die Autopsie an Kelera von seiner Insel zurück. Diese hungernde Hündin mit ihren Welpen lag mir schwer auf der Seele. Matt riet mir, zur RSPCA zu gehen. Das sind so tolle Menschen da, Schatz! Jedenfalls hat mich einer begleitet, um nach Tina und den Welpen zu suchen: Es waren vier schwächliche kleine Wesen, erst acht Wochen alt. Ich gab dem Tierarzt vom RSPCA Geld, damit er alles für sie tat, was er konnte, während wir im Urlaub waren.«

Horseman liebte sie, für ihr Mitgefühl und ihren Tatendrang, aber er hatte seine Befürchtungen, wie die Geschichte enden sollte. »Melissa …«

»Heute habe ich großartige Neuigkeiten erfahren, Joe. Drei der vier Welpen haben überlebt und gedeihen prächtig. Die RSPCA wird ein gutes Zuhause für sie suchen. Wie sich herausstellt, tragen sie gefragte Gene in sich: unter anderem von Border Collie, Australian Kelpie und Labrador. Sie sind intelligent, treu und friedlich. Tina ist sterilisiert und geimpft worden und legt langsam an Gewicht zu. Sieht sie nicht großartig aus?«

Ohne Horseman aus den Augen zu lassen, wedelte Tina mit dem Schwanz, als wartete sie ungeduldig auf seine Kommandos. Er fand, dass *großartig* stark übertrieben war, doch ihr schwarzgrau getüpfeltes Fell war dichter und glänzte, und ihre Augen strahlten Klugheit und Hingabe aus.

»Wusstest du, dass *Tina* das fidschianische Wort für *Mutter* ist?«, fragte er.

»Ja, das hat mir der Tierarzt erzählt. Und was für eine Überraschung: Mein zweiter Vorname lautet Cristina. Ein schöner Name in jeder Sprache, findest du nicht, Joe?«

»Und die RSPCA sucht auch für sie ein schönes Zuhause?«, fragte er.

Bedauernd schüttelte Melissa den Kopf. »Man hat mir gesagt, dass man für ältere Hunde wie Tina so gut wie nie etwas findet, Schatz. Ich möchte sie bei dir lassen. Sie soll an meiner statt auf dich aufpassen.«

Sie wusste, dass er keinen Hund wollte, weil er nicht die Zeit hatte, sich darum zu kümmern. Ging es hier um den Hund oder um ihn? Wie gerne hätte er ihre raffinierten Manöver durchschaut. »Das geht nicht, Liebes. Wie du weißt, wohne ich momentan bei Matt, und bei meinen unregelmäßigen Arbeitszeiten kann ich sie nicht erziehen, nicht täglich zur gleichen Zeit füttern, ausgiebig mit ihr spazieren gehen und so weiter.« Er verstummte kleinlaut.

Da meldete sich Matt Young. »Ich überlege schon länger, mir einen Hund anzuschaffen, Kumpel, hab aber nie den Hintern hochgekriegt. Wir könnten uns beide zusammen um Tina kümmern, und vormittags leistet ihr die Haushaltshilfe Gesellschaft. Ich bin sicher, Tina wird sich super entwickeln.«

Horseman erkannte, wann er geschlagen war. Also fügte er sich achselzuckend. Tina löste nicht ein einziges Mal den Blick von ihm, sondern schlug unermüdlich mit dem Schwanz auf den Rasen. Sie war Horsemans Hund, alles andere war egal.

»So kannst du jeden Tag an mich denken, Schatz«, sagte Melissa leichthin und gab ihm die Leine.

»Das ist doch emotionale Erpressung«, murrte Horseman. Er strich Tina über den Kopf und nahm lächelnd die Leine entgegen.

DANK

Dieses Buch wäre ohne die großzügige Unterstützung etlicher Menschen nie zustande gekommen. Als Erstes schulde ich Mr Waisea Vakamocea großen Dank, einem pensionierten Polizisten der Fiji Police Force, der geduldig all meine Fragen beantwortete. Die Verantwortung für etwaige Fehler bei der Beschreibung polizeilicher Vorgänge trage ganz allein ich.

Als Nächstes danke ich aus vollem Herzen all den Fachleuten, die aus meinem Manuskript ein echtes Buch gemacht haben: meiner Lektorin Irina Dunn, die mir kluge Ratschläge gab; meiner Korrektorin Deborah Dove, die noch unzählige Fehler in der Fassung fand, die ich als final betrachtet hatte.

Die Großzügigkeit vieler Leser, die sich bereit erklärten, die Endfassung meines ersten Buchs *Tropische Gefahr* zu lesen und zu kommentieren, hat mich einfach überwältigt. Ihre Begeisterung für die Geschichte hat mich ermutigt, und ich konnte viele ihrer Vorschläge in diesem Buch aufnehmen.

Schließlich danke ich Peter Williamson für seine Begeisterung für meine Geschichte, für seine fortdauernde Unterstützung und seine Informationen über Funksprache und Funkdisziplin.

FIDSCHI – EIN KURZER SPRACHFÜHRER

Um zu wissen, wie die fidschianischen Eigennamen und Begrüßungen im Text ausgesprochen werden, hier eine Anmerkung zur fidschianischen Sprache.

Das fidschianische Alphabet basiert auf der lateinischen Schrift. Die Aussprache ist einfach und bis auf wenige im Folgenden aufgeführte Ausnahmen wie im Deutschen.

b = mb	*bula* = mbu-la
d = nd	*Adi* = a-ndi
g = ng	*liga* = li-nga
q = ngg	*yaqona* = ya-nggona
c = th	*moce* = mo-the (wie englisch »mother«)

GLOSSAR

Adi	weiblicher Häuptlingstitel
Bula	Hallo
Dina	stimmt
Io	ja
Kava	Zeremonialgetränk aus Rauschpfeffer
Lovo	traditionelles Festessen, das im Erdofen gegart wird
Masi	Tuch aus Tapa-Rindenbast
Moce mada	Auf Wiedersehen
Ni sa Moce	gute Nacht
Oi le!	Ach du liebe Güte!
Ovisa	Polizist*in, »Officer«
Rara	Festgelände
Ratu	männlicher Häuptlingstitel
Salusalu	Blumenkranz
Sulu	traditioneller Wickelrock mit gezacktem Saum
Tanoa	große Holzschale mit Füßen, in der Kava zubereitet wird
Tapa	Stoff aus Rindenbast
Vakalevu	sehr, viel
Vinaka	danke
Vinaka vakalevu	vielen Dank
Yadra	guten Morgen
Yaqona	Kava (gilt für die Pflanze, ihre Wurzeln, das gemahlene Pulver und das Getränk)

B. M. Allsopp
Tropische Gefahr
Ein Fidschi-Inseln-Krimi
Aus dem Englischen von Corinna Rodewald
400 Seiten, Klappenbroschur
ISBN 978-3-455-01124-1
Atlantik Verlag

Die Fidschi-Inseln: Weiße Strände, exotische Cocktails und Sonne satt – das ist die Heimat von Detective Joe Horseman. Immer wenn es brenzlig wird, brüht man sich hier einen Tee auf – nach alter Fidschi-Manier. Doch Horseman, der erst kürzlich auf die Inseln zurückgekehrt ist, bleibt keine Zeit das Paradies zu genießen. In einem idyllischen Resort wird die Leiche einer jungen Frau gefunden. Joe Horseman muss schnell handeln, nicht zuletzt, um seine eigene Karriere nicht aufs Spiel zu setzen. Als es ein weiteres Todesopfer gibt, wird dem Detective klar, dass das pazifische Paradies ernsthaft bedroht ist.

Der erste Fall für Detective Joe Horseman: Spannung zwischen Palmen und Korallenriffen